《山西抗日根据地红色文化经典文献大系》
编纂委员会 编

山西抗日根据地红色新闻经典文献

晋察冀根据地卷（七）

张汉静 主编

山西出版传媒集团 山西人民出版社

山西抗日根据地红色新闻经典文献

晋察冀根据地卷（七）

刘运洲　编撰

《晋察冀日报》

一九四三

YI JIU SI SAN

一九四三

一位新的榜样

　　模范党员申长林，日前受到延安县委、延属地委和西北局的光荣奖励，像这样大规模的奖励一位农村党员，在边区还算是一件新鲜的事。

　　在边区几万个农村党员中，有许多优秀党员；这些优秀党员，不论在过去或现在，对于党所倡导的工作，都起了模范的作用，影响其他比较落后的党员向他们看齐。这些优秀党员，是我们边区党的骨干，而申长林同志，正是他们的代表。

　　申长林能够当得起"模范党员"这个称号，是因为他在入党的头一天起，就能够事事忠实于党，处处把党的利益摆在第一，当他懂得了做共产党员、干革命是为了给广大贫苦人民谋利，为了达到人和人中间"平等"的时候，他便以两代农村无产阶级的觉悟热忱，加入了党，慷慨的把自己辛勤耕作积得的一百多石粮送给"自家的军队"，救济附近的穷人。在环境恶劣，性命朝不保夕的时候，他曾毫不动摇的进行工作。近年来在农村中有些党员甚至"干部"，因为□□不清，□□个人私利着想，因而对于抗战负担，取巧规避，申长林同志则恰恰与此相反，他积极扩大生产，细心改良农作法，并踊跃的交纳公粮公盐，他在四年内，交纳公粮达四十三石之多。

申长林能够当得起"模范党员"这个称号，还因为他是一位"好劳动人"和生产能手。十一岁开始的雇工生活，使他精通了生产中的技术，积累了丰富的经验。他的每垧熟山地，能收获八斗粮食，比一般的山地多收获粮三分之一甚至二分之一。他拦羊八年，他的羊没有发生过大病，羊羔绝大部份都能养活。他□刻的了解到抗战几年了，公家困难了，只有大家把庄稼搞好，多打几颗粮，公家有办法，大家也有办法。因此他终□努力耕作，精心研究，创造出了光荣的成绩。申长林同志以将近五十的身躯，早起晚睡，领导耕作，改良技术，影响群众，帮助群众。

申长林能够当得起"模范党员"这个称号，还因为他和群众有着最密切的联系，他是群众的"亲人"、群众的表率，他为人正派，办事公道，具有大公无私的共产主义的精神，他以最纯洁最高尚的无产阶级的爱去爱群众，他能够毫不吝惜地把自己血汗换来的粮食救济穷人、欢迎军队，他能够在每年青黄不接时，准备好粮食，接济贫民，他能在庄上说明是非，主持公道。因此，他走到那儿，那儿的群众就爱他、相信他，每件重大的抗战负担分配，总离不了他，"只要有老申，准没错！"老申的名字，早经传遍了蟠龙，传遍了延安。像这样被群众爱戴的共产党员，就是最具有无产阶级高尚品质的党员。

申长林能够当得起"模范党员"这个称号，更因为他能够服从党的组织，遵守党的纪律。在八年来的共产党员生活中，他从没有一次不服从党的决意，不听从组织行事。他能经常参加党的会议，按月交纳党费，他对组织从不隐瞒，把组织看成自己的生命一样。

这些就是"模范党员"申长林同志的特点，也是边区农村共产党员的优良品质。

在伟大的生产运动中，我们有了吴满有、杨朝臣、李□□、□丕□、马□□，……这些都是我们边区劳动人民和党员的榜样。今天我们又有了申长林，更使得我们的农村党员和劳动人民有了新的榜样；特别在整顿支部登记党员的时候，申长林就是我们学习的榜样。我们号召全边区的农村党员，向申长林学习！

（原载一九四三年三月十四日《晋察冀日报》第一版社论）

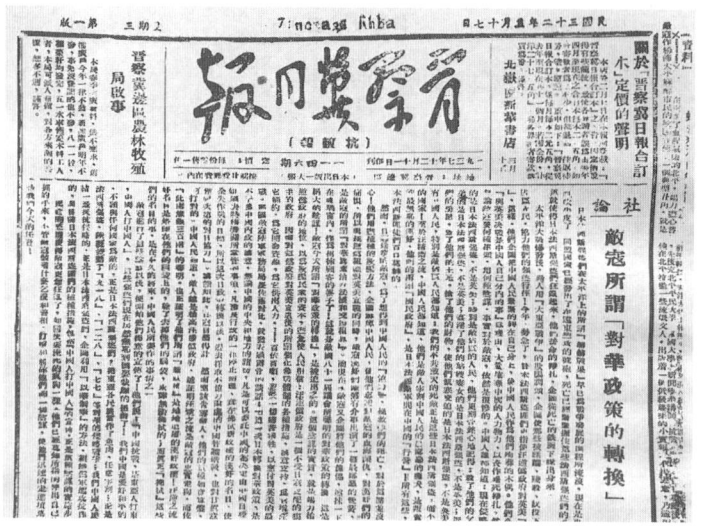

敌寇所谓"对华政策的转换"

　　日本法西斯强盗们在太平洋上的所谓"赫赫战果"早已为战争发展的进程所淹没，现在是再不敢乱吹牛皮了，同盟国家已经发出了在远东总攻的号炮，死亡已经紧紧握住这些法西斯强盗们的手了！这就使得日本法西斯强盗们狂乱起来，他们拼命的挣扎，企图从死亡的铁腕下脱出身来。

　　太平洋大战爆发后，敌人用"大东亚战争"的欺骗调头，企图使那些被蹂躏、残杀、奴役下的敌占区人民。协力他们的强盗行径！今年，势急了，日本法西斯盗匪们更指使汪逆伪政府对英美"宣战"，这样，他们企图把中国人民紧紧的缚在自己身上，使中国人民作为他们殉葬的木偶。他们企图以"与英美决战是中国人自己分内的事"为理由，大量掠夺中国的人力物力，以资作垂死挣扎。然而，无论敌寇要何种花头，用何种阴谋，事实对于敌寇，依然是很惨的。中国人谁都知道：现在侵略中国的是日本法西斯强盗，不是英美；特别是敌战区的人民，他们更刻骨铭心地记得：杀了他们的父母兄弟的是日本法西斯强盗，不是英美；奸淫了他们的姑嫂妻女的是日本法西斯强盗，不是英美；拆掉他们的房屋、毁了他们的土地，抢了他们的财物，使他们的饥寒交迫的是日本法西斯强盗，不是英美；所有中国人民，特别是敌占区人民都知道：我们的不共戴天的死敌正是这些日本法西斯强盗，而不是别的国家！至于汪精卫之流，中国人民都知道，他们是敌人宰割中国人民的最鄙恶的鹰犬，是叛□祖国的最无耻的汉奸，他们的所谓"国民政府"，是日本法西斯军阀在中国的"行营"！所有这些，是日本法西斯匪徒们百口莫辩的。

　　然而，日暮途穷的敌寇，为了想得到中国人民的"协力"，挽救他们的死亡，对于这点并没有死心！他们用尽种种的欺骗方法，企图麻痹中国人民，使他们忘记对敌寇的血海深仇、对汉奸们的切齿痛恨，所以与□□伪组织对英美宣战的同时，敌寇汉奸们□煞有介事出演了一幕最鄙恶的双簧，那便是敌寇的所谓"对华放□治□法权和交□租界"。而现在，敌寇又企图将他们的的傀儡，擦抹一下，列在玻璃窗内，作为招徕顾客的幌子了！这就是敌国八十一届议会所声明的对华政策的转换，这是一个绝大的阴谋！敌寇今天所谓"对华政策的转换"，是被迫出之的。这个阴谋的实质，就是竭力抬高汪逆伪政府的地位，以为欺骗民众的资本，尽量使人民相信：汪逆伪政府是一个不受日寇支配的独立自主的政府，因而对这伪政府对英美宣战后的所谓强化参战体制的各种措施，诚意支持，为它增产，为它节约，为它开发资源，为它供出人力……百依百顺，忍受一切痛苦牺牲，以应付对英美的最后决战。那个敌寇陆军军务局局长佐藤对此，就发表过露骨的谈话："这一次日本转换对华政策，是表示不□□中国内政的诚意，无论中国的中央和地方的诸务，凡是可以委托中国的都决定由中国自理，例如□□特务机关所掌管的事项，凡涉及行政的一律停止办理，意在拂拭新政权的汉奸的名目，使□□全失作战的目标，所以这次日政军转换以后，过去采取不协力□□的中国替识阶级，也对其真意义了解同次第的对日协力"。诚能如此，日寇自然得计，然而应该告诉敌人，他们的这种如意算盘，是没有打对的。中国人民知道，敌人越是抬高汪逆伪政府，越证明汪逆之流是敌寇的忠实走狗，而佐藤的"此处无银三百两"的声明，也正证明了他们所谓"新阶级"是地地道道的汉奸政权！汪逆之流的汉奸名目是烙印在他们的脑袋上的，除了去掉他们的脑袋，永远无法拂拭的；而真正"拂拭"这些汉奸们的名目的事，是在不久的将来，中国人民所要作的事情之一。

敌寇进行了这些阴谋以后，便开始他们得意的宣传了！他们说："中国抗战，是东亚人打东亚人，中国人打中国人"，这些强盗们现在居然无耻到倒要裁□的把戏了！我们中国是爱好和平的国家，不愿与任何国家为敌的，正是日本法西斯强盗们，把东亚各□□当作了鱼肉，任意宰割；正是日本法西斯强盗，陆续发动了"九一八"、"一二八"、"七七"等对华的侵略战争；我们中国人民是团结一致抵抗侵略的，正是日本法西斯强盗们，企图利用"以华制华"的方法，组织伪军进攻抗日人民的，□目前日本法西斯盗匪们的种种措施，包括"中国人打中国人"的宣传，正是这种阴谋的实施步骤□□□的恐惧使得敌寇更加狂乱了，如同快要淹死的疯狗一样，他们已经莫知所措的伸出自己乱抓的手来，不管敌寇装着什么乞缓和善相，打击和粉碎他们的一切阴谋，使他们迅速的走进坟墓，这是我们今天的任务！

（原载一九四三年三月十七日《晋察冀日报》第一版社论）

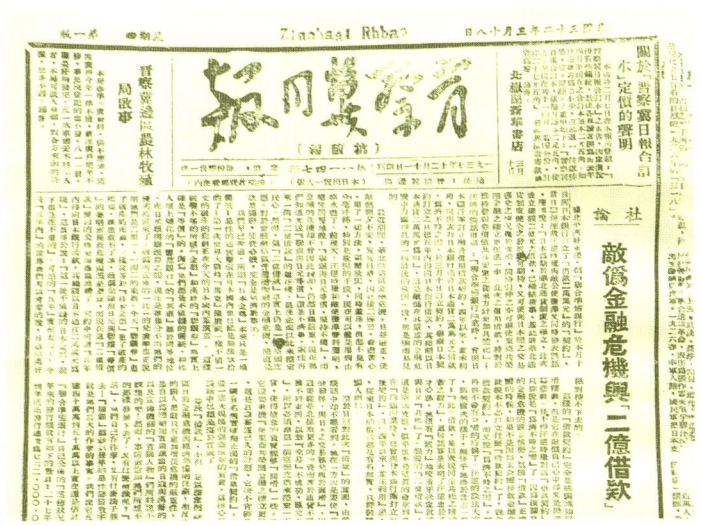

敌伪金融危机与"二亿借款"

据北平汉奸广播，伪"联合准备银行"于本月十日与日本银行成立了"借款二万万元"的"契约"，当日联银总裁汪逆时璟与敌公使盐泽又同时发表谈话，盐泽说："日本为期于华北通货制度之确立，此次成立总额二亿元之借款，已缔结竣事，基此则华北通货制度健全之发展□可期待，又可使与日本间之交易汇兑之情况□于圆滑，同时引伸之亦可谓使东亚共荣圈金融之确立更促进一步。此次之信用借款，将对于维持联银券价值及其安定之从来方针更加具体化"；汪逆的谈话则谓："联合准备银行开业时，曾与日本银行团订立融资信用借款契约，四年以来，并未利用，现与友邦日本银行商洽日本通货二万万元之借款，为济不时之需，于三月十日订立契约，联银自本契约订立之日起五年内得向日本银行借款，其总额以日本通货二万万元为限"，这是敌伪在其严重的金融危机中力图挣扎的一种最后的欺骗手段，那是显而易见的。

最近期间，华北敌占区金融危机，日益严重，使敌伪朝夕不安，岌岌自危，因此接二连三，费尽苦心，用了一切方法，镇压欺骗，同时并施，但都不见有分毫好转，特别是欺骗的手段，现在可以说是用到山穷水尽了。前几天，汪逆时璟和敌使盐泽双料声明，赌咒罚誓地说："联银与日元等价，坚持不变"，而金融的危机却不曾因此缓和，仍然日趋严重，现在他们知道光说"联银与日元等价"还是不济事，索性再来一个"二亿借款"的新花样，最后企图以此来稳定民心。然而，这"二亿借款"事实上仍是一个空头支票，对于当前敌占区普遍而深刻的金融危机，简直是欲盖弥彰，徒费心机，完全是无济于事的。

我们早已说过，所谓"日本金票"本来只是一堆烂纸；恶性的通货膨胀在日本国内也已经是无法收拾的了；第一次世界大战时"马克"像废纸一样不值一文的破产的悲剧正在今天的日本国内重演着。这样破烂不堪的所谓"金票"和汉奸的"联银券"事实上确是"等价"的，因为他们都是不值钱的烂纸，和死人坟上烧化的"丰都银行"的"冥票"属于同等地位。在日元票与联银券之间，现在是谁也分不出他们的优劣高低来了。敌伪所宣布的一比一的兑换率也正说明他们是二而一、一而二的东西，今天"联银券"患了破产的死症，这样就等于"日本金票"患了破产的死症，谁也救不了谁，敌伪企图用日元与联银"等价"的声明来挽救危机固然是愚蠢，而现在这"二亿借款"契约的公布更加愚蠢无聊了，契约中所谓"五年内得向日本银行借款，其总额以日本通货二万万元为限"，这就等于说："这一批不值钱的日本金票，眼下也是花不着的"。可怕的"五年"实在太长了，今后"五年内"的世界我们可以肯定的说，日寇和汉奸绝对待不下去的。

这样的"借款契约"完全是哄骗无知儿童的一□滑稽剧，但是它在敌伪自己心中却又是绝顶凄凉的一幕悲剧。怪不得汪逆时璟对这"借款契约"的谈话，只能说是"为济不时之需"了。因为根据目前敌占区的金融危机的严重情势，这种"借款"正应该是最急需的时候，如果不是因为太急需挽救金融危机的话，就根本不必订立什么"借款契约"了，既急于订立"借款契约"，而又说"为济不时之需"，那就恐怕他再也不会有急需的时候了。汪逆的谈话大有伤心欲哭，语无伦次的样子，无怪乎他终于含着一把眼泪又说了："此次借款，足以表现同生共死之精神与同甘共苦之毅力"，这句话算是表明了汪逆忠于其主子的奴才心迹，他很有"毅力"地咬着牙决定就这样让联银与日元"共死"了。眼前的"二亿借款"，他明明知道是空头支票，似乎也不希望真的会拿到手，因为早在"银联开业时，已会与日本银行团订立融资信用借款契约"，但"四年以来，并未利用"过，这就是说，从来日本的借款都是有名无实，只能装腔作势藉以骗人而已。

至于日寇对此次"借款"的意图，由敌使盐泽的谈话中却不难看到，他在一方面是要使"华北通货稳健发展，与日本之交易汇兑趋于圆滑"，因为现在日寇要从华北掠取更多的物资而苦于通货不稳定，伪钞换不到东西，以致"交易"不成功，汇兑太不"圆滑"，所以必须藉这一个空头支票来稳定一下华北的通货，使得掠夺的买卖能够"圆滑"一些。另一方面，它还要乘机"使东亚共荣圈金融之确立更促进一步"，这是日寇蓄谋已久的计划，它决不肯轻易放弃。以一个有名无实望梅止渴的"借款契约"，日寇却打算着一宗大规模的强盗掠夺的买卖，这种心思，在盐泽谈话中已经是溢于言表了。

如此"借款"，不但不足以稳定伪钞和挽救敌占区目前金融危机与经济恐慌的狂澜，相反的，这最后的骗人把戏只有愈加增长危机的严重性，这一点恐怕是自以为聪明而实则愚蠢的日寇与汉奸的政治、外交以及宣传机关的"首脑人物"们所料想不到而也不敢设想的吧！然而，事情恰恰如他们所想不到和不敢想的那样发展下去了，又有什么办法呢？"自作孽不可活",他们自己在作孽,又有什么法子能让他们活下去!"联银"伪钞这几年的恶性膨胀数字摆在面前,就是他们最大的作孽的事实。我们说它五年来发钞已达四十万万到五十万万以上实在还是估计过低了。伪"联合准备银行"自己公布的"业务状况",对于五年来的发行额就有如下的数目:二十七年三月成立起到年底止发行总数为七六二、〇〇〇、〇〇〇元,二十八年为四五八、〇〇〇、〇〇〇元,二十九年为七一五、〇〇〇、〇〇〇元,三十年六月底止为六九〇、〇〇〇、〇〇〇元,合计为二、六二五、〇〇〇、〇〇〇元,加上三十一年一月至三月发行额为九一三、四二九、七九六元,总数已是三、五三八、四二九、七九六元了。三十一年三月以后发行的确数未详。但本年度二月二十一起至二十七止的一周间发行平均数为一、七〇〇、八〇二、四八四元,而二月二十八起至三月六日止的一周间发行平均数则为一、七三九、四四九、一四五元,一周之间就增多了三八、六三六、六六一元。照此比例,一星期发行额增多将近四千万元,每月平均就要增多一万万六千万元,一年的发行额就将近二十万万元,根据"联银"自己公布的数字到三十一年三月底止,发行总额已达三十五万万以上,那末,每周、每月有增无减,到现在,起码的发行额也有五十万万元以上了。"联银"从来没有声明过收回任何号码的售票,事实上它是只知滥发,从不收回,而且公开的秘密是把票面的号码反复重叠,以欺蒙世人的耳目,实际的发行额远比他们公布的数字多过一倍,这是人人皆知的。因此,目前华北的伪钞起码有五千万万,这是最低的估计,至于全华北的通货,如果把经常交易中流通的各种票据、证券包括在一起,其恶性膨胀的程度更不堪设想了。

敌伪作孽的深重,就在于以此无数万破烂的□货抛到敌占区人民的手里,从他们手里抢去粮食和各种资财。敌寇号称"拥有华北一亿民众",实则敌占区远不及一半,姑且就以一半的数目来说,假定全华北敌占区人口有五千万,而敌伪通货的数量姑且也只算最低估计的五十万万伪钞,那末,敌占区每一个人民现在至少平均要负担一百元以上的伪钞的损失了。然而，敌占区的同胞自己知道得最清楚，他们被掠夺、勒索、奴役之余，在经济恐慌与金融危机下，还要担负的损失正不知若干倍于此！汪逆时璟所谓"联银券五年以来成为华北唯一通货，为一亿民众生命财产所寄托"，正好证明他们作孽之深！敌占区人民所有的财产以至于自己的生命都受着伪钞"联银券"的荼毒，敌人把这一大批破烂钞票抛到敌占区人民手里，就是攫夺了敌占区人民的生命与财产的全部。敌寇企图以"二亿借款"的空头支票来挽救伪钞的死亡，就是要维持它们掠夺敌占区人民生命财产的强盗作孽的买卖，而以敌占区人民为其殉葬的牺牲，这个时候，敌占区人民会看得最清楚，必须叫作孽的敌寇汉奸，自食其报，而自己绝对不能被欺骗去做牺牲的！

（原载一九四三年三月十八日《晋察冀日报》第一版社论）

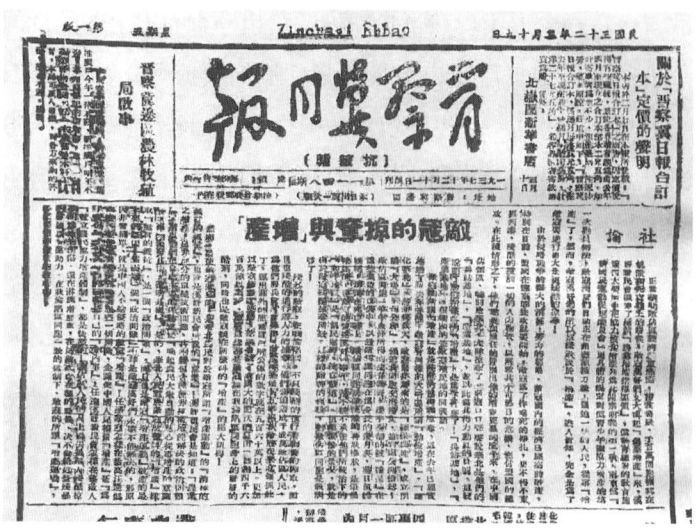

敌寇的掠夺与"增产"

正当华□敌占区经济严重恐慌，粮食奇缺，千百万同胞辗转在饥饿和死亡线上的时候，敌寇汉奸们又大叫起"农业增产"来，汉奸新民会拟定了所谓"农业增产指导要领"，伪教青总署的教育施策四大要领中把协力粮食增产列为其开宗明义的第一项，南京伪"新国民运动促进委员会"更具体的规定对伪青少年团协力增产的第一次动员办法以，敌寇汉奸们目前正在开尽种种方法，强迫一切的人民，从事"增产"了，然而，敌寇汉奸们的所以这样汲汲于"增产"，尽人皆知，完全是为了敌寇要进行更大量更残酷的掠夺！

由于侵略战争的巨大的消耗，劳力的穷竭，敌寇国内的经济已经空前破产，特别在目前，盟国在远东的总攻就要开始，敌寇为了作垂死的挣扎，更不得不东抓西凑，残酷的搜刮一切的人力物资，以解救其不可终日的危机，应付盟国的总攻。在此种情形之下，他们遂更加疯狂的伸展出他的两只凶恶的魔手来，在中国占领区，特别是华北，大肆掠夺了。敌寇口口声声说华北是他们的"兵站基地"，"产业基地"，并以此为其得力动员的口号，这就说明同敌寇所□叫祸"增产"干是为□什么了！"兵站基地"，"产业基地"□很明显的是敌寇殖民地的同义语。

敌寇的新谓"增产"就是残酷的压榨和掠夺，这在去年已经实施过了。去年□间，敌寇用同样的大叫过所谓"勤俭增产"，"□化华北"美然□□□天，敌寇紧□来的是"确保农产"，成立所谓"大场"，"公仓"，强迫我同胞交出粮食，并到处公开抢劫，敌占区同胞一年中□□所得的生存物资，几乎全部的被"确保"在这些强盗的口袋中，以致敌占区同胞在这漫长的岁月里，整日饥肠辘辘，踯躅在死亡线上。敌占区同胞饥饿流离的窘状惨状，是笔墨难述□□，连敌寇的□凶汉奸□幸平，都不能不承认他们所统治下的"和平地区"是"饥民遍野，流亡载道"。这种凄惨的景况，就是由于敌寇残酷掠夺所致。这样的痛苦的经验，对敌占区同胞是教训够了！

残暴的敌寇，在我沦陷时，不只残酷的进行着物质的榨取，而且也残酷的进行着人力的掠夺。他们强迫着成千成万敌占区人民，为他们服兵役，当□□□□□□□□筑堡垒，□□□□来□敌寇在华北强抓壮丁，运出关外的照它自己所公布的数字就在五百六十万以上。更加以敌寇修□□筑□□挖满□灭了我广大的肥沃的良田（□□四千六百万亩以上），□□这些都是敌寇加在我沦陷区同胞身上的层层的酷刑，同时也是敌寇现在所嚎叫的"增产"的绝大阻碍！

然而这最使敌寇□□的是华北农民对于敌寇所谓"增产运动"的"消极的无言的抵抗"，也就是汉奸新民会所说的"怠业"！汉奸新民会是知道:"农业之增产,总非部分的单纯技术问题,其本体包含种种非技术所能解决的政治问题,斯以他们把自己□□□的任务定□"唤起农民大众自动的热心从事增产的意图"。率"先发其情,后助其术"。是的,华北人民对于敌寇所声叫的"增产"采取"无声的抵抗",是一个"政治问题",而且也是敌寇"增产运动"破产的最主要□□因□□而□□一个"政治问题"□却是敌寇汉奸们永远不能解决的,那原因非常简单,就是中国人不给侵略的敌寇"增产"!任凭敌寇怎样在抬高汪逆伪政府□□□□□□□□想尽一切办法,企图使中国人民相信"增产"是"为□□□□□□□□□自己的□□内事□□,任凭汉奸新民会怎样在替敌人"确立农民协力增产体制",都是徒然的!敌占区人民的身上过去被敌人残酷掠□□□□创伤,还在淋漓着鲜血,在这敌死□在□的时候,决不会给这些残暴的□狼以□点助力,在我沦陷区同胞一致的抵制下,敌寇的所谓"增产运动",□□□□□□□□□□。

(原载一九四三年三月十九日《晋察冀日报》第一版社论)

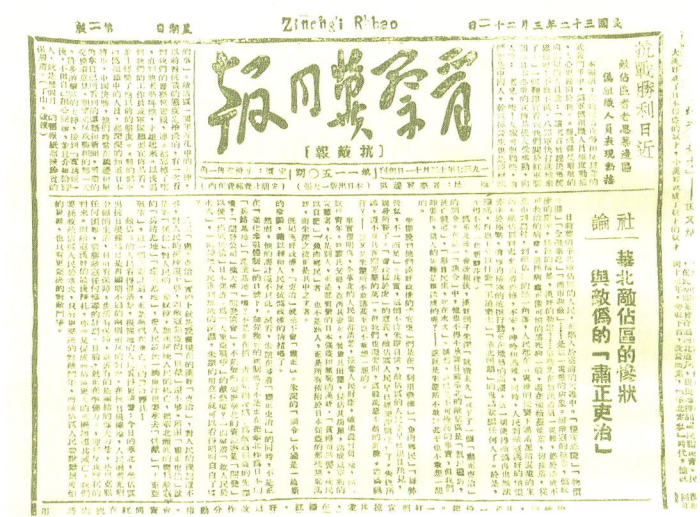

华北敌占区的惨状与敌伪的"肃正吏治"

目前整个华北敌占区的人民，正陷入于空前的灾难中。"粮食恐慌""物价飞涨""金融紊乱""商市凋蔽"……是这一灾难的病象。而敌寇的掠夺，伪政权的压榨，特务的横暴，汉奸的勒索……这些又在加深着这一灾难，终于造成不可救治的病症。这种病症正像可怕的黑死病一般，还在继续蔓延着，传播着，从都市到农村，到敌占区的每一角落，人民都在这灾难的侵袭下过着黑暗混沌的生活。敌占区到处充满着恐怖、不安、呻吟和逃难，同时，人民对敌寇汉奸的愤恨亦达于极点，消极的积极的抗拒行动正在炽热的高涨。这一切使得敌伪再也无法隐瞒，再也不能以什么"王道乐土""华北明朗"的鬼话欺骗任何人了。于是，不得不来一套新鲜花样。

伪华北政□会改组后，汉奸头子朱深"就职未久"就下了一个"肃正吏治"的训令。在这一"训令"中，他也不得不承认目前华北的敌占区是"饥民遍野，流亡载道"，"举目民生，如在水火"。诚然，这已是不可掩饰的事实，但我们却要问，这大的灾难是谁造成的呢？——这就是朱逆所不敢说甚至也不敢想一想的。

朱逆说到他们汉奸政权的"官吏"们是在"利用职权""鱼肉乡民""舞弊营私，不一而足"。其实，这倒不待朱逆自供，敌占区的人民是早已亲自所见，亲身所尝了。"苛政猛于虎"的意义，敌占区人民早已经深深领受到了。朱逆所述，还不及其实际罪恶的万一。但我们也还要问，这般万恶不赦的罪孽，谁为祸首？——这又是朱逆所不敢讲甚至也不敢想一想的。

事实很明白，全华北的人民也都清楚，掠夺人民财产，破坏农村耕地，抓□奴役青年，杀戮其父母，奸污其妻女，焚毁其田园，侵占其房屋，造成这空前的灾难者，不是别人，正是那野蛮的日本强盗和无耻的汉奸，"贪得而无厌，残民以自肥""鱼肉乡民"者，也不是别人，正是所有依附于日本强盗的那些无耻汉奸，而朱深之流正是其中之尤者。

既属汉奸政权，"吏治"就绝不会"肃正"。朱深的"训令"不过是一篇新的欺骗，藉以缓和人民反抗伪政权的情绪罢了。

然而，他的诡计还不只此。试看，朱逆在喊着"肃正吏治"的同时，不是正在"强化参战体制"的口号下，加强物资的统制吗？不是正在把华北作为日本的"兵站基地""产业基地"吗？不是正在抓青壮年□□伪军为敌寇强盗的先驱吗？"开发公司"□大成"开发协会"，不是声明要把华北的资源尽量"开发"以便"彻底供给"日本强盗，为"大东亚战争"的献祭吗？一面喊着"救人民于水火"，一面却把人民推到无底的深渊，朱逆的用意不就可以看得明明白白了吗？

□□"肃正吏治"实际上就是说□现在的汉奸"吏治"，对人民的搜刮还不够，对人民的摧残还不够，对敌寇强盗的"供献"还不够。所谓"肃正吏治"就是要"强化"对人民的□夺奴役，加强摧残人民的死亡，把华北澈底的变为敌寇的"兵站基地""产业基地"，把人民最后一滴血汗也要拿去"供献""大东亚战争"，这一个□毒计划，正是敌伪在垂亡口的拼命挣扎！

敌占区的人民看得很清楚，根据地的人民看得更清楚：今日的华北，敌占区与抗日根据地已是再显明不过的两个相反的对照。在抗日根据地，人民过着光明幸福的生活，自由有保障，生活有保障。这里有的是团结的伟大力量，是以克服任何困难，战胜敌寇任何惨毒的计划。目前，就正在准备力量，迎接反攻胜利的到来。而敌寇汉奸的最后挣扎，亦□足促成敌占区更大的危机加速其灭亡。我们要拯救敌占区人民于水火，只有更坚决的对敌斗争，而敌占区人民要脱离这可怕的灾难，也只有更坚决的对敌斗争。

（原载一九四三年三月二十一日《晋察冀日报》第一版社论）

东条访宁　对我发动新进攻之信号

敌酋东条于十三、十四两日访问南京，据事后发表之公报称：东条此行乃系"答拜"汪逆去年访日，及"感谢"宁伪对英美宣战。换言之，乃是一种简单的礼仪访问。侵略戎首在杀人放火之余，居然讲起礼仪来，而且不惜纡尊降贵，亲拜傀儡，这自然是一个漫天大谎。观其事前之□守秘密（同盟社在东条返抵东京后方发公报），及其所□随自以军武局长为首，而没有一个重要的外交官吏；观其首先接见□俊六，调冈村飞宁聆训，归途中，逗留上海，接见吉田海军司令，则此行绝非礼仪访问，甚至绝非外交访问，而是以首相兼陆相之资格亲临"现地"，面授机宜。所谓礼仪访问之官场公报，不过是掩饰其真实企图真实使命之烟幕弹。

那么到底东条访宁的真实使命在那里呢？要回答这个问题，必须首先明白日寇所□之国外国内之一般情况。

世界战局之发展，在日本法西斯面前显示了两个出乎其意外之事实，即是美国之强大与苏联之强大。在日寇发动太平洋战争时，他的计算是美国除了海军以外，事实上是一个无国防力量的国家；苏联是□在兵临国都之前的情况中，只要日本以偷袭覆灭美国的海军和希特勒攻下莫斯科，则轴心胜利之局已可确定。日寇的这种计算，在当时在表面上看来是有相当根据的。当时美国不过有一个摩托化的师，坦克不过千余辆，而且没有一辆重坦克。飞机不过数千架，大炮特别是高射炮极为缺乏。而军火生产量呢，在当时美国军用飞机生产，每月不过千架，坦克每月不过一、二百门，造船年仅百余吨。一九四零—四一年，美国全部预算只有一百四十亿美元。在苏联方面，当时正处于在苏德战争整个时期中最危急的时期，红军和全苏人民正在艰苦地抵抗着纳粹的疯狂攻势。可是仅仅一年的时间，日寇这个幻想已成了泡影，美国军备及生产之强大及红军之光辉胜利，粉碎了日寇的打算，使其寝食难安。现在美国已有百万雄师远征海外，年底美国陆军将达八百万之众，坦克去年一年造了五万六千辆，飞机四万八千架，船舶八百九十万吨。而今年呢，预计坦克将出十万五千辆，飞机十二万五千架，船舶二千万吨，而大量航空母舰与战舰之建造，不但迅即弥补损失，且将成为海上王。全年预算已达一千亿美元，而其百分之九十六是战费。苏联战局则主动权已经易手，斯大林格勒歼灭战，德寇三十一万人全军覆灭，元帅作阶下囚；接着，红军以破竹之势进攻乌克兰，拔去中路、北路之强固据点，纳粹元凶也不得不自认处于空前的危险中。这种情形不能不使日本统治者感觉其前途之危殆，出路之艰难。北进则苏联阵地巩固，南进则美国之防卫已成；守则丧失时机，使美国坐大。数月以来，日本统治者聚□纷纭的问题，就是继续进攻还是转入防卫？是答应德国要求配合发动反苏？还是集中力量□□与美国"决战"？经过八十一届议会前夜之危机，日本统治的集团（东条集团）终于决定了对内联合稳健份子（重臣财阀），抑制激进份子（中野止岗等德国第五纵队），这鲜明地表现于八十一届议会之通过战时刑事法案及其办论中。对外维持与苏联之中立协定，集中力量，准备对美"决战"，这鲜明的表现于东条、谷正之及贺□之施政演词中。

在这种状况下，日本对中国的政策亦就有着新的改变。二月十七日，敌大本营报导部长佐□会曾发表演讲说："以前对华处理方针，均系大东亚战争发生前制定者，故尽量考虑避免与美英冲突，或诱导之以解决事变，那种方策有不彻底之处。当大东亚战争之今日，帝国即须举全大东亚之民族，以所有之资源，集中于贯澈战争之一途……依日华提携之基本精神，以加强国府之政治力，覆灭重庆抗日之根据地，及同盟统一后进中国，以期贯澈圣战"。这是日本新方针之鲜明供认。这方针便是：（一）发动新的大举进攻，企图"覆灭"我国民政府；（二）扶助汪逆，使其"统一"中国；（三）搜刮我沦陷区之所有资源与人力，以供日阀去"贯澈圣战"。近月来日寇之动作，证实着这个方针已在进行中。湘、赣、鄂、滇之蠢动，乃是大举进犯的试探性的前奏。王揖唐去职，朱深□任，新民会之改为伪"国民党"，五色旗之改换为汪逆伪青天白日旗，南北傀儡合流在山东之试行，乃是扶助汪逆"统一"的初步。汪逆参战乃是大举搜刮我沦陷区人力物力之张本。

东条之访宁，乃是这个新方针将贯澈执行之信号，是日本将对我发动新进攻之信号。以礼仪访问为托辞之东条访宁，其真实使命不外是：（一）召见现地军事长官，面授机宜，作新进攻前之最后部署；（二）抬高汪逆身价，以亲临屈就之姿态，沐猴而冠，把汪逆装成"元首"模样，以打破华北派遣军及老牌汉奸（如王揖唐之流）之反汪反"统一"之抵抗，以欺骗我沦陷区之人民，以诱惑南□各地傀儡；（三）命令汪逆更进一步与日寇"同生共死"，即搜刮一切沦陷区人力物资，供日寇驱使。

所以，敌酋之来，绝不是甚么繁文缛节的拜访与回拜，而是包含着更进一步灭亡我国的血腥的阴谋。美国战力愈是增强，日美决战时机愈是迫近，日寇便愈感中国抗战力量成为他的后顾之忧，它便被迫着愈要扶植中国傀儡势力，中国抗战势力，紧紧地控制住所谓"日满□高度结合地带"，以期与美国争胜，击灭这是必然的趋势。在此种形势下，我全国军民务须密切注视，透澈揭露日寇的阴谋，尤应加强团结，加强战备，随时准备粉碎日寇之新进攻，□灭汪逆乱党，以争取协同盟国共同进行反攻，解除日寇武装，获取战争胜利之目的。

（新华社延安十九日电）

（原载一九四三年三月二十三日《晋察冀日报》第一版时评）

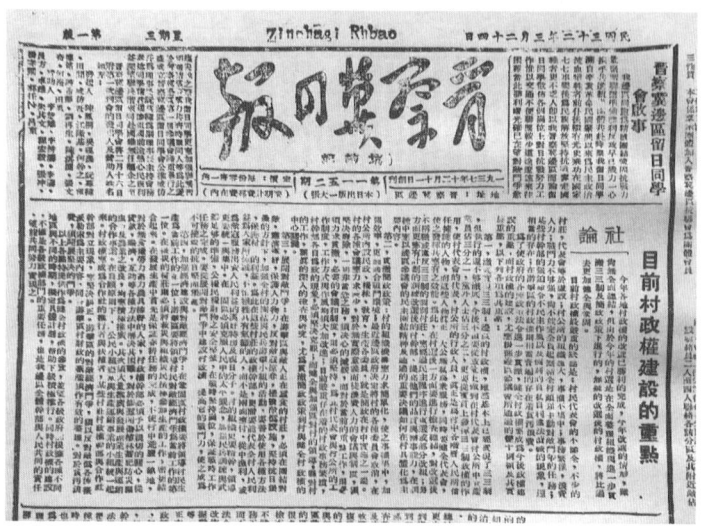

目前村政权建设的重点

今年各地村政权的改选已胜利的完成，今年改选的情形，虽尚无全面总结，但由于今年的村选是在全面整理组织与进一步贯澈三三制及简政政策下进行的，无疑的改选后的村政权，将比过去更加健全与巩固。

目前村政权最严重的缺点是：村民代表会的不健全，不少的村庄，代表会等于虚设；村公所的组织庞大，事权不集中；事务繁杂，浪费人力；战斗力不够强，尚不能完全负起团结全村顽强手动对敌斗争的任务；某些村干部的强迫命令不民主作风以及个别的自私自利违法渎职的现象，还相当的存在；在游击区的村政权则相当普遍的存在着贪污浪费。

为了使政府的各种政□法令进一步贯澈，健全村政权应成为今后政权建设的重点，而村政权的建设，尤应根据边区参议会所通过的双十纲领及其实□重点，以下列各项为其重点：

第一，澈底贯彻三三制：边区的村政权，虽然基本上已经实现了三三制，但执行的还不够澈底，今后不但要从□量上做到在村代表会村公所中共产党员占三分之一，党外人士占三分之二，更要从实质上发挥三三制政权的作用，使村代表会的代表、村公所的行政人员，真正是为村中各阶层人民所信任拥护的人物，而这些人物真正□大公无私为众服务，同时要健全代表会，使之发挥其应有之效能。为此，在村选后一方面要进行检查总结，对改选后不称职或违反三三制的个别村庄，应经过民主程序进行□选或部分改组；另方面更应有计划的训练改选后的村干部、提高他们的品质与办事能力，在训练中应以边区参议会的民主团结精神及通过的重要决议如何在村具体化为主要内容。

第二，贯澈简政政权：村的组织机构应力求简单化，使之事权集中，加强效率，更能适合战斗环境；最近边区政府决定将村的各种委员会取消，在村公所内设民政、粮秣、教育、生产各委员，就是简政在村中实施之一端。村的各种会议应力求减少，对于无实际意义而徒浪费人力的会议与制度，须坚决废除，一切非当急之务，须决心的减缓，而对于当前的重点工作，则□须力求贯澈，必要的会议和制度，则必须坚持。为此村代表会与村公所的工作制度、工作方式与作风均须大加改进；目前严重存在着的村政事务繁琐、村干部各自为政的现象、必须坚决克服；而健全与加强区对村的领导，县对村的工作，认真的深入的检查与研究，尤为贯澈简政政策到村与健全村政权的中心关键。

第三，展开对敌斗争：在游击区与敌人正在□食的村庄，必须在团结对敌，肃清汉奸，保护人力物力，反对敌寇掠夺，摧毁敌伪设施，坚持抗日堡垒的方针下，加强全村的团结与民兵游击小组的活动，要善于使用各种方法，保护村□的利益。为此在这些村庄的政权干部，更需要能代表全村人民利益为大家所拥护，不怕牺牲具有气节的人，而不是两面应付，从中渔利，或为敌寇服务出卖人民利益的汉奸特务及亲日分子。村的组织更要精干，领导更要统一与集中。在□□区必须克服人民中的太平观念，加强民兵训练与武器足够的准备，公□民□财物之安全坚壁，在战时坚持岗位，保证战时工作任务之完成。要从展开对敌斗争中建设村政权，提高它的战斗力，使之成为不可摧毁的抗日坚固堡垒。

第四，加强经济建设与对敌经济斗争：在巩固区村政权要将领导村民生产为当前工作的第一位；游击区要将领导村民对敌经济斗争为当前工作的第一位。在被灾的村庄则必须将救灾与组织灾民积极参加生产的工作；密切结合起来。在发展生产中首先是保证春耕任务的完成，不使村中荒废一亩地，对于无食□劳力□力农具种籽的人家，村政权干部必须予以亲切的关心，从贷款、赈济、互助等各种方法中解决其困难，对于修□开渠植林蓄肥防灾驱虫□及农业之改良，均应积极推广。其次须大量推广与发展副业生产与运销的合作事业。在自愿原则下，公民小组尽量与生产运销事业的小组统一起来。村政权应成为合作社的推行者与扶植者，某些村庄村政权干部与合作社干部对立现象，应坚决纠正。游击区的对敌经济斗争，须以反对敌伪各种□派勒索为主要内容，同时游击区村财政的紊滥须作有效的整理。对于贪污浪费，须开展坚决的斗争。

以上各点特提供作为健全村政权的参政，并望各级政府□根据各种不同地区与不同的时期，拟定具体计划，帮助下级积极推行。同时村政权的建设，不仅是各级政权部门的重要任务，也是我边区全体干部与人民共同的责任，望能共同努力实现之。

（原载一九四三年三月二十四日《晋察冀日报》第一版社论）

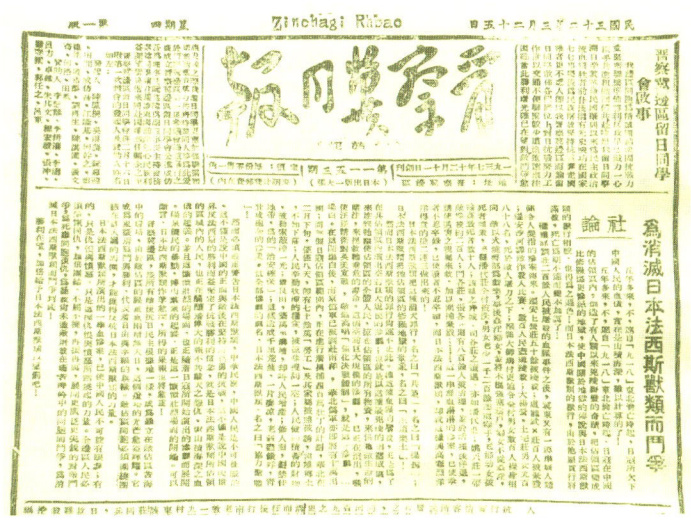

为消灭日本法西斯兽类而斗争

五年多来,不,远自"九一八"东北沦亡时起,日寇所欠下中国人民的血债,实在是山积海深,难以计算的了!

五年多来,不,远自"九一八"东北沦亡时起,日寇在中国的占领区内,创造了有人类以来凶残野蛮的奇迹,把占领区变成比修罗场更惨绝的地狱,使中国关于地狱的传说与日本法西斯兽类的兽行相较,也得为之逊色!而日本法西斯兽类的兽行,由于他恶贯行将满盈,死亡为期不远而变本加厉了!

继□邱刘庄二百余人民被屠杀的血腥事件之后,冀东又有一连串骇人听闻令人发指的惨案传来。□安上营庄五十余被残杀;□龙武×庄百人被聚戮;□安沙河□敌作杀人比赛，数百人民尽遭残杀；大杨营、土宅庄男女九百八十八名，死于敌人屠刀之下；□县大柳沟村更迫令全村男女数百人裸身相向□敌以火烧臀部为戏乐，事后奸淫妇女，□□□□□□□□，妇女不从奸淫，死者颇众，□县潘代庄全村被洗，男女老少一千二百余悉遭毒手，老妇幼女被轮奸致死者数十人；该县之奔城、司各庄之遭遇，亦如潘代庄；姚六庄一带敌惨杀约二百人；门各庄、张各庄则有八百余人被活埋，并于活埋后佯退，诱使遇害之亲属来救，加以围捕众戮；……这一串鲜血淋淋的惨案，已使□者不忍卒□，已使读者不忍卒读，而日本法西斯兽类，却就这样兴高采烈洋洋得意的接二连三做出来的！

日本法西斯兽类把这种滔天罪行，名之曰"共荣"，名之曰"提携"；日本法西斯兽类把他占领区的修罗地狱的景象，名之曰"王道乐土"！

然而日本法西斯兽类的罪行尚远不止此。他这种血腥的屠杀，正是为了在其占领区内演出空前巨大规模的惨剧；也就是以这种最凶残的镇压威逼，来达到他驱使占领区的全体人民，掠夺占领区的所有物资，来供他做生命的赌注，来挽救他垂危的寿命。这个空前巨大规模的惨剧，已正在演出，□族使汪逆精卫对英美宣战，敌伪高唱"强化决战体制"，就是这一惨剧□□场白。在这开场白后，南京伪军已被调赴南洋，华北伪军亦即将有十万出国；而整个日寇占领区范围内，正在进行着抓捕四百万壮丁的计划，华北在二月下旬，仅仅八天，即有七十余万"劳工"及其家属被捕被诱，远离乡土，不知下落；人民辛勤收获的粮食，被掠夺搜刮一空；人民俭约积蓄的财物，被勒索敲诈一光；毁良田，筑万里沟墙，却叫人民增产；修人圈，划禁住地带，为的"治安确保"；这样造成千里荒芜，一片凄凉，老弱尽饿殍，青壮成炮灰的惨象。这全部惨剧的剧名，日本法西斯兽类，名之曰"协力圣战"！

然而必须严重警告日本法西斯兽类，中华民族，中国人民是不可征服的。这不仅是说中国的正面与敌后在坚持着英勇的抗战，这不仅是说中国因世界反法西斯的胜利而益坚定了抗战胜利的信念，就是日本法西斯兽类所占领的区域内的人民，也正在酝酿着伟大的报不共戴天之怨仇、泰山积海深之血债的起义。并且这慷慨壮烈的场面，也正随着日寇所开始演出的惨剧而展开。阳泉饥民的暴动、博山群众的起义，正是这一慷慨壮烈场面的开端。可以断言，日本法西斯兽类作孽愈深，所得的果报也将愈重！

晋察冀边区，像所有敌后抗日民主根据地一样，成为矗立在敌占区苦海中的灯塔，由于敌占区的腥风血雨暗无天日，这个灯塔的光芒愈益辉耀。它成为象征着战斗与胜利，代表着自由与幸福的旗帜。敌占区同胞必须围绕团结在这大□的周围，才能获得反抗日本法西斯兽类的力量。

日本法西斯兽类所演出的一串血惨案，已使中国人民不可能有眼泪；有的，只是仇恨与愤怒，只是这样仇恨与愤怒所燃烧起的力量。全边区人民必须敌忾同仇，加倍团结，不屈不挠，再接再厉，展开更广泛更尖锐的对敌斗争，为死难同胞复仇，为拯救尚未遭敌屠杀在痛苦呻吟中的同胞而斗争，为消灭日本法西斯兽类而斗争到底！

胜利在望，加倍给予日本法西斯兽类以惩罚吧！

（原载一九四三年三月二十五日《晋察冀日报》第一版社论）

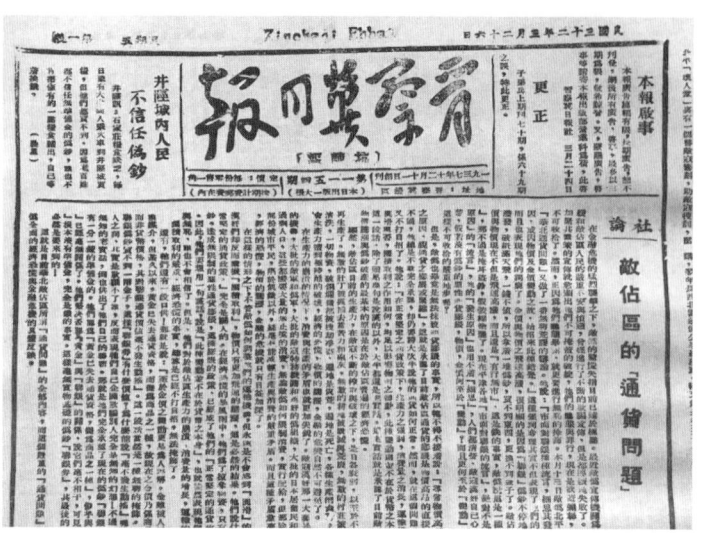

敌占区的"通货问题"

在金融危机的猛烈袭击之下,敌伪的惊慌失措目前已远于极点。最近敌伪宣传机关为了企图缓和敌占区人民的严重不安与愤懑,曾经进行了不断的欺骗宣传,但是都连续地失败了。他们愈加紧其蠢笨的宣传就愈显出他们不可掩盖的破绽,他们的丑态与罪行,现在是欲盖弥彰,益见其不可收拾了。然而,正因为他们丑态暴露,就更要进行无耻的掩饰。本月十三日敌伪北平广播对"华北通货问题"又做了一番无聊荒谬的议论。他说:"市面对联银种种流言,细思其发生之原因,或因物价及金价发动之故,始招来此种错觉。"这种强词夺理其实不但表现了他们的理屈,而且也表现他们的词穷了。金价与物价之飞速高涨,很明显的是因为"联银"伪钞不停地无限制滥发，破纸满天飞，一钱不值，所以拿着一堆伪钞，买不到东西，更换不到金子了。敌占区的金价与物价现在不但是飞速高涨，而且还是"有行无市"，这是铁的事实，敌伪说这是一种"错觉"，那不过是掩耳盗铃，假装糊涂罢了。现在平津各地"市面对联银的流言"，绝对不是没有"原因"的"流言"，他的"发生原因"也用不着"细思"，人们都清楚，敌寇汉奸自己心里更清楚，假若没有伪钞的恶性通货膨胀，物价、金价何至于"变动"？而且更何至于"变动"到今天这样不可收拾的严重地步呢？

但是，敌伪也毕竟是无法抹杀通货膨胀的事实，所以他不得不接着说："寻常物价高低变动之原因，视通货之膨胀或紧缩"，这就是承认了目前敌占区通货的膨胀是物价高昂的直接原因。不过，他总是不敢完全承认，却仍要夸大吹牛说他的通货如何正常。然而，就在这个问题上，他又不打自招了。他说："在正常坚定之通货政策下，生产力之强弱，消费量之消长，运输机构之圆滑与否，囤积取利之作用如何，均足以影响物价之变动，此种变动则并不在于货币之本身"。这一段话，除了头尾几句是说谎的以外，大半都还是老实话。这老实话就是承认了目前敌占区的物价腾涨与伪钞破产的最基本的原因是在于敌占区普遍的经济恐慌。

显然，敌占区目前的生产力，在敌寇不断的榨取与破坏之下，是日益衰弱，以至于不能继续再生产了。无数的壮丁被抓捕去当苦力和炮灰，无数的耕地被毁灭与荒废，无数的村庄被焚烧与清洗，一切物资，破铜烂铁都被搜劫净□，遍地是灾荒，遍地是死亡，各种生产倒□□□□个社会生产力遭到极残酷的破坏、经济的恐慌，物价的腾涨，金融的危机自然不可避免了。

在生产力的崩溃的情况下，消费与生产的矛盾也就更加尖锐了。敌寇汉奸那一大套暴力政治的机构，大批的敌军和伪军，大批的敌寇特务机关和汉奸的伪组织，大批的日本居留民和城市的过剩人口，这些都需要大量的无止境的消费，无论敌伪如何限制消费，实行配给，但那除了叫一部分城市平民，陷于饥饿以外，丝毫不能减轻生产与消费的严重矛盾。而且这种矛盾愈来愈严重，经济的恐慌，物价的腾涨，金融的危机就只有日益加深了。

在这样的情形之下，不管敌伪如何调整他们的运输机构□，但永远是不会感到"圆滑"的。而大汉奸们却反而乘机"囤积取利"，物价只有更加飞速的腾涨，这是必然的结果。他们说什么"正常坚定的通货政策。"完全是骗人的。在经济恐慌的暴风雨中，他们为了掠夺物资，只有滥发伪钞，造成无限制的恶性通货膨胀，这种膨胀的政策，已经成了他们的"正常坚定的通货政策"了。因此，他们要想用一句谎话，说是"此种变动并不在于货币之本身"，也就徒然表现他们的无聊与无耻，谁也不会相信了。但是，他们对于敌占区生产力的崩溃，消费量的增长，运输的不圆滑囤积取利的严重，经济恐慌的事实，总算是已经不打自招，无法掩饰了。

还有，他们还有一段口供！那就是说："至于金价之变动更易为人□解。金虽被人采用为变换媒介，但甚久以来，黄金已失去通货资格，而变为商品之一种，故现在之金价乃系商品价格，而非货币价格，其对联银通货价值毫不发生动摇"。这一段话当然是一种无聊的掩饰。一大堆的联银伪钞实不到一两金子，这样"联银券"有什么价值？为什么能说"毫不发生动摇"呢？如此欺人之词，其实是欺骗不了谁，反而表现他们自己企图欺骗别人完全是无知的幻想！不过，这一段无知的老实话，倒也供出了他们自己的秘密。那就是他们完全承认了现在的伪钞"联银券"是没有一分一毫的准备金的。他们认为"黄金已失去通货资格，变为商品之一种"，似乎与"联银券"已经毫无关系了。他们坚决否认"黄金"与"联银"的关系，说它们毫不相干，可见"联银券"根本没有准备金，完全是铁的事实。这样毫无实物基础的伪钞"联银券"，其最后的破产命运必然是要来到的!

　　这就是目前华北敌占区所谓"通货问题"的全部内容,而这个严重的"通货问题",则是敌伪全面的经济恐慌与金融危机的具体反映。

　　　　　　（原载一九四三年三月二十六日《晋察冀日报》第一版社论）

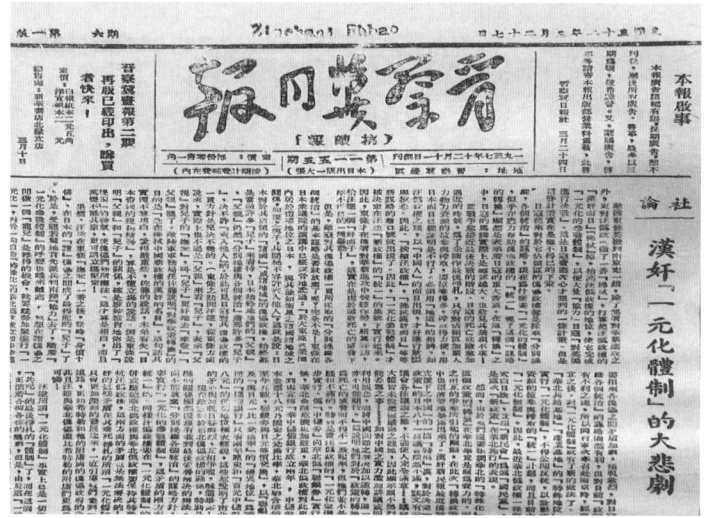

汉奸"一元化体制"的大悲剧

　　敌酋东条英机到南京走一趟，除了部署对华新进攻之外，更对汪伪政权做了一番"拂拭"，打算把汪伪政权的"汉奸面目""拂拭"掉，抬高汪伪政权的地位，使它完成"一元化的参战体制"，以便大量"协力"日寇"对英美进行决战"。这是日寇费尽苦心才想到的一条计策。但是这条计策实在是极不得已的下策。

　　日寇从来对于它占领区的傀儡政权都是采取"分别操纵，各个统治"的谋略，现在为什么要"一元化的体制"，似乎在尽力帮助傀儡政权的"统一"呢？这个"谋略的转换"显然是表示着日寇的重大苦衷。在这"转换"之中，日寇的马脚实际上是越露越大，也愈见其狼狈不堪！

当战争愈接近最后决战的阶段，日寇的死亡危险愈加逼近的时候，为了企图作最后挣扎，只有对占领区加紧人力物力资源的掠夺与榨取，要掠夺得多，榨取得方便，用日本面目已经证明是不行了。必须用"地道"的招牌，如汪伪政权之类，以"中国人"的面目出现，才好进行欺骗与掠夺。因此，"扶植汪政权"，"拂拭汉奸面目"等等新谋略的新口号就出现了。因此，"一元化参战体制"才被决定在汪逆"新政权"的"统一"的旗号下实行起来。因此，东条才在部署对华新进攻中装腔作势，屈驾答访，给汪逆一个"好面子"，这实在是处于战败死亡的威胁下极不得已的一种举动！

但是，敌寇对其傀儡政权一贯所采取的"分别操纵各个统治"的基本谋略是否就放弃了呢？完全不是！东条在日本众议院的演讲中已经露骨地说过："于大东亚共荣圈内居于指导地位之日本，与其余如卫星之诸国诸地域之关系，如亲之与子，其间绝不容许夹入他人"，这就是说：日本对于其占领的"诸国""或诸地域"的傀儡政权，始终都是当做许多"儿子"来看待，日本始终是他们的"父亲"，"父亲"仍然"分别操纵与各个统治"着那许多"儿子"，决不许"夹入他人"的。于此可见日寇对其傀儡政权的一贯方针是坚决不变的。（东条之访问汪逆，从东条方面说来，实际上也不过是"父亲"来看"儿子"，表示"父亲"对儿子的"抚爱"，叫"儿子"更好地去"孝敬""父亲"罢了。敌陆军军务局长佐藤说明"对华政策转换"的目的是"急在拂拭中国新政权的汉奸的名目"，这句话其实还不算坦白，说得严重些，佐藤的说话，未免有失"日本帝国的提携精神"，算是不懂立场的说话。倒是东条说明"父亲"和"儿子"的关系，确是惟妙惟肖地传出了"提携"的神气，使傀儡们知所向往。这才算是坦白，而且万变不离其宗，更可谓立场坚定！

果然，汪逆在东条"抚爱"一番之后，登时"身价十倍"，在日本的"诸"傀儡之间成了最得宠的"儿子"了。于是，受宠若惊地首先派兵到南洋"协力"去了，随着"一元化参战体制"的呼声也越来越高，他想在诸傀儡之间做一个"宠儿"是难得的机会，就要趁势加紧进行"一元化"，对于一向自命"特殊化"的华北伪政权立即步步进迫，打算把□"化"到自己的"一元"之下来。但是这却要招来各傀儡之间矛盾加剧，倾轧愈烈，对日寇"分别操纵各个统治"的谋略固然有利，但对目前"政策转换"却有不利之处，所以冈村宁次奉召赴南京时，经东条面授机宜之后，对"一元化体制"就有了新的做法了。一方面强调"华北兵站基地""产业基地"的"特殊地位"；一方面实行"一元化体制"，不得公开反抗，以致影响人力物力资源的掠夺与榨取的"统一"计划，而且目前主要是实行"一元化体制"。因此，最近华北伪政权一律悬挂伪"青天白日旗"，改组"新民会"为伪"国民党"，这些就算是这次"新政策"在华北施行的表现。

然而，由于他们还要强调华北的"特殊化"，因此，这个政策的"转换"在华北毕竟是颇为费力的，而南北傀儡之相互的争夺所引起的龃龉，在此次"转换政策"的宣传中也很清楚地暴露出来了。汉奸新民报最近揭载"日强力支援下之中国"的一篇"特稿"里，对于决定"转换对华政策"的日本八十一届议会颇致不满，该文有云："此次议会各种议论之点，不能使人完全满意……议会之质疑，大体皆未能把握严肃之观点，因此显示颇不热烈者实为不能否认之事……如对中国之实力滥加诽议或固执区区之利用观念，而将中国问题之解决加以逆转，则一步之前进亦不可能期待。"这说明他们对于"政策的转换"虽然因为死亡的威胁而不得不一致起来，但他们并不是都没有牢骚和不满的。特别是当汪伪政权的"一元化金融政策"逐步实行，伪"中储券"向华北伪"联银券"实行吞并的时候，华北金融危机更加严重，华北伪政权对此更不能忍受，到处宣传"华中储备银行成立两年，中储券百元与日本金票十八元乃固定之兑换比率，华北联合准备银行成立至今五载，联银券与日元等价交换"，以"联银"成立五年及"与日元一比一兑换率"的"优异地位"为夸耀，对汪逆的"储备银行"只有两年历史和"百元中储券换日元十八元"的低劣地位极表轻视，这些都说明了南北傀儡之间的矛盾与倾轧日益剧烈、互相争宠，丑态毕露！

现在敌寇对于南北傀儡政权的关系，特别是经济与金融的关系显然还没有找到最后妥善解决的办法。敌寇一方面不能放弃"分别操纵各个统治"的谋略方针，一方面又要实行"一元化的参战体制"，这矛盾的两方面是无法"统一"的。同样汪伪政权要在"一元化体制"的口号下吞并或压迫华北伪政权与华北伪政权要保持其特殊地位以抵抗汪伪政权，这两方面的矛盾也是无法解决的！敌寇与汉奸的这些矛盾在其垂死挣扎的所谓"一元化体制"之下，只会更加深刻的发展起来，一直引导他们走到"共死"的道路，正如希特勒和他的附庸国的傀儡政府的命运一样，甚且汪逆与华北傀儡还比希特勒的附庸们更为卑贱，更为可怜！

汪逆所谓"一元化体制"事实上已是一切汉奸与日寇"共死"的最后挣扎的"体制"了，而在这个"体制"下，正演着各种各样的丑剧，但是，由于这"一元化体制"是他们临死前最后的一次总出演，因此，它又是一个最大的悲剧。

（原载一九四三年三月二十七日《晋察冀日报》第一版社论）

粉碎敌伪"蒙疆四次跃进运动"

伪"蒙疆政府"最近决定从四月一日开始,又要实行它所谓"第四次施政跃进运动"了。根据汉奸广播张家口十八日电讯,此次"蒙疆施政跃进运动"是有"两大目标",一个是"治安圈的扩大";另一个是"物资劳力全面的增产"。在这"两大目标"之下,他们要"动员政府全部机能",并且命令其"管下各省盟及各市县官民一体推进",以达到"确立参战体制"的目的。

所谓"蒙疆政府",本来就是敌寇奴役我察绥蒙古同胞的傀儡组织,历次伪"蒙疆政府"所实行的"政权跃进运动",也正如过去敌伪对华北的所谓"治安强化运动"一样,完全是根据着敌寇在各个不同地区不同时期中,为了实现其奴役榨取掠夺统治的总计划所采取的不同方式与步骤而提出的。几年来敌寇在"蒙疆"的统治，特别是前几次的"施政跃进运动"以来，凶残地掠夺察绥蒙古的资源与人力，蹂躏与屠戮我蒙、回、汉的同胞，并积极进行挑拨离间、分化利用，企图以同胞的生命财产、作其侵略战争的廉价的牺牲品！

敌人因为看到察绥是"羊毛煤铁兽皮等重要资源的宝库，……若能尽量开发，不难成为东亚的宝库"（见伪"西北公论"杂志），更因其特殊的地理条件与战略地位，极为敌寇所注意，因此，敌寇历来把"蒙疆"称为"防共第一线"，在太平洋战争之后，敌寇更视"蒙疆"为"□东亚大陆的中心，中日满三国之锁□"，要把它作为"与亚的第一线"，于是敌寇关东军就把统治东北"满洲国"的恶毒手段，施之于"蒙疆"。近年以来，"大乡主义"的"政务所"实行了"保甲制"、"连坐法"，接二连三出现，用尽了极端残酷的手段，杀害着我们的察绥蒙古的同胞。敌人把善良的无辜人民称为"莠民"、"乱匪"，横加杀戮，只在大同一地，一年间被杀者即达七千人之多。太平洋战争以后，更大量捕捉青年，强征壮丁，实行"配给制度"，强迫成立"组合"，把人民的衣食住行生产经商的一切自由完全剥夺净尽，老百姓买了五斤盐就被枪毙了。五十种以上的苛捐杂税，每人每年的负担是难以估计的，特别是把所有商品估价征税，值百抽五以至值百抽十五，加上绑架勒赎，无所不为，一个女孩子被绑勒赎二千元，商店被"检举"而以"□法"论罪，判处罚金或封闭者，时有所闻，敌人还要迫令每家每户都交"飞机救国捐"及"国防□金"一次数十元或百余元不等。敌寇到处测绘"土地配列图"，实行"土地调查"，按地摊派各种无限制的负担，而且滥行圈占人民的土地，这些都成了已往几次敌寇在"蒙疆"实行"施政跃进运动"的"成绩"了。

现在，战争已经临到最后决战的前夜，希特勒的死亡，已经在苏联红军冬季的大反攻之下被注定了，日寇处于失败绝望的穷途，他要作最后拼死的挣扎，正加紧对其占领区的残酷掠夺，因此他对于一向视为"与亚第一线"的"蒙疆地区"，更不能丝毫放松他的魔爪的蹂躏，最近他对"蒙疆"已经实行了"改首建制"，这正是加强掠夺统治的最后手段，而"四次施政跃进运动"则是这一新的大规模掠夺的具体化计划。这所谓"四次施政跃进运动"实际上就是第四次大规模的人力物力的掠夺运动。

伪"蒙疆"傀儡政府对这一次大规模的掠夺运动，曾公布了一个"实施要纲"，其全部内容，除了掠夺人力物力，叫察绥蒙古的人民实行"铳□支援"，完成其所谓"决战体制"之外，再也没有别的东西了。他们在"扩大治安圈"的口号之下，企图更大量地捕捉青年壮丁，替他去送死当炮灰，所谓"警备力之综合"，所谓"青年队的训成"就都是强抓察绥蒙古青壮年去做日寇替死鬼的代名词。为了保证他的抓捕政策的实行，他就必然要强调"连坐制的澈底"，以严刑与屠杀来威胁人民任其抓捕劫掳。而"物资劳力之全面增产"的口号，就更明白地规定为这个运动的中心，这是企图掠夺人民的粮食与一切农产物，让人民饥饿死亡而日寇藉以苟延残喘的一套老花样。所谓"增产模范村"与"增产开发强化"等等，都是察绥蒙古人民与东北和华北的人民一样听得烂熟了的最厌腻的名词。不知有多少的敌占区的人民都曾问过："增产，增产，为谁增产为谁忙？"敌人一个空嘴巴叫敌占区人民"增产"，两个手早已到处乱抢了起来。粮食被强迫收进了"公仓"，一切农产品被强迫按"官价"搬走，甚至土地已经被挖成壕沟或平为飞机场与公路，只因为说过要"增产"，却仍逼迫着人民卖妻女去补价，造成了无数的灾民与饿殍，那不是东北，华北和察绥蒙古人民早已看惯了的吗？敌寇在"四次跃进"下的"增产"，只有叫察绥蒙古人民更进一步走向饥饿与死亡罢了。在这样的情形下，敌伪所呼喊的"增强劳动力""劳动精神之普及与强调"等等口号，就不过是把饥饿的人民拖到矿山窑洞的黑暗地狱中，去当苦力受鞭笞到死而为敌寇"开发地下资源"，以便它去进行对英美同盟国的决战而已。

但是，现在的形势已经很明显地展开了，察绥蒙古人民和其他敌占区的人民一样，必须要活下去，因此，也就一定要敌人死下去；而敌人则是自知将死，但却不愿死，而企图用残酷的掠夺以维持其喘息，用其占领区人民为牺牲，以□侥幸保留它自己的狗命，至少也想使自己死得慢些，而且叫它的走狗奴才和它铁蹄下的人民与它"共死"才甘心；这是双方决死斗争的时候，这斗争是摆到察绥蒙古同胞和一切其他的敌占区的所有人们的面前来了。在敌寇掠夺统治下的同胞要使自己活得下去，只有和苏联红军、英美同盟国的反攻，和我们祖国广大军民对敌的坚决斗争相一致，反抗敌寇的掠夺与奴役，加速敌寇的死亡，最后解救自己！这是一切敌占区同胞唯一的生路，也是目前处于敌伪"四次施政跃进运动"的大规模掠夺的奴役下的察绥蒙古同胞唯一的出路！今天生活在"蒙疆"的全体同胞，无论是蒙民、回民、汉民，必须更加团结一致，粉碎敌寇挑拨离间的一切阴谋，粉碎敌伪的"四次施政跃进运动！"

（原载一九四三年三月三十日《晋察冀日报》第一版社论）

伪军当前的劫运与出路

日寇在五年多的侵略中国的战争中，□帅二百五十余万人（据军委会统计）；最近半年来，日寇在太平洋更受到盟国的不断重创；其欧洲盟友希特勒匪徒则正在红军的猛击下溃败，最近突尼西亚的许多要地又被迫放弃，日寇将永无可能从希特勒那里得到什么支援或策应，日寇本身又消耗巨大，兵力不足。日寇的窘状，随着一瞥既逝的时间，飞速的增加着。

在这种新的形势下，便产生了日寇的新阴谋。这新阴谋是：抓捕壮丁，扩编伪军，利用汪逆"参战"，调伪军赴太平洋，去做日寇的替死鬼。南京伪军被调赴太平洋，就是这新阴谋实施的第一步。外间风传的华北十万伪军将被调出国，也是不久即可证实的。

日寇为了实现这一阴谋，而使不遭受阻碍，近在华北各地正进行把所有带地方性的伪军如"警备队"等等，改编为伪治安军，使之能逐步遣调如意。另外大量组织与扩充伪清乡青年团一类组织，以加强"自卫"的欺骗之词，使之接替"治安""警备"的职务，而这些伪军乡青年团，同时又成为将来过渡到伪军的后□力量。日寇这一新阴谋，不仅对于敌占区千百万青壮年是一个巨大的灾难，就是对于伪军，也是一个空前的灾难。因为背井离乡、遗妻抛子、远涉重洋、葬身异域的悲惨命运，已临到他们头上了！

伪军之所以将遭遇这样的悲惨命运，主要由于日寇的策划，其次则是由于汪逆精卫齐逆燮元等把他们作为自己抬高汉奸"身价"的交换礼物，汪逆之强调南京伪警备师出国，齐逆之积极训练与扩充伪军，就是想以无数万伪军官兵的牺牲，来换取日寇的宠爱的。

然而伪军的悲惨命运，将远不止此。日寇为了对伪军能遣调如意，正普遍进行着所谓"肃军"工作。许多伪军军官，被日寇认为"不稳份子"，轻则撤职，重则处死，将彼掳掠中国人民的钱财，没入日寇私囊；即倖而未被撤职处死，亦监视綦严，动辄获罪。一般伪军，则更受虐待，有的完全不发军饷，逼令抢劫为生；有的名义上虽发饷，而拖欠刻扣，十不得一；敌兵食大米，伪军吃粗粮亦不可得；勤务苛重，"讨伐"频繁，奔走疲惫，鞭笞时加；战死无人掩埋，受伤任其残废；且自己虽置身伪籍，但仍不能养其父母，庇其妻子，伪军家属，敌兵可以随意蹂躏，伪军亦无如其何。近来伪军杀敌反正的日益普遍日益众多（冀中一地在一月份中伪军反正人数即达五百余），固有不少是早就心怀祖国伺机起事的，但不堪日寇虐待压迫，愤而出此的，当占最大的数量。而今后随着日寇"肃军"阴谋的变本加厉，这类愤日寇之压迫而毅然反正的事件，将会更普遍更众多的。

现在摆在伪军面前的只有两条路：一条是死路，那就是不特在目前要受日寇"肃军"所加的惨祸，并且在不久将来，要被调赴太平洋去替日寇当炮灰，遗妻抛子，暴骨异域；一条是生路，那就是与抗日政府，抗日军队接洽投诚，伺机而动，一旦日寇逼令出国，就杀敌反正。

伪军所面临着的命运是空前悲惨的，而事情又是那样紧迫，因为日寇的死亡已为期不远，日寇在死亡以前，决不会放弃利用伪军当炮灰的企图，因此所有伪军应严重警惕日寇的新阴谋，翻然猛省，在日寇强调伪军出国万分危迫之时，杀敌反正，这将成为伪军同胞自救救国的重大时机。

边区的抗日政府与八路军，对待伪军的政策是一贯不变的，欢迎他们的反正，不改编反正过来的队伍，优待他们的俘虏，教育他们希望他们翻然省悟，并且热诚的愿意援助他们对日寇的一切反抗斗争。今天是伪军猛省，伺机而动的时候了，祖国在等待他们回到温暖的怀抱！

（原载一九四三年四月三日《晋察冀日报》第一版社论）

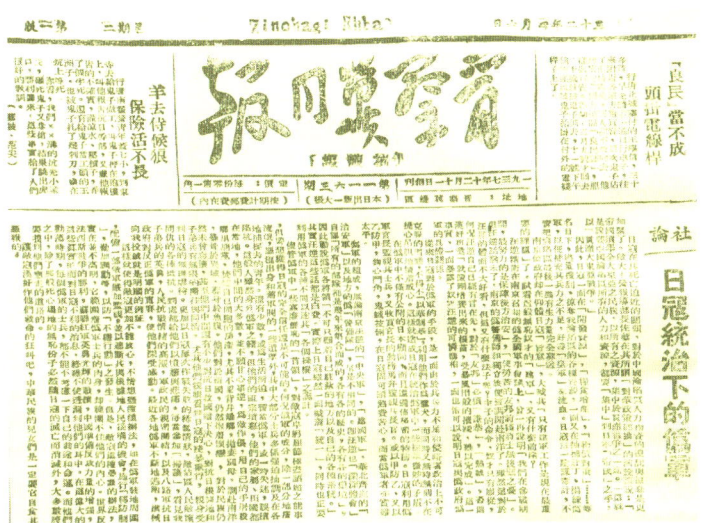

日寇统治下的伪军

　　日寇在其死亡迫近的关头，对于中国沦陷区人力物资的搜刮与掠夺是更加紧了。敌大本营报道部长佐藤在其所谓"对华政策转换"的演说里说："帝国须举全大东亚之民族，以所有之资源，集中于贯澈战争之一途。"这就是说要中国沦陷区所有的人力和资源，都要"集中"到日本"帝国"之手，以"贯澈大东亚战争。"

　　因此，日寇一面在"开发资源"，"粮食增产"，"物价对策"……等名目下，尽量搜刮、掠夺我沦陷区的各种资源，一面又在抽捕壮丁、编练伪军，以便补充其兵力之不足，好替"皇军"来流血。日寇这一阴谋毒计，不啻把沦陷区最后一点有生力量完全葬送。

南京伪政府却在仰体日寇"旨意"，大喊其"只有建军工作是现在最重要的课题"了。试看这般无耻奴才的"建军"，又有什么前途？

汪逆精卫在南京召开的伪全国军事会议上，曾一再说明"我们在参战期间，最努力的是保障后方治安"，"使劳苦的友邦前线将士无后顾之忧"。但汪逆话未了，南京的伪警备师和独立旅便被调开赴南洋了。虽然这对于汪逆的体面不大好看，但这又有什么法子呢？主子的命令，奴才只有服从，何况汪逆自己已经有言在先，对于"友邦"必须"谦恭"，"热诚"，否则汉奸事业"就像刚培养出来的根苗，受暴风雨般的摧残，难以完成"。这一事实，一面暴露了奴才汪逆的可怜丑相，一面也恰可以说明日寇与伪政府伪军的具体关系。

从来日寇对于伪军的手段，是一面由于其兵力不足和侵略者政治上不可客服克服的困难，不得不"以华制华"，利用他们作为鹰犬，而同时又无时无刻不在提心吊胆地怀着戒心。这样就造成日寇在统治伪军中一些复杂微妙的矛盾。

在伪军中不仅有公开的日本顾问，而且还遍布秘密的特务。日寇利用伪军官长监视其士兵，又收买官长的勤务马弁监视其长官。或以甲防乙，又以乙防甲，钩心斗角，鬼蜮技俩，在日寇固可谓煞费苦心。而当伪军者亦实难太平。

伪军的组成，无论南京汪逆的"中央军"，"建国军"，华北□□的"治安军"以及地方的伪"警备队"，都是不相同的。即汪逆也"深深体会"自认"所有的部队都是几年来集合而成的，各有各的历史，各有各的环境"，因此劝说伪军各将领"不可只顾着自己驻扎的地方以及自己的各种系统。"其实汪逆这些话都是白费。实际上日寇虽然一面喊着"统一"，同时也正要利用伪军的各种不同以远其"各个操纵"之诡计。

尽管伪军中一些寡廉鲜耻的"首领"，对敌寇卑躬屈节极尽谄媚之能事，但要想获得日寇的完全信任还是不可能的。何况伪军的成分，除一部分地痞流氓、恶棍出身和旧军阀的一些遗孽外，其中大部分士兵多系强迫抽调及在各地捕捉去的青年。还有少数，或为生活所迫，暂当伪军，或一时失迷，误堕陷坑。这般人虽然身□伪军之籍，但他们的祖宗坟墓，他们的家属、田园都在当地，他们中间的大多数，并不愿甘心事逆，为敌作伥，用自己的手屠杀乡里朋党，焚烧自己同胞的房产，尤其不忍背井离乡，抛妻别母，调赴南洋，暴骨于异域，葬身于鱼腹。他们对于祖国，仍然抱着怀恋，对于民族仍然未曾忘怀，甚至他们中间还有不少对抗日救国暗下决心，对抗日根据地和子弟兵有无限的向往与同情。尤其他们亲眼看到日寇的残暴兽行，亲身受到日寇的无理虐待。更加以日寇屡次作战失败的稀□情状，敌占区人民敌忾同仇的各种抵抗。到处都给他们以愤懑与悲痛。每当参加"扫荡"，看见我子弟兵的英勇，人民抗战情绪的高涨，军政民的亲密团结，以及八路军抗日政府对反正伪军的宽容，使他们深受感动。最近各地伪军不断地逃跑，携械向我投诚就是明□的例证。

这样就使得敌寇更加不能放心，不惜想尽种种办法，如在伪军驻地周围，配备一部敌军严加监视，并以遮断其与根据地人民接触的机会，施行"转防制"，勤加调动等，以防"不稳行动"之发生。但是，敌寇这种愚蠢的办法，实在并不高明，它范围着伪军士兵的肉身，却范围不住他们的内心。世界反法西斯战争的胜利，苏联红军英勇光辉的战绩，中国准备反攻力量的增强，这些真实的而对日寇不利的消息，终难不使透漏到他们的耳中。在这伟大的动荡时期，每个伪军的士兵，都不能不考虑一下自己的前途和命运。而他们之中，除了那般死心塌地的无耻份子必然随日寇的灭亡而消灭外，大多数将要找到他们应走的道路的。

让敌寇汉奸作他们救命的狂叫吧，中华民族的儿女们是一定要它自食其恶报的。

（原载一九四三年四月六日《晋察冀日报》第一版社论）

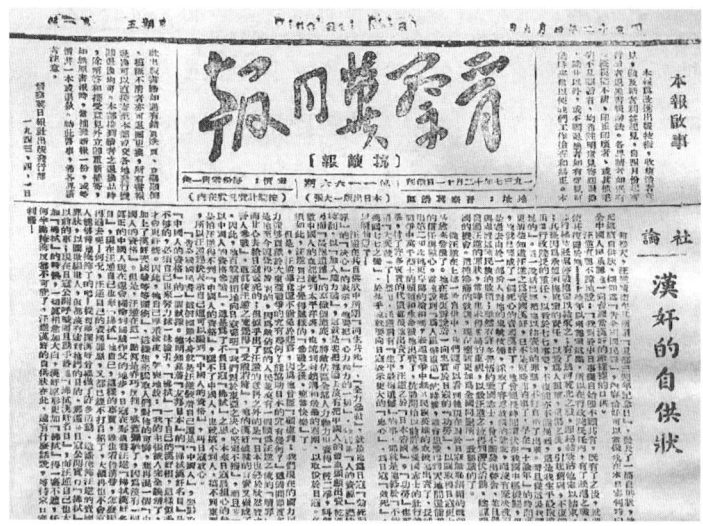

汉奸的自供状

前几天，汪逆精卫在其所谓"还都三周年纪念日"，发表了一篇自供状，他把这篇自供状，标□为"告全国国民书"，内容恰好可以当做他在末日审判时向全中国人民承认他一向卖国当汉奸的赤裸裸的口供。

汪逆直认不讳地说："我对于中日事变自始即不愿其有，既有了之后，就要使其复归于无……十余年以来认定这点，所以在行政院长任内，有了淞沪之战，□行缔结淞沪停战协定以结束之；有了热河冀北之战，即缔结塘沽协定以结束之；其后因为承认何梅协定的责任，以致为人狙击，重伤之后，引起旧病，不复能□□行政院长的重任，以致于七七事变，不复能亦不能挽回，这是我生平最抱遗憾的。"这一段话已经把他以往卖国的罪恶，不打自招了出来。而且从这里我们更清楚知道汪逆之为卖国汉奸，已不是短时间的事了，早在"十余年"的时间里，他就已经成了一个死心的卖国汉奸了。他曾经长时间潜伏在我国中枢机关，但是过去由于一部份人对他的鬼□伎俩，采取了容忍放纵的态度，而没有坚决洗刷与处置这种民族的败类；虽然有许多觉悟的爱国志士，曾不断发出警告，并且举发过汪逆的罪状，当时也未得当局的重视，以致汪逆之流得到潜伏活动、阴谋祸国的机会。这种惨痛的教训，现在应该更加为全国同胞所一致认识的了。

从汪逆在上述一□自供中，我们还可以看到他现在对于日寇无耻谄媚的丑态是愈来愈丑了。他在那里诉说着一向忠实于日寇的"功劳"，以□取得日寇更大的信任与欢心。当他说到"为人狙击重伤"的时候，谁会想像得到天地间还能找出第二□比他更卑鄙的脸相吗？淞沪战争中无□民族英雄的血被他出卖了，长城战争中万千烈士的头颅和生命被他出卖了，抗战开始以前许多爱国志士的壮行义举，付了许多宝贵的代价都被他出卖了，汪逆之于"日本帝国"，"功劳"也可谓"大矣哉"了！然而，汪逆有"生平最抱遗憾"的事，那就是他终于"不能挽回七七之变"，于是乎他就要像日寇表示更大的"忠心"，为日寇"效死"，□□□了！

汪逆在其自供状中所谓"同生共死"、"全力参战"，就是他为日寇"效死赎罪"的"决心"的表示，他要把"心里协力的一切"，□□是"人的资源"尽情搜刮，以"加入总力战"，这就是要把他过去没有把中国人的鲜血头颅出卖干净因而"最抱遗憾"的事做个彻底，将敌占区全部人力物力出卖得一干二净，叫无数中国人的血都流到太平洋里，也流到封锁沟和堡垒的周围，以取悦于日寇。必须如此，汪逆自己才觉得这样的"参战之后，应当快乐"了。

但是，汪逆毕竟还不能免于悲哀，因为他曾经"顾虑到：我们现在的国力民力能够贡献于大东亚战争的究竟有几何？能协助日本的究有几何？"

这个问题实在是他至今还觉得苦□的，因为敌占区的人民并没有一个愿为汪逆之流的"赎罪"而甘心去给日寇送死的；但似乎出了汪逆的意料之外的是"日本也终于欣然赞成吾人参战"，这真使汪逆之流觉得"受宠若惊"，他的汉奸破鞋的买卖有做成了，因此，他百般谄媚地向日寇声明"我们对于东亚之决心坚定不摇"，而且□"以中国人的资格参战"，这是为了不负日寇"拂拭"之恩。本来日寇最担心的就是怕汪逆得不到"中国人的资格"，骗不了中国人，也就搞不到人，搞不到东西，所以汪逆赶快表示自己还可以骗到"中国人的资格"，叫日寇放心。

"告全国国民书"这个标题本身就是汪逆装着自己还是"中国人"，要骗取"中国人的资格"的一个试探。他明知靠着"友邦日本"的"拂拭汉奸名目"是不够的，必须自己也来努力抹一抹脸孔，"拂拭"一下自己的汉奸相，这样似乎才会更好些。因此，他自己厚着脸皮，哭丧地说："我的主张被人完全误解了，加上了汉奸卖国贼等等头衔"，这样想来骗取人们对他的可怜，想再混一个"中国人的资格"。但是，汪逆在这一点真是弄巧反拙，欲盖弥彰了，因为没有一个真正的中国人现在还会糊涂到认贼作父的地步，日寇在那里替汪逆"拂拭汉奸名目"，现在汪逆自己也来"拂拭"他自己，这样的事实，谁也看得清楚，怎么骗得过去呢！何况，汪逆自己的卖国罪恶，又都已经不打自招了，大概再也不会有人能够替他掩饰了的吧！从□敌探汉奸曾经做了许多活动，造谣掩饰汪逆的卖国罪状，以图欺骗世人，但都没有达到他们的目的，那还是日寇公开实□"拂拭"以前的事；现在日寇公开呼喊而且动手替他"拂拭汉奸名目"，而汪逆自己也大加"拂拭"的时候，一切真相愈加大白，汉奸原形更加"拂拭"得一□不遮，任何半点掩饰反都不可能了，汪逆汉奸的自供状在此，还有什么话说，等待末日审判罢！

（原载一九四三年四月九日《晋察冀日报》第一版社论）

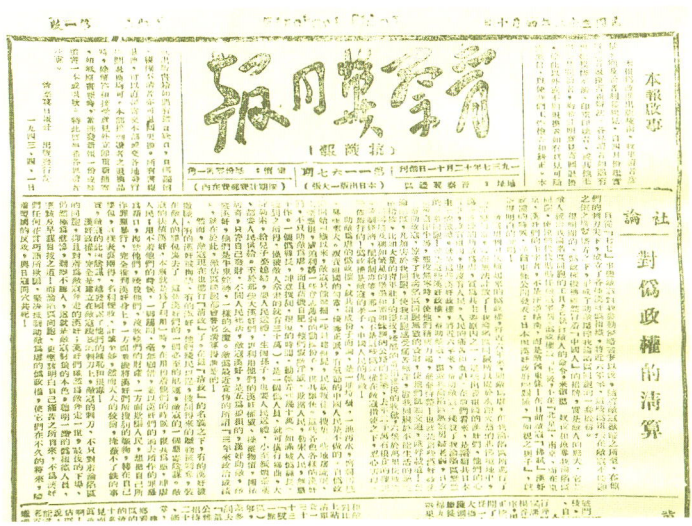

对伪政权的清算

自从"七七"事变敌寇对我发动侵略战争以后,随着敌寇兽蹄之所至,在他们的刺刀尖下,成立了各种汉奸伪组织,将近六年来,这些伪组织在敌寇不时□之倒之横竖播弄之下,形成了助敌压榨我沦陷区同胞的一套机构。

很明显的,伪政权机构虽然冒着"中国人"的招牌,实是敌人的鹰犬,它是敌人统治我沦陷区同胞的工具,它执行敌人的命令,来镇压奴役和掠夺我沦陷区同胞,使他们服服贴贴任敌寇宰割。伪政权最□上级,不在"北京"、南京,而在东京,汉奸们的主宰者,不是汪逆精卫,而是敌酋东条—在目前敌寇"拂拭"汉奸政权的时候,敌酋东条公开发表:日本与汉奸政府的关系,"如亲之与子",

就是很明白的说明！

敌寇用刺刀扶植起来的伪政权，将近六年来，助敌为虐，在我沦陷区所进行了□罪恶勾当，实在无法计数了！我沦陷区同胞所以处于水深火热的悲惨境地中，汉奸政权的助敌伪虐，实为其主要原因之一。这些出卖祖国的汉奸们，他们的心目中，没有祖国，也没有人民。人民的痛苦和血泪，在他们看来，是谄媚其日本主子的献礼。就是这些汉奸政权，将近六年来，帮助敌寇，残杀了我沦陷区无数的无辜同胞！就是这些汉奸政权，帮助敌寇，骗我沦陷区无数男妇老弱，日夕□敌寇作牛马，服役无宁时，使他们精疲力竭，奄奄待毙！也就是这些汉奸政权，帮助敌寇，掠夺了我沦陷区同胞无数的资财，使他们饥寒交迫，饿殍载道！在沦陷区，凡加害于我同胞，使我同胞感受痛苦极深，置我同胞于不能生活的绝境的措施，比如大量的青年壮丁的征拨，残酷的苛捐杂税的收敛，六倍于万里长城的□沟墙及稠如繁星的堡垒和密如蛛网的公路的修筑，去年二千万石粮食的搜刮□统制经济，配给制度等，那一项不是这些伪政权在敌寇指使之下，忍心害□□布施行的！伪政权是敌寇的孝子，中国人民的仇敌！

助敌为虐的伪政权，就其组成份子而论，是一堆垃圾，一池污水，腐烂污□，臭味熏天。叛卖祖国的勾当，优秀正派，有气节的中国人民是不做的。自伪政权开始组织以来，敌寇只能发掘一些封建僵尸，民族叛徒，搜集一些地痞流氓，土豪恶棍，威迫利诱一些意志薄弱的动摇份子，供其驱使。这些各式各样的汉奸们，不只助敌为虐，而且藉机自肥，他们假敌淫威，欺压人民，勒索人民，无恶不作。一个伪县长，肆意搜刮，很短的时间，动辄弄到几十万（如满城伪县长，搜刮之所得，仅被敌人拿走的就有三十万），是一个伪人员，就可横行乡曲，大肆勒索，给儿子娶媳妇，要人民送礼，生个孙子，也要人民送礼，小至纸烟茶叶，都要人民供给。至于那些大汉奸们，更利用他们的汉奸权威，操纵物价，囤积居奇，只管自己发财，不问人民死活，敌寇汉奸，是互为狼狈的，汉奸助敌，敌□汉奸，他们是牛鬼蛇神，一样的么魔。敌伪最近宣传的所谓"三年来政治成绩□"，就在于此，敌占区同胞都会替它清算得清楚的！

然而，敌寇现在也进行"清政"了。在这"清政"的名义之下，有的汉奸被撤职，有的汉奸被拘禁，有的汉奸，他们残民以逞，搜刮得来的贼物被剥夺，装在敌人的腰包里去了，这是汉奸们的一个必至的厄运，敌寇的一个恶毒阴谋。敌寇的扶植汉奸，本来就是为了利用一时，在用得着他们的时候，纵其为恶、肆虐人民；用不着他们的时候，一脚踢开，毫无顾惜，并以汉奸们的过去所作的罪恶为藉口，拘禁他们，残杀他们，没收他们的财产，一方面欺骗人民，想把自己所作罪恶暴行，完全推到汉奸身上，一方面乘机将汉奸们所搜刮的财物，转在自己腰包，这样表里两得，名利双收，计诚至妙，然而天大的狡猾，掩蔽不了铁的事实，敌寇的此种阴谋，越发显露了他们的无耻和狠毒！

汉奸政权，完全是建立在敌寇残暴的刺刀上，敌寇的刺刀，不只对着沦陷区的同胞，抑且对着为敌寇奔走的汉奸；汉奸们虽然为敌奔走一世，最后的下场，仍然极为悲惨，翻眼不认人，这就是敌寇豺狼的本色，聪明一点的伪组织人员，应该及早谋自拔之道！而沦陷区同胞，更应该明白自己痛苦之所自来，不为汉奸们任何花言巧语所欺骗，坚决抵制助敌伪虐的伪政权，使它们在不久的将来，□着盟国的反攻，与日寇同穴共死！

（原载一九四三年四月十日《晋察冀日报》第一版社论）

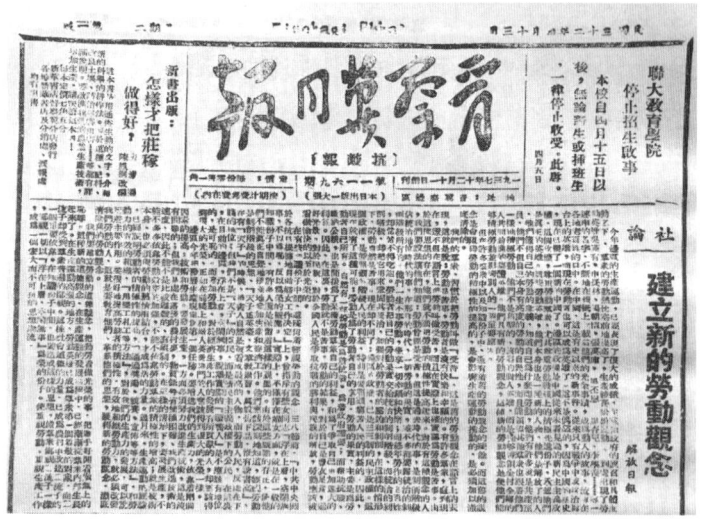

建立新的劳动观念

　　今年边区的生产运动，已经表现了很大的成绩，在党和政府的号召和具体推动之下，群众的劳动热忱空前地提高了，生产竞赛纷纷发动，到处出现了劳动英雄吴满有、申长林、杨朝臣、张万库、马丕恩、马杏儿、李学义……等一连串的名字，不断地在报纸上□载着他们的光荣事迹，成为动人的故事，流传在各地老百姓的口中。在中国，这是有史以来的新事件。从来只有战争中或政治舞台上的英雄，而现在劳动者也可以成为英雄了。这不是偶然的，因为中国的历史，现在已变了一个新的中国了。边区的政权是中国从来未看见过的新民主主义政权，这个政权，尊重劳动群众，尤其尊重劳动战线上的积极先进份子，承认他们是真正的英雄。这些劳动英雄，他们本身也是一种新的人物，他们是解放了的人，他们懂得自己的劳动的意义，知道自己为什么而劳动，他们有许多就是共产党员，他们不但自己本身有高度的劳动的自觉性，而且能领导其他群众也跟着他们一样地积极劳动，他们不是□型的、狭窄的个人英雄，而是能够带领全村全乡的人共同前进的集体英雄。他们具有新的劳动观念，这种新的劳动观念是使他们能够积极劳动并影响别人的一个重要原因。

但在许多群众中以及知识份子中，还有着旧的劳动观念的残余。而这旧的观念是会阻碍劳动的积极性的提高的，是会影响生产运动的推动的，是必须加以澈底清除的。

我们的群众，习惯于把劳动叫做"受苦"，这是旧的劳动观念在语言上的表现，这就是说：劳动是苦事，劳动者是没有快乐和幸福的。有许多群众，直到现在，还不但在语言上把劳动叫做受苦，而且在实际上也确实认为劳动是苦事。由于这种思想的存在，他们就不愿把劳动的积极性提高起来。对于有这种观念的人，我们要设法让他们知道：劳动曾经是受苦，但这是过去时代的事，是剥削阶级占统治地位时代的事，在那□的时代，一切劳动的果实，差不多都要归统治的剥削阶级所有的。他们一生不事劳动，坐享一切幸福和快乐；而终年劳作的老百姓，却常常不得吃饱。劳动者把自己的劳动果实交给统治的剥削阶级，而统治的剥削阶级，却把它用来巩固其统治，加强对于劳动者的压迫和剥削，在这样的情形下，劳动自然是苦事。现在却不同了：边区的政权，已是三三制的民主政权。这个政权，是能照顾□阶级人民的利益，特别是要照顾穷苦人民的利益的。因此，现在就有了这种可能：劳动是为了劳动者自己的享用，劳动的果实，主要是为劳动者自己所有，自然有一部分劳动是为着抗战，为着政府需要；而帮助抗战、缴纳公粮，也是间接为了保护劳动群众自己的利益，和为了争取自己更加远大的利益。因此，在这里，劳动就不是苦事，劳动的结果，对于自己是丰衣足食，过好光景。对于民族、对于全国人民是争取抗战的胜利与民族的解放，劳动应该被看做愉快的以至于光荣的。

在有些知识份子中间，还残留着轻视劳动的观念，三八节前，"中共中央关于各抗日根据地目前妇女工作决定"上，曾指斥有些女同志"浮在上层，空闲无事，不以为耻，反以为荣的观点"。实际上，不仅仅在妇女方面，就是在一般的知识份子中间，有许多人还是保留着这样的观点的。由于这些观点的存在，使他们不能真正自觉地积极地参加生产和经济工作。他们应该深刻地知道，轻视劳动是剥削阶级的思想，"天子重英豪，文章教尔曹，万般皆下品，惟有读书高"，在有"天子"的时候，读书人自然是被看成最高的人物，而劳动人民，反处在下贱的地位；但我们不是"天子"的臣民，而是新民主主义政权下的公民，在这里，在目前的边区，浮在上层，空闲无事，脱离实际的"读书人"是不应该有地位的，是可耻的。而参加劳动，对于经济生产工作的发展有所贡献的人，却应该得到很大的光荣，正如在前线上和敌人英勇战斗的人应该得到很大的光荣一样。

边区今年把发展生产规定为第一个任务。要增进我们的生产力，依靠着两个因素的提高：技术和劳动。要发展生产，一方面必须努力改进生产技术，这是没有问题的；但我们是处在落后的农村里，物质条件有种种困难、我们改进技术的速度，因此不能不是比较迟缓的、有限制的。在这样的情形下，要发展生产，不能不多多依靠劳动效率的加强，不能不依靠劳动群众的积极性的增高；就是技术本身，也必须与劳动的热情相结合，才成为活的力量。几月来，生产运动的经验，已经证明劳动者的积极性的提高，"通过奖励、竞赛、宣传等等方法"，和劳动力的有效的组织，"用变工札工等方法"，对于我们的生产力的发展，可以说起着主要作用。要很好地提高劳动者的积极性，有效地组织劳动力，就必须改变我们劳动的人，这就是要教育他们、革新他们的思想，获得新的劳动观念，彻底清除旧的劳动观念。

我们要建立劳动的道德观念，把勤劳看做光荣的事，把游手好闲看做无上的耻辱。这种新的道德观念，在生产运动的发展过程中，已经渐渐从群众内部生长起来了。在生产运动高涨的地方，劳动英雄已成为群众第一个尊敬的对象，而二流子却受到群众普遍的鄙视。这种社会道德的力量，已成为农村中改造二流子的一个重要依靠。在知识份子中间，也要造成这样的思想，像群众鄙视二流子一样，鄙视一切以"浮在上层，空闲无事"为荣的份子。使重视劳动、重视生产工作，成为一个宏大而不可抗的思想潮流。

（原载一九四三年四月十三日《晋察冀日报》第一版社论）

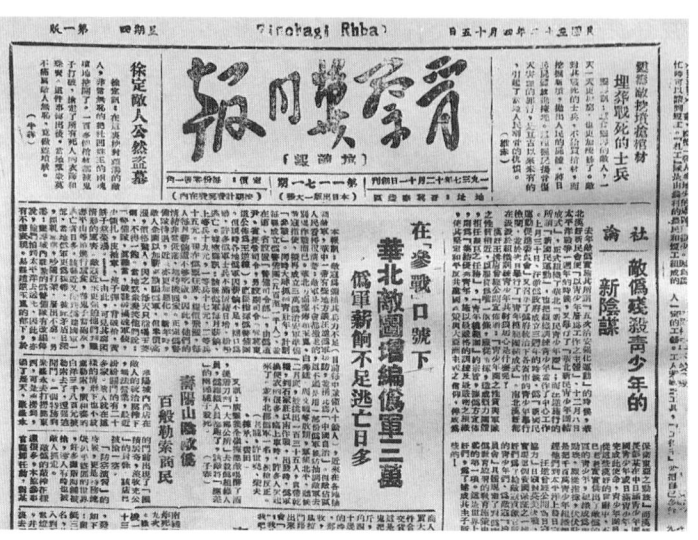

敌伪残杀青少年的新阴谋

去年敌伪实施其所谓"五次治安强化运动"的时候，华北汉奸新民会便"以青少年□为工作之主体"。十二月八日太平洋战争一周年的时候，又举行了"华北新民青少年团结成式"，正式组织了华北"新民青少年队"；而汪逆施行的所谓"新国民运动"，也把组织训练青少年当作了中心工作。上月三十日，汪逆伪政府成立三周年的时候，伪"新国民运动促进委员会"又召□了伪府统治下各省市的青少年举行检阅，并于次日举行了"青年模范团结成式"。南北汉奸都在汲汲于组织训练青少年其豺狼居心是什么呢？

汉奸王揖唐曾经公开宣布过："青少年团之性质与军队之性质相近，以服从为唯一信条，服从指挥，造成强力团体，担任艰巨之任务"，"青年模范团"的宗旨，据伪方宣布，则为"集结优秀青年，施以最严格的训练及最严密之组织，使其坚定和平反共建国政策与大亚洲主义之信仰，俾成为保卫东亚之劲旅"而汉奸新民会青少年统监部的一个动员处长彭某在中日满青少年团联欢会上更明白的讲道："无论中国青少年或日满青少年，皆负有创造东亚新历史的使命，欲完成此使命，青少年团员非经过绝大的努力与流血不可"。从这些汉奸的言辞中，不管他们夹杂着多少掩饰与欺骗，却已老老实实供出了敌伪的新阴谋；这一新阴谋就是要把沦陷区的青少年，组织成为与军队相同的团体，作为"参战"的劲旅，服从指挥，伏伏贴贴的去为日寇流血，换句话说，就是把千百万青少年组织起来，作为伪军的直接的后备队，驱赶他们到太平洋上替日寇当炮灰。

汪逆曾经公开对日寇保证，要用中国"人的资源"来"协力"日寇对英美决战，把青年编组为伪军的后备队，便是实现这个卖国保证之一种，然而这只是一方面，另一方面汉奸们为了给敌寇贡献它所急需的物力，更迫使这些未及丁壮的青少年们，为敌寇"增产"，伪南京"新国民运动促进委员会"具体规定了对伪青少年团协力增产的动员办法、华北伪教育总署的教育施策中，也把协力粮食增产列为其开宗明义的第一项。这是世界上最残酷的奴役。然而毫无心肝的汉奸们，为了达成其主子所给予的任务，忍心□理，是不愿这些的！

敌寇汉奸们是残害青年的恶魔，他们不只在肉体上给我沦陷区青少年以无穷的残酷的迫害，而且在思想上，敌寇也企图为敌寇的奴役和统治，清除道路，给他们以最大的毒害。"青少年团"，正是汉奸们替敌寇进行"征心"工作的一个组织。"使其坚定和平反共建国国策与大亚洲主义的信仰"，这也是汉奸们组织"青少年团"的目的之一。"和平反共"之为汉奸们卖国的幌子，固不待多言，而自从汪逆伪政府奉命对英美宣战以后，汉奸们又大叫其所谓"大亚洲主义"了。他们毫不知耻的要中国人在敌寇残暴的统治和奴役下面，作个所谓"东亚人"，这样企图消灭中国人民的民族意识，使他们忘掉了自己的祖国，伏伏贴贴的受敌寇的宰割，并为其强盗的战争而牺牲流血。汉奸们这种阴谋其实是徒费心机不打自破的，敌寇将近六年来占领了中国的土地并在它的上面所作的种种残暴的行为，就已经给了汉奸们这种言论以迎面的打击了。

汉奸们所组织的"青少年团"，是沦陷区青少年的牢笼，是为了使这些青少年就范，任敌寇之所为的一个网维□所有汉奸的欺骗言辞，都是他们钓鱼罗鸟的诱饵，沦陷区的青少年，应该认识清楚敌寇汉奸的这种阴谋，用种种不同的斗争方法，使敌寇汉奸们的这一阴谋澈底粉碎。

（原载一九四三年四月十五日《晋察冀日报》第一版社论）

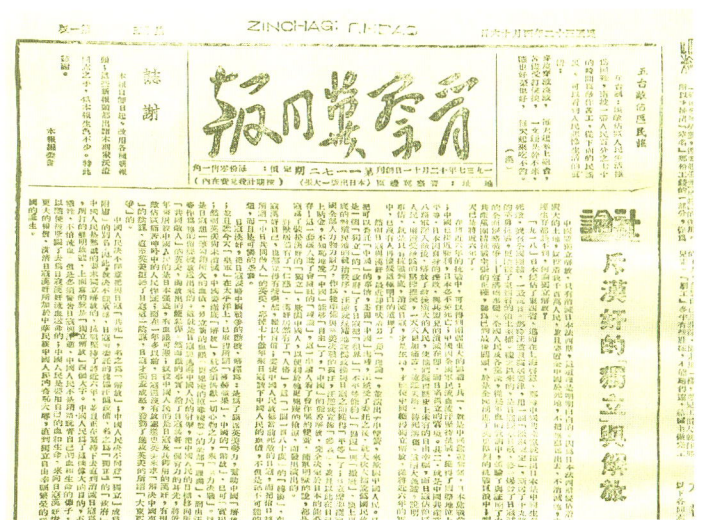

斥汉奸的"独立"与解放

中国要独立解放,只有消灭日本法西斯,这道理是明明白白的。因为日本法西斯侵占着中国广大的土地,奴役着我千百万人民,并且要置全中国于死地,不把他驱逐出去,不消灭他,中国连生存都谈不到,何论独立解放?

"九一八"日本侵占了东四省,进而在上海起□,那时中国共产党就指出日本是中国生存的死敌,号召全国团结,一致抗日。那时中国共产党就指出日本是中国生存的死敌,号召全国团结,一致抗日。那时汪逆还窃居要津,用一个"淞沪协定",断送了十九路军的英勇抗战,更断送了东四省的领土主权。继之以来的,是日寇侵华日亟,终□爆发了日寇灭华的全面侵略战争——卢沟桥事变。全国人民及各党派，从几年血的教训中，证验了与证明了中国共产党团结抗战主张的正确，认为已到最后关头，于是全国涌进了英勇伟烈的抗战巨浪中；到今天已是将近六年了。

在将近六年的抗战中，可以得到两个重大的认识：其一，就是中国愈战愈强，日本愈战愈弱；中国已接近胜利，日本必不免死亡；中国因全国军民流血流汗坚持抗战，获得了国际地位上的平等，日本因自身的挫败，与其盟兄的溃灭在即，而日陷孤立的窘境。其二，就是中国共产党、八路军深入敌后，解放了敌后广大的人民，使他们获得历史上未有的自由幸福，而日寇占领区的人民，则遭受敌伪的压榨摧残，一天天更加痛苦，流离失所，转死沟壑。这两大认识，说明一件事情，就是只有抗战到底，消灭日寇，才是生路，才能使中国获得独立解放，从将近六年的实践中，已没有人再怀疑这极明白的道理了。

然而日寇与汉奸，最近却狂吠着另一套"理论"，并演出一串双簧，来欺骗中国人民。日寇把可以委托"中国"的事情，悉归"中国"处理，汪逆受了委托之后，就大吹大擂说伪国民政府是一个"独立"的"政府"了；日寇把"租界""不平等条约""归还"与"撤废"，换上更澈底的对殖民地的统治秩序，汪逆就炫耀地说伪政权与日寇之间获得"平等"了；日寇需要攫取中国全部人力物力财力，作为他准备与英美决战的孤注，汪逆就宣布"参战"，并且以此在自己脸上贴金，不知耻地说"中国"能够"自主"了，"中国"的能否解放，完全决定于日本的能否生存！这一套让人听了会脸红的"理论"，这一串让人看了会作呕的双簧，简单明了的说，都是日寇为了装扮汉奸的"独立"，欺骗中国人，以便利于他更凶残的抢掠，而发出演出的。

野兽居然有了"仁慈"，汉奸居然有了"人格"，这"一个一百八十度"的"转换"，在日寇汉奸自己，也都觉得有些突然，难以自信；要使中国人民放松当前死敌的日寇，而把枪口转向所谓"中日共同敌人"的英美，忘掉七十余年来日寇欠下中国人民的血债，不但是绝不可能的妄想，而且是可怜的愚蠢。

日寇汉奸，把日寇侵略中国战争的动机，解释为：是为了驱逐英美势力，帮助中国"解放"；并且说今天"皇军"在太平洋上，已取得所谓"赫赫战果"，中国的"解放"，已可"实现"；然而英美尚未消灭，中国要彻底"解放"，就必须贡献一切心物之力，来"努力决战"。这就是日寇想一笔勾销所欠的血债，另立新的血账（更凶残的掠夺残杀）的全部"理论"，而由汪逆等作为他的留声机放送出来的。这就是日寇想逃避中国年国人民的射击，把中国人民的目标移向所谓"共同敌人"的英美，而放出来的烟幕弹。然而铁的事实，给了日寇汉奸一个有力的耳光，将近六年来屠杀中国人民的是日本强盗，有血账可凭；奴役中国人民的是日寇及其御用的汉奸，有现在敌占区痛苦呻吟中的人民作证；而在一年多以前，日寇还没有放弃恳惠英美求"解放中国事件"的阴谋，直至英美拒绝了日寇这一阴谋，日寇才恼羞成怒，发动了进攻英美的所谓"大东亚战争"的。

中国人民决不同意把与日寇"共死"，名之为"解放"；中国人民决不同意"独立"成为"附庸"的别名。因此，就决不能承认，日寇所委任的傀儡汪伪政权，名之为"独立"的"政府"。中国人民是热诚的要求独立解放的，抗战坚持了将近六年，并且正在坚持下去直到消灭日寇为止，所打的鲜明旗号，上面写的就是"独立解放"四个大字。中国人民为了这个伟大的目的，不怕牺牲、不怕流血。但是必须警告日寇与汪逆，中国人民不是践踏玩弄自己的血和生命的傻子，可以随便被欺骗了去为日寇汉奸流血送命的；中国人民是要用自己的血和生命，来向日寇汉奸索取更大的报债，洗清日寇汉奸所加于中华民族中国人民的奇耻大辱，直到独立自由幸福繁荣的新中国的诞生。

（原载一九四三年四月十六日《晋察冀日报》第一版社论）

加强区政权的几个问题

边区的区政权在将近六年的锻炼中,和各级政权一样在不断地前进着,日益走上健全与巩固的道路。在政权工作的各项建设中,在对敌伪政权的各种斗争中,尤其在反"蚕食"、反"扫荡"的斗争中,一般的区政权都能坚持阵地,发挥它应有的作用。参议会闭幕后,边委会根据大会决议精神,本简政原则,于二月十二日发布"关于各级政府组织机构改变的决定",自此以后,边区的区政权又步入一个新的阶段。因为这个决定,不仅充分贯澈着加强区政权工作的精神,并且按巩固区、游击区工作重心之不同,分别具体重订了区公所新的编制与分工的办法。这种新的办法,清除了过去某些平均主义、一般化的毛病,使区公所的工作走上科学化，大大克服事务主义的现象，（如巩固区均一律增设总务助理员，统一掌握区的事务工作），无疑的这是一个大的改进，尤其简政过程中，大批县级专区级以及边区级的干部，深入下层工作，因而区政权干部增加了一批生力军，这些都成为今日区政权走向更加健全与巩固的重要因素。

但今天敌后的环境，是愈接近胜利□□经过艰难的过程。斗争益尖锐，环境益残酷，敌寇的"蚕食"、分割、特务活动□□"摧毁"根据地的阴谋，正在加紧进行着。客观形势对区的工作任务的要求□□愈加提高了。这原因至少有以下三点可以说明：

（一）所谓区村政权□发挥政权建设、对敌斗争的堡垒作用，在今天还不能一下子把村政权普遍全面的健全与巩固到应有的程度，为了健全村，首先就要健全区，加强区的辅助领导作用。

（二）政策法令贯澈到村贯澈到老百姓，同样老百姓和村的各种问题及时反映到县，这中间区还具有主要的作用。过去提出"县政府要领导到村"，有些主观，实际上在今天很困难，目前县政府应该先做到切实"了解"到村，至于对村政权的领导，主要还须靠于区。

（三）游击区变动性大，突然发生的问题多，区政权与县政府的联系没有巩固区密切，许多迫不及待的问题，需要即时独立的处断，（当然不是出乎政策原则以外的问题）因之，适当的提高这些地区区政权机动权限，使更能及时的解决村级的问题，非常必要，这样就必须更加健全这些地区的区政权。

根据这种要求来检查我们的区政权，无疑的，它还很不够。比起县级以上的政权来，区还是较薄弱的一环，因此，加强区政权应是目前边区政权机构改进的重点。

当前一般区政权的主要缺点是什么呢？

一、事务繁忙，日常琐碎问题□□得不了，以致影响到中心工作的不能圆满完成，或中心工作的突击影响了经常工作部门工作。地区分工与部门分工的矛盾还没有很好的解决，一般助理员全面性的锻炼还不够。

二、学习时间不够，学习制度也难坚持，又加以上级政府法令文件多，看不过来，许多区干部对于边政导报、日报不能保证经常阅读，对法令政策的研究不够深入。如何把上级法令、指示在本区内具体贯澈下去，探讨尤不多。

三、由于以上两点，更造成对村级领导的办法少，到具体问题不敢下判断，对村干部的具体帮助少，完成上级任务，不免于单纯的方式，个别的还有强迫命令作风的残余。

这些现象应该继续用大的力量予以克服，我们希望县级以上的政府负责人员，即时根据边委会的决定与指示，提起最大的注意，把整风与简政的精神贯澈到区村去。

首先，应该响应边委会的号召，要"研究区"，并切实帮助区，检查区的工作。一切非□"当务之急"的工作不往下布置，一切不必要的文牍坚决省掉它，让区政权人员有学习、研究及考虑整个工作的充分时间。所有法令、指示要求更具体，更通俗，更现实。而且只要一件决定、命令下达后，一定要检查，保证其贯澈实现。

其次，区政权本身也应该研究改进自己的工作制度与作风，使更加科学化，总务助理员的工作要加强起来，澈底肃清事务主义的现象。加强学习，特别加强对法令政策及时事的研究。锻炼助理员工作的全面性，关心村□发生的问题，尤其老百姓切身的迫急问题，把它和法令政策对照起来分析研讨。这样不仅对法令政策的了解更加深刻，解决问题时可以得心应手，办法多，而且还可研究出某项法令在本区内执行的正确程度，并可向上级反映一些改进办法的材料和意见。

最后，区干部质量还要提高，应该配备强的干部到区担任工作。最近边委会提出宁可县级的科长不如区长强，把强干部派充区长的号召，我们认为非常切要。我们号召"坚强干部要下去，到区级去工作"。同时，还不要忽视本地干部的培养与提拔，因为这对于加强区的工作上有着更重要的作用，也是加强区政权很重要的一件工作。

（原载一九四三年四月十七日《晋察冀日报》第一版社论）

加强争取伪军伪组织人员

在日寇"以华制华"的阴谋下,我国少数丧心病狂的民族败类,屈膝事敌,为虎作伥,出卖国家以求荣,鱼肉人民以自肥,在伪军伪组织之中,掌握大权,甘受敌人驱使,这些祸国殃民死心塌地的大汉奸,实在是万诛不足以赎其罪的。抗日政府对于这些人,也只有以国法来制裁,平服怨愤的人心,激励民族的气节。

然而伪军伪组织中人员,并不能一概而论,其中绝大部份,却是受敌威胁,迫不得已,或惑于小利,误入迷途的。对于这些人,抗日政府与八路军,始终抱着宽大政策,俘掳了来,还给资遣送回籍,逮捕了来,还加以劝晓开释,这种种处理办法,无非为了要感动这些人,使他们揭发天良,为自己的国家民族和同胞着想，从此洗手，再不为敌利用，再不助敌为虐；无非为了要教育这些人，使他们明白日寇所加于他们的，是鞭打和杀戮，而只有祖国的怀抱才是温暖的，能宽宥他们本不该赦免的种种罪恶，给他们最后自新之路。

这种宽大政策，在将近六年的抗战中，确已收到了巨大的成绩，很多的伪军官兵，和伪组织人员受到了伟大的教育和感动，本来是受敌威胁，迫不得已的，不少毅然反正或自新了；本来是惑于小利，误入迷途的，许多开始动摇，且有的洗手了。这就大大的打击了日寇"以华制华"的阴谋，使日寇对此种现象的普遍增长，日益感到恐慌不安。

最近，边区政府根据了晋察冀边区目前施政纲领中关于除奸和对伪军的政策，及边区第一届参议会通过的有关除奸与处理伪组织人员之议案，更颁发了"处理伪军伪组织人员办法"。这个办法，再度明确的说明了抗日政府关于除奸及对待伪军伪组织人员的政策，它的基本精神是非常明确而坚定的，就是一方面对于罪大恶极的汉奸，必须予以严厉的镇压，绝无宽容余地，但另一方面对于一时迷误的伪军伪组织人员则本宽大政策，予以悔过自新之机会。这一办法的颁发，将在敌占区起着它更巨大的影响作用，因

一、它是以具体的办法——登记，来给予一切伪军伪组织人员以表示乐意改悔自新，证明心迹的机会；凡是进行了登记，而有事实证明确已改悔自新的，不管他是立即脱离敌伪组织，或是暂不脱离等待时机，其生命与一切法定权益，都能得到抗日政府的保证，既往一律不究，不致在日寇死亡之日，遭到同归于尽的惨祸。这就大大鼓励了一切"身在曹营心在汉"的，以及痛悟前非，立志洗心革面的伪军伪组织人员，来邪归正，共灭日寇。

二、它以登记来全面鉴别伪军伪组织人员，使靦颜事敌拒不登记的死心塌地的汉奸，或登记之后，不能履行各款规定，仍然助敌为虐的汉奸，无所逃其形迹。因而过去伪军伪组织人员中，确有少数视抗日政府的宽大

政策为可欺，而作恶无所顾忌的人，而这办法的规定，将使这些人日益孤立，将来受特别法庭裁判之日，无法辩护自己应得之罪。

三、它给予被害人民或检查机关以检举之权利，凡伪军伪组织由抢夺勒索等非法取得之财产等，政府不承认其法定权益，这就保护了敌占区游击区人民的财产权益，而使伪军伪组织人员对人民掠索敲诈时有所顾忌。

然而这一工作，决非印发这一办法，和散发登记证，就可使伪军伪组织人员自来登记的；也不是登记以后，就万事停当的；相反，这是一个极繁重的宣传工作与组织工作。必须使这一工作，成为群众性的运动，通过广大群众去向伪军伪组织人员宣传解释，随时揭穿日寇的恐吓欺骗；了解敌寇对伪军伪组织的监视钳束情形，与伪军伪组织人员要求悔过自新之迫切，而予以有效的解释和援助，并须尽力保护登记后真心改过自新者的安全；更重要的是登记以后的组织与教育工作，使登记者能在不断的进步中，坚定他们的民族意识，抗日情绪，为祖国效力，洗涤自身的罪愆，取得最后的胜利。

现在国际形势，由于红军冬季攻势的巨大胜利，痛创了德寇，盟军在北非对轴心残敌的"扫荡"，太平洋盟军将采取大规模攻势，中国积极准备反攻力量，已愈加迫近消灭德日意法西斯的最后胜利。这就是登记为什么要限期的意义。伪军伪组织人员正应该认清目前的大势，及时翻然自新，弃暗投明！

（原载一九四三年四月二十二日《晋察冀日报》第一版社论）

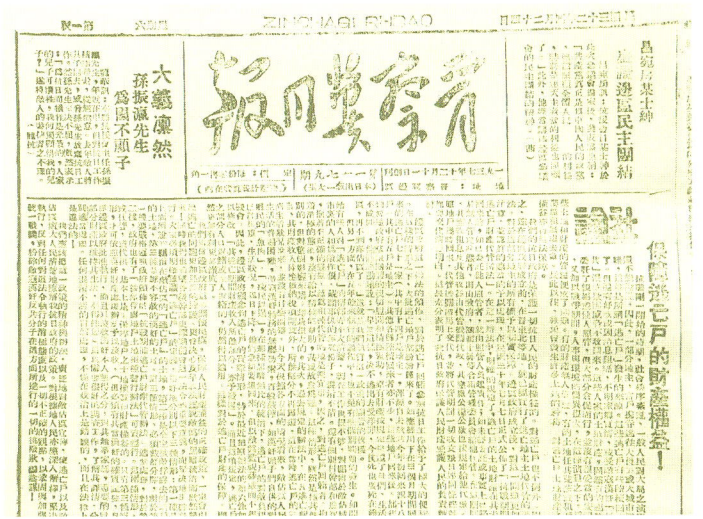

保障逃亡户的财产权益!

　　抗战刚一开始的时期,社会秩序紊乱,一般人民对大局之演变还不能了然,因此,一部分地主,富户携眷逃往大后方或大城市避难,这就是所谓"逃亡户"发生的来源。这些逃亡户有些陆续回来了。但还有好些或因消息阻隔,不明家乡实情,或受敌寇汉奸"反共"派的欺骗威胁不敢回来。这些人家的土地财产,固然有的临时委托了亲属或佣人照管,但大部分仓促而行,并没有很妥当的安置,又加以战争期间,人事与环境的变异很大,在这种演变之下,这些土地和财产的管理便成了问题。有的财产无人管理,有的土地任其荒芜或租户要缴租无处去缴。长此以往,难免会发生许多土地的纠葛,对逃亡户土地财产之权益亦将无法保障。

我们的抗日政府是保护一切抗日人民的财产权益的。对逃亡户也不例外。因之，远在边区政府成立前，在晋东北等地，就已经实行了逃亡地主土地代管的办法。对于这部分地主的所有权予以切实保障。边区政府成立后，对于这一问题更加注意，并认真的适当的予以处理，在民国三十年七月七日正式公布了"抗战期间逃亡户财产代管办法"。在这一办法中，明确的规定了，逃亡户的土地财产在其未回来前，如已委托他人照管者，就由照管人负起责任；如未经委托或事实上已陷于无人管理状态者，则由政府，团体士□等合组管理委员会给他代管，在这期间，其应收租息及其他收益由待管机关代收，其应缴公粮公款也按规定给他代缴。原地户几时回来，代管机关即马上交代，并将代管期间一切收支账目连同条□等都要交代清楚明白。这里充分表明了我抗日政府保证人民财产爱护人民的负责精神。

边区政府这一办法的颁布，对于逃亡户回籍参加抗日工作给予了极大的便利。在这样的情形之下，大批逃亡地户都纷纷归来了。如应县川下在三个月期间回来的逃亡户七十一家（其中有十四户是地主），浑源自去秋到今年初回来四十八户（其中有五户是地主）。其他各县陆续回来者亦不少，这些地户回来后，都得到当地政府群众团体的亲切慰问和积极帮助，原有财产按规定发还了他们，生活不成问题，他们感动地说："早知这样，决不逃出去受洋罪，今后死也要死在边区，再不到敌占区了。"这就是我们执行这一政策的显著的收获。

但另一方面，在五年余来执行的过程中，也不免有些个别问题的发生。如开始有些人对"逃亡户"的解释弄不大清楚，调查工作也很不够，对羁留于低战城市里的人和为敌作伥，觊□事仇的无耻份子，混淆不清。还有个别村干部和农民，抱着不正确的观点，认为租种代管的地是便宜事，因之，对逃亡户回籍者，抱着消极的态度，没有给以积极的帮助，甚或故意为难。这种情形，虽然是极其个别的，但对整个影响来讲，却是很大的。其次，过去规定的办法中，在其逃亡期间，其财产收入除应缴纳税项开支外，所余部分不再归还，这在当时逃亡户的经济生活状况说来，并没有什么困难。但今天根据各方面的情况看来，敌占区人民生活的普遍困难，敌寇汉奸特务的无餍勒索，百般敲榨，如汉奸头子们自供的对乡民的"鱼肉"，"残民以逞"，在那样黑暗无比的统治下，逃亡户的对敌负担已经很重，生活状况，逐日下降，他们急切要想回来，但以敌伪监视□严而不得机会。因此，边区政府顾念到逃亡户的实际情形，特于最近把原办法的第六条加以修改。"其逃亡期间财产收入所余部分，亦予发还"。而且这项规定，逃亡户之部分人口返籍或□人返籍的，仍然得以适用。这样对于逃亡户财产的保障，显然更加有利更加彻底了。

我们相信边区政府这种关怀民瘼，保障人民财产权益的正确政策，一定会引起逃亡的同胞更加热烈的拥护，更会决心及早设法摆脱敌伪的黑暗统治而欣然归来！同时我们也希望各级干部更深刻体会这一法令的重要意义，而坚决地正确执行。大家必须明确认识"逃亡户"的定义，很好地分别以下三种情形：第一种是上面所说的□留在敌占区的"逃亡户"的土地，第二种是全家被敌俘虏去的地户的土地，第三种是罪不容赦的汉奸的土地。这三种情形，必须截然分开，对于第一重要严格遵照政府颁布的"抗战期间逃亡户财产代管办法"适当处理，对于第二种，政府也有了"被敌俘虏地户土地租种暂行办法"可资遵行。这两种情形，或代管，或代租，基本上是要保障地户之土地权益和财产权益的。只有第三种情形，才可依照汉奸财产处理办法予以没收，（但必须有其当汉奸的确实证据，呈经边区政府批准执行，而且只没收汉奸本人应得之分，对其无辜家属，还要酌留部分财产以维持其生活，不得株连）这就需要很好的调查工作，了解其详情，分别适当处理。任何混淆不清的贸然处理，不仅在政治上是错误的，而且在法律上是违法的！

我们应该把这一政策的精神与办法，广泛地对敌占区宣传，使逃亡户以及敌占区广大人民清楚地了解我抗日政府的政策。对根据地人民亦应深入解释,坚决执行,反对任何对这法令执行的消极态度以及一切不正确的观点,以巩固与加强统一战线,粉碎敌寇汉奸反共分子在这方面所进行的一切的挑拨欺骗阴谋!

(原载一九四三年四月二十四日《晋察冀日报》第一版社论)

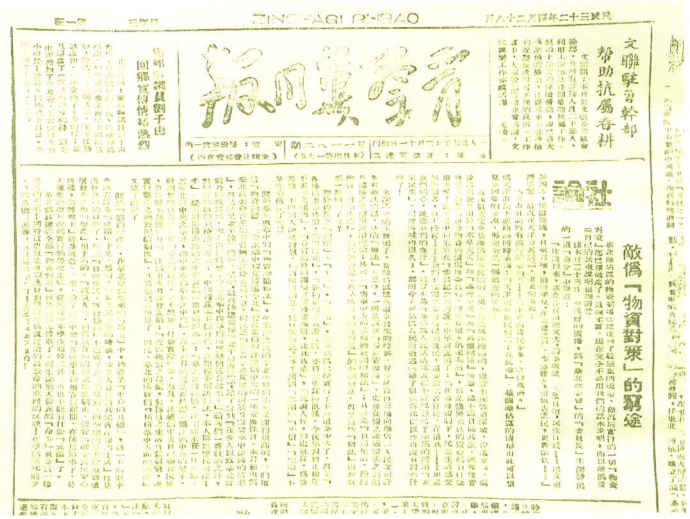

敌伪"物资对策"的穷途

华北敌占区的物资穷竭已经达到了最严重的境地,敌伪所实行的一切"物资对策"都已经破产了。这个事实,现在完全不必用我们的话来说明,而以敌伪当局自己的话来说明更加清楚。

据本月二十三日□平汉奸的广播,伪"华北政委会"的"委员长"朱深发出的一道"命令"中说道:

"比岁以来,华北各省频遭灾害,农事无成,灾象日增,民生日蹙……民食来源涸滞,粮价飞腾,日亟月增,前所罕见,在索丰之户,亦感难支,而无告之民,更苦断炊……"齐逆燮元最近在天津发表谈话,也公开承认:"京市日前时有饿殍载道情事……天津方面贫民亦多,急待救济。"

伪天津市长王逆绪高同时承认："天津现有饥民约二十五万余"，整个敌占区的情形由此可以想见是何等的凄凉，那完全是一个饥荒的世界！

这种饥荒完全是敌伪掠夺统治的结果，那是无法掩饰的，尽管朱深装着糊涂，捏造原因，偏说这饥荒是由于"水旱天灾"和"运输不便"及"其他关系"所致，总不能自圆其说，同时尽管他装着慈悲"命令物资物价处理委员会，提用存粮，迅速赈济"，但是猫哭老鼠的假心肠有什么用处呢？当本月中旬朱逆在"参战纪念的演说"中早就说过了："在战时体制下，民众生活感受无限痛苦，自不待言……我们不仅需要安分守己的良民，还要能吃苦肯干，肯牺牲……用尽我们的心，流尽我们的血汗"，这岂不是叫敌占区人民活活死去都不许埋怨吗？敌伪的所谓"安定民生"，已经叫喊得很久了，然而今天敌占区人民所遭遇的除了饥饿与死亡以外再没有别的什么了！

朱深之流的汉奸头子，当敌占区粮荒严重发生的时候，曾经反复再三地向敌占区人民说过许多有办法的话，他的"办法"有三种，一个是设立"粮食管理局"，处理食粮之运送需供之调剂及价格之平稳与圆滑配给；其次是"与华中方面协商物资调剂办法"；其三是"自肃生活，节约物资，增加生产"。这些总合起来就是所谓"物资对策"的全部办法，但是这些"办法"现在有那一点做到了呢？

关于粮食之"调剂"、"平价"、"配给"，在敌占区已经实行了不知道多少次了，但是"各地区主要杂粮，供出滞止"，"号称宝库之苏淮地区，亦将发生食粮饥馑，今后绝对禁止粮食不正常之运出"，"各省道奸商囤积食粮操纵粮价，比比皆是"，"流浪人民，到处就食，为数甚夥，不时向人跳梁跋扈"这种种消息，为什么如此之多？所谓"调剂""平价""配给"不是完全破产了吗！？

关于华北与华中的"物资调节办法"，在朱深之流的华北汉奸们本来是提得很高的，他们用这"物资调节""要求华中粮食转运华北"曾经当做对汪逆伪中央的一种交换条件。本月初由伪华北政委会实业□署督办王逆荫泰赴南京，向汪逆"报告华北食粮的现状及需要华中接济的情形"，但是结果并不像他们所□望的。最近陈逆公博到北平发表谈话，除了说到"很多人以为华北当前乃特殊区域，本人则以为应不分华北华中与华南而应整个统合起来，"给他们一番教训之外，对粮食问题却只冷淡地表示："中国粮食本不能自给，此间粮荒解决办法，本人认为应从增产下手"。接着周逆佛海路过北平发表谈话也只空洞地说："华北食粮问题，汪主席未尝一日□忘，□华北为中央之华北，而中央亦为华北之中央"，其主要目的还是在于摆一摆汪伪中央的架子，教训那些自命特殊化的华北伪政权，并不想解决什么实际问题。而且，汪逆伪中央自己物资困难，也是根本无能为力的。汪伪中央日前曾宣称："近因物价之昂腾，公务员之生活日益穷窘，决实行薪俸之物资配给制度"，其窘态已可想见了。因此，华北的汉奸们"期待华中方面的调剂"又成了泡影了。

关于"节约增产"，在华北敌伪历来的"施策"中，始终是"中心的目标"，这一方面似乎应该有许多"成绩"才是，然而，"当大众□食的时候，少数人竟维持其骄奢淫逸的生活"已是汉奸自己的口供了，所谓"自肃生活，实行节约"不过成了公开的欺骗。而无限的掠夺榨取毁坏屠杀更是与"增产"相矛盾的，"流浪人民，到处就食"的现象无法制止，尽管"勒令农民安心耕种，勿离乡土"总是无效，结果，除了在北平使"各校学生利用春假期间，在师长领率下，于天坛先农坛及近郊实行勤劳增产"，强迫青少年学生服役之外，再也不能有什么"成绩"了。

华北伪政权的全部"物资对策"就是这样地惨败了。而朱深前天发表的"命令"就是这一惨败后的悲鸣！同时这也就是敌寇汉奸对整个敌占区统治的最致命的危机的反映！在敌伪垂死前夕，他的危机与困难只有日益加深，而且是它们无法克服的！

（原载一九四三年四月二十八日《晋察冀日报》第一版社论）

揭破敌伪的新骗局

　　日寇在"转换"所谓"对华施策"之后,除了串演出汪伪"参战"、"归还租界"等一套把戏之外,最近更施展着一种极其无耻的欺骗伎俩。

　　将近六年来,敌占区在日寇奸伪的抢掠榨取下,如同遭了空前的大蝗灾,人民的财物食粮被洗劫殆尽,成千成万人的生命惨遭牺牲;而到今年,饥馑的灾荒,就地域说,已遍及敌占区每一角落,就程度说,已达到空前严重的地步。秩序混乱,民怨沸腾,弱者转死沟壑,强者铤而走险;从前敢怒而不敢言的,现在这个愤怒,却要爆发为索债复仇的巨浪,阳泉饥民暴动,博山人民起义,不都是这一巨浪的信号吗?

纸决包不住火,像这样火一般明显的事实,日寇汉奸已经在无法掩盖自己血腥的"政绩",陈逆宰平、朱逆深等等都先后被迫供出罪状。陈逆在其"以人格争国格用良心换民心"的广播词中供说:"贪官污吏土豪劣绅地痞流氓的挟势横行,尚不鲜见,那里还谈得到人格?更几人有良心?老百姓过着暗无天日的生活,忍气吞声为鱼为肉。""禽兽夷狄所不忍为者,而其人乃公然为之,毫不为怪,不复知人间有羞耻事。吾民何辜,与之同尽?"朱逆谈到敌占区的粮荒时说:"比岁以来,农事无成,民生日蹙。欲调剂民食,而来源涸滞,粮价飞腾,日亟月增,前所罕见。在索丰之户,亦感难支,而无告之民,更苦断炊。"伪组织——贪官污吏土豪劣绅地痞流氓集团,怎样横行,造成了今天敌占区人民的严重灾难,还需要加什么注解吗?

然而为什么汉奸们将这些罪状的全部责任自己"勇敢"的担当起来,而没有只字牵涉他们的主子——日寇呢?这一无耻把戏的马脚,就在这里。

可以断言,汉奸大都是"义之所在,避之唯恐不及;利之所在,趋之惟恐或后"(陈逆语)的贪利苟生的怯懦之徒,倘使是在中国人民对他们作末日审判之时,他们绝不会这样"勇敢",一定会把罪状的大部份推向他们的主子——日寇的。而今天他们居然这样"勇敢",是为的什么呢?

道理很明显,这是日寇训令他们来搞的骗人把戏!

日寇已看到他今天的危机,沸腾的民怨,行将汇成反抗的巨潮;而他所御用的伪组织的汉奸名目,已不是"参战"、"归还租界"之类欺骗把戏所能拂拭得掉,这些傀儡的作用和身价,像伪钞一样,在狂跌不已。于是日寇的新伎俩便搬出来了:一方面,叫一部份汉奸出台扮白脸,发表"自罪诏"之类的谈话,自己打自己的嘴巴,骂着自己造孽该死,让观众看了产生怜悯心,饶恕他们,而忍受宰割,倘使观众怒犹未消,那也让观众仇恨出台的丑角(汉奸),而忘掉幕后导演者(日寇)的罪恶。另方面,叫一部份汉奸出台扮红脸,大骂贪官污吏该死,"慷慨激昂",让观众拍手称快，怨气得洩，并且真杀几个，让观众怨气大洩，（好在在这种"苦肉计"下被杀的是中国的汉奸，于日寇有何痛痒。）不至再闹什么暴动起义。这就是最近汉奸日寇串演的新把戏的全部阴谋。

然而这套把戏，敌占区人民看了之后，只有呕吐，不会有任何兴趣。因为敌占区人民从将近六年的惨痛生活中，知道日寇是中国人民生存的死敌，而日寇所御用的伪组织，是榨取人民血汗生命的一套机器，汉奸之中，就不可能有贪污不贪污的分别，都是一丘之貉，以人民为鱼为肉的。即使不从将近六年的惨痛生活中去追溯，就以眼前的事实来说，也可以看得非常分明，人民所遭受的空前灾荒，日寇汉奸没有丝毫的救济，相反，日寇汉奸正在进行的是更凶暴的惨杀，更疯狂的抢掠，更无耻的欺骗。

敌占区人民一定会叫喊出这样的怒吼："我们不要看这令人呕吐的把戏，我们要的是粮食，要的是生存，将抢去的粮食还给我们，将抓去的子弟，放回我们，无耻的强盗和骗子啊！"

（原载一九四三年四月二十九日《晋察冀日报》第一版社论）

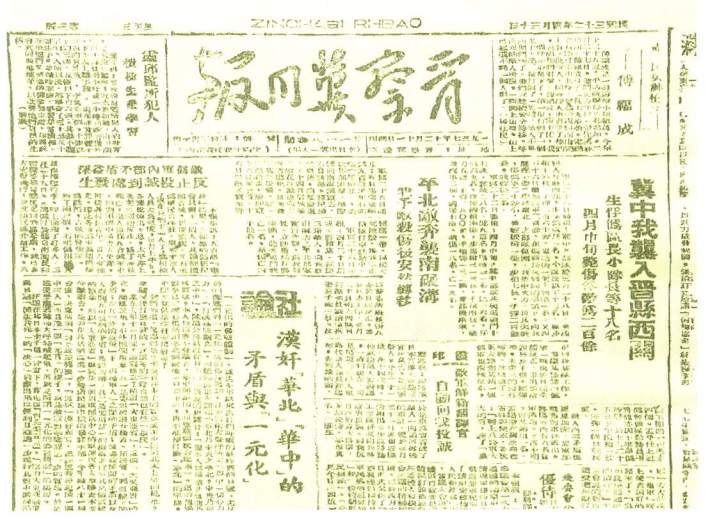

汉奸"华北""华中"的矛盾与"一元化"

"一元化的参战体制",这是今年以来汉奸们叫嚷的最时兴的口号,尤其南京的傀儡们对"一元化"叫的格外起劲。汪逆精卫大声呼叫要"集中一切心力物力","打破地域观念",周逆佛海也大谈起"华北乃中央之华北,中央乃华北之中央",陈逆公博最近从日本回来后说的更露骨:"很多人以为华北当前乃特殊区域,本人以为应不分华北,华中与华南,而应整个统合起来"。这般傀儡们似乎已经决心把所谓华北伪政权一口吞下去,再不准提什么"华北"的字眼,这中间究竟包括些什么把戏呢?

我们知道,傀儡们是从来没有其主子的旨意或至少经过其太上皇的批准,不敢随便提什么口号的。汪逆等的叫声自然也有些"根底"。

远在去年十一月间，敌寇建立了所谓"大东亚省"，这个"大东亚省"的建立，简单说来，不外两个用意。其一是要对所谓外务省、拓务省，与亚院之间的矛盾；在其"分治政策"下"现地军人"之间的矛盾；傀儡政权间的矛盾以及各大财阀互相竞利的矛盾；施以调解。其二是要用统一的机构进行对其占领区统一的掠夺。所以"大东亚省"也就是一个以军部为中心的军部与各大金融资本家的分□联合，是要在其占领区进一步制造民族牢狱的参谋本部。今年敌八十一届议会后，决定所谓"对华政策转换"，"拂拭"汉奸面目，把汪逆装扮起像一个"中国人"而且像一个"元宵"的样子，就是敌寇对华阴谋进一步的实施。于是汪逆便受宠若惊地大呼特喊起来，这就是所谓"一元化的参战体制"的根源。

汪逆在其日本主子这一旨意下，首先以"对英美宣战"，"协力大东亚战争"与日寇"同生共死"的"决心"供献出来以便利日寇进一步遂行其对中国沦陷区的榨取与掠夺，一面又在其主子授意下改组华北伪政委会，召开所谓全国国防会议，军事会议，财政经济会议……真像煞有介事般的大事安排。华北伪新民会赶紧把"奉行大亚洲主义，结成东亚联盟"填到它的"纲领"中，并特别"推戴"汪逆为名誉会长，把五色旗换上"青天白日"旗，在华北成立的"全国经济委员会"也改□南京管辖，而且还要把治安军改编为伪中央军以便驱使到太平洋"协力圣战"，所有这些便是汪逆在"一元化参战体制"的口号下获得的"成就"。

但是，假如我们因此以为傀儡政权的一元化就会一帆风顺的"化"成功，那却是错误的。实际上在敌伪之间、傀儡之间的种种矛盾，并没有得到真正的解决。这种"一元化"的前途，仍不免于悲惨的结局。

首先在敌寇方面，虽然在加力地"扶持"汪逆政权，但对于"诸地域"之"分别操纵，各个统治"的基本谋略并未放弃，"现地军人"之间，各大财阀之间的矛盾，也并未得到澈底的调和。尤其在"华北为大东亚战争的兵站基地"的口号下，要把华北的资源尽量向外供给，而获自华中华南者则寥寥无几，为华北"实力派"所不满，而汪逆要取消联银券，把金融的实权完全□到南京手里，尤为平津一带日本金融家及华北派遣军、特务机关等所极力抗拒。因此，华北的"特殊"，不能不依然相当的保留，联银券依然单独存在，华中华北贸易交流的谈判也由于要价讨价未妥毫无结果，而华北伪政权在冈村、铃木等支持下，且公然对敌国八十一届议会大发牢骚，责其"对中国之实力滥加诽议"而表示"不能使人完全满意"。尽管汪逆等死抱着东条和青木的大腿□号悲喊，事实上无论在政治、军事、经济、金融各方面的矛盾，到底还不能够解决，而这种矛盾又由于我抗战力量的增长，沦陷区广大人民的反抗及日寇愈益接近死亡，将更加深化，永远得不到解决，只有反映敌寇内部矛盾的汉奸互相争宠夺媚的丑态，伴随着所谓"一元化"的悲剧一幕幕演出令人发呕而已！

除了加强对沦陷区人民的掠夺、奴役、送死这一点是敌伪"统一"的目的外，所谓"一元化参战体制"便再没有什么实际内容了。然而，沦陷区的人民是绝不甘心这种奴役，任其掠夺的，沦陷区的青壮年，甚至伪军中的大部士兵，是绝不愿替日寇送死的，让汉奸们的"一元化"与日寇"共死"去吧，中国人民是有自己的生路的。

（原载一九四三年四月三十日《晋察冀日报》第一版社论）

纪念五一与我们的战斗任务

一九四三年的五一节，正当着法西斯与反法西斯战争面临决战的时际，因此，这一天是国际工人阶级与全体反法西斯人民来检阅与集中一切力量，准备投入这个决战的总动员的日子。我们首先看到：伟大雄伟的苏联的工人阶级，他们正以无比的英勇顽强的精神，为战胜希特勒德国在前线努力杀敌，在后方加紧提高国防生产力；他们是全世界战争与生产的模范。英美工人阶级除了为反法西斯战争的胜利而努力军火生产外，他们曾屡次地要求实践开□欧陆第二战场的诺言。美苏两大职工团体不但政治上愈加一致，组织上亦日益趋向统一；英苏两国建立了职工联合委员会。而一切被希特勒所奴役的国家中，工人阶级反德运动的高涨，尤其法国土伦工人反"德动员"的大罢工，更将成为反德起义的信号——这些都说明国际工人阶级是战争与团结的表率，是反法西斯的主力军与先锋队。他们是永远不可被战胜的。

中国工人阶级在大后方虽在极艰苦的生活工作条件下，但他们能照顾大局，积极从事国防建设。沦陷区的工人阶级虽在敌寇野蛮压迫之下，生活状况极其悲惨，但最近浦口三井煤矿工人掀起了大规模的武装起义，同蒲南段铁路工人、矿厂工人举行了反日罢工，而一般工人都是关怀祖国，不"协力"敌人，他们具备着坚定的胜利信心，一旦举国反攻，他们将会一致奋起捣毁敌人的心□。

边区工人在其阶级的政党——边区共产党的领导下，六年来坚持着敌后抗战与建设，他们表现了对民族解放事业底无限的忠诚：产业工人保卫工厂，牧羊工人保护羊群，雇农工人努力增加农业生产，并担负起繁重的抗战勤务……不但他们在战争中克了自己的职守，而更重要的还是工人站在一切斗争的最前线；在武装斗争中他们参加了游击小组，配合作战；在生产斗争中刻苦劳动，改良生产工具，节省原料，创造代用品；很多雇农由自己的劳动增加了个人的与边区的财富；在各种动员工作中，他们英勇的参军，慷慨的献出自己的劳动力与捐□仅有的财富。他们称得上是根据地建设底自觉运动模范的执行者。

目前敌我斗争进入空前紧张尖锐的阶段，对敌经济斗争与根据地经济建设成为中心环节，边区工人阶级，一切劳动人民，更加显示着他们在抗日革命斗争中的重要地位；他们肩负着更加严重的任务。

高度发扬工人阶级特有的积极性、创造性与责任心；生产劳动是工人的天职，新民主主义社会的一切劳动，无论是何种形式，在总体上直接间接都含有为了社会的进步，经济的向上，增加抗战力量，增加人民福利，亦即增加工人阶级福利的政治意义。因之，我们必须提倡积极愉快，自觉的新的劳动观念，发扬劳工神圣的思想。而各阶层人民均应尊重劳动者并奖励一切非劳动人民走上劳动生产的战场，把劳动生产视为战争的重要方面。

农村的雇工在边区工人中数目最多，而且他们站在边区主要生产——农业生产的岗位上。因之，他们必须自觉的努力于春耕生产，加强生产工具的改良，提高农业技术，竭尽一切智能经验、和辛苦来从事于施肥，锄草，灌溉等农村劳动业务，用以增加产量与提高质量；而在与雇主协商之下，他们又应成为农村中"参忙"与"拨工"、互助与合作自觉的组织者与参加者，使雇农工人成为自耕农、富农和一切劳动阵线上的模范，在今年的春耕生产中，来创造晋察冀的□满有，杨朝臣，使大量的劳动英雄在敌后的战争环境中涌现出来。一切公营企业合作事业，手工业，如军工业，印刷业，纺织业中，所有的工人、劳动者尤应发挥集体劳动的效能，遵守劳动纪律，创造新型工业的典型，或高度发挥熟练劳动与特殊技术的作用，使生产竞赛运动全面的展开。然而我们还有不少的工人和劳动者是处在敌人的"占领区"，劳动的果实被敌人无代价的掠夺，而且敌人还在不断的强迫他们日以继夜进行各种劳役（如修路，挖沟等），因此，在敌占区及接敌区，就必须坚决展开对敌斗争，实行对敌"怠工"、"离散"、"改行"、各种抵制办法的"不协力"运动，加强工人阶级劳动人民的团结，积蓄强大的和□□的革命力量，向敌伪展开各种形式的大小斗争，以破坏敌人的生产力——也就是减弱敌人的战斗力，这就是今年纪念五一、站在不同□□上不同的工人所应执行的不同任务。

边区劳资关系的正确解决，依靠边区工人阶级的团结力量、依靠劳资双方共同遵守政府的法令。个别的觉悟程度较低的工人以及个别村庄工运领导机关——工会的经济主义，必须肃清；但某些不识大体自私自利的雇主，藉故无□解雇工人□□不顾工人生活之能否维持，企图减低工资，甚至不惜荒废土地，抵制工人，使之失业，尤应□以大义，顾全团结，使双方有利，打破僵局。目前一方面是边区人民生活水平下降，劳资双方均需增加生产财富；另一方面是物价上涨，雇主应更多照顾工人最低限度需要，关于当前的工资问题，可以一定地区（一般的是县）作标准，坚持半实物工资，而且工资必须能维持一个到一个半人的生活最低水平，经过协商仲裁，迅速召工与承雇，这就是解决劳资问题的关键。对于失业工人必须加以很好的照顾与救济，想尽一切方法使之复工，而对灾民、□工者应更加宽待，反对某些行会宗派思想。只有如此，才能全面的巩固团结，开展生产事业的新阵容。

当着伟大的国际工人劳动节日——五一，边区工人阶级应以实现上远任务，作为向全世界工人兄弟和反法西斯战争的高尚的献礼！同时这也是加强阶级教育的实际表现。

（原载一九四三年五月一日《晋察冀日报》第一版社论）

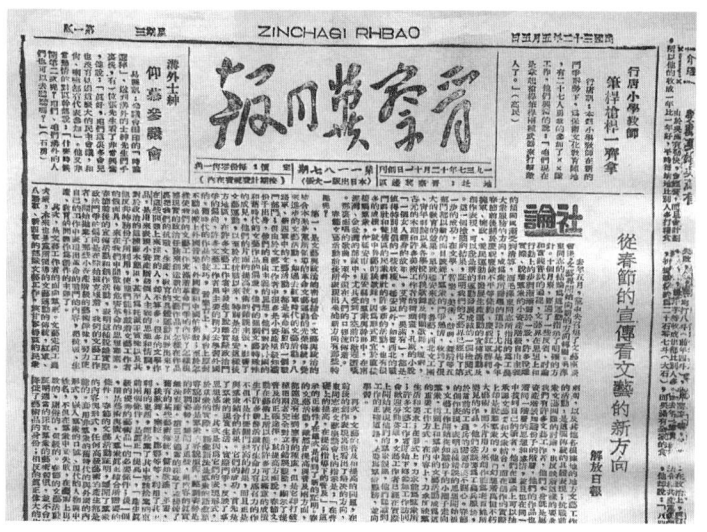

从春节的宣传看文艺的新方向

去年五月，党中央召集了文艺座谈会后，文艺界开始向新的方向转变。毛泽东同志的结论为这运动指示了明确的方针。十个月来，经过了一些反省、讨论和实践尝试的过程，文艺界在思想上和行动上的步调渐渐归于一致，许多脱离实际、脱离群众的小资产阶级自由主义的倾向逐渐受到清算，而毛泽东同志所指出的为工农大众服务的方向，成为众所归趋的道路；尤其是今年春节前后关于庆祝废除不平等条约、庆祝红军胜利、拥军、拥政、爱民运动和发展生产运动的宣传活动及创作表现，可以说是新的运动发展成绩的一个检阅式。这一个检阅的结果，证明我们的文艺界已经得了第一步的成功，在文学、音乐、美术、戏剧、舞蹈等五部门都以新的面目鼓舞了群众的斗争热情，收到了很大的教育的效果。单就延安来说，鲁艺、西北文工团、青年剧院以及各学校的秧歌舞及街头歌舞、短剧，古元的木刻和许多美术工作者的街头画，孔厥的小说"一个女人翻身的故事"，艾青的"吴满有"，都是值得特别提倡的一些收获。延安以外，如晋西北的战斗剧社和□备区的民众剧社的许多新的活动，也有很多的成绩。就中鲁艺的秧歌舞，因为形式更宜于直接接触群众，在延安市、延安县的群众与干部中，在南泥湾、金盆湾的部队中，尤其受到了空前的欢迎赞叹。那里面唱的歌曲，至今还在人们的口里流传着。

春节文艺活动前后所表现出来的新方向有那些特点呢？

第一，是文艺与政治的密切结合。文艺与政治的结合本来是党所领导的革命文艺运动的光荣传统，从来进步的文艺活动，如过去红军时代的文艺活动，八路军、新四军中的文艺活动，都是革命运动的一个战斗部门；但由于文艺工作者中很多是小资产阶级知识份子出身，他们的自由主义的思想，他们对于外国的和旧时代的文艺作品的偏爱，他们的强调文艺特殊性的成见，他们的片面的提高技术的错误主张，影响了文艺运动，以至于在抗战以来，特别是在延安这样后方地区，在许多文艺工作者中发生了脱离实际政治斗争的偏向，许多文艺工作者用主要的精力去学习外国的、旧时代的作品的技巧，音乐台上、舞台上原封不动地搬上外国音乐、外国戏和中国的旧戏；至于怎样使我们的文艺工作充满着革命斗争的内容？怎样根据现实的政治任务来创造新的文艺作品？怎样在作品里把我们的抗战、生产、教育的具体运动反映出来？在这些问题上来注意的人，却不算多。很多的文学作品，是用来表现小资产阶级个人主义的思想和情调，对于政治的这种麻木态度，甚至为□□□□□以及其他反共特务份子所利用，使他们能够戴着文艺工作者的假面具，来在我们中间散布危害革命的思想毒素。春节前后的宣传活动和创作活动，表明这种脱离实际政治斗争的偏向是在开始被克服着，我们的文艺工作者，开始抛弃了那些小资产阶级的艺术趣味，努力使自己的工作中表现出革命的战斗的内容，把抗战、生产、教育的问题作为创作的主题了。

其次，是文艺工作者的面向群众。文艺走向工农大众，本来也是党所领导的文艺运动的传统，红军、八路军、新四军的部队文艺工作，陕甘宁边区的民众剧团，以及其他各根据地的地方文艺工作团体的活动，是这个传统的具体表现；抗战前的大众文艺问题的讨论，也反映着这样的要求。但我们有许多文艺工作者，他们本身既是属于小资产阶级知识份子的阶层，他们的作品也表现着同一阶层的思想和感情，并且也在同一阶层中找到自己的读者。他们在理论上可以抽象地承认文艺要和大众结合，而在创作的实际行动上却是脱离群众的。他们幻想着万世不朽的伟大艺术，而不肯用力来创作能为老百姓所喜闻乐见的作品。他们空谈要为工农兵服务，而对于当前的工农兵的需要却漠不关心。春节前后的创作表现，表明这种错误的思想开始被纠正，文艺工作开始从知识份子的小圈子走向工农群众，街头上和群众中的文艺活动成为这时期的重要工作方式。在内容上，力求反映群众的生活和要求；在形式上，力求能为群众所接受；许多文艺工作者开始下乡参加工作访问和开会欢迎劳动英雄，文艺工作者已经在实际行动上开始表现他们的群众观点，他们认识到文艺工作的正确道路，是要为群众服务，并向群众学习。

再次，文艺的普及和提高的问题，在春节前后的创作表现里也看出了解决的方向，毛泽东同志在文艺座谈会上的指示是："在普及基础上的提高，在提高指导下的普及"；这个指示的正确性，在这次是得到了新的证明。春节中的文艺活动，虽然在提高与普及两方面，一般都远没有达到应有的程度，但是它却打破了那种把两者完全对立的错误观点，显示了提高与普及的正确途径。就提高方面说，春节文艺活动在艺术上所以获得许多可以满意的成绩，产生了许多新鲜活泼有生命力有感召力的作品，不但不是什么□斗提高的结果，而且正是开始与群众结合的结果。它们的成功，首先是反映了群众的现实生活、实际斗争，反映了群众的思想感情。其次是因为它们的表现形式，符合于群众的实际，语□语法是群众的语□语法，容貌服饰是群众的容貌服饰，腔调姿势是群众的腔调姿势，离开了这些，则内容的真实性就无法表达。第三是适当的采取了并提炼了群众旧有的某些艺术传统，譬如歌谣、年画、戏装、秧歌舞、秦腔、□鄂等等，利用了其中可以利用的东西，而舍弃了其中应该舍弃的东西。前两个条件，是真正"提高"，"产生真正高级的优秀的艺术品"的必要条件；后一个条件，则是艺术与广大群众真正结合所需要的补充条件。春节的文艺活动证明，离开了群众生活的内容与形式，任何高级艺术的产生都是不可能的。套用非群众的旧时代的与外国的内容与形式，嵌入群众的口号、现代的人物与中国的姓名，不但在群众中要失败，在艺术上也是失败的、庸俗的、低级的。春节的文艺活动，又证明适当的采取群众的艺术习惯，并不会因此降低了艺术品的身份；相反的真正伟大的作家，一样可以从秧歌剧产生伟大的作品，"古希腊的'□曲'和牧歌"就是一个最相近的榜样。我们现在的秧歌剧虽然还不能说是伟大，但是有些也确已达到了一定水平的艺术性，因为这种形式，在今天中国的农村环境中还大有发展的余地，因为广大的农民群众还很需要这些□冶音乐、诗歌、戏剧、跳舞和装饰美术于一炉，富有伸缩性，且不受舞台限制的综合艺术。文艺工作者在这个方向上作更大的努力是必要的。再就普及方面说，春节文艺活动也证明了艺术的普及不但迫切需要，而且充分可能。边区的工农兵群众，不但热烈欢迎我们的文艺工作者的活动，而且只要他们的作品真正正确的反映了群众的思想感情，群众也是能接受的。鲁艺的秧歌虽然题材与旧秧歌完全两样，在形式上也有了不少的加工和改造，但是群众却更加喜闻乐见。艾青的"吴满有"，从艺术体裁上说完全是新的，既不同于历史上的诗歌词曲，也不同于今天民间的唱本小调。但是因为它写了群众的生活，用了群众的语言，吴满有和其他劳动群众就都能够加以理解和欣赏。可见那种以为群众不能接受艺术，或不能接受新的高级的艺术，以为群众的艺术必然要□就落后等等偏见，都是没有真实根据的。在这种方向的诱导之下，我们不但看到了"在提高指导下的普及"的可能前途，也开始看到了群众自己中间的实际尝试。延安机关学校杂务人员，和鲁艺附近（桥儿沟川口等）老百姓所表演的秧歌舞，就显然是传播了鲁艺等□秧歌舞的影响。

以上三点，表明我们的文艺工作者已开始走上毛泽东同志所指出的正确的道路。但同时还应该说，我们的方向仅只是开始，我们只是开始努力，使文艺从知识份子的小圈子里走向工农兵群众，就整个文艺界来说，正如凯丰同志在党的文艺工作者会议上所指出的，文艺与实际的结合、文艺与工农兵的结合的问题，还没有得到真正的解决。因此我们的文艺工作中，还有着许多缺点，而最主要的是：第一，我们的文艺工作者对于群众的语言生活以及民间艺术等等，还是不熟悉的；对于他们的思想意识，还是不够理解的；因此在工作上，就受到很多限制。许多作品，特别是有些戏剧，还不能正确的反映真正群众的面目和群众的感情。第二，我们的新的作品，都是只是初级的，还有大大提高的余地，例如鲁艺秧歌舞中的"兄妹开荒"是很好的新型歌舞短剧，但同时也是比较简短的作品，表现还不够深刻，不从各方面加以发展，是不可能表现更丰富、更真实的生活内容的。第三，特别需要指出的，是我们的文艺活动本身，还是很狭小很肤浅，还是主要限于延安附近的活动，还是少数知识份子文艺工作者的活动，我们还需要把运动扩大、深入，使它普及到全边区，使它成为在工农兵群众自己内部生根和繁荣起来的东西。

为着解决这些问题，首先就需要我们的文艺工作者下更大的决心，深入到实际工作中和工农兵群众中去，去熟悉他们的生活、情感和语言，去帮助他们中间的艺术活动的普遍发展，并在这个基础上去进一步提高自己的创作质量。为着达到这样的目的，文艺界同志们的下乡工作，是有重大意义的。三月十日党中央文委为着下乡问题所召开的党的文艺工作者会议上，凯丰同志指出下乡的任务，就是为着要解决文艺与实际结合、文艺与工农兵结合的问题。这就是使文艺运动照着毛泽东同志的方向，更进一步发展的必要步骤。我们相信，文艺工作者在这个方针的指导之下，一定能够在不久的将来，得到比这一次春节宣传更为美满的成就。

（原载一九四三年五月五日《晋察冀日报》第一版社论）

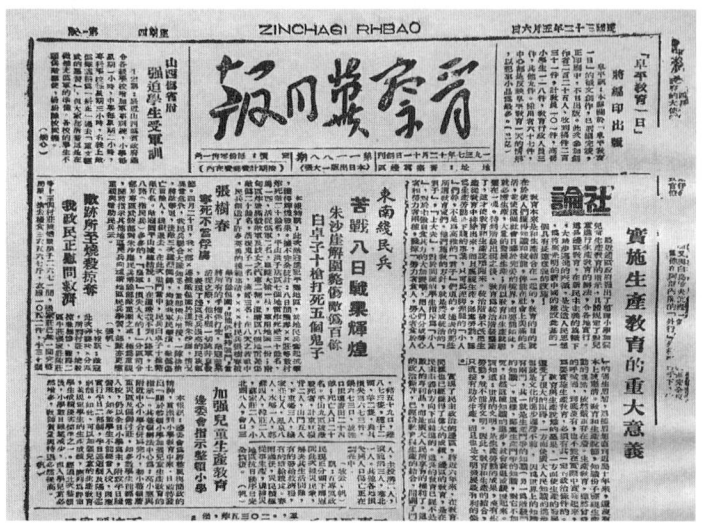

实施生产教育的重大意义

最近边区政府发出了整理小学加强儿童生产教育的指示，具体规定了对儿童进行生产教育的办法，令各地实行。这是边区教育，在新民主主义的旗帜下，大踏步迈进的表征，是改造人民思想，为将来光明的新中国的建设奠基的一个具有长远意义的设施！

教育本来是和生产结合在一起的，教育的目的就在于使人们获得知识和技能，俾能在社会上美满的生活，并使这个社会日臻于完美的境界，而要能如此，就必需生产，大量的发展生产；所以教育和生产就联在一块。待到阶级出现之后，教育为统治阶级垄断了，这才使教育和生产脱离开来。统治阶级不只把生产从教育中排除出来，而且蔑视生产，鄙弃劳动，认为生产劳动是下贱的事业，只可为泥脚泥腿的"小人"们干，不足为高雅的"君子"们道的。过去的那些所谓教育家们，他们施教的方针，就是养成统治的"君子"、"士大夫"，对于问稼的学生指斥为"小人"，对于主张自食其力的大加讥嘲，把人们分成劳心者和劳力者两种，发挥"劳力者食人，劳心者食于人"的寄生思想，这种思想直到近几十年来，还没有基本上被肃清。教育和生产脱节，知识份子轻视生产劳动的观点，依然严重存在着。生产教育，虽然曾微弱的呼喊过，到底没有，也不能在实际中实施起来，因为要实施生产教育，必须有其一定的政治条件的。

教育与生产脱离的恶果，一方面使生产的发展，遭受了很大的阻碍，一方面使广大人民知识的进步，也就是文化的进步迟滞不前，因为世界上的知识只有两门，其一就是生产斗争的知识（另一为阶级斗争的知识），这样，鄙弃生产斗争的知识，对它不加研究，自然这种知识的进步，就会衰退或缓慢起来。应该知道：世界的文明，是生产劳动的成果，没有生产劳动，就不能有文明。因此，教育和生产的结合，不只直接有助于生产，而且也是文明发展最有利的条件。

实现了民主政治的边区，将近六年来，在教育上同样也已经获得了伟大的成绩，边区的教育，是在新民主主义的方向下面前进的。这里的教育已经不是少数人的专利品，而是广大人民所享有的权利了。这样的政治条件，已经给教育与生产的结合，开辟了门径。今天，边区政府的加强生产教育，也正是在这样的政治条件下面，在教育上应走、能走、必走的道路而生产教育同时又是民主教育的一个具体内容，因为民主政治是有一定的经济条件的。如果人民的经济生活没有保障，则民主政治将变为无意义的装饰，而民主政治的实质，归根结底还在保障人民的经济生活。然而要人民经济生活充裕，就需要发展生产，要发展生产，又需要加强生产教育，所以加强生产教育，正是加强具体的民主教育！

边区所要实现的生产教育,自然将直接有助于目前发展生产的重大任务,而且更重要的是充实儿童生产知识,养成儿童勤劳的习惯,为将来的新中国打下基础。经过广大人民艰苦奋斗流血流汗所抢救出并建立起来的新中国,将是光明的,繁荣的,幸福的。那时,敌寇被我们驱逐出去了,我们是自己命运的主人了,广漠无垠的祖国的原野上,需要我们加工,把敌寇践踏了的恢复起来,并大踏步的赶上前去,进行大规模的经济建设;这就需要我们广大的人民,涌在生产战线上。而现在在学的儿童,恰正是那时精明强干的中坚力量。因此,现在对他们施以生产教育;它的意义,是非常深长的。

儿童们,起来,不要放弃过这个时期,加紧锻炼,努力学习生产,为了现在,更为了将来。

(原载一九四三年五月六日《晋察冀日报》第一版社论)

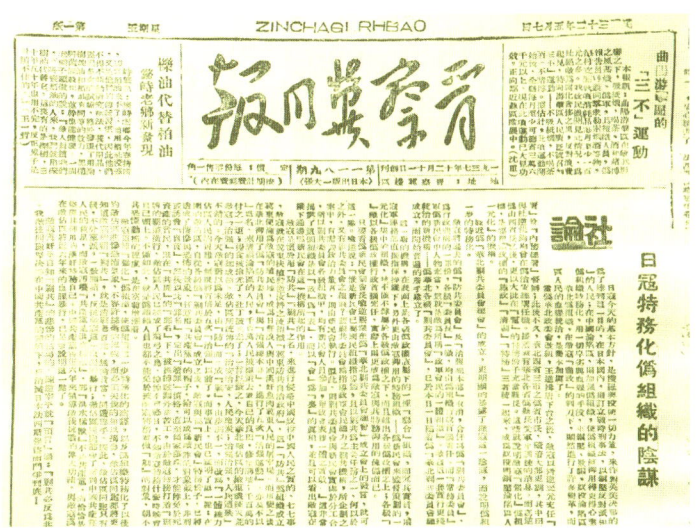

日寇特务化伪组织的阴谋

　　日寇今天的基本方针，是搜罗与役使一切力量，来作对英美决战的准备。为了达到这一目的，在日本国内，则订立战时刑事法，以镇压反对派和"不法"的人民；在中国沦陷区，则加强伪组织，使伪组织被御用得更得心应手，将伪组织特务化，用一切卑劣与血腥的手段，来镇压、欺骗、奴役沦陷区人民。

　　华北伪组织，在敌寇"肃政"的刺刀下，显然进行了许多变革，而对沦陷区人民的血腥统治，是变本加厉了。

　　当伪华北政委会改组，王逆揖唐下台之后，敌寇以齐逆燮元充任"治安总署"兼"内务总署"督办；此后不久，华北四省三市之伪省市长，随着大部更调，其中田逆文炳与杜逆锡钧均曾在伪治安总署任职。接着就有华北各省伪县长受军事训练的消息。而冯逆司直任伪山西省长之后，更以大批在"□"的特务份子充当县长。这些就说明敌寇"强化"伪组织的目标，是要把伪政权的"施政""清剿""特务"三者统一起来，成为奴役与镇压沦陷区人民的"一元化"的机构。

最近伪"华北剿共委员会总会"的成立，更明显的暴露了敌寇这一阴谋，而说明伪组织将进一步的特务化。

敌寇将过去的伪"防共委员会"及"洽强总本部"取消，合并为伪"剿共委员会"，使之成为行政机构的一部份，各级"委员会"一职，均由伪组织行政首脑兼任，而"常务委员"均以伪军伪新民会中人物充当，这就是敌伪所称"政事会民的一体组织"。敌寇这一套实行更残酷血腥统治的新机构——伪华北各级"剿共委员会"，已于本日一日随着伪"华北剿共委员会总会"的成立，而开始普遍的着手建立了。

这一新的机构，在表面上是各级伪政权直属下的一种"联合"组织，而究其实质，则是在敌寇军联络部直接指挥操纵下，另外更由敌寇御用的特务组织——伪新民会来监督策划的一种"一元化"集中的组织，它不仅不隶属于各级伪政权之下，而且超出各级伪政权之上；各级"委员长"虽以各级伪政权行政首脑充任，实际上则更成为敌寇与其特务御用的傀儡而已。

只要看伪新民会副会长喻逆熙杰在伪"华北剿共委员会总会"成立会上的发言，就可以清楚这一点。喻逆说："惟是新民会已属国民组织指导体，且以剿共为主要任务之一，何以于新民会之外，又有剿共委员会之组织？尽剿共委员会为指导政军会民总力之剿共机构，所企划之各种方案中，有需要政治力量者，则由新民会执行。似此，则剿共委员会与新民会实处于分工合作地位，所以剿共委员会各级组织中，均有新民会人员参加，举政书表里一体之实效"这非常明白的揭露了这个组织是以"政"为"表"，而以"会"为"里"的真相，并且可以看出敌寇在直接操纵下通过伪新民会在这一机构所起的作用。

敌寇是惯于用"防共""剿共"之名,来进行侵略中国奴役中国人民之实的,七七事变之前,敌寇就在冀东扶植殷逆汝耕之流组织"冀东防共自治政府",这一"防共"伪组织成立以后,冀东便沦为敌寇的殖民地,成为日鲜浪人与中国汉奸鱼肉冀东人民的屠宰场。而事变之后,敌寇在华北御用了伪"防共委员会"与"治强总本部",进行了五次"治强运动",亦莫不以"防共"为名,来清剿沦陷区的人民,千百万人民被驱策去毁自己的良田,修筑沟墙;千百万的房舍被付之一炬;粮食被抢光了,壮丁被走了;一言以蔽之,今天华北敌占区的严重灾荒,就是敌寇"治强"的总成绩。敌占区所流传的"治安治安、人民涂炭;治强治强,人民遭殃"是一点不错的。今天敌寇犹以为未足,由"防"而成"剿",由步调不一,而改为"一体总力",敌占区人民的灾难,无疑将百倍于五次"治强"以前了。而事实上,也已证明了这一点:在边区周围的敌占区,自从各级伪"剿共委员会"成立之后,敌寇与伪"新民会"特务份子,已将敌占区造成了凄惨与恐怖的景象,任意用"共产党"的帽子,给可以成为敲诈的对象戴上,非刑逼供,或诱□"自首",然后以此"罪名",定出"赎罪"价格,直至倾家荡产,才能幸免于死。没有资产的贫民,则在"共匪"的"罪名"下,被抓捕送关外当苦工。由于敌寇特务打着"剿共"招牌的霸道横行,敌占区人民已经成了惊弓之鸟,惶惶不可终日,不知敌寇特务什么时候会光顾到自己头上。不仅如此,就是伪组织人员也都不能免于被敌寇特务当做"剿"的对象,朝不保夕,其恐慌动摇的程度,是在空前增涨着。

敌寇这种"强化"伪组织,使伪组织进一步特务化的阴谋,以及伪组织特务化了以后所造成的敌占区悲惨恐怖景象,不容许丝毫的忽视,而必须尖锐的加以揭发,敌占区同胞都将更清楚地知道敌寇所谓"剿共",就是清剿老百姓,无论贫富,同遭毒手。因此,敌占区同胞只有不分阶级,不分党派,一致团结,反抗敌寇这一血腥的暴行;敌占区同胞都会了解到中国共产党是中国人民的救星，而敌寇污蔑"共产党是洪水猛兽"，那"洪水猛兽"不是共产党，而恰恰是日本强盗与其御用的汉奸特务自己。中国共产党将近六年来领导敌后抗战的伟大功绩，与敌寇汉奸特务在敌占区将近六年来的血腥暴行，已足够说明这一点了。

敌寇汉奸是自知"剿共"的悲惨的结局的。陈逆宰平就"预言"过："剿共必反为共所剿"。我敌后同胞坚决要在中国共产党的领导下，为消灭日本法西斯强盗而斗争到底！

（原载一九四三年五月七日《晋察冀日报》第一版社论）

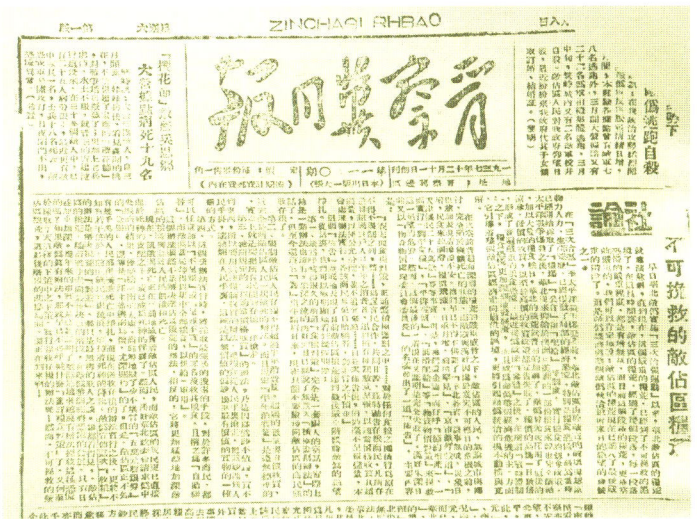

不可挽救的敌占区粮荒

早自华北敌伪实施"三次治强运动"以来，华北敌占区的粮荒就愈演愈剧，直到现在，这个严重的粮荒，已经到了不可挽救的绝境了。在这长时间里，敌占区的粮荒，经过了几个段落，每一段落恐慌的严重程度，都是有增无减，而目前这个段落的粮荒，更是空前严重的，我们可以肯定地说：敌占区的粮荒现在已进入了最后严重的阶段了。这是敌伪经济与整个敌伪统治迫近末日的绝望的时候之一。

在"三次洽运"至太平洋战争爆发之前，华北敌占区由于敌寇的破坏与劫掠物力人力，生产荒废，已经爆发了局部的经济恐慌，特别是粮食恐慌，敌伪当时已经开始采取了"粮场""公仓"和"配给"等制度，实行粮食的劫夺政策，太平洋战争爆发之后，华北从来仰给于澳洲和美洲的一部份粮食来源也完全断绝，加以大量的粮食日，华北的粮荒就普遍的加剧了，敌伪曾先后采用了直接的掠夺，低价的收买，以至于高价的收买政策都宣告失败了。粮价的高腾一日数倍，形成了普遍严重的粮食恐慌，最近从伪政权"参战"之后，在所谓"战时体制"之下，粮食恐慌更加深刻地发展着，而且成为敌伪整个经济危机的主要方面，它引导着整个敌占区经济走向崩溃的绝境，更将引起敌伪统治的根本动摇与瓦解。

在这空前普遍而深刻的粮荒的严重威胁之下，敌占区的人民，无论城市与乡村，完全陷于饥饿死亡的状态，而敌寇与汉奸因处于岌岌不可终日的危机之前，也愈加表现着惶迫不安。他们早已不得不供认了"华北各省，农事无成，灾象日增，民食来源涸滞，粮价飞涨，日亟月增，前所罕见"，"京市饿殍载道"，"天津□民二十五万余"等等事实。但是，他们还企图一面狂呼"节约增产"，一面实行"调□食粮"，"平抑粮价"，"圆滑配给"等"物资物价对策"来挽救这一绝望的危机。然而，这个最后的一着现在又证明是完全失败了。汉奸朱深日前又以"物资物价处理委员会委员长"的名义发出了一道"布告"，主要内容是：

"查处理食粮对策，正通□积极筹划之中……对于任何食粮之囤积行为原在不得不限制之列，然……为谋官民合作，共同甘苦，兹特劝告存粮商民，凡所存数目超过该户人口半年之消费者，迅将所有种类数量呈报，以适当价格收买其超过量，以便公允分配，并不追究来源……□此次布告后，倘仍毫不呈报储量，本会处理办法实行，各该商民难免自贻祸咎，勿□言之不预也"

这个"布告"澈底地表现了目前敌占区粮荒达到最后严重阶段时敌伪的绝望挣扎。从这里，我们可以极明显地看到几个问题：

第一，敌伪呼喊得很久的所谓"食粮对策"完全是一套骗人的空话，实际上他是一点办法也没有，朱深之流的汉奸头目已经说了无数次"积极□割办法"的话了，但至今还没有"□"出半点眉目来，现在只能不要脸地向敌占区的商民强收存粮了。

第二，限制敌占区人民存粮不得超过半年消费量，超过的数量要定价收买，这完全是叫敌占区人民一起饿死的办法。而且规定"半年消费量"是毫无标准的，实际上就是要把所有民间的存粮一律抢走。

第三，他所规定的"以适当价格收买"的办法，乃是因为伪钞不值钱，买不到东西，所以要用这种强制收买的办法，把粮食从人民手里抢走，把伪钞推到人民手里，让它烂在人民手里，这就是以无价值的伪钞换取最有价值的实物的一种新的方式。

第四，这个新办法实行时，将采取最强暴的搜索的手段，对于许多商民，都可以任意加以"不呈报"或"呈报不买"的罪名没收其粮食，且称之为"自贻祸咎"，而敌伪当局却得以集中全部粮食，以供给"军用"。

这个办法显然不是解决敌占区粮荒的办法，相反的，它将更加猛烈地加深敌占区的粮荒与加速人民的饥饿和死亡。

现在，饥饿与死亡正在空前的威胁着敌占区人民，而敌占区的灾民更已直接处于死神的支配之下，或已成为死神的俘虏了。然而，汉奸华北政委会请求伪中央赈济的结果，仅仅给河南的太康、商丘等地拨了少不堪言的"五万元联银券"的"急赈"，还算是"汪主席□溺为怀，尤深关切"的了。但是，敌占区正不知有几千万的人民都在□饿死亡中挣扎，而现在强收存粮的办法实行之后，更将不知有若干倍于□前的饿民到处流浪，等待着死神的降临。敌伪宣传这次"收粮"的办法是解决粮荒的"对策"，那只是最无聊的欺人之谈。谁都看得见，敌占区的粮荒，随着战事走向最后决战的阶段，和敌伪整个经济恐慌的发展，只有日益加重加深。几年来的事实不是已经证明了敌伪是越来越没有办法挽救这种恐慌的吗？如果敌伪真有办法，那就早已不必呼喊什么"筹谋粮食对策"了，又何至于采取今天这样的下策中之下策,实行强收存粮的办法呢!然而,不可挽救的敌占区粮荒,这最后阶段的悲惨局面,还正在到来啊!

(原载一九四三年五月八日《晋察冀日报》第一版社论)

中国思想界现在的中心任务

  中国思想界现在的中心任务就是从思想上澈底打垮和消灭法西斯主义。中国思想界所以要提出这个任务来,并把它作为中心任务,其重要的理由之一,就是为了战胜侵略我国的日本法西斯强盗,是神圣的民族解放战争贯彻到底,取得最后胜利。而要想达到这个目的,必须在思想上分清敌我,不容丝毫含糊,不容在我们的抗战阵营之内,还有人宣传法西斯主义或其亚种;不但这样,中国思想界所以要提出这个任务来,并把它作为中心任务,其另一重要理由,就是为了将来的建国,建立三民主义的新中国,而不是法西斯的中国,或类似法西斯的中国。而要想达到这个目的,必须在思想上反对一种误国害民的思想毒素;

这种毒素，就是法西斯主义或其亚种。要与这种误国害民的思想分清界限，不容丝毫含糊，只有在思想界肃清了这种毒素，才能够达到"抗战必胜，建国必成"的目的，因此这个任务是中国目前思想界的中心任务。

法西斯主义是全人类的公敌，是全中国人民的公敌，同盟各国现在正与法西斯进行历史上空前伟大的战斗，中国是进行这个战斗的最早一国。六年来的斗争，证明法西斯主义是中国人民不共戴天的仇敌，中国人民是一定要澈底消灭这个敌人的。

为了澈底消灭这个敌人，不但需要武装斗争，而且需要思想的斗争，这就是对一切法西斯欺骗宣传的斗争。

一切法西斯欺骗宣传的核心，就是假装的民族主义，希特勒、墨索里尼、日本军阀都向他们国内的人民宣传他们的所谓民族主义，但是这与真正的革命的民族主义是毫无相同之点的。

法西斯主义者并不爱他们的民族。

希特勒毁灭了德国,墨索里尼毁灭了意大利,日本军阀毁灭了日本,——难道这就叫做爱民族吗？

希特勒、墨索里尼、日本军阀使最大多数的德国人、意大利人、日本人陷于贫穷、破产、饥饿，剥夺他们的一切幸福和自由，最后又把他们抛入反动的战争的深渊，——难道这就叫做爱民族吗？

希特勒、墨索里尼、日本军阀在他们的人民中间宣传复古、倒退、迷信、盲从、堕落、野蛮、无理性、神秘主义，破坏了德国、意大利、日本原有的进步和文明，——难道这就叫做爱民族吗？

法西斯的所谓民族主义，就是摧残民族、掠夺民族、强奸民族的主义。

法西斯主义者就是这样的一伙强盗，他们强奸了自己的民族，挖掉了她的眼睛和舌头，并且继续压在她的身上吸她的血；但是这伙强盗说他们是最爱这个民族，他们是为这个民族的利益而奋斗；如果这个被蹂躏的民族起来要求自己的生路，他们就说她是"叛逆"，说她是"分裂"了国家的统一。

　　法西斯主义者所代表的乃是最少数的大金融资本家，他们公开垄断了全民族的经济和政治，这一垄断比十八九世纪欧美的自由资本主义和资产阶级民主主义坏百倍，但是他们却假仁假义的攻击自由资本主义和资产阶级的民主主义，他们不要脸的宣布他们所代表的乃是"全体"，他们的经济和政治乃是"全民族"的经济和政治。

　　一百个人里面九十九个人的利益不代表全体的利益，一个人的利益反而代表全体的利益，这就是法西斯的数学。一百个人里面九十九个人向一个人要求生存的权利，叫做"煽动阶级斗争"，一个人剥削迫害九十九个人反而叫做"阶级合作"，这就是法西斯的逻辑。

　　法西斯最后只有不要逻辑，用极端的唯心论和唯心史观来维系自己的统治。墨索里尼说："法西斯主义是宗教的概念，人们把握它不是用内在的知觉的报告的观点，而是依据至高无上的信条的观点，用客观意志的观点，它引导个人的提高，使他自觉自己是精神界的一员"。

　　法西斯主义者对自己的民族，尚且如此，对旁的民族的蹂躏就更不用说了。日本法西斯在中国所宣扬的"王道"，我们中国人永远也不会忘记。

　　但是法西斯主义的末日已经来了，我们全中国人民和全世界人类现在所进行的战争就是灭绝法西斯的战争，我们叫做民主阵线，因为我们不但现在反对法西斯，将来更反对法西斯，我们流了这么多的血，就是为要实现民主的中国，民主的世界。将来的中国和将来的世界，一定不允许有□论什么形式的法西斯的流毒丝毫存在。

　　这个思想在大西洋宪章里已经有了确定的表现，大西洋宪章第六条规定："待纳粹的专制宣告最后的毁灭后，希望可以重建使各国俱能在其疆土以内安居乐业，并使全世界所有人类悉有自由生活，无所恐惧，亦不□缺乏的保证"。以后罗斯福和丘吉尔又再三发挥了这个论点。

　　我们中国，不但在拥护大西洋宪章的华盛顿公约上签了字，而且还有孙中山先生全部反对法西斯的遗教。

法西斯主义是否认民族平等的，希特勒在"我的奋斗"中公开宣传非雅利安民族是劣等民族，并且公开侮辱了中国："真是出人意外，有人以为一个黑人或一个中国人因为学过德文，预备终身用德语说话及为某个德国政党投票，就可以□变做德国人，这就使我们的种族开始不纯正"。但是孙中山先生却再三说他的民族主义就是要打破民族间的不平等，就是要做到中国"同现在列强处在平等地位"，做到"中国境内各民族一律平等"。

法西斯主义是冒民族之名，来压迫剥削本国人民的。墨索里尼说："法西斯革命（？）创造力的根源，就是组合的国家，即经济力量完全划一与调和（？）的国家，自由主义与社会主义在其中是根绝了的。"但是孙中山先生的民族主义，却与民权主义民生主义密切结合而不可分离，所以孙中山先生批评辛亥革命的根本失败，就是由于当日同志仅仅知道注重民族主义，忽略了民权主义和民生主义的过错。

法西斯主义既然要"根绝自由主义和社会主义"，当然也就是要"根绝"民权主义和民生主义，法西斯主义认为民权主义的时代已经过去了，认为人民不应该有什么自由和权利。希特勒说："大多数人不得决定，只有少数人可以决定"，但是孙中山先生却主张少数人不得决定，只有大多数可以决定，主张"以人民为主人，以官吏为奴隶"，主张"共和与自由全为人民全体而讲，至于官吏，则不过国民公仆，受人民供应，又安能自由"。孙先生不但坚持现在是"民权时代"，并且预言民权主义"以后的时期很长远，天天应该要发达"。中国只应该比法美更进步，造成俄国式的"最新式的共和国"。在经济上，希特勒党的政策大纲明白规定着："国家统制一切社会化的企业如托拉斯等"，而希特勒、戈林、墨索里尼、齐亚诺等也就在这样的"统制""划一"之下，成了最大的财阀。但是孙中山先生的民生主义，却是要"四万万人都可以享福"，要"大家有饭吃"，要"耕者有其田"。

孙中山先生不但在理论上反对法西斯，而且在行动上反对法西斯，中国这样的民族，本是只应该团结起来，反对法西斯的，但是还在民国十三年，居然就有个买办资本家陈廉伯，为了破坏孙先生在广东的革命根据地，阴谋要在广州成立什么"法西斯蒂的政府"，孙先生不顾某些外国人的压迫，毅然决然地反对了陈廉伯，这就是有名的商团事件。孙先生如果活到现在，一定比以前格外痛恨法西斯，一定是全中国和全世界反对法西斯的急先锋之一。

为了反对法西斯，为了贯澈反法西斯战争的目的，中国一切革命的民族主义者和民主主义者，应该联合起来，应该广泛宣传孙中山先生的反法西斯思想来加强抗日战争的力量，加强民族团结的力量，加强全国人民为光明的将来而斗争的信心和热情。

在这个反对法西斯的大联合中，三民主义者、共产主义者、自由主义者应该是亲密的战友，因为无论三民主义、共产主义或自由主义都是与法西斯主义不能并存的。

"五四"和"五五"是中国民主思想运动的二十四周年纪念日，是马克思诞生的一百二十五周年纪念日，是孙中山先生在广州就任非常大总统的二十二周年纪念日，这三个纪念日，这样巧妙地联合在一起，应该是思想界反对法西斯大联合的一个象征啊！

中国抗日战争和全世界反法西斯战争的胜利万岁！

中国思想界反对法西斯的大联合及其胜利万岁！

（原载一九四三年五月九日《晋察冀日报》第一版社论）

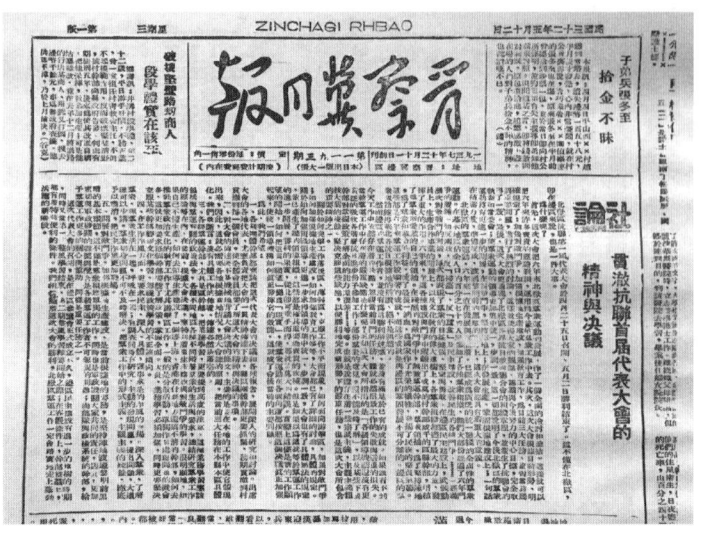

贯澈抗联首届代表大会的精神与决议

北岳区抗联第一届代表大会于四月二十五日召开，五月二日胜利结束了。这不仅在北岳区，即在边区来说，也是一件大事。

为什么呢？

首先，这次大会把六年来北岳区群众运动的发展，作了一个全面的检讨和总结，这样就可以把六年来许多宝贵的经验教训，运用到今后的群众工作中去。其次，这次大会根据目前形势，明确规定了：加强对敌斗争，加强根据地生产建设，加强教育工作，为目前三大任务，并对当前几个重要问题，进行了热烈的讨论，这样就使得大家的观点，认识与今后努力的中心目标，完全取得了一致。最后，这次大会更通过了北岳区各界抗日救国联合会的组织章程，并产生了抗联会的执委和常委会；使群众运动的领导更加集中统一，步调一致。这一切都说明了今后北岳区的群众运动将有更进一步的开展，在对敌斗争，坚持阵地上；在发展生产，巩固根据地建设上；一句话在积蓄力量，准备反攻，渡过黎明前的黑暗的□□上，这次大会都具有着重大的意义。

北岳区的群众运动，六年来一直在发展与□□着。已经成为广泛的统一战线的全面性的群众运动。在基本地区占全人口的百分之七十的人民参加了各种群众组织，他们大部份经过了六年斗争的锻炼（如反围攻，反"扫荡"，反"蚕食"及民主建设，改善民生的各种斗争……）经过历次对敌战斗的考验，每次都表现了群众的日益健强，坚定与勇敢。在边区民主建设上，武装动员上，生产合作事业的开展上，以及文化教育的伟大建树上，各群众组织都尽了最大的力量，发挥了重大的作用。六年来，在这各种建设与斗争中锻炼出了成万的村干部成千的区县干部，培植了为群众所爱戴的自己的领袖。在残酷的对敌斗争中，无数群运干部，群众领袖，为了坚持阵地，为了群众和革命的利益，流了最后一滴血，为国家作了光荣的牺牲，发扬了民族的坚贞气节。这些都是六年来群运工作较显著的成就，而这些成就是与边区的巩固发展不可分离的，边区的群众运动获得华北各抗日根据地的称赞，绝不是偶然的。

然而边区的群运工作者，并没有为这胜利所炫惑，并没有满足于已有的成就。如果谁看不到今天工作中依然存在着的缺点，忽视当前战斗的任务，谁就必然招致工作的失败与严重的损失。当前群运工作中存在着的严重缺点是什么呢？正如这次大会所指出的是"各级领导机关还没有更广泛的吸收各阶层抗日进步份子参加工作；不分群众的意见，还不能及时了解"，以及某些下级干部对掌握政策了解全面的能力还很差……等等。也就是说还存在着一些宗派主义，主观主义粗枝大叶的残余。坚决克服这些缺点，以便胜利地完成新形势下的严重任务，也是这次大会所包含的重要精神之一。

　　关于如何突击工作落后区、薄弱区，克服工作不平衡现象，如何面向游击区，加强对敌斗争；如何加强根据地生产建设，如何加强教育工作等等，大会都已有了详细的讨论，具体的规定。关于如何加强组织领导，更进一步求得领导的集中统一、步调一致，大会也有了具体办法的规定，并已产生了总的领导组织。这些都是极其重要而宝贵的收获。但是如果以为这就等于群运工作的进一步开展，胜利的果实，从此即可垂手可得，那就是莫大的错误。实际上这仅是新的工作愿望的开始，如何把这个"愿望"变为"现实"，使群众运动在各个角落都按照这个决议真正加强起来，使统一领导机构如何真正发挥它的效能，这就成了会后当前的主要问题。

　　为此，我们希望：

　　一、各级团体干部都应该把这次代表大会的决议和各种报告，展开深入的研究和讨论。出席大会的各地代表，尤应负责把大会的一贯精神传达下去，县区团体干部更要抓紧，务期贯澈到村贯澈到每一个会员。使全体会员都要了解这次大会的精神与决议的事项。

　　二、对大会的传达决不是机械地背诵大会决议的条文，主要的是要在本地的工作中使它体现出来，因此，这就必须要各地根据地情况，把大会总的原则，把当前三大任务在本县本区具体化。我们敢断言：没有具体工作的布置，传达必然是落空的。

　　三、各级群运干部，尤其是区干部，把业务学习，更要提到高度的注意，这种业务学习应该包括与群运有关的政策法令，各种不同地区各种不同阶层群众的生活与要求，总结研究群众工作的经验等在内。在当前，根据大会决议，应特别着重生产建设与对敌斗争的学习。很明显地，如果自己不懂生产，如何去领导生产建设？一个连上海、香港在什么地方还搞不清的干部，如何去推动群众政治文化的教育工作？尤其游击区工作，一般的是分散活动，单独作□处理问题的机会多，这就更加要求每个干部都要能了解政策，掌握全面。因此，业务学习必须加强，同时更要坚决克服某些干部轻视文化学习，忽视政策学习的不正确倾向。

四、在工作作风方面，更要求民主、深入、具体、实事求是的作风的发扬。深入群众，了解群众，与群众生活在一起，呼吸在一起；有调查同时有研究，主动的发现问题，提出问题，大道理可以少讲，群众切身问题不可不及时解决。把群众工作中的形式主义，主观主义的残余，彻底予以肃清，把民主作风更加发扬。

五、开展对敌斗争，加强根据地生产建设，是当前根据地的要务，是坚持阵地渡过黎明前黑暗的基本环节，这不仅是群众组织单独的工作，同时也是军政机关大家共同的责任，因此，更加密切与军政机关的联系与配合是各级群运工作者不可忽视的问题；而部队与政权系统的干部，给予群运工作更多的关心与协助，同样是重要任务之一。

这次代表大会的召开，是在边区参议会正式成立不久，边区民主建设有进一步的建树的时期，同时又当第一期整风学习结束，第二期整风学习即要开始之际；在客观条件上，干部认识上，都有着特别便利的条件。我们相信随着这次大会的胜利，北岳区群运工作一定会踏实地走上蓬勃活跃的新阶段。

（原载一九四三年五月十二日《晋察冀日报》第一版社论）

敌伪抢粮的新阴谋

抢粮,这是敌寇最近两年来在敌占区全部施策的重点。在这个重点的方针之下,敌人□□□奸伪政权前后用过了无代价掠夺,低价收买,高价收买等种种方法,都宣告失败了。因为敌伪的这些方法,在敌占区人民心目中看得非常□楚,本质上都是抢劫华北的食粮,造成敌占区人民的饥饿与死亡。事实上,被抢走了粮食的民家,已经陷于饿死的绝境,而城市中的贫民,得不到口粮,更多已成为载道的饿莩了。但是敌寇为了要达到抢粮的目的,虽一再失败,仍然是要想□方法,接二连三的翻新花样,不顾人民的死活,加紧抢掠。前几天,本报揭载汉奸朱深关于收集敌占区民商存粮的"命令",就是敌伪加紧抢粮的一种新的阴谋花样的开始。

数日以来，华北敌伪各种经济组织，根据这一新的抢粮阴谋，纷纷开会布置大规模的实行抢粮。其中最主要的是本月十一日伪"华北物资物价处理委员会"直接召集的"华北各产业中心道尹县知事物资物价恳谈会"，和本月十二日伪"华北物价协力委员会"召开的"物价协力会议"及伪"合作总会"召开的"合作会议"。这些会议的内容，从敌伪公开的广播中可以看到，就是在目前极端严重□于无可挽救的粮荒之下，采取最凶恶的手段，来实行朱逆"命令"中所公布的"收集存粮"的计划。

在"物价协力会议"的开会词中，汉奸们承认了"物价腾涨，粮食缺乏现象有增无减"，在"产业中心道县物资物价恳谈会"的开会词中也承认了"自大东亚战争勃发，确立参战载体制以来，一般物资顿感缺乏，其势飞涨，群情恐慌，尤以食粮问题，日趋严重"，因此，它们宣布要彻底实行"参战华北农村经济统制政策，而其中最主要者为统制食粮"，它们宣布"食粮统制已成为铁则"了，而所谓"统制"的办法，目前就是"收买"，在上述的"恳谈会"上更特别宣布"讨论中心即华北境内的小麦收买问题"，它们对于本年度谷物收穫量及上市数量作了种种估计，并且承认"食粮不足，人情虚浮，各□自保，食粮偏在，为近年无可讳言的事实"，于是决定扩大运用"粮食采运社"的组织，进行大规模的"收买"。这种"收买"完全是强制的，实质上谁都知道就是澈底的抢掠，因为根据朱逆深的"命令"，所有民商存粮不得超过"半年的消费量"，超过者"定价收买"，否则"□招祸咎，勿怪言之不预"，这样的收买实即没收，那是毫无必要再加说明的了。但是现在事实上表现得更为凶恶澈底的是这种强制收买的抢粮办法要用一套特务的机构来执行，以防"漏网"。这一点本报本月八日社论中业已估计到："规定半年消费量是毫无标准的，实际上是要把所有民间的存粮一律抢走，这个新办法实行时，必将采取最强暴的搜索手段，集中全部粮食以供其军用。"现在敌伪所采取的凶恶的手段，完全证明了我们的估计是没有错的。

这个新的抢粮阴谋的凶恶的实施手段，主要的有两个方面。一方面是"使与农民接近之县合作社，深入农村，以规定之适正价格，并以比例之物资从事收买，"另一方面则是"设立物价协力指导员"与"统一经济警察"，要"对不法商民加以检查及检举"，并"严重取缔暗盘黑市的畅行"。这两方面合起来就是抢粮的全部计划。但是，这个计划实现的时候，全华北敌占区的人民，无论城市或乡村，都将死无□类了。因为这个手段一面"收买"，一面"检举"，软硬兼施。软的"收买"是在硬的"检举"下来进行，而硬的"检举"却是保证抢粮澈底无"漏网"的唯一办法。

根据这个办法，我们可以估计得到，敌人马上要运来大批过剩的劣等消耗品以及纸烟伪报之类，称之为"必需品"，不管大要与不要硬换给敌占区的人民，照"适正价格"的"比例"以"收买"他们的粮食，或者照"适正价格"以伪钞烂纸来"收买"。同时又有大批的"物价协力指导员"和"经济警察"，遍布各地，以特务的方法，欺诈人民，随处搜查"检举"，任意加入以"不法商民"的头衔，没收其粮食，对于粮食的自由买卖，一律加以"暗盘黑市"的罪名，予以"严重取缔"，强迫人民把所有粮食都交到它所指定的公开"市场"与"合作社"中去，企图"消灭粮食不肯上市的情形"，而完全把粮食抢尽，去供给敌寇"大东亚战争"的"浩大军需"。

现在，敌伪正派遣各地的"物价协力指导员"，并且改组各地的"经济警察"，准备大举活动，以"全力实现物价的对策，"敌伪宣传机构也正同时动员，称这种办法是"参战的唯一要务"，是"调节军需民用的良法"，但是华北敌占区人民饥饿死亡的惨痛事实，摆在眼前是一天比一天更加严重，谁能忍受敌伪如此凶恶的抢掠呢？！

（原载一九四三年五月十五日《晋察冀日报》第一版社论）

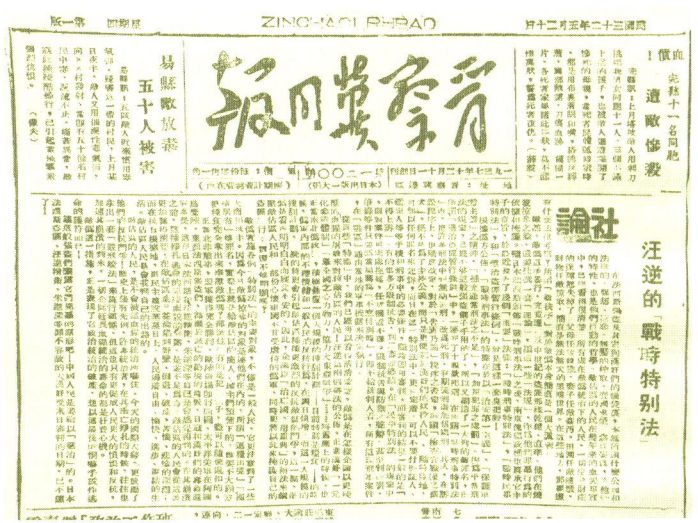

汪逆的"战时特别法"

在法西斯强盗及其走狗汉奸们的脑袋里，本无所谓什么公理和法律的，强劫、掠夺，无□的榨取，卖国求荣，恣意妄为，是他们的特性，也是他们行动的哲学。敌占区的人民在几年来的血□事实中，已经看得很清楚。所有处在敌伪统治下的人民，一切生命财产的保障都失掉了。父母任敌杀戮，妻子任敌奸污，田园任敌烧毁，财物任敌掠取。简直是无法无天的黑暗世界。在这些地方，那里还有什么法律可讲？所谓"新秩序"对于敌伪本身简直是一个大讽刺。

虽然，敌伪这种暴行，究竟还不及中世纪的盗匪那样干脆、直率，他们在烧杀掠夺之余，还要杜撰一套"理论"，编造一些"法规"，作为他们罪恶行为的依据和掩护。继日本法西斯颁布"战时刑事法"之后，南京傀儡政权也要承它主子的意旨，于最近发表了几个"重要"法条："战时刑事特别法"，"战时民事特别法"，和"惩治盗匪暂行条例"，就是这样一套臭把戏！

根据伪方公布，"战时刑事法"的特点在于以"治安第一主义"，"保护军需主义"之精神，"补充通常刑法之不足"，"加重犯罪之处罚"。因为平常刑法的规定，已经不够这般强盗刽子手用的了，所以又编造了一大列的新罪名，在所谓"惩治盗匪暂行条例"中，一连列了十四款死刑，在所谓"战时刑事特别法"中，把许多刑法中的无期徒刑，改为死刑，有期徒刑则加倍处刑。其次，在诉讼程序上，也随意改定，对于"告诉乃论"程序之否定，所谓"检查官职权之扩大"，绝不是为了主持公义，而只是更便利于汉奸们的奴役人民，随时随地、可加以任何罪名来起诉，而且在这一特别法中，更□定着，可以不要什么证人、□定人等等手续和刑事中的必要条件，随时即可审判，而审判的结果一般的是"不得上诉"。有的也多方限制抗告，到二审即终结。在"民事特别法"的规定中，则对案件可处处拖延，任□搁置不理。限制抗告与防御之声辩，甚至判决书，笔录等件只要伪当局认为"不应付与时"，即不给被判人看，所有这类刑事案件，在"战区"通由当地的军事机关来决定执行。

从这些"特点"中，我们已经可以看得清清楚楚，敌伪是在怎样企图以更残酷的血腥的屠杀来对待敌占区的人民！汪逆这两个办法的公布，正当汉奸"一元化参战体制""举全国之心力物力，协力大东亚战争"……叫嚣□上的时候，也正当南北伪政□，积极布置一个大规模的搜刮计划——目前特别是粮食——的时候，伪军内部的不稳情绪和一般人民的反抗行为，在与日俱增，而这一大规模的搜刮计划，□疑的将更会引起敌占区种种更激烈的反抗敌伪的斗争，这一点，敌伪是看得明明白白而寝食不安的，因此，企图以"治亡国，用重典"的办法来镇压敌占区人民和一部份心怀祖国不甘受虐待的伪军，同时更将以此来掩护自己的盗匪暴行。这还不够明显吗？

敌伪实施各个"特别法"的主要对象，不仅是一般人民，它更注意到了一些大商和地主。因为今日敌伪掠夺的对象是连他们在内的，所谓"连粮出境""囤积居奇"等罪名，实际上就是给敌占区的商人、地主们预备下的。谁要不大愿意把粮食完全拿出来奉献敌伪吗？那么他□有的是犯□□子，尽可以随便乱扣的。

正当北非战事，盟军获得完全胜利，欧陆战场即将□□，太平洋美军在阿□岛登录，东西法西斯强盗们，都濒于灭亡的绝境的时候，日寇和汉奸们的寿命还有多长，这在日本法西斯和汪逆精卫，朱逆深等自己是会感觉得到的。在其崩溃之前，这种挣扎逃命的凶残面貌的□露，是并不足为奇。敌占区的人民会从这里更加认得清楚，在敌占区是日益沦陷到野蛮、倒退、破产、苦恼、悲惨的深渊；而在抗日根据地，则民主建设蒸蒸日上，人民过着自由、愉快、进步、团结的生活。敌占区人民是会找到自己的出路的。

敌占区的人民，是不会被这血腥的统治所吓住，今天的国际大势，更鼓励了他们的反抗斗争！历史上仅有先例，许多统治者，在其垂亡挣扎的时候，往往也拿出一套"严刑峻法"来施行镇慑，但这也只有更促成人民更大的愤恨和反抗，加速其崩溃的到来，一切企图延长血腥统治的夺命的都是枉费心机。

敌伪这一措施，正是表现了它政治统治的破产，想以这最后的恫吓手段作逃命的护符而已！

让这般强盗们□露它们凶恶的原形吧！中国人民是要给以"惩治"的。日本法西斯盗匪、汪逆精卫、朱逆深等罪不容赦的大汉奸受末日审判的日期，已不远了！

（原载一九四三年五月二十日《晋察冀日报》第一版社论）

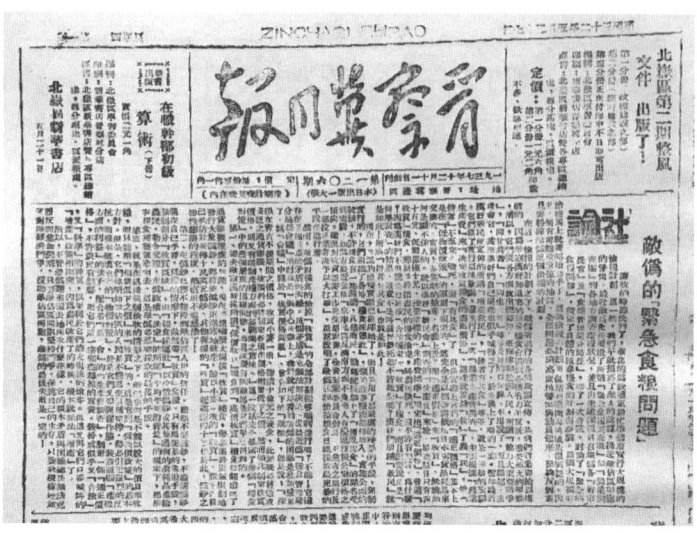

敌伪的"紧急食粮问题"

麦收的时节快到了,华北的伪政权正纷忙准备着实行大规模的抢粮计划,这一点,我们早就揭露了敌人的阴谋,提起敌占区同胞的警惕。最近敌伪先后派遣了所谓"紧急食粮调查班"和"农业调查团"到各地方调查产粮状况,并且由朱逆深亲自召集伪各"省市长官"及"食粮管理局分局长",开了一次会议,讨论了"紧急的食粮问题",拟定了具体的掠夺粮食的计划与步骤。这个大规模的抢粮马上就要开始动手了。这个抢粮的计划所包括的范围与地域是很匮乏的,因□,所有可能被抢掠的地区,全体同胞必须高度地警惕与动员起来,坚决反对并且要粉碎敌伪这个抢粮的计划。

在这一抢粮的计划之下，敌伪所进行的各种欺骗宣传，是我们首先要给以揭破的，因为敌寇汉奸知道它的掠夺粮食会遇到各种有力的反抗，遭受极大的困难，所以，它们从各方面放出烟幕弹，来麻痹和欺骗人民，所谓"协力大东亚战争"，"同甘共苦"，"同生共死"等等汉奸的口□□，不用说了，而且谁都□去理会它，甚至汉奸们自己现在也似乎喊得乏了，于是换上了新的一套，譬如最近汉奸新民会宣传的所谓"增产救民"，"耕者有其食"等等，就是一种新的欺骗。它们为了实行这种欺骗，还进行了一次"农业生产费调查"，主张根据"农业生产费"来"决定收买粮食的适正价格"，这样就说是"救"了农"民"，使"耕者"不至完□饿死，还"有其食"了，但是实际上它们的"适正价格"基本上是在"低物价政策"的原则下规定的，这完全是以伪钞烂纸和日本劣货消耗品来交换的，实质上是强制的掠夺，名义上没有用"适正价格"来"收买"，无论如何是骗不住人的。就以汉奸"新民会"调查的"生产费"来说，最高数目只有四十五元，低则仅仅十元，按照这样的"生产费标准"规定出"适正价格"，普遍"收买"粮食，那就等于把农民的粮食抢走，叫农民饿死，还不许有怨言，为什么？因为汉奸们不但说是已经按"合法规定""收买"了粮食，而且还要说是是"科学调查"的结果，这岂不是叫农民饿死都不许埋怨吗？汉奸们所谓"救民"就是如此！所谓"耕者有其食"也就是如此！

现在，敌伪的抢粮实际已经开始了，而且是用了最厉害的残暴的手段，强制实行的，它们组织了各地"粮食采运社"，强迫许多粮商都得加入，实际全面的统制，不许粮食有一点漏网，其他商民，动辄就被加上了"扰乱粮食"的罪名受到处罚，如伪方最近公布"京津地区及济南方面不良商人有搅乱杂粮公定价格之倾向，遂至对收买新麦工作发生恶影响，物资对策委员会对此正业者之恶性及一部投业者决予以大打击"，这就说明了敌伪趁乱抢掠粮食已经采取最凶暴的手段在进行着。

然而，敌伪对粮食的抢掠"收买"的全部计划能够顺利进行吗？不能！

它还存在着极严重的矛盾与困难。这个矛盾是它无法解决的。从最近伪"粮食管理局分局长会议"所讨论的一个中心问题上，我们就可以看到敌伪的困难是愈加严重了。该"会议"中关于"收买价格问题"，曾有如下的"疑点"，即是说："按现在青黄不接期间之价格，收买小麦一项，即须十亿元之资金，此无疑必将造成广泛之通货膨胀，故预料必将制定较现在价格相当低下之价，然而如此制定收买价格，则又有限制产粮方面利益范畴之意味。"这一段话完全暴露了敌伪"粮食对策"中的几个严重的困难问题，而且这几个问题都是我们早已料到的。

第一，过去敌寇汉奸从所谓"低价收买"粮食到"高价收买"粮食已经造成了通货膨胀程度的加深，现在要想继续大规模"收买"粮食，势必至于更无限制地发行大量伪钞，那将使伪钞更澈底地破产，即以小麦一项的"收买"，照它们自己的估计就得十万万元伪钞，其他杂粮的"收买"起码还得十□倍于此，伪钞之恶性膨胀的程度，简直就不堪想像了！

第二，在伪钞已经不能得到敌占区人民的信任，谁都不要伪钞，不愿让伪钞烂在自己手里，这样的情形下，敌伪要"收买"食粮，只有用凶暴的强迫手段，强制划分"收买区域"，由"粮食采运社"以少数伪钞或其他过剩的消耗品推给农民，勒令交粮，在伪政权"法定"的所谓"□均半年消费量"的规定下，把所有粮食扫数强夺而去，这是敌伪必然要采取的最后的手段。

第三，就是在这样强制抢收的情形之下，敌伪也还是不能以较大的价目来收粮，而只能用"相当低下之价"来"收买"的，这是它们"低物价政策"的基本方针。但是，它们也明知敌占区的人民是不能忍受这种压榨，势必引起强烈的反抗，而根本破坏它们的"物价对策"，于是它们又要惺惺作态，装着照顾"产粮方面的利益"的样子，配合着"新□会"的"生产费调查"，制定一个"适正价格"，不许农民有怨声，把它们这一宗强盗劫掠的买卖，装扮成似乎又"合法"，又"科学"的神气，以便利于它们的大规模的抢夺。

但这又与它们口里喊叫的"增产"政策相冲突,因为农民破产了的时候,根本就无法"增产"了。

所以,不管敌伪翻来覆去地采取什么花样,它的根本矛盾与困难总是无法克服反而愈加深刻,只要敌占区同胞坚持斗争,保护自己的生存,只要我根据地加强对敌经济斗争,援助敌占区同胞,敌伪的最后失败是一定的!

(原载一九四三年五月二十七日《晋察冀日报》第一版社论)

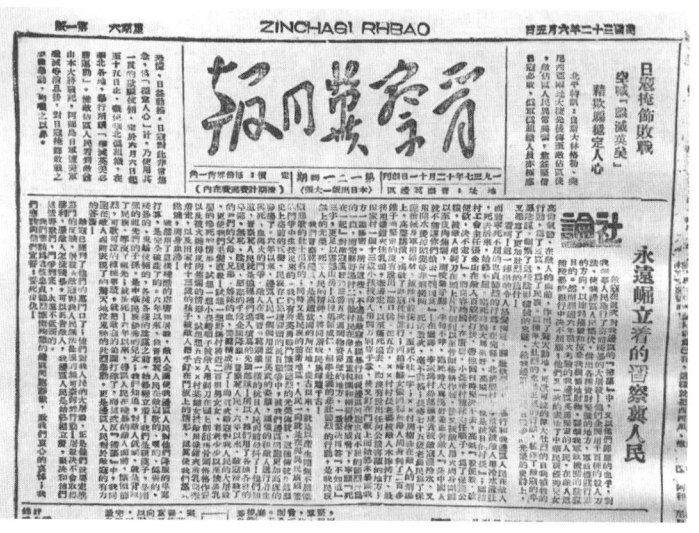

永远崛立着的晋察冀人民

敌寇在这次对我边区的"扫荡"中，又以他们罪恶的血手，对我无辜人民施行了空前残暴的大屠杀！他们企图用千百种的杀人方法，使我边区人民慑伏，供出各种资财坚壁的地方，军政机关行动的方向，以达到摧毁和掠夺我根据地财物，袭击我军政机关的阴谋目的。然而经过六年战火考验的我边区英勇坚定的人民，在敌人这种残暴的兽行中决不屈服；他们又一次的表现了中华民族优秀儿女高尚气节，在敌人的面前，作出了惊天动地，可歌可泣的伟大壮烈的自我牺牲的行动，为了边区，为了民族。这种伟大壮烈的充满正气的行动，粉碎了敌寇的卑恶阴谋，镇慑了这些阴影幢幢的鬼魅，给我边区□□□日战争的光荣的史诗上、又添写了更加壮烈的篇什!

看呵! 这一连串的令人怒发冲冠,睢眦欲裂,□□暴行和我边区人民在敌人面前宁死不屈的忠贞节烈的行为:在完县,北清醒村□□景堂被敌人用冷水灌肚,死去活来,始终不屈。临死时犹大骂汉奸,高喊"□也是抗日的村长";团结村工会主任张金山在敌人百般拷打后,带他回村时坚决不去,高喊"杀便杀,砍便砍,决不走了",而从容殉国。在唐县,小长裕村粮秣主任顺子,为了保护公粮,被敌人用剃刀在头上片片削刮以至骨头格格作□,后又被敌人用火周身围烧以至皮肉焦烂,而咬紧牙关,半句不哼,临死时大骂汉奸并正告敌人"是中国人就不能让你们抢去一颗粮食"! 在□□,李家沟村干部罗成贵被敌寇灌冷水,又用开水烫掉头发等非刑拷问,死活数次,毫不动摇;长峪七十五岁老农民为了保护枪械及军用器材,被敌百般拷打,至死不吐一字;××村周树森在敌人的刑□上,高声讲演,揭破了敌寇种种罪行;西柏峪妇女张□梅被敌人周身刺了二百多锥子而坚定的没有说出一点口供。在五台,××村村长老婆被敌人木棒拷打,最后用铁钳夹住□□,牵着走,以至痛死过去,而没有说出任何公粮窖藏的地方;田家村一个十三岁小孩被敌人用刺刀刺穿手掌,后又钉在门板上而始终未暴露我方一点秘密。所有这些,不过是敌寇血腥暴行和我边区同胞忠贞不屈的节烈行为的一斑,而完县野场村二百余村民在敌人重重包围和两挺机枪威胁下,宁愿"死在一起"对敌寇汉奸们三番五次逼问物资坚壁的地方,一致坚决回答"不知道"三字,更足以震撼山岳! 这种集体成仁,相率赴义的悲壮节烈的行动,是我民族无上的光荣,死□人民的精神,将同着我民族辉耀千古!

我们晋察冀边区,是燕赵故国的所在地,从古以来,就是以产生刚强不屈慷慨悲歌的壮士出名的;同时又是民族的前卫地区,人民一向就是在与异民族频繁的斗争中生长起来的。我们有着英勇战斗慷慨节烈的光荣传统,这种传统在这历史上空前的巨变,民族存亡绝□关头的抗日战争中,被我们边区同胞更加高度的发扬了。六年以来，边区人民一个个用盖世英武的姿态，顽强的和敌人进行着生与死，血与火的斗争。敌人在我晋察冀钢铁一样的抗日人民面前发抖了！他们知道，晋察冀人民就是迫赶他们进入坟墓的先头部队！所以，他们用了各种各样的卑鄙、无耻、阴狠、恶毒的手段企图降服□晋察冀人民。六年以来，敌寇残杀了的他们的父母、兄弟、姊妹的血，要□积成海了！而这次敌寇对我人民的大屠杀，更使我们毛发直竖！试想一想野场村将近二百男男女女，老老少少以至怀里乳婴的惨死的情形，试想一想小长峪顺子被敌人用剃刀在头上削刮□骨头格格作□以及被火烧得皮肉焦烂的情形，试想想五台××村某妇女被敌用铁钳夹着□□牵着走，以及田家村十三岁的孩子被敌人把手钉在门板上的情形，这真使我们怒火燃烧，周身血沸！

虽然用了这样残酷的处害和屠杀，敌人企图使我边区人民对他们降服的卑鄙打算，是完全破产了的。六年以来，我晋察冀人民在敌寇软的、硬的、伪善的、残暴的、鬼魅伎俩的，各种各样的阴谋之前，始终崛立着！我们是硬汉子，是刚强的祖先们的子孙，是中华民族优秀的儿女；我们知道，对敌人低头，就是背□了民族，辱没了祖先；就是死！六年以来，边区人民在残暴的敌人面前，慷慨节烈，可歌可泣的种种事迹，就把敌寇的企图打碎了，而这次反"扫荡"中，我同胞在敌人面前表现了的惊天地泣鬼神的壮烈举动，更是边区人民对于敌寇的有力的答复！

敌寇已经到了他们的墓门口了；他们对我人民的大屠杀，正是他们就要走进墓门的反映，屠杀是敌寇对我人民无法征服的无可奈何的行动！屠杀决不会取得胜利，凭敌人怎样残暴，可以正告敌人，我边区人民是始终崛立着，坚决和他们这些野兽们，斗争到底，永远不低头的。

我们应该为这些忠贞节烈慷慨殉难的边区同胞静默，致我们衷心的哀悼；我们应该向他们宣誓：誓死复仇！

（原载一九四三年六月五日《晋察冀日报》第一版社论）

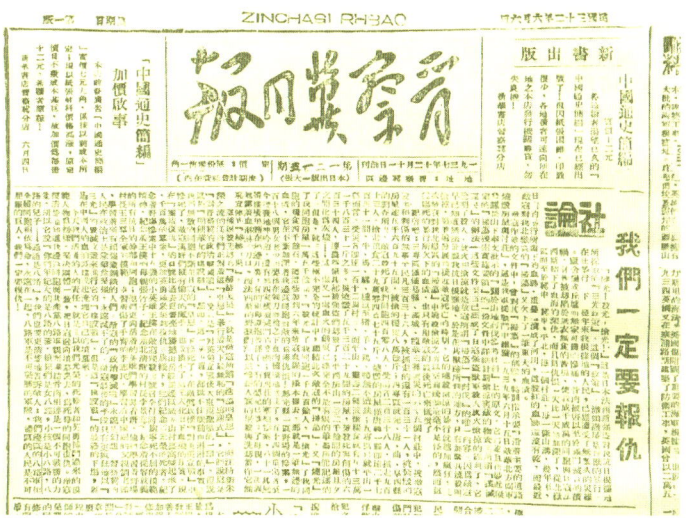

我们一定要报仇

"烧光！杀光！抢光！"这是日本法西斯强盗对我抗日根据地所采取的"三光政策"，这个"政策"，澈头澈尾是□兽的暴行。在此暴行之下，几年来我根据地的人民，已经遭受了无数次的灾难。□舍变成丘墟而无家可归的惨痛，骨肉被害以至于满门灭口的横祸，财物被劫陷于无衣无食的苦境，使我成千成万的同胞与日寇法西斯结下了血海的深仇，而且这仇恨一天比一天地加深了，从北岳区而至于冀中、冀东、□北，每一个村庄，每一条山沟，几年来，日寇的暴行所留下的血迹，重叠□溃成了河川，这殷红的血迹还没有干，而最近敌寇对我北岳区的"扫荡"又欠下了一笔重大的血债。

敌寇作战的文件中，曾对其"扫荡"的部队，特别指示要"沿着主要的道路烧毁房屋与村庄"，这是我军从战斗中缴获一九三九年六月十五日敌华北方面军参谋长山下奉文批示的"关于山地讨伐参考材料"上的原文，它们并且在最近拟定的""扫荡"搜索实施要领"的一份文件中详细计划抢掠窖藏的物资与所谓"扑灭匪民"的办法，这些文件□□已经成了日寇强盗兽军杀人放火抢掠的经典了，它说明了杀人，放火和抢掠就是敌寇所谓"扫荡""讨伐"的唯一内容，因为敌寇早已知道无法征服我抗日根据地，于是在其兽蹄所到的地方，只有加紧其烧毁与抢掠，战争越发展的接近敌寇死亡的时期，它的烧杀抢掠的暴行就越加疯狂，此次敌寇对我北岳区的"扫荡"中烧杀抢掠之所以空前残暴是毫不足怪的，然而这种临死的暴行所欠下的血债，也只有用敌寇的最后死亡来抵债了。

记着吧：三专区仅仅易县、满城、龙华三县□灾的六十五个村庄中，被敌寇杀死和刺伤的无辜平民凡三百三十六人，被抓走的还有一百三十一人，被焚烧的房屋达五千六百九十五间，被抢的粮食八万余斤；四专区就元、唐、曲、阜四县的调查所□、敌寇杀死了我们同胞四百零八人，受伤者二百三十八人，抓走九百十三人，抢走粮食二十九万零四百七十五斤，烧毁的房屋仅唐县一县即达二千七百四十一间，牛、马、骡、驴以至猪、羊、鸡、鸭无不遭殃；五专区只就平山一县而言，受灾者即达一百十二个村庄，而平山、□寿二县被抢粮食就有五十三万一千八百三十一斤之多，被烧毁了五千三百二十九间的房屋，被杀死与创伤的六百三四十人，连农器家具都被强盗们劫毁了；平西房山一带二千余间的房屋旦夕之间化为灰烬……这一处又一处血火的创痕已经完全不是有限的笔□所能记述的了，但是，就□这些极不完全的统计中，总结此次敌寇的"扫荡"，又"烧光"了我同胞房屋一万五千余□，"杀光"了我同胞一千五百余人，"抢光"了我同胞的粮食四千余石，把这些加到六年来敌寇血腥的账本里去，那就是一笔无边的血债，它在不断加深着我边区同胞对敌的无边仇恨！那完县一区野场的惨案，一百十八个男女老少和婴孩在刺刀□枪之下血肉模糊地牺牲了，五十四个重伤者至今□发地呻吟着，还有那四家横遭灭门的惨祸；贾西庄的寨□惨案，八十一具尸体纵横狼藉在地边井里，有的祖母还抱着孙子，有的婴儿已□□了母亲，一个个都露着血淋淋的刀口，而法西斯的野兽们□以这惨绝人寰的屠杀与洗劫当作它无耻宣传的"赫赫战果"。

这种屠杀洗劫的"赫赫战果"，就是敌寇所谓"浩荡的皇恩"，而汪精卫朱深之流的汉奸们正对着这"皇恩"举行着天下最无耻的"感谢式"。它们说这是"对晋察冀的政治□灭战"，说这是"对英美宣战后大东亚圣战的一环"，还说这是"明朗华北的建设战"，然而，这一切叫嚣，都抵不住眼前血淋淋的事实，我们无数的同胞不断在日寇的"皇恩"下惨死了，在敌伪政权"对英美宣战"中惨死了，敌寇汉奸们纵有偷天的魔手，也改换不了这光天化日下血染的现实。现在"团结复仇"的口号比过去更响亮地震撼山岳般从边区无山□村里高喊起来了，千百万的群众，更加英勇地聚集到复仇的旗帜下，他们纪念着光荣的死者，纪念着野场惨案中十五岁的小英雄王璞在敌寇残杀前号召全村同胞宁死不屈的模范精神，纪念着王璞的母亲张竹子，纪念着北清醒的村长李景堂，纪念着从容就义的所有抗日的干部和同胞；他们更向活着的英雄们学习与看齐，他们学习着野场村长王三群全家的模范，学习着伤了手臂的李志民，学习着中队副的父亲刘老头，学习着所有顽强像钢铁的人们。敌寇的"政治□灭战"永远是幻想，晋察冀的人民在政治上是愈□愈坚强，永远灭不了的。敌寇最后的手段只有更疯狂地以"三光"的毁灭政策来进行它的"建设战"，但是这"建设战"的最终的下场，就是在中国人的血泊里建设起淹埋它自己的坟墓来。

今天我们活着的人的责任，就是□以我们光荣的死难者和英勇搏斗过来的模范人物为榜样，坚决团体一致，把日寇送向坟墓里去，为死难的同胞复仇。敌寇很清楚地知道我边区同胞与共产党八路军亲密团结骨肉相连是一个不可战胜的力量，所以它说"你们年纪大的是八路的爹，娘儿们是女八路,小孩是小八路,八路的儿子——通通是八路",我们也要更清楚地告诉敌人:我们边区的八路军和全体同胞相依为命,永远在一起,八路军是不可战胜的军队,边区的人民是不可屈服的巨人,我们一定要报仇!

(原载一九四三年六月六日《晋察冀日报》第一版社论)

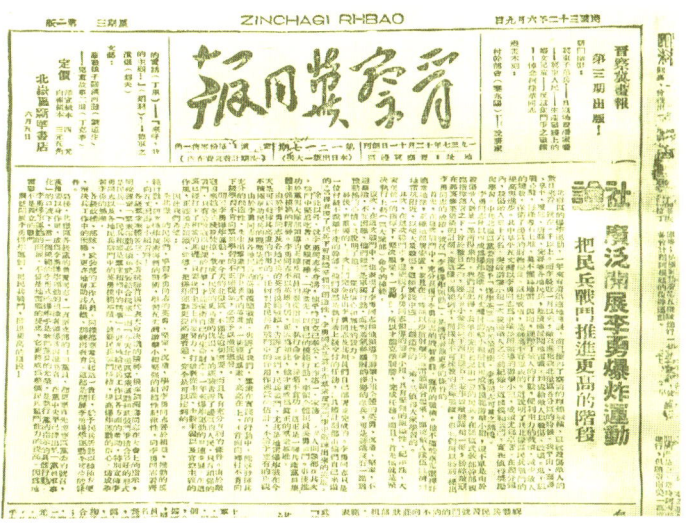

广泛开展李勇爆炸运动
——把民兵战斗推进更高的阶段

北岳区的爆炸运动，一年来有着迅速地进展，而且获得了空前的辉煌战绩，单就杀伤敌人的数目来看，就在一千以上。而在最近一月以来，敌寇进犯我北岳区各分区的时候，我平山、灵寿、阜平、□邱、唐县、完县等各地民兵，都积极展开地雷战，到处给敌人以杀伤、破坏。鬼子胆战心惊，每逢乱石土堆，莫不惧为地雷。因而，□滞了敌人的行动，便利主力的截击，减少敌人的烧杀，保卫了边区的财物粮食。这些成绩，是丝毫不容忽视的。这说明了我北岳区民兵战斗的提高与进步。其中阜平五丈湾以李勇同志为中队长所领导的游击小组，成绩尤为卓著。在几分钟内，杀伤敌人三十六名，突破游击小组一次杀伤敌人之空前纪录。这种模范战斗，实在值得奖励与学习。中共北岳区党委所赠予"爆炸英雄"的光荣头衔，李勇同志可当之无愧。

李勇同志所□成为爆炸英雄，五丈湾村游击小组所以□成为模范游击小组，还不单是由于杀伤敌人数量一点所得来的。我们还记得，去年在完唐老虎田一带的民兵，在县区武装部干部亲临指挥部署之下，曾于数日之内，连炸毁小队长以下四十余名，并炸毁敌机关枪一挺，粉碎敌寇在那里修筑堡垒的计划。像这样□模范例子，同样是不可抹杀的光辉战绩。但我们所以特别提出李勇同志的成绩，号召"李勇爆炸运动"，是还有着他更多的条件的。

首先，在这次战斗中，充分表现了李勇同志的机智多谋，灵活的战术。他不仅能事先选择好适当地点，正确地部署安置，并且在临时能以步枪射击与地雷战结合起来，驱使敌人队伍乱挤到地雷坑附近，以便大量杀伤，这种实践中灵活的创造性的□术，是值得大家学习的。

其次，在这次战斗中，还表现了李勇同志领导的游击小组，具有坚强的组织性、纪律性，大家在统一的指挥下，坚决服从，一致□□，所以才能克敌制胜，完成任务。而且，首先他就是坚决执行上级（区大队部）命令的模范。

复次，在这次战斗中，也表现了李勇同志和他领导的游击小组全体的英勇、沉着、坚定，不避艰险，不□困难，他们虽然是单独行动，面对着气势汹汹的优势的敌兵，可是丝毫没有一点犹豫动摇的心情。这说明了他□□强的信心和无比的毅力。

最后，更重要的，这次战斗完全是由李勇同志及其组员们自己部署并完成的。李勇同志只是一位村级不脱离生产的干部。他们虽然是执行着上级交付的任务，但具体计划都由他们自己来做的。这里表现了民兵下层组织坚强的创造性，李勇同志是真正在群众实际斗争中锻炼出来的英雄。

除此以外，就李勇同志本身讲，他平时即克己奉公，工作第一，家务□□□人问题都是在其次。战斗中坚忍吃苦，克服困难，一身当先，以自己的模范行动，率领全体组员英勇战斗。事后推功于党与大队部领导的正确及组员的服从指挥，执行命令，丝毫不贪功。这正是一个共产党员集体主义模范的精神。李勇同志不以英雄自居，正因为如此，他才更成为真正的群众英雄。

由于李勇同志及各地民兵的英勇模范战绩，告诉了我们，民兵战斗，尤其是地雷爆炸战在今天是可以发挥其高度的作用的。任何对于民兵在战斗中的作用作过低的估计，不给予应有的重视不积极帮助民兵的观点是错误的。

由于李勇同志及各地民兵的英勇模范战绩，告诉了我们，群众在实践的行动中，能够发挥其充分的创造性，产生出群众斗争中新式的英雄。一切轻视群众，高高在上，不肯面向乡村不肯向下级学习不肯向群众学习的不正确观点，必需予以澈底肃清。

开展李勇爆炸运动，在今天的北岳区，不仅是迫切需要，而且具有充分有利的条件。由于敌寇越来越凶的残杀焚掠，激成了民族的更高度的仇恨，血的经验告诉了边区的人民，只有顽强的战斗，只有给敌寇以更深的打击，才能保卫自己的生命财产。一年来爆炸运动的飞速进展，在这里已经打下了相当的基础，只要我们主观上再加努力，打破教条主义，主观主义以及官僚主义的作风，正确地去组织、领导，把爆炸运动更提高更普遍，完全是可以达到的。

因此我们希望：

全北岳区的民兵们，学习李勇同志的英勇、坚定、沉着，学习李勇同志善于组织、推动的模范行动，研究爆炸技术与新的战术，学习五丈湾游击小组坚强的组织性纪律性，向李勇同志看齐，向五丈湾游击小组看齐！

各级群众团体干部，本着抗联首届代表大会决议的精神，根据刘澜涛同志在大会上的指示，明确认定"群众运动必须和武装结合起来"而"今天北岳区群众运动和武装斗争结合最好的形式是民兵"，"民兵组织是群众组织中的精华"。更多地给民兵工作以各方面的帮助，特别宣传李勇同志以及各地民兵战斗中的英勇模范事迹，鼓舞民兵战斗情绪，提高爆炸运动的信心，造成学习李勇的热潮。

各级政权、部队、武装部的工作人员，同样都应当负起这一责任，给予民兵活动以种种方便，解决其工作中的困难，更多地帮助其组织、训练与教育。这都是开展李勇爆炸运动不可少的条件。

最后，北岳区各级党的负责同志，一直至支部的□□党员，都更应首先响应区党委的号召，党员要以身作则，成为李勇爆炸运动的组织者领导者与推动者。在党中央早已提出的"党员军事化"的口号下，当一个模范的李勇式的爆炸手是我们党员的光荣，是执行党的指示的具体行动。

李勇爆炸运动的开展，不仅是地雷战的提高，它更将成为整个民兵战斗能力的提高。因为地雷战不是孤立的战斗。

广泛开展李勇爆炸运动，把民兵战斗，推进更高的阶段！

（原载一九四三年六月九日《晋察冀日报》第一版社论）

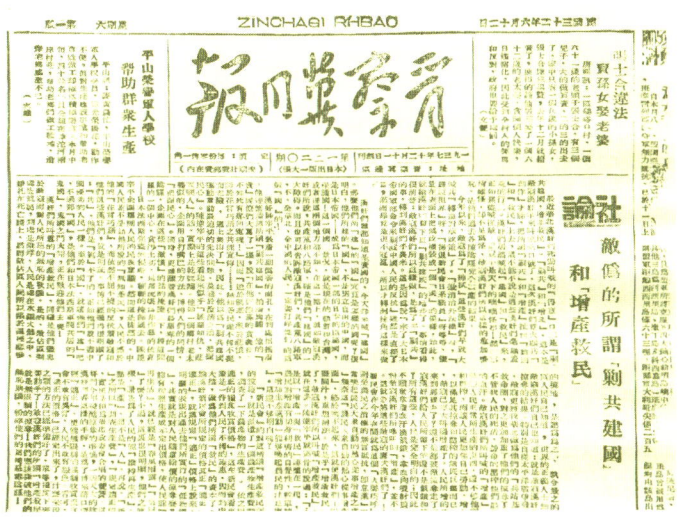

敌伪的所谓"剿共建国"和"增产救民"

最近华北汉奸们死劲叫喊的"得意"口号是"剿共建国，增产救民"。"剿共"和"增产"，这本是敌寇汉奸□来叫惯的口号了，这次汉奸们竟大显其"创作"才能，把所谓"剿共"和"增产"扯到"建国"和"救民"上去，这不能不说是这些汉奸们毫无羞耻的行为。汉奸们居然喊起"建国"和"救民"来，正如强盗喊捉贼，这岂不是天下的咄咄怪事！然而事情难怪，却不足为怪，敌寇汉奸们所以这样的愈加□耻，是他们过去各种阴谋完全□产的结果！

今年以来，敌寇为了"拂拭"这些汉奸们早就大喊其"转换对华政策"了。"撤销治外法权"呀，"归还租界"呀，"撤退新民会日系职员"呀等等，尽量在表面上把伪政权装成一个"国"的模样，如此，就给汉奸们留下这"剿共建国"的地步了。事情看得很清楚：敌寇汉奸们所以这样做，是为了把"剿共"的事，转到汉奸们手里来。这是因为说"奉了大日本帝国军部命令来剿灭中国人民的反抗"虽然是直接了当，然而毕竟是很不冠冕，所以才转弯抹角这样来做。

汉奸们谁都知道是卖国的，今天却来喊"建国"。那么他们所"建"的"国"究竟是怎样的国呢？很明白，他们所建的"国"，不是独立自由的中国，而是日本帝国——成为日本帝国一部的日本的臣属国，保护国！这一个国□景况，就是现在的□□□□□，或者连这两个地方都不如。在这一点上，诚如敌寇汉奸们所说，共产党和八路军，确是他们"建国"的一大障碍。而且也可以告诉敌寇汉奸们，共产党八路军，不，全华北、全中国的人民，一定要打碎他们的这个"国"的！

汉奸陈宰平装着一副伪善的面孔，在到处招摇着。他连着这所谓"剿共建国"，拍着胸脯□他的"贵"同僚们大骂了一场，说"在他们饱满的贪□里，不知死有几何冤魂！"因而"迫于饥寒，激于悲愤，诱于花言巧语之共匪宣传……无知愚民遂不得不铤而走险，逼上梁山了"，因此，他以为"剿共建国运动当前最迫切的先决问题，莫过于澄清吏治，把握民心"。陈逆宰平的这些看起来似乎"嫉恶如仇，悲天悯人"的话，实际上是干号嗨。他如一个乡村老太婆似的，企图用自打嘴巴的方法，博得人们的同情，"把握民心"。同时，更□藏着汉奸们最恶毒的一个阴谋，企图在这些"激愤"的话的掩护之下，将这问题的一个中心，贪污土劣，地痞流氓为非作恶的依靠——日本法西斯强盗的侵略，轻轻的掩饰过去。陈逆宰平企图模糊人民的民族意识。然而这是徒然的。中国人民并不是如他所说的"无知愚民"，人民不惑于他的"花言巧语"，而依然不屈不挠的反抗着敌寇和他们这些汉奸们，就是明证。事情已经摆的很明显了："共"，他们是"剿"不了的，正如他们杀不尽中国优秀的人民一样。至于"国"，就让他们"建"吧，不过那"国"，是他们和日本法西斯军阀共居的"鬼国"，鬼国之门大开，正在欢迎他们去呢！

　　汉奸们所叫嚣的"增产救民"，同样是他们尽忠于敌寇而对人民所施的无耻的欺骗。是的，敌占区到处是饥民，到处是饿殍，人民是处在水深火热之中，挣扎在死亡线上，然而敌占区人民所以陷于这种悲惨□的境地，是谁为之，孰令致之的？敌占区人民自己知道，世界的正义人士知道——敌寇汉奸们自己也知道：就是敌寇汉奸们残酷掠夺的结果。特别是自从太平洋战争发生以来，敌寇更将我华北做为他们的"兵站基地"，救命圈，对之更加加重了他们的掠夺了。他们不管我人民的死活，拼命的压榨他们最后一滴的血汗。敌寇汉奸们所叫喊的"增产"，不过是□人民正常所生产的东西，远不够他们掠夺和压榨，而让人民更加强自己劳动，增加生产，以满足其掠夺和压榨的无底巨壑而已。去年，敌寇已经大叫过增产了。人民所增的产，后来到那里去了？还不是都被敌掠夺走了吗？敌寇汉奸们给人民所留下的还不是饥饿和痛苦吗？所有这些，人民是完全明白的；因此，他们不愿意拿着血汗换饥饿，拿血肉喂豺狼，所以对敌寇汉奸们所嚷叫的"增产"，并不去理会。这就急煞这些敌寇的鹰犬汉奸们了！汉奸新民会在今年春间就为这个"大声疾呼""要避免农民之消极的无言抵抗，即怠业"而"应当唤起农民大众自动的热心从事增产之意图。"无奈这"农民大众自动的热心从事增产之意图"，终于唤不起来，这就使汉奸们不得不绞尽脑汁，重想办法。于是乎"增产救民"出来了，敌寇汉奸们所以叫喊"增产救民"，原因就在这里。陈逆宰平就露骨的说过："……即是以'增产'与'救民'连在一起，启发农民对增产有切身利害的自觉性，较单纯宣传"增加生产运动"能够唤起农民的注意与熟力"。这还不够明白吗？

　　"新民会"的对这所谓"增产救民运动"的设施，就是派遣了一个农产物生产费调查团，调查了一下农产物的生产费。依之规定"适正的粮食收买价格"，这在新民会看来，好像是一件对人民了不得的施惠，因而到处大吹大擂，做为他们所谓"救民"的资本了。姑不论汉奸新民会所规定的价格真正"适正"不"适正",就这规定"适正"价格上说来,还不明显的表现出过去他们所实行的"低物价收买",其实就是对人民随意给价的掠夺么?今天能有按照生产成本定出价格,使人民能"维持再生活",就已经是"春风雨露""皇恩浩荡"了么?不过,这里也很明显,他们之所以这样,还是为了人民的能"维持再生产",其观点是"产",而不是"人"。再说,"新民会"之所以"调查生产费","规定适正价格",实在是和伪华北政委会合唱的双簧,这是汉奸们今年残酷掠夺的准备,一个天大的阴谋,汉奸要弄这样的手腕,是为了将来借口价格已经"适正",更能无限制的强制收买粮食。社会不敢有异言,人民不敢有怨色,看呵,现在"适正的价格"已经定出来了,什么保税运输之类的方法已经准备好了,单等粮食下来,就要动手了!敌寇汉奸们的所谓"增产救民",就是无限制的掠夺!我们应该撕破他们的这种无耻欺骗,粉碎他们的这种恶毒阴谋!

(原载一九四三年六月十一日《晋察冀日报》第一版社论)

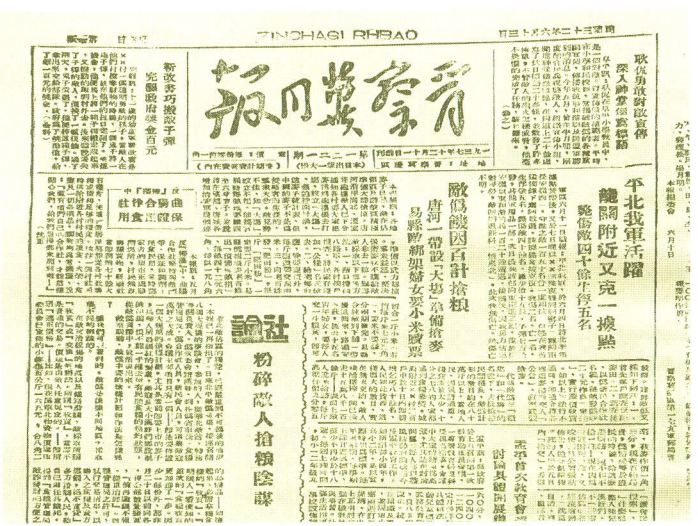

粉碎敌人抢粮阴谋

　　华北敌占区的粮荒，已经严重到不可挽救的地步，本报已一再指出了。日来北平敌伪□集，接连召开八个大规模的座谈会，参加的人，从华北敌酋、特务机关负责人，伪政委会诸汉奸，到各伪省市长，食粮管理局长，伪合作社人员，新民会人员，可谓集敌寇汉奸之大成。会议主要项目只有一个——即是要布置一个大规模的抢粮计划。尤其是当前即要上市的麦子，为敌人所最眼红的对象，敌寇及大小汉奸们那股饥饿如狼，恨不能一手攫去所有民间食粮的焦灼状态，从敌伪□播中，就活现出来。

　　截至眼前，敌伪主要的抢粮计划和作法是怎样呢？

　　据我们可□看到的，敌伪是根据不同地区，采取着不同的办法的。

在敌统治较强的地区以及铁路沿线，敌采取所谓"收买"或"交换"等办法。所谓"收买"，当然不是普通的交易。价□是由敌人任意规定的。——即所谓"适正价格"——比如，现在伪华北物资物价处理委员会已宣布的小麦每百公斤一六五元，合八角二分五一市斤，小米合六角九分五一市斤，玉米合六角四分五一市斤，高粱合五角四分五一市斤，这些"适正价格"，实际上都比市价低过几倍。所谓"交换"，即是敌人把人民的必需品——如盐、洋火、布疋等，更严格的统制起来，必需拿粮食去换，否则有钱也不"配给"。这样的"收买"，"交换"，实际上是等于掠夺，这是明眼人一看便知的。然而，敌寇阴险毒辣还不只此。这次的"食粮收买"，比以往的所谓"低物价政策"更加进了一步。因为他们规定了每家的粮食，除过极少一部份外，都非卖给他们不可□并限定"概须在六月二十日以前向各地食粮管理局或当地行政主管官署，将全部数量据实申告"，以便由他们"公平收买"，"倘再逾期不报，概以囤积居奇论，分别没收科罚，从重治罪"。这个办法公布之后"无论何人非得食粮管理局之许可，概不准作大量食粮之买卖，倘仍有私行交易□事，以囤积居奇论罚"，并且要"将买方购入之食粮及卖方所得之价款，一并没收，并仍从重惩罚，绝不宽贷"云云。敌寇企图以此严刑峻法来多方钳制人民，勒逼把所有粮食交给伪官方，而人民自己则任其饿死。同时，又给某些有权势有门子可以得到"食粮管理局之许可"买卖粮食的汉奸们，大开敲诈发财的方便之门。其阴谋诡计，可谓毒辣□极。

对于我根据地的边缘地区，对锁沟线附近地带，敌将以各种诡诈手段，威逼利诱，吸收粮食，并以各种力量的配合，发动"走私"，以造成根据地食粮之外流。关于这方面，虽然我们还没得到多少具体材料，但敌人这一阴谋计划却已露端倪，目前在铁路沿线的某些城镇正在大修仓库□正是向我游击区以□封锁线内来抢掠的准备工作。

对我巩固区，敌人也不曾放松的。这个主要将以其军事的"扫荡"、

□食来配合。目前敌人就正在瞪着饥火中烧的眼，准备着抢麦。

我们必须认清敌占区的粮食恐慌，已成为日寇和汉奸致命的创伤。而敌寇伪组织不惜动员一切军事、政治、经济、特务的全力来集中力量于抢粮计划，决不是偶然的现象。对于敌人这种凶残的阴谋，必须予以澈底揭发。并针对着敌人这一阴谋，以我党政军民的总力给以有力的粉碎的打击。

敌占区的人民，生活本已困苦到极点，一年辛勤打来的一点粮食，谁都不肯甘心奉送敌寇和汉奸的。因此，澈底揭发敌寇汉奸抢粮的新阴谋，有组织有计划地给以抵制，是非常迫切需要的□动。根据地的武装，根据地的人民，一定以全力在各方面给在敌寇统治下的同胞们以援助。

我们愿意再度的说明粮食恐慌在目前已成为华北敌寇的致命创伤。因之，我们粮食争夺战的胜利，也必然地将更快地促进敌人的死亡。

战斗地动员起来，援助敌占区人民，粉碎敌抢粮新阴谋，争取粮食战的澈底胜利！

（原载一九四三年六月十三日《晋察冀日报》第一版社论）

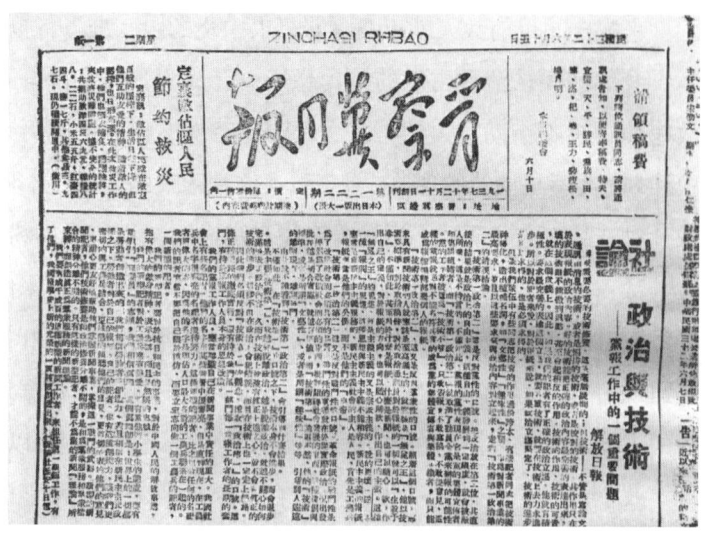

政治与技术

——党报工作中的一个重要问题

□□需要必要的技术修养，这是毫无疑问的；但技术——不管是写论文、通讯和消息的技术，或者是编排的技术，或者是校对的技术，其作用只在于表现报纸的政治内容。好的技术能把正确的政治内容最完善的表达出来，坏的技术则不能做到这点，甚至会起相反的作用。技术的作用、技术的可贵，就在这个意义上。因此，如果我们的记者有了正确的政治立场，他就有积极性。要求最完善的表达这个立场，就要着重技术，就要在技术上去力求进步。所以对于记者来说，对于报纸来说，如果政治立场坚定了，技术的进步是可以求得的，也是必须求得的。

但是我们队伍中有些同志把技术的作用过份夸大，有些记者同志把技术神圣化，造出种种名词，如"文艺性""趣味性"之类，作为对新闻事业的最高要求，并且以这些要求□与政治内容对立起来，走到"技术第一政治第二"的错误结论。

"技术第一政治第二"这是反对党性的口号。把政治放在第二位，其直接的结果就是政治上的自由主义，这种自由主义发展到一定限度，就会被敌人所乘、这是不待言的。不仅如此，党报的党性表现在它是党的集体宣传者和集体组织者，而"技术第一政治第二"就取消了动员全党来办报的可能性。党的工作者被认为"技术不够"，只敢看报，不敢写稿，不敢提意见，这样的党报就绝对不能名符其实的成为党的集体宣传者与集体组织者，而只能成为报馆编辑部几个人的报纸。

"技术第一政治第二"、这又是反对群众性的口号。照着这个口号，那末具有新闻技术的人就应该是至高无上的，就应该是"无冕之王"、他以技术为标准，对于取舍稿件，对于取舍通讯员对于报纸的一切就可以"生杀予夺"，不仅如此，甚至对于什么是报纸，什么是新闻，也可以随心所欲，作出自己的定义，对于报纸的方向，也可以随心所欲，作出自己的主张。这种"无冕之王"的思想，□是主观主义的又是宗派主义的。说的更坏一□，□一种"报□"的思想，这种思想与新民主主义不能相容。新民主主义的报纸应当是为新民主主义服务的，新民主主义社会的主人是人民，首先是工农兵，报纸应当是他们的公仆，而不是他们的"皇帝"。

"技术第一政治第二"这又是反对战斗性的口号。革命报纸的战斗性是为了改造社会而必须具有的品质，战斗性的意义就在于从实际政治□况出发，提倡为了改造社会而必须的东西，批评阻碍社会发展的东西，这种提倡与批评越是切合实际，就越有价值。而"技术第一"论则不然，他的"技术"标准，或者是所谓"文艺性"、或者是所谓"趣味性"等等□引导别人远远的离开现□，离开战斗。

由此就不难看到"技术第一政治第二"会引导到什么结果。

不仅如此，在"技术第一"的口号之下，技术本身不会进步，而会退步。越是主张"技术第一"，就越会脱离政治，越是脱离政治，就越不关心如何完满地表现政治内容，久而在技术上就没有真正上进之心，就不会有真正的技术的进步。这样不但在政治上会犯错误，而且在技术上也一定走上绝路。

因此我们必须反对"技术第一"的观念，采取"政治第一"的口号。这条正确道路的澈底实行，还有待于我们每一部门每一党报工作者的长期的奋斗，有待于党报工作人员本身的思想改造。

我们的党报工作人员，应当认识自己在新闻事业中责任的重大。我国社会上有些名记者，他们的名字在某些阶层中很响亮，但是直到现在，在工农兵中名字很响亮的名记者还待努力。这种新型的记者，比之以前任何的名记者更伟大的多，因为他的名字是与占人口最大多数的工农兵联系在一起的。我们的记者应当不要把自己限于模仿，而要立定志向做一个工农兵的记者，一个新型的记者。

我们的新型记者要对于抗日和民主的事实，对于中国人民的解放事业，抱有伟大的献身精神，表示忠诚，而且是无限的忠诚。

我们的新型记者对于工农兵应有爱，更有当他们小学生的态度，要有当他们"理发员"的志愿，我们相信真理，这个真理即是：世界上的一切都是劳动者创造出来的，我们相信劳动者的创造力，并且相信在新民主主义政权之下。劳动者对于自己的报纸，自己的记者，也有这种创造力，让我们更密切的与工农兵结合，更诚恳的倾听他们的意见，更真切的表达他们的意见，更耐心更友好地帮助他们掌握新闻事业，掌握这一战斗的武器。新型的新闻记者，他们技术修养是和政治修养分离不开的，是和为群众服务和群众结合的精神分离不开的。只有这样的新型记者，才能不为旧的新闻"理论"所束缚，而创造真正为群众服务的新闻理论。

我们要有成千成百的这种新型的新闻工作者，来担任这一艰巨工作，有了他们，我国报学史上新的光荣的一页将被创造出来。

（新华社延安十日电）

（原载一九四三年六月十五日《晋察冀日报》第一版社论）

抗战与民主不可分离

——祝第二届联合国日

自美总统罗斯福去年宣布以六月十四日为联合国日以来，到现在已经一年。去年有二十八个国家庆祝这一个节日，纽约曾有五十万人的空前大游行。今年联合国胜利在望，全世界对于这个节日的庆祝，必定更加热烈，更加盛大。

人类的命运，现在处在决定的时机。决定人类命运的，乃是此次大战的结果，这是人所共知的事实。在此次全世界人类反对法西斯野蛮侵略者的神圣战争中，我们中国进行了对日抗战六年之久；尤其是以劣势武器在敌后坚持至今的游击战争，乃是我中华民族所创造的伟大奇迹。我国六年的抗战，诚如中国共产党在全面抗战爆发以前老早就指出的那样，一改我国在国际间的地位，从九一八到八一三，由于卖国贼汪精卫之流把持国柄，勾结轴心，对外屈辱，对内反共，我中华民族曾被人看作卑怯无能的劣等民族；但是经过了六年的团结抗战，我国却已经被列入世界四大强国之林了。这种铁的事实，证明了中国共产党从九一八起就主张的对日抗战乃是完全正确的。也证明了当时主张屈辱投降的卖国贼汪精卫之流，是何等可耻。我们庆祝联合国日，我们庆祝联合国的胜利，庆祝人类正义之胜利，也庆祝中华民族的强盛，庆祝抗战的胜利。

反对法西斯，不仅为了人类的现在，而且是为着人类的将来。现在所进行着的世界战争，乃是两个政治原则的战争，就是法西斯主义的政治原则与民主的政治原则之间的战争。在这一个战争中，三民主义与共产主义共同在民主的旗帜下反对法西斯主义。共产主义者赞成最广大的民主，这是无庸多说的了。而此次世界成为（中缺二十余字）奠定了人类的四大自由，这就是言论与信仰的自由和免除一切穷困与恐怖。联合国日发起人罗斯福总统在去年今日的演说中，曾一再强调维护人类四大自由的必要，他说："信仰人类共有之四大自由，乃吾人与敌人之主要分野。"又说："人类共有之四大自由，乃人类所需要之要素，正如空气日光面包与食盐之不可须臾或离，剥夺人类所有此等自由，则彼等必将无法生活；剥夺其一部分自由，则其一部分必将枯萎。"我们庆祝联合国日，将要维护民主，我们庆祝联合国日，乃是为了拥护民主，为了反对法西斯主义。法西斯主义是这样一种政治原则；它对外则主张"亚利安种族至上"或"八□一宇"的并吞，对内则主张"盲从领袖""全民政治""全民经济"的独裁，反对共产党，压迫人民。民主自由被它□□无遗。不剿灭法西斯主义，不确立民主主义于全世界上，即使这次战争胜利，还不能奠定人类永久和平；现在与将来不能分离，抗战与民主亦不能分离，原因就在于此。

中国共产党与全中国人民一样，完全赞成在中国实行民主的政治原则。

中国共产党在他的党员所参加的地方政权，决遵行孙中山先生的三民主义与抗战建国纲领，并把民主政治的原则具体化，这就是三三制的民主政权。中国共产党并坚决主张民主的政治原则应在全国实现，这不仅对于现在的抗战有很大好处，对于将来的建国有很大好处，而且对于全人类也有很大好处，因为我们中华民族是占世界人口五分之一的大民族，因为我国有很高的国际地位，我国的一切设施会对全人类发生极大的影响，对于将来的世界和平发生极大的影响。

□是正在庆祝第二届联合国日的时候，正在全世界高唱民主自由的时候，正在法西斯侵略者快要倒台的时候，在我抗战营□之内，居然有人提倡类似法西斯主义的怪论，这岂不是奇怪之极吗。

这些人所提倡的中国式的法西斯主义，以"中国文化至上"来代替希特勒的"亚利安种族至上"，对中国以外的民族，重唱汪逆精卫的"以中国文化融化外族"的胡说；对中国国内重唱希特勒的"全民政治""全民经济""全民战争"和"盲从领袖"的谰调。这个中国式的法西斯主义，完完全全像希特勒主义一样，公开反对共产主义与自由主义；它也同希特勒主义采用同样的排外手法，自称"继承民族传统，排斥一切外来思想"。在实际上，它对于中国的传统，只继承了唐之周兴、来俊臣，明之魏忠贤、刘瑾等奸贼之特务政策的传统，继承了曾国藩李鸿章等反对太平天国媚事反动清朝的反革命传统，继承了一切唯心论的反动学术传统；它所抛弃的却是民主精神的传统，却是岳武穆文天祥等□□□□的传统，以及中国五千年来学术史上唯物论的优良传统。对于"外来文化"，它所真正要排斥的乃是共产主义与自由主义等进步的思想，而它在"排斥一切外来文化"的面具之下，偷运进来的乃是大量最丑恶的法西斯主义的私货，希特勒墨索里尼的私货。中国法西斯主义者之所谓"继承民族传统，排斥外来思想"，实际上就是继承中外文化中一切丑恶方面的大成，排斥中外文化中一切优良的成份。这是现在中国大地主大资产阶级反动的政治代表们所提倡的中国式的法西斯主义之内容。这种中国式的法西斯主义，居然自称为"三民主义"，实在可笑之至，实在是污蔑了孙中山先生的伟大学说的民主精神，实在是污蔑了中华民族。

当我们庆祝第二届联合国日的时候，我们心中充满了对民主自由的憧憬，对人类光明前途的希望；我们心中也充满了对法西斯主义的仇恨，要在全世界扫清这个毒素，当然也决不容许它在中国猖獗起来，以致将来再陷我民族于万劫不复的地步。

当大地主大资产阶级中心政治代表们企图提倡法西斯主义以毒害我民族的时候，为了使抗战胜利、建国成功，我国文化界就有一个极其严重的任务。这个任务，就是要加紧进行反法西斯的教育，这是当前非常重要的一件大事。但是如果那样说法，以为当前民主教育的目的主要的是为着反封建，就会走上另一极端，犯另一种错误。当前中华民族的主要任务，乃是打败日本法西斯侵略者，如果有一时一刻忽视或忘却了这个现实，就是不对的；因此我们所说的民主教育，主要的应是为着动员人民争取抗战胜利，而不是为着反封建。我们这里所说的民主教育，乃是具体的适合中国目前抗日民族统一战线和今后建设新民主主义中国的需要的那种民主教育，不能把它抽象了解为一般的民主教育，一般的反封建教育。应知这种民主教育，不应成为一般的反封建的教育，而只应为了抗日建国的目的，成为一般地反对法西斯主义和特殊地反对中国法西斯主义的教育；否则我们的教育就脱离现实，脱离当前的战斗任务。其次应该把这种教育安放在争取民族解放和建设新民主主义的新中国的实现的基础上，而不应把这种教育放在空洞的名词或概念（如平等自由博爱文化与科学的发展等）的基础上。在这里我们也应紧紧地记着民主与抗战是不可分离的，将来与现在是不可分离的。

正确的进行抗战与民主的教育，反对德意日法西斯主义，反对中国法西斯主义，这就会大大的增强力量来争取抗战的胜利和建国的成功，这就会促进人类正义的胜利,促进神圣的抗日民族解放战争的胜利,这就会帮助奠定将来的世界和平和独立的新中国之建成,这才会更加提高我国在国际间的地位,而对全人类的和平幸福作更大的贡献。

(延安新华社十四日电)

(原载一九四三年六月十九日《晋察冀日报》第一版社论)

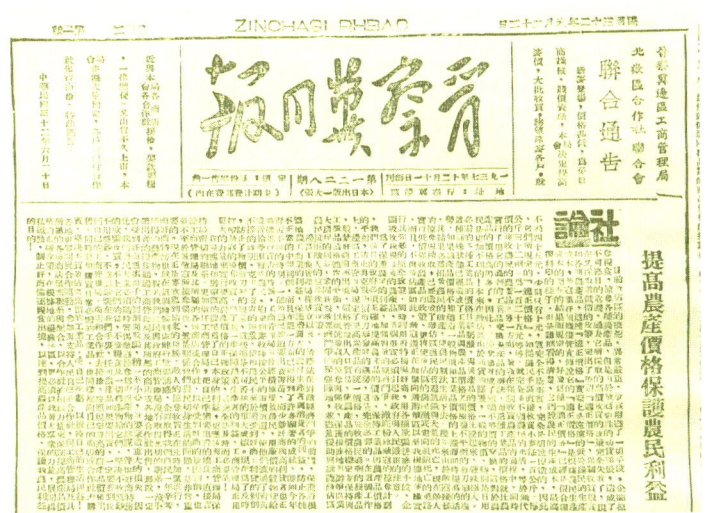

提高农产价格保护农民利益

目前敌占区的粮荒，异常严重，敌寇用尽了一切手段，企图掠夺粮食，掠夺各种农产品，但是由于敌寇恶性的通货膨胀，造成了不可终日的危机，过去它所采取的高价收买的政策完全失败了，现在又采取着低价的政策，定出了所谓"适正价格"，强制收买粮食和各种农产品，这种"适正价格"实际上是远远的低于农民的生产成本，敌寇汉奸组织尽管宣传说它的"适正价格"是根据农民生产成本的调查的结果而规定的，好像这种"适正价格"已经是很合理很科学的样子，但是谁都看得清楚，它们说农民的生产成本，最高不过四十五元，少则只有十元，这完全不是事实，完全是胡说捏造的，因此，它们所规定的"适正价格"，如从农民手里直接收买小麦每一百公斤（每公斤三十二两）为一百二十五元等等，就完全是不顾农民的死活，等于无代价的没收农民的农产品。另一方面，敌寇在强制收买农产品的过程中，同时实行了用它的过剩的工业品交换农产品的办法，而这种工业品的价格就比农产品的价格高得多了，因此，这种交换就成了极端不等价的交换，这对于农民是更加不利的！本来在敌占区由于通货的膨胀，一般的物价，特别是日用必需的各种工业品的价格日益腾涨，与农产品的价格比较起来，悬殊极大。这种悬殊状态已经造成了工业品与农产品价格之间极端不平衡的剪刀形的趋势，如果农产品价格不能随着一般物价和工业品价格的上涨而同时提高的话，其结果必然招致农民的破产，使农民无法生活下去。几年来由于敌寇残暴的掠夺与榨取，已经造成了敌占区农民的普遍饥饿与大量的死亡，现在敌人实行低价强收农产品的政策，更将使敌占区的农民澈底走向饥饿死亡的道路，而且，不但敌占区如此，敌寇还正在加紧向着游击区以至我根据地□□实行其强暴的掠夺政策，同时利用着特务与奸商，用各种欺骗诱惑的手段，企图吸收我根据地的农产品，这个事实必须引起我政府与人民严重的注意。

为了保护农民的利益，加强对敌的经济斗争，澈底粉碎敌寇的掠夺计划，我们抗日的政府必须正确地提高农产品的价格，保持工业品与农产品价格的平衡，防止与克服物价剪刀形发展的趋势，这是完全必要的。在这个工作上，边区工商管理局规定了提高农产品的统一价格，吸收农民过剩的农产品，严禁奸商偷运出镜，严格管理出入口贸易，使农产品的价格稳定并保持与工业品价格适当的平衡，以抵抗敌寇的掠夺与强收，保护根据地与游击区广大农民的利益，巩固我对敌经济斗争的坚强阵地，并尽量援助与维护敌占区农民抗拒敌人的掠夺收买政策。

我根据地和游击区的农民为了自己本身的利益，更应该与工商管理局保持最密切的联系，更加信任工商管理局，把自己准备要出卖的粮食，直接卖给工商管理局及其所属的各地商店或合作社，以免受到奸商的欺骗剥削，也就不至于被敌寇所掠夺强攻，这是关系我们农民切身生活的问题，是非常重要的。现在正是麦收临到结束的时候，敌人的掠夺收买正在此时加紧进行，而奸商特务也就在这个时候到处肆行欺骗诱惑，企图取得我们农民一年辛苦所得的农产物，假若我们农民与政府工商管理局没有取得密切的联系，没有把出卖的粮食通过工商管理局及其所属的商店或各地合作社出售，那就一定会受到奸商恶劣份子的剥削与欺骗，稍一不小心，就要蒙遭重大的损失。因此，我们农民大众必须随时警惕敌寇掠夺劫取农产物的阴谋，警惕奸商特务的欺骗收买，不上它们的当，不卖粮食及一切农产物给它们，坚决不收伪钞不用伪钞，不让伪钞烂在我们手里，任何农产品如果要出卖，一定要找到我们自己的工商管理局、商店和合作社去接洽，按照规定提高的农产品价格出售。同时要想购买日常必需的工业品，也同样都向自己的商店或合作社去购买，坚决不买敌占区高价的工业品，使自己吃亏，以维持自己的生活利益！各地更要开展合作运动，参加与支持人民自己的合作社，与工商管理局及其所属的各地商店紧密联系与配合，以合作社的组织力量来保证提高农产品价格的正确政策，在根据地的边缘地区，更必须以我广大群众的力量，展开缉私运动，制止奸商偷运粮食出境，以达到提高农产品价格，保护我农民利益的目的！

（原载一九四三年六月二十二日《晋察冀日报》第一版社论）

起来！制止内战！挽救危亡！

　　正当全国同胞兴高采烈庆祝抗战六周年的时候，正当盟国朝野纷纷来电庆祝我国坚持抗战的时候，正当边区军民巩固河防、努力生产和教育、力谋克服困难、丰衣足食、准备力量、迎接反攻的时候，忽然来了个晴天霹雳，内战危机，有一触即发之势。消息传来，爱国之士，扼腕太息，全国同胞，忧心如焚，南宋末日的亡国景象，不图复见于今日之中国！

　　内战危机的紧迫，一方面表现在特务机关以及国民党官方通讯机关中央通讯社的活动，特务机关的反共活动是经常在进行着的，从未受过政府方面任何制止，而这一次居然由中央通讯社代作喉舌，公然叫嚣着所谓"解放共党组织、放弃边区割据"，与日本强盗和汉奸汪精卫如出一吻；另一方面表现在边区周围非常奇怪的军事调动，国家养兵，所为抗日，人民负担，不为不重，现在黄河对岸即是日寇，而河防大军却纷纷调向边区周围，其中有第一军的主力七十八师和一六七师，有第九十军的五十三师、二十八师，有第五十七军的第八师，有以盟国供给我国的重武器武装起来的炮兵旅和炮兵营，并且传闻边区周围正在广筑飞机场为轰炸边区之用，于是边区南线连前共计集中了十六个师的大军，而抗日的河防阵地，却完全空虚起来，照目前的情形看来，似乎一切布置已经就绪，只待命令一下，内战立即爆发。

抗战已经六年，日寇深入中国，潼关对岸的风陵渡，就是日寇的据点。全国同胞正在行将到来的胜利曙光的鼓舞之下，咬紧牙关，苦撑抗战，为什么在这样紧急的时候，还会发生丧心病狂的内战挑拨呢？

这只有一种解释，就是我国抗战阵营中有一部份人，他们乃是日寇、他们乃是希特勒东条的孝子顺孙，他们要做法西斯，他们看见现在的国际形势对于他们的祖宗希特勒东条极端不利，对法西斯极端不利，因而生怕自己的祖宗倒台，要想些办法来挽救法西斯死亡的命运；于是不惜丧尽天良，尽力挑拨内战，硬要致中华民族于亡国灭种的境地。除此以外，再也找不出第二个可能的解释了！

这批日寇的第五纵队，这批法西斯匪徒，就是大地主大资产阶级反动政治代表以民脂民膏豢养的特务份子！

这批反共特务，这批法西斯匪徒，在二十八年冬和三十年春曾经一手制造过两次反共大摩擦，曾经师秦桧诬岳飞的故智，诬蔑英勇抗战精忠报国的新四军为"叛变"；并在这种"莫须有"的"罪名"之下，把新四军军部缴械，军长叶挺将军与大批爱国志士至今仍在囹圄之中。我们英勇的新四军在被宣布为"叛变"两年有余之后的今天，还在敌后坚持抗战，还在实行抗日民族统一占线，还在拥护和实行三民主义与抗战建国纲领，还在拥护国民政府和蒋委员长领导抗战。过去一年中，新四军的战绩：作战四千八百余次，毙伤俘获与反正投诚的日伪共达四万八千人，这种战绩决不亚于任何忠勇抗战的军队。英勇的新四军以自己的血肉写成的这一部悲壮史诗，是□古少有、中外罕闻的。凡是稍有人性的人，应当为之感动；但法西斯匪徒、日寇的第五纵队，是连最低限度的人性也没有的，他们有的是十足的兽性！

反共特务为了破坏团结、破坏抗战，向其祖宗尽忠尽孝，发动了这两次大摩擦。但是他们的阴谋诡计，受到中国人民的抗击，受到了同盟各国正义人士的反对，始终没有达到他们破坏抗战、实现投降的目的。

但是现在这批日寇的第五纵队，这批丧尽天良的特务，这批法西斯匪徒更加变本加厉，要做出比之以前更大的罪恶来了！自从日寇推行所谓"对华新政策"以来，被日寇捕去的国民党中央组织部副部长吴开先，居然能坐了飞机"逃回"重庆，而未睹有任何处理；三十三个将级军官叛变投降，反戈攻打抗日军民，而未闻有任何处理；大后方许多刊物公然提倡法西斯主义，未闻有任何处理；这种种倒行逆施，明眼人早已深致诧异！汪逆精卫在沦陷区到处组织"剿共委员会"，而特务份子又不失时机，在大后方到处策应；今年三月以来，所谓"共党份子自首运动"，各地方的特务报纸盈篇□□登载亦未闻有任何处理；一切反共宣传，都诬蔑共产党为"奸党"，诬蔑八路军新四军为"奸军"，都是有人授意的，证据确凿，抵赖不得！敌人第五纵队这一连串肆无忌惮的罪行，这一连串破坏团结、破坏抗战的投降阴谋，到了最近就登峰造极。他们乘着共产国际解散的机会，居然提出"解散中国共产党""共产党交出军权、政权"，"取消边区"等口号，并且动员全国特务，在光天化日之下，要进行所谓"谣言攻势"。

好大胆的奴才！好猖狂的匪类！堂堂的中国共产党，是你们能够"取消"得了，能够诬蔑得了的么？要"取消"共产党的是你们的祖宗希特勒，墨索里尼和东条，他们曾订立过"反共公约"，但是就连你们的祖宗都没有办法达到目的；你们的大哥汪精卫也想"取消"共产党，但是他也达不到目的；你们这班小奴才，躲在抗日阵营之内，想以阴谋诡计来达到你们的祖宗所达不到的目的，有点不自量力罢！你们在西安以几个人开了十分钟的会，就能强奸民意"取消"中国共产党么？你们嫌自己的行为还不够无耻么？你们以为能够支持六年神圣抗战的中国人民是这样软弱可欺，以致你们几个卑鄙龌龊的败类就可以随便强奸民意达到你们的反革命目的么？

模范的抗日根据地陕甘宁边区是你们这班奴才所能够诬蔑、能够"取消"的么？你们的祖宗东条和你们的大哥汪精卫岂不老早想"取消"过了么？可是，这里建设起了光明灿烂的新社会，建设起了三民主义新中国的模型，这里对于一切赞同抗战团结的、人人有民主，人人有政权、财权、人权的保障，这里而且人人丰衣足食，你们的祖宗和大哥都无法取消边区，你们这班小奴才有什么办法呢？

你们还想取消八路军么？那就老实告诉你们二百个东条匪首，你们这班丑□！明白的告诉这批法西斯特务，告诉这批日寇的第五纵队，你们不要想错了！伟大的中国人民决不会饶恕你们这批蟊贼，放过你们这批害虫！不但中国人民不会放过你们，世界人民也不会放过你们的！你们要投降，你们就干脆点滚蛋吧！你们要想当秦桧、万俟卨、罗汝楫，可惜现在已经不是封建社会的时代，你们永远无法为所欲为！

这一把法西斯匪徒，这一小撮反共特务，这一队日寇的第五纵队与汪逆精卫的应声虫，就是内战的挑拨者，就是谣言的制造者，就是团结与抗战的破坏者，就是卖国投降的阴谋家！他们的阴谋手段，是想发动新的内战，这样来使抗战大业功败垂成，使我中华民族陷于亡国灭种的地步，使同盟国四强之一的中国陷于覆亡；这样来断送全世界人类反法西斯战争行将到来的胜利，挽救全世界法西斯匪徒垂死的命运。

这批敌人们，第五纵队们极端小心准备的内战，这个历史上的滔天罪行，现在已经到了一触即发的时候，中华民族处在危急存亡的关头，处在最紧急的日子里。如果内战发动，兵连祸结，全国必致糜烂，日寇必然坐收渔利，长驱直入，达到其灭亡中国的企图。

起来吧！当此千钧一发的时候，我们还来得及制止内战的爆发，还来得及挽救危亡，起来吧！不要损失一秒钟，时机是稍纵即逝的！多少懈怠一点；敌人第五纵队法西斯匪徒们的阴谋就可能招致中华民族不堪设想的损失！

我们共产党人老早已经屡次声明过：我们在任何条件下坚持抗日民族统一战线，坚决拥护中国境内的抗日政府与抗日领袖，坚持遵守孙中山先生的三民主义，一息尚存，此志不懈（漏十余字）我们的目的是争取抗战最后胜利，反对任何法西斯匪徒的任何挑□，必须坚决澈底地打回去，藉以挽救民族的危亡。

我们希望蒋介石先生和胡宗南先生，体恤中华民族四万万五千万同胞，追念中华民族五千年悠长久远的历史，顾及后世子孙永远无穷的福利，珍重我国在世界反法西斯盟国中崇高的国际地位，当机□□，命令集中边区南线的大军，归还抗日的岗位！

我们希望国民政府，重整抗日阵容，对于此次破坏团结、挑动内战的祸首，日寇第五纵队份子，处以严刑；对于"取消共产党""取消边区"的汉奸言论，明令禁绝；对于三十三个投敌将领，明令讨伐，使抗战军民，人人自奋，国内团结，藉以巩固，粉碎日寇的"对华新政策"，使抗战大业，树立在必胜不败的基础之上！

我们作此文时，我们的血在沸腾，我们不禁潸然泪下，我们记得沈钧儒先生的诗：我是中国人，我是中国人，我是中国人，我是中国人！

（新华社延安九日广播解放日报社论）

（原载一九四三年七月十三日《晋察冀日报》第一版社论）

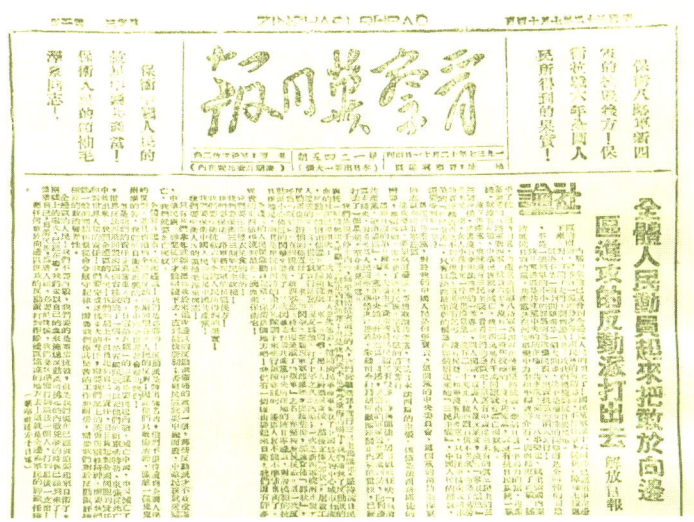

全体人民动员起来把敢于向边区进攻的反动派打出去

内战的危险已威胁到全边区人民的头上了！国民党军队十六个师已经集中在边区的南线，战争有一触即发之势！国民党的国防部队，不打日本，从抗战阵地上撤退下来，对日寇开了大门，调到边区来进攻我们模范的抗日根据地。

这决不是一个小问题而是一个大问题，决不是地方性的问题而是全国性的问题，不是一个简单的小小的罪恶而是叛变民族，出卖抗战的滔天罪行！

陕甘宁边区是共产党中央的所在地。共产党自从九一八事变起，就主张国内团结抵抗日寇的党，共产党是在西安事变中力主和平释放蒋介石，因而结束了内战，铺平了抗日道路的党，共产党是领导八路军新四军在敌后坚持抗战，牵制日寇一半兵力的党，共产党领导的八路军新四军，抗战六年，没有一个将领投敌的，没有共产党，就没有抗日民族统一战线，就没有抗战，中华民族就会灭亡，我们四万万五千万同胞就会当亡国奴隶。

没有共产党，也就没有三民主义，看看我们的边区吧！这里有中国从来未有的真正民主的三三制政权，这里没有变相法西斯的一党专政，个人独裁，这里人人丰衣足食，没有"宁波咸鱼"三十元一两，女人小孩十元一斤的悲惨景象，没有二三十万元一粒的钻石供不应求，而几千万劳动者连稀饭也吃不到的现象，这里没有乞丐，没有民变。如果没有共产党，只有汪逆精卫卖国求荣的"三民主义"，只有以法西斯主义的丑恶内容装璜起来的"三民主义"，中国人民的解放，还要等到那一年？

这样的共产党，对于我们中国人民是何等宝贵，这个党的中央委员会，这个党的领袖毛泽东同志就在陕甘宁边区。

进攻边区，要想取消边区，要想取消共产党，这是日本法西斯的主张，仅仅是法西斯匪徒的需要，谁这样做，谁就犯了□变民族，出卖抗战的滔天罪行。

然而日寇的第五纵队，大地主，资产阶级以民脂民膏豢养的特务匪徒，居然胆敢狂吠"取消共产党，取消边区"，国民党的中央通讯社居然为之广播，胡宗南的军队居然丢弃河防，开到边区南线来，对着边区人民开炮，准备九路进攻。朱总司令给蒋胡呼□团结制止内战的电报，已经打去了一个星期，至今未见问电。

我们是亲手停止内战，铺平团结抗战道路的人，我们抗战无罪，实行三民主义无罪，坚持抗日民族统一战线无罪，呼□团结制止内战无罪；但是我们决不是专受欺侮的蜗牛，我们领教了反动派的血的教训已经两次：一次是上海工人三次起义，帮助国民革命军夺取了中国最大的中心城市上海，反动派却悄悄布置在军队和流氓□来一□闪击，把工人纠察队缴械，然后宣布"罪状",屠杀工人起义的□□者,从此就实行□党□视友为敌,打了十年之久的□战;一次是新四军皖南事变,反动派也是静悄悄的布置好了,来□□闪击,把新四军军部缴械,捉起叶挺,然后宣布"罪状",呼为"叛军",直到现在,新四军忠□将士还是戴了"叛军"之名,在坚持敌后抗战。这一次反动派小心布置的闪击又要来了,这次闪击是对着共产党中央所在地的陕甘宁边区,对着模范的抗日根据地,而且是把抗日河防的主力军队调下来进行这种阴谋的,边区人民不能不准备自卫了。

全边区的人民紧急动员起来,保卫这个地方吧!我们有一切理由要起来自卫,我们还有许多宝贵的东西值得流到最后一滴血来保卫它!

我们要保卫丰衣足食的生活!

我们要保卫三三制的民主政权!

我们要保卫八路军新四军的抗战后方!

我们要保卫抗战六年全国人民所得到的果实!

我们要保卫中国人民的救星中国共产党!

我们要保卫中国人民的领袖毛泽东同志!

只有我们拿起武器来把那敢于来进攻边区的反动派痛痛的教训一顿,那些反动派才不敢投降,中华民族的神圣抗战才能继续下去,直到最后胜利;否则抗战就要中途而废,中华民族就要灭亡,我们就要当亡国奴。

全体动员起来,保卫边区!我们是必胜的!反动派是师出无名的,他们不但将遭到全国人民的反对,并且将遭到全世界反法西斯同盟各国人民的反对;因此他们只敢偷着干,像贼一样鬼鬼祟祟的干,我们的自卫是正义的,全中国全世界都会帮助我们!

但是我们的责任是异常重大的,日寇第五纵队的阴谋是要挑起内战,灭亡中国,中国灭亡了,世界反法西斯同盟国四个台柱就缺了一个,第五纵队就可以把他们的祖宗希特勒、东条从死亡中救出来。我们全边区的人民!我们的肩上不但负起对自己的责任,而且负起对全国同胞的责任和对世界人类的责任！我们要完成这样重大的责任，需要我们无上的英勇与牺牲精神，需要我们铁一般的团结和服从命令严守纪律，需要我们极其坚苦的工作和耐劳，需要我们对于反动派奸细极高的政治警觉性。

全边区的人民！我们不要内战，我们要的是团结抗战，但是我们现在已经被迫要起来自卫了，南线上的炮火，已经在响，我们要以自己的血来浇熄反动派所挑起的内战凶□的时候已经到来了！为着自己，为着民族，为着人类，必要的时候，我们应该准备打到最后一个人，打到最后一支枪！

把任何敢于向边区进攻的反动派打到距离边区远远的地方去！这就是全边区军民的神圣任务。

（新华社延安十日电）

（原载一九四三年七月十四日《晋察冀日报》第一版社论）

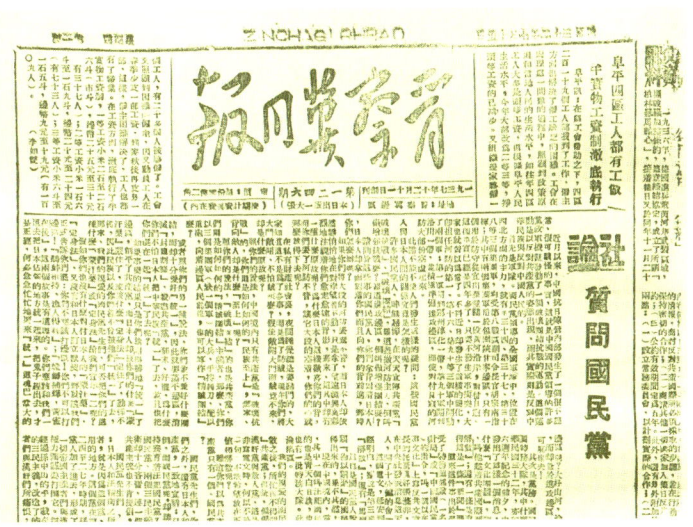

质问国民党

近月以来,中国抗日阵营内部发生了一个很不经常、很可骇怪的事实,这就是中国国民党领导的许多党政军机关发动了一个破坏团结抗战的运动,这个运动是以反对共产党的姿态出现,而其实际则是反对中华民族与反对中国人民的。

首先是军队。国民党领导的全国军队中,位置在西北方面的主力,就有第三十四、第三十七、第三十八等三个集团军,均受第八战区副司令长官胡宗南指挥;其中有两个集团军用于包围陕甘宁边区,只有一个用于防守从宜川至潼关一段黄河沿岸,对付日寇。这种事实已经是四年多了,只要不发生军事冲突,大家也就习以为常了。不料近日却发生了这样的变化,即担任河防的第一,第十六、第九十等三个军中开动了两个军;第一军用到邠州淳化一带,第九十军开到洛川一带,并积极准备进攻边区,而使对付日寇的河防大部份空虚起来。

此点不能不使人们发生这样的疑问:这些国民党人与日本人间的关系究竟是怎样的呢?

许多国民党人,肆无忌惮,在天天宣传共产党"破坏抗战"、"破坏团结",难道尽撤河防主力,倒叫做增强抗战么?难道进攻边区,倒叫做增强团结么?

请问干这些事的国民党人,你们拿背对着日本人,日本人却拿面对着你们而且向你们的背前进,那时你们怎么办呢?

如果你们将大段的河防丢弃不管,而日本人却依然静悄悄地在对岸望着不动,只是拿了望远镜兴高彩烈地注视着你们愈走愈远的背影,那末,这其中却有一种什么原故呢?为什么日本人这样欢喜你们的背,而你们丢了河防不管,让它大段的空着,你们的心就那么放得下去呢?

在私有财产社会里,夜间睡觉总是要锁门的,大家知道这不是为了多事,而是为了防贼,现在你们将大门敞开,不怕贼来么?假使敞开大门而贼竟不来,却是什么原故呢?

照你们的说法,中国境内只有共产党是"破坏抗战"的,你们则是如何如何的"民族至上",那末,背向敌人却是什么"至上"呢?

照你们的说法,"破坏团结"的也是共产党,你们则是如何如何的"精诚团结"主义者,那么,你们以三个集团军(缺一个军)的大兵,手持刺刀,配以重炮,向着边区人民前进,也可以算作"精诚团结"么?

或者照你们的另一种说法,你们并不爱好什么团结,而却十分爱好"统一",因此就要荡平边区,消灭"封建割据",杀尽共产党,那末,好罢,为什么你们不怕日本人把中华民族"统一"了去,并且也把你们混在一起"统一"了去呢?

如果事变的结果只是你们旗开得胜地"统一"了边区，削平了共产党，而日本人却被你们的什么"蒙汗药"蒙住了，或被什么"定身法"定住了，动弹不得，因此民族以及你们都不会被他们"统一"了去，那末，我们的亲爱的国民党先生们，可否把你们的这种什么"蒙汗药"或"定身法"给我们宣示一二呢？

假如你们也没有什么对付日本人的"蒙汗药"、"定身法"，又没有和日本人订立默契，那就让我们正式告诉你们罢：你们不应该打边区！你们不可以打边区！"鹬蚌相持，渔人得利"；"螳螂捕蝉，黄雀在后"，这两个故事是有道理的。你们应该和我们一道去把日本占领的地方统一起来，把鬼子赶出去，才是正经，何必急急忙忙地要来"统一"这块巴掌大的边区呢？大好山河，沦于敌手，你们不急，你们不忙，而却急于进攻边区，忙于打倒共产党，可痛也夫！可耻也夫！

其次是党务，国民党为了反对共产党，办了几百个特务大队，其中什么乌龟忘八也收了进去，即如中华民国三十二年，亦即公历一九四三年七月六日抗战六周年纪念的前夕，中国国民党领导的中央通讯社，发出了这样一个消息：说是陕西省的西安地方，有些什么"文化团体"，开了一会，决定打电报给毛泽东，叫他趁着共产国际解散的时机，将中国共产党也"解散"；还有一条是取消边区"割据"，读者定会觉得这是一条"新闻"罢，其实却是一条旧闻。

原来这件事出于几百个特务大队中的一个大队，受了特务总部队（一名"国民政府军事委员会调查统计局"或"中国国民党中央执行委员会调查统计局"）的指令，叫一个以在国民党出钱的汉奸刊物"抗战与文化"上写反共文章出名，现充西安劳动营训导处长的托派汉奸张涤非，于六月十二日那天，就是说还在中央社发表消息这天以前二十五天，就召集了九个人，开了十分钟的会"通过"了一纸所谓电文！

这个电文，延安到今天还没有收到，但其内容已经明白，据说是第三国际既已解散,中国共产党也应"解散";还有"马列主义已经破产"云云。

这也是国民党人说的话儿呢!我们常常觉得这一类"物以类聚"的国民党人的嘴里,是什么东西也放得出来的,果不其然,于今天又放出了一道好家伙!

现在中国境内,党派甚多,单单国民党就有两个,其中一个叫汪记国民党的,立在南京以及各地,打的也是青天白日旗,也有一个什么中央执行委员会,也有一批特务大队。此外,还有日本法西斯党,遍于沦陷区。

我们的亲爱的国民党先生们,你们在第三国际解散之后,所忙得不得开交的,单单就在于图谋"解散"共产党;但是,偏偏不肯多多用些力量去解散若干汉奸党与敌人党,这是什么原故呢?当你们指使张涤非写电文时,何以不于要求解散共产党之外,附带说一句(不敢希望放在正文),还有汉奸党与敌人党也值得解散呢?

难道你们以为共产党太多了吗?全中国境内,共产党只有一个,国民党却有两个,究竟谁是多了的呢?

国民党先生们,你们也会想一想,为什么除了你们之外,还有日本人和汪精卫一致下死劲地要打倒共产党,一致地宣称:只有共产党是太多了,因此要打倒,而国民党呢,却总是不觉得多,只觉得少,到处扶持养育着汪记国民党?在整个抗战史上,充满着两个国民党、两个三民主义的记载,但是,日本人和汪清卫却十分吝啬,连一个伪共产党也不肯扶植,一个伪共产主义也不肯提倡,你们想想:这是什么原故呢?

国民党先生们,让我们不厌麻烦地告诉你们罢:日本人和汪精卫之所以特别爱好国民党与三民主义者,就是因为这个党、这个主义当中有可以给他们利用的地方。这个党在第一次世界大战后,只有在一九二四至二七年时期,孙中山先生给它改组了,把共产党人加了进去,形成了国共合作式的民族联盟,才被一切帝国主义者们与汉奸们所痛恨,所不敢爱好,所极力图谋要打倒它。这个主义,也只有在同一时期,经过孙中山的手,载在国民党第一次代表大会宣言中的三民主义，改造了的三民主义，才被一切帝国主义者们与汉奸们所痛恨，所不敢爱好，所极力图谋要打倒它。除此而外，这个党、这个主义，就在排除了共产党，排除了孙中山精神的条件下，以致使得日本法西斯与汉奸汪精卫也爱好起来，如获至宝地加以养育，加以扶植。从前汪记的旗子，左角上还有一块黄色符号，以示区别，于今索性不要这个区别了，一切改成一样，以免碍眼，其爱好之程度□何如！

不但在沦陷区，而且也在大后方，汪记国民党也是成立的，有些是秘密的，这就是敌人的第五纵队，有些是公开的，这就是那些吃党饭、吃特务饭、但是毫不抗日，专门反共的人们，这些人表皮上没有标出汪记，实际上是汪记，这些人也是敌人的第五纵队，不过比前一种稍具形式上的区别，藉以伪装自己迷人眼目而已。

此问题就完全明白了，当你们指使张涤非写电文时，所以绝对不肯在要求"解散"共产党之外，附带说一句还有敌人党与汉奸党也值得解散者，由于不论在思想上、在政策上、在组织上，你们和他们之间都有许多共同的地方，其中最基本的共同思想，就是反共、反人民！

还有一条要质问国民党人的，世界上以及中国境内，"破产"的只有一种马列主义，别的都是好家伙么？汪精卫的三民主义，前面已经说过了，希特勒、墨索里尼、东条英机的法西斯主义怎么样呢？张涤非的托洛斯基主义怎么样呢？中国境内不论张记、李记的反革命，假革命主义又怎么样呢？

我们的亲爱的国民党先生，你们指导张涤非写电文时，可以对于这样许多像瘟疫一样，像臭虫一样，像狗屎一样的所谓"主义"连一个附笔或一个别书也没有呢？难道在你们看来，一切这些反革命的东西都是完好无缺、十全十美，惟独一个马列主义就是"破产"干净了么？

老实说罢，我们很疑心你们同那些敌人党、汉奸党互相勾结，所以如此和他们一鼻孔出气，说出的一些话，做出的一些事，如此和敌人汉奸一模一样，毫无二致、毫无区别，敌人汉奸要解散新四军，你们就解散新四军；敌人汉奸要解散共产党，你们也要解散共产党；敌人汉奸要取消边区，你们也要取消边区；敌人汉奸不希望你们保卫河防，你们就丢弃河防；敌人汉奸攻打边区（六年以来，绥德、米脂、葭县、吴堡、清漳一线，对岸敌军炮击八路军所守河防阵地，没有冲过），你们也来攻打边区；敌人汉奸反共；你们也反共；敌人汉奸痛骂自由主义与共产主义，你们也痛骂自由主义与共产主义；敌人汉奸捉了共产党员强迫他们登报自首，你们也是捉了共产党员强迫他们登报自首；敌人汉奸派遣反革命特务份子偷偷摸摸地钻入共产党、八路军、新四军内，施行破坏工作，你们也派遣反革命特务份子偷偷摸摸地钻入共产党、八路军、新四军内，施行破坏工作；何其一模一样，毫无二致、毫无区别，至于此极呢？你们的这样许多言论行动，既然和敌人汉奸的所有这些言论行动一模一样，毫无二致，毫无区别，怎么能够不使人们疑心你们和敌人汉奸互相勾结或订立某种默契呢？

我们正式向中国国民党中央提出抗议，撤退河防大军；准备进攻边区，发动内战，这是一种极端错误的行为，是不能容许的。中央社于七月六日发出破坏团结、侮辱共产党的消息，这是一种极端错误的言论，也是不能容许的。这两种错误，都是滔天大罪的性质，都是和敌人汉奸毫无区别，你们必须纠正这些错误！

我们正式向中国国民党总裁蒋介石先生提出要求，请你命令把胡宗南的军队撤回河防，请你取缔中央社，并惩办汉奸张涤非。

我们向一切不愿撤退河防、进攻边区，与不愿要求解散共产党的真正的爱国的国民们提出呼吁，请你们行动起来，制止这个内战危机，我们愿意和你们合作到底，共同挽救民族于危亡。

我们认为这些要求是完全正当的。

（延安新华社十二日电）

（原载一九四三年七月十五日《晋察冀日报》第一版社论）

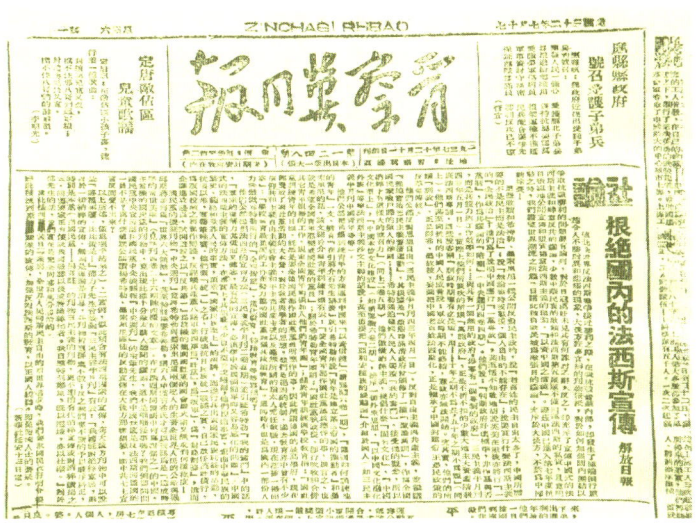

根绝国内的法西斯宣传

值此全世界反法西斯战争接近胜利之际，在我抗战营垒内部，却发生了极端倒行逆施令人不胜骇异和悲痛的现象，大后方许多官办的刊物报纸，对于如何加强国内团结以争取抗战胜利的问题鲜有论列，对于日寇汉奸未见其有何诛讨之辞，反之，却充斥了宣传中国式的法西斯主义和肆意反共的谬论，少数中华民族的败类和法西斯第五纵队不仅□运法西斯的私货，且竟明目张胆地公开宣传和贩卖德意法西斯主义的理论，"以资中国之借镜"。际兹中国已进入第七年度抗战之时，我们瞻望世界潮流之所趋，目睹此种自毁长城为敌张目的谬论，充斥于大后方，不禁为中国前途忧！

这些败类和希特勒、墨索里尼一样公开反对民主政治，说"老百姓的民主自由太多了，中国所需要的不是民主而是法治"；说"无论战时或战后，个人自由的不能存在"；说要实行什么法西斯主义的"全民政治"；他们为了说明中国应行"一党专政"，甚至恬不知耻地胡说英美在战后亦将行"一党制"，作为其谬论的"陪衬"（中央周刊四卷四期）。他们说："判断政府好坏标准，非作恶与否，而是其能力与工作效率如何……与其有一个无用的政府，毋宁有一个专制的政府"（三民主义半月刊四三年五月一日）。实际上他们所鼓吹的所谓"万能政府"，正是不折不扣的少数大地主大资产阶级底法西斯专制，这些说客称"训政时期应有之长短，则……十年之期不为长，五十年之期不为短"（同上）。他们甚至向抗日的中国人民威胁：军政时期不能终结，宪政亦无法开始。究其实，他们的所谓"训政"，正是师希、墨故技，妄图把中国老百姓法西斯化，正是继承了中国封建帝王愚民政策的反革命传统。

他们公然反对思想自由（三民主义半月刊四三年四月一日），反对自由主义与共产主义，并拟议"强迫实施三民主义誓读运动"，其根据是"康熙时满清政府曾颁布了一种'圣□广训'，作为全国国民家喻户晓的做人的准则；……希特勒强迫德国人民人人要读'我的奋斗'，接受他的观念，所以纳粹才有这样大的号召力"（同上二卷五期），他们仿效纳粹主义，提倡什么"固有文化"，"中国文化至上"，"中国本位文化建设"（如新认识六卷二期），排斥一切外来思想，"以中国文化融化外族"等等法西斯主义沙文主义的胡说；甚至直接把"亚利安种族的优越论"介绍于国人（如三民主义半月刊中国青年等等）。

他们公然把希墨训练青年的方法运到中国来"以资借镜"（新认识六卷一期），"德国如何训练她的青年"一文，劈首"在引蒋介石先生语后"就引希特勒所说"青年是建立第三帝国的推动者"和墨索里尼的话，该文关于介绍青年训练目标有云："使全国青年都在国社党党员应作的事，换言之,也就是希望全国青年都变成国社党的党员";关于希特勒青年团谓:"国社党执政后,即行吸收和合并其它青年组织的工作,规定全国青年均须加入他们的青年团";关于青年训练与学校教育称:"国社党训练青年的目标,既然是要全德国民都作国社党党员所应作的事,因此所谓德国的最高学府,现在都变成了国社党活动的大本营,对于教者与学者的思想,他们是绝对的统制,过去教育界中曾有不少信仰共和主义自由主义社会主义和平主义共产主义以及毫无所谓的犹太人充任教职,现在都被一扫而空";"学校教育最重要的工作在努力协助国社党加强其政治教育"。这同时不也是为国内一部份人力□仿效希特勒所行的"全国皆党"、党化教育、特务教育等等写照吗?

他们公然提倡法西斯的宣传方法(三民主义半月刊二卷五期)并引证希特勒"我的奋斗"中的话,"群众的理解力甚低而又健忘,最有效的宣传,必须集中于几个简单而又容易感化的问题"。中国式的法西斯主义的宣传方法,在事实上,其无耻至少也不亚于戈培尔,他们捏造事实,歪曲中华民族的历史,笼络和欺诈人民的事实,顶着"国家民族至上"的招牌,而进行其出卖国家民族利益的活动,抗战以来,实罄笔难书,他们假"统一"之名,行破坏抗日民族统一战线之实,自己放任汉奸横行,为叛国投敌之将领作辩护,反诬蔑共产党八路军新四军为"奸党",为"叛军",为"封建割据",进而企图进攻边区,试问这较之以"反共第一"为旗帜的德国国社党的国会纵火案又无耻到何种程度!

国民党的机关刊物"中央周刊"竟将希特勒与墨索里尼这两个吃人的生番全世界人民的公敌与罗丘斯蒋并列为"世界六大领袖",甚至特别称誉希特勒,谓六人中仅有希氏才可以被认为是"造成时势的当世英雄"(见该刊四卷二十六期陈西滢的文章)。在反法西斯同盟国中列为四强之一的中国,在当权的国民党的刊物中,竟出现此种不分敌友骇人听闻的谬论,这不是咄咄怪事吗?我们倒要问问国民党中央宣传部和国民党中央机关报

"中央周刊"的主笔先生，我们中国到底是反法西斯同盟国的一员不是？为什么这类公开赞扬希特勒、墨索里尼匪徒的反动宣传在大后方那样猖獗，而中共七七宣言反而登不出来？

以上所述，仅为顺手拈来之一、二实例，似此类含有法西斯因素的宣传，在大后方刊物中可以说是"连篇累牍，比比皆是！"邵力子先生曾致函"三民主义半月刊"有云："我国既对纳粹宣战，则对于一切纳粹的宣传，无论是理论是消息，各刊物皆应摒弃不载；反之我们应不断的予以驳斥纠正，特别是本党（指国民党——编者注）的刊物三民主义的刊物，更不应稍有代纳粹宣传或对纳粹赞扬之虚，同盟国家正有怀疑我国战胜以后或将纳粹化者，我自应特别郑重，既以避嫌，亦以杜渐。"对于邵先生的话，我们实在是完全同感和万分同情的。

当此法西斯主义日暮途穷，全世界人民向着民主自由的新世界迈进时，我们要求国民政府明令根绝此种法西斯□□纵队的宣传，加强反对法西斯的教育，以正国人视听，而免盟国人士的忧疑。

（新华社延安十三日电）

（原载一九四三年七月十七日《晋察冀日报》第一版社论）

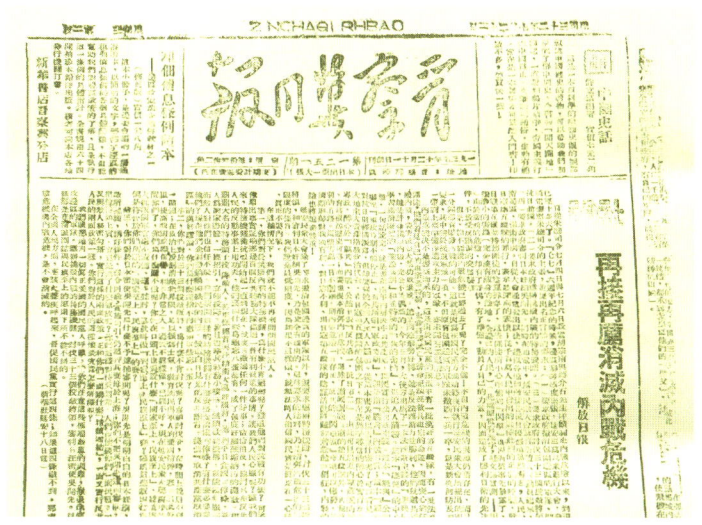

再接再厉消灭内战危机

自从朱总司令七月四日与七月六日致电胡宗南与蒋介石先生呼吁制止内战危险以来，到现在已经十多天了。"七七"六周年纪念的时候，边区形势极度紧张，延安三万民众举行大会，发表通电响应朱总司令的主张，并提出名正言顺的要求：（一）要求政府撤消包围边区的军队，开赴抗日前线。（二）要求政府惩办挑拨内战的特务机关。（三）要求政府讨伐三十三个投敌将领。（四）要求政府审判日本奸细□□□。同时在通电中，延安民众大会号召全体人民动员起来，保卫边区、保卫中国。自从大会通电发出以后，边区各地和敌后各抗日根据地热烈响应，人民对于日寇第五纵队的罪行，表示最深刻的义愤；从千百万人民中发出的这种壮烈的正义的呼声，就把日寇第五纵队特务匪徒的阴谋拆穿了，这些匪徒所小心准备的"闪击"也因而被事先暴露了，这些渺小的害虫（完全没有藏身的余地。全边区的人民。）（此处原电有漏字，补文系意测——编者）由于当前的危险，却有了警惕，有了准备，动员了自己的力量，因而造成了胜利自卫的先决条件，不致受反动派的突然袭击。

但是，能不能说内战危机已经过去了呢？完全不能！不但内战危机的根源仍旧存在，而且每一分钟都有爆发内战的可能，这就是因为在国民党方面始终没有执行延安民众大会所提出的四条要求，其中关于撤退军队一项，不但原有包围边区的军队未撤回一兵一卒，就是新从河防及西安一带调上来准备作进攻主力的军队，亦未闻有撤退消息。

内战危机决不是凭空而来的，这是由于国民党的队伍中有一批汉奸第五纵队，有一批法西斯匪徒，他们看见自己的祖宗希特勒、东条将要灭亡，拼命想法挽救其祖宗的命运，因而丧心病狂挑拨内战，要使抗战大业功败垂成。越是国际形势好转，越是反法西斯力量胜利，他们就越是着急，越是拼命挑□内战，完全不是偶然的。今年三月，大后方出版了一本法西斯主义的"经典"，学习□□康熙的"圣谕广训"和希特勒的"我的奋斗"，强迫人人诵读。这本"经典"的中心思想，一句话说完，就是要在两年内解决中国共产党，以便实行法西斯主义。这本"经典"公开威吓说"军政时期不能停止"，而其所谓"军政时期"，即是指"剿共"内战而言；这本"经典"对抗日则轻描淡写，但却要强迫全国人民人人诵读。从这本书里可以看见什么呢？可以看见我国大地主大资产阶级政治代表，在日寇第五纵队的包围之下，现在是异乎寻常的醉心于实行法西斯专政，醉心于"剿共"内战，公然主张"反共第一，抗日第二"，由此可见最近内战危机的发生，有其根源历史可寻；而要想根本消弭内战危机，则除了澈底铲除日寇的第五纵队外，再也没有别的道路。这些害虫一日不铲除，则内战危险一日存在，反共的"闪击战"时刻可以爆发，但是国际形势对我国有利、对日寇不利，则日寇第五纵队的阴谋活动将越发着急越发猖狂，内战的危险也将越发严重！

延安民众大会除了要求撤消包围边区的军队以外，还要求惩办特务机关，讨伐三十三个投敌将领，和审判日本奸细□□□，乃是完全有理由的。这些要求的达到，乃是消弭内战危□的最低限度的条件。我们说是最低限度，因为如果不这样做，就无法叫人相信国民党是真正在一心抗日，真正不要内战。

在这种情况下，我们就不能不再来问问国民党人。

第一，你们对于挑拨内战的特务机关，为什么不肯惩办呢？难道他们对抗战有功么？可否谓你举出事实证明那几百个反共特务大队做过一件有利抗战的事情，让我们人民心服呢？据我们看来，特务机关从抗战开始起一直到现在，就没有做过任何一件好事；恰恰相反，他们只在反共反人民的反动事业上用功夫，他们里面什么乌龟忘八蛋都有，成了包庇奸细藏垢纳污的渊薮。很多鼎鼎大名的特务头子投降敌人，替东条匪首与汪精卫大汉奸服务，他们平日食国家俸禄，无一人为国家尽节，一经招引，立即投降，并且尽牵其特务小喽罗，无须改组机构，就能为敌服务，而敌人对他们也信任不疑。我们请问这样的特务机关有什么资格贪国家的俸禄？有什么必要豢养他们？现在他们企图发动祸国殃民的内战，制造白日见鬼的反共谣言，提倡"取消共产党取消边区"的汉奸谬论，你们为什么还舍不得惩办这些忘八蛋？

第二，你们对于三十三个投敌叛将，为什么不肯讨伐呢？写个讨伐令，在时间上说用不到化一点钟；在政治上说划清敌我界限，足以振奋士气，教育国民与军人的爱国精神，寒□□汉奸之胆，提高我国实际信誉、利益非常之大。过去不这样做，已经不好，现在延安民众大声疾呼的提醒你们了，你们写什么□不做呢？你们在口头上也爱说什么"国家至上，民族至上"，难道容忍大批叛国军官毫不责备、毫不声讨，这就叫做"国家至上，民族至上"

么？难道这些叛国行为，倒是符合于你们所说的"国家至上，民族至上"的么？

第三，你们对于日本密使□□□为什么不予逮捕审问呢？吴开先是明明白白的日本奸细，被敌所捕获，讲好条件，发令回渝，实施勾引，仍然押其妻母于上海；你们不把□□□逮捕审问，反把他待如上宾，究竟是为了什么原故呢？你们这样对待□□□，人们就怀疑你们一面抗战，一面又与敌人秘密勾搭，实行这样的两面政策，正和你们一面讲什么"精诚团结"，一面又实行反共反人民的两面政策一样。你们对于人民的这种怀疑究竟怎么解释呢？

我们诚恳地向一切真正爱国的国民党人呼吁，请你们注意这些极端严重的问题，撤退准备进攻边区的军队，惩办挑拨内战的特务机关，讨伐三十三个投敌将领，审判日汪密使□□□。这四条都是在精诚团结与民族至上的原则下所不能不办的。

在全国人民方面，应该大声疾呼起来，督促国民党实行这四条；如果这四条做不到，那末抗战危机与内战危机，是不会消灭的。

（新华社延安十八日电）

（原载一九四三年七月二十一日《晋察冀日报》第一版社论）

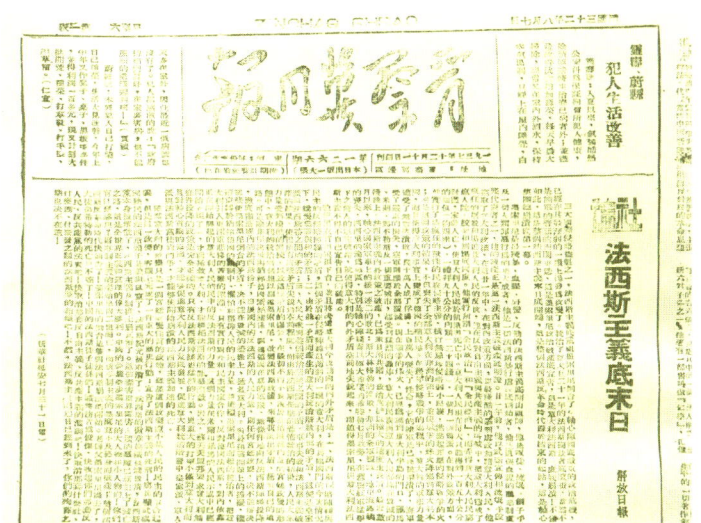

法西斯主义底末日

　　三大国际侵略盗魁之一,法西斯主义底党祖墨索里尼倒台了。轴心阵线底严重的政治危机,已经在其最薄弱的一环上爆发为政变了。统治了意大利二十一年的法西斯独裁者底滚蛋,当然不是简单的普通的内阁更迭,这是墨索里尼政治破产底宣告,这是意大利法西斯制度底崩溃!不仅如此,这是整个法西斯主义末日底开端,这是整个法西斯反革命时代归于结束的起点,这是轴心集团总崩溃底第一幕。

　　墨索里尼是最残暴、血腥、野蛮、反动的法西斯主义底开山祖师,他是叛徒、流氓、刽子手及一切人类罪恶行为的集大成者,他是一切法西斯暴行虐政底创始者,他是这个血腥的丑恶制度底代表者之一，他的破产正是这一法西斯主义破产底明证。廿一年前，他以武断宣传和流氓手段盗取了意大利政权，在这廿一年中，在对内政策方面，以最残酷的暴刑虐政加诸意大利人民，他疯狂的屠杀和压迫意大利人民的反抗，他在反对自由主义与共产主义的叫喊中，把意大利造成了疯人院，绞架和刑场底国度。他实行所谓"全民政治"和"全民经济"，而弄得意大利人民民穷财尽，家破人亡，使意大利人民处于饥饿与死亡中。意大利人民现在每天只能得到一百五十公分的面包（约四两），一礼拜九十公分的肉类（二十四钱），一个月一个鸡蛋。在对外政策方面，他实行了最疯狂的兽性的民族侵略主义，横行无忌地侵略弱小民族，燃点起罪恶的侵略战争的火；可是这个政策的结果，不但丧失了全部意大利在非洲的领土，并使战争的烽火降临到意大利本国，而且使得意大利事实上变成了德国的殖民地。在几年侵略战争的过程中，意大利的军事力量遭受了无数次溃败，几十万人成了俘虏，上百万人丧失了性命，它的陆军是已经被击溃了，海军受了严重的损失，空军则濒于全部覆灭。现在战争的烽火，已经燃烧到意大利半岛的门口，罗马、米兰、那不勒斯及一切重要城市，都受到猛烈的轰炸，意大利民族与意大利人民都处在毁灭的边缘上。法西斯主义内外政策之破产，已为众目所共睹，政治危机以极大的速度生长着。最近数月以来，轴心国家军事上的接一连二的败北：斯大林格勒的惨败，非洲的全军覆灭，地中海岛屿的丧失，西西里的沦为战区，特别是轴心阵线寄以极大希望的希特勒七月攻势，在苏联红军猛击下之惊人的迅速破产，就使得意大利的内外矛盾空前地尖锐起来，而迫得墨索里尼与意大利法西斯主义不得不自己宣告自己的破产。

迫使黑衣首相狼狈下台，并且将决定意大利今后动向的内外矛盾是：一、法西斯侵略阵线与民主的反侵略阵线的矛盾，这个矛盾在侵略阵线最薄弱的一环的意大利，在兵临国门的今天情况下，蜕变为战与和的矛盾；二、由于前一矛盾而产生的意大利统治阶级内部的矛盾，这便是皇室派与法西斯蒂之间的矛盾；三、人民大众与整个统治阶级之间的矛盾，军事失败和法西斯主义破产的结果，使得所有这些矛盾尖锐到空前程度，而由于法西斯长期的恐怖统治的结果，人民大众力量受到残酷的摧残，以致这些矛盾的爆发，在最初不得不表现于□治阶级内部的宫廷政变的形态中。意大利的统治阶级想以驱逐墨索里尼，改变法西斯政体，来寻找跳出矛盾、拯救自己的道路。可是除非坚决地与纳粹德国断绝关系，驱逐德国在意的军队，无条件地向反法西斯阵线投降，澈底肃清国内的法西斯份子、发展国内的反法西斯的人民力量，则任何宫廷政变，决不能解决那些使墨索里尼倒台的矛盾，决不能在毁灭的边缘上，拯救意大利。对于和战问题上的摇摆，继续束缚于纳粹德国的□网中，惧怕和压抑人民的民主力量，将使继墨索里尼而起的统治者，把意大利引入更深重悲惨的苦难的深渊。只有实行对外和民主国家合作，反对德国法西斯，对内依靠正在开始兴起的意大利人民的民主的反法西斯的力量（这个力量在米兰和罗马的人民示威中已经开始表现了），才能拯救意大利，才能根绝法西斯的罪恶渊薮。因之，苏英美盟邦要求意大利无条件投降的政策是完全正确的。只有反法西斯阵线更猛烈的行动，更重大的打击不仅对意大利而且对轴心首脑的德国，才能够促进意大利人民力量底发展，促进意大利统治阶层中皇室派、军人派与法西斯党徒的斗争，才能够使开始崩溃的法西斯主义加速的死亡。

虽然意大利的政变只是一个宫廷政变性质的政变，虽然这个政变还不是人民的民主的革命起义，但是这一政变，客观上完成了一件重大的历史行动：宣告了法西斯主义的死刑！穷兵黩武祸国殃民的法西斯头子是狼狈鼠窜了，法西斯纪元被取消了，法西斯的徽章旗帜被烧毁着，法西斯党本身被解散了，法西斯主义及制度土崩瓦解了。这个毒害世界毒害人类的恶魔已经走上了灭亡之路，这是全世界正义和真理的伟大胜利。中国的梦想□步墨索里尼的大人物和小人物们！你们有什么感想？旧专制主义的秦始皇尚二世而亡，而新专制主义的墨魔竟不及终身而破产；整个法西斯反革命时代快过去了！墨索里尼的倒台是整个法西斯崩溃的开始。老师父墨索里尼过去了，大徒弟希特勒的死亡也不远了！中国的法西斯徒子徒孙们！识时务者为俊杰，快收起你们那套反人民、反共产党的法宝吧！快取消那套反自由主义、反共产主义的滥调吧！快取消那套什么社、什么团、什么营之类的法西斯型的组织吧！不然，法西斯主义的末日已经到来了，你们的殉葬之期也决不在远！

（新华社延安七月三十一日电）

（原载一九四三年八月七日《晋察冀日报》第一版社论）

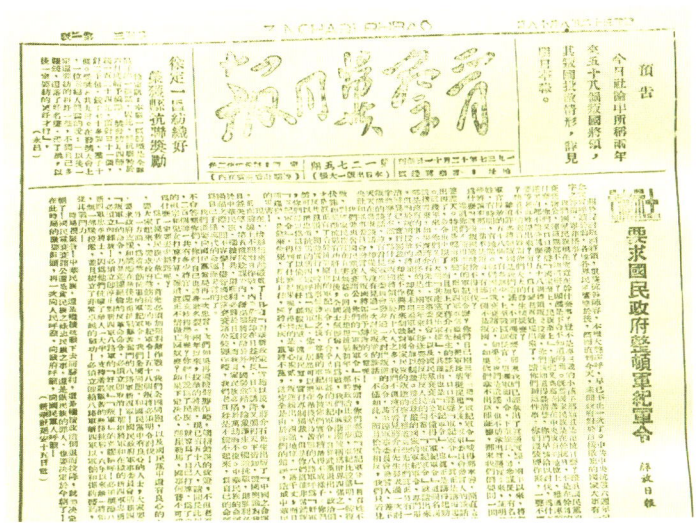

要求国民政府整顿军纪军令

关于□时叛国将领、重整抗□阵容，本报大声疾呼，早已不止一次了。中共中央抗战六周年纪念宣言呼吁于前，各地各界民众响应于后，然而直到今天，未闻政府对于这样严重的国家大事有一字之答复，宁非怪事？

我们国家民族现在究竟在干什么事？岂不是连三岁的小孩子都知道是在抗日么？难道国民党的衮衮诸公，连这点都不知道么？显然是不会不知道的罢。既然国家民族是在干抗日，不是在干别的什么，你们又口口声声"国家至上、民族至上"，你们又高高的处在中央政府的地位上，难道连顺逆黑白都不能分开么？五十八个将领叛变投敌，你们该知道得最清楚，你们早该给以讨伐，为什么要等老百姓提出来？而且，为什么老百姓提出来了，请你们办这件事，你们还装声作痴，一声不响？难道不怕老百姓对你们大大的发生怀疑么？

难道许多将领叛国是我们造谣，不可凭信么？那末我们已经拿出了真凭实据，两年以来，将级军官投敌的五十八个，有多无少，上至战区副长官，集团军总司令，下至旅长，师参谋长，有名有姓，有时间，有地点。你们国民党衮衮诸公，如果说我们是造谣，也不妨拿出真凭实据来，证明这些将领有那一点不是叛国，有那一个不是叛国。如果你们拿不出这种证据，那末我们倒要问一问，为什么对这些叛国逆贼舍不得讨伐？

难道你们不懂得国家的军纪军令么？你们自己两三年来把"军纪军令"喊得那末响，简直是其声震天。特别是皖南事变，把新四军军部缴械，把军长叶挺捉起之后，军事委员会发言人的谈话也出现了，命令也出现了，而且加上了蒋介石先生的谈话，口口声声"军纪军令"，真正是讲得起劲。这几年来，你们又在大嚷"共产党交出军权"，其理由也是"军纪军令"，也真正是讲得起劲。这样看来，如果说蒋介石先生、军事委员会，以及国民党衮衮诸公不懂得"军纪军令"这个名词，那是没有的事。不过可怪的是，两三年来，每逢要干反共反人民的勾当，"军纪军令"就请出来了，但对于叛国投敌的将领，却从未用过军纪军令加以制裁。难道尊严的国家的军纪军令，专门用来消灭异己，实行独裁，却从不作兴用来制裁对国家民族的叛逆的么？难道这些先生们真正另有一部字典么？不然，为什么叛国将领至于五十八人之多，我们不但没有看见蒋介石先生发表过一次讨伐叛逆的谈话，没有看见军事委员会发表过一次讨伐叛逆的命令，甚至连军事委员会发言人，差不多天天在发表谈话，却从来没有见过一次讨伐叛逆的谈话。不仅如此，而且恰恰相反，我们只看见中央社和军事委员会发言人为叛国将领曲予辩护的文电呢！

我们要忠告国民党衮衮诸公，你们的"军纪军令"不对头，你们那套"军纪军令"老百姓不喜欢，对国家民族实在有害无益。回过去想想抗战初年，那时政治比较进步，军纪比较严明，韩复榘伏诛和奖励抗战有功将士以后，全国士气振奋，人自为战，我们中国渐渐被称为世界四强之一，那才是真正有了合于抗战原则的军纪军令，有了合乎民族利益的军纪军令。自从武汉退出，政治倒退，反共嚣张，独裁横行，皖南事变发生之后，尊严的军纪军令被你们实在糟蹋得不成样子。你们居然可以把忠勇抗战的新四军呼为"叛军"，你们居然可以把在敌后坚持苦战的八路军呼为"奸军"，你们满以为这样可以偷梁换柱，狐假虎威，违反民意，实行专制独裁，但是你们这种非常错误的"军纪军令"，得到了什么结果呢？得到的是军心携贰，叛逆纷出，四强地位，一落千丈，而且这种趋势，是愈来愈凶，长此以往，国将不国，党将不党，这完全是由于你们的错误，造成中华民族的灾害！

现在，情形越来越严重了！日寇"对华新政策"实施以后，蒋介石先生出版了"中国之命运"，正面前线上不闻对日作战，内里危险却在日益增长，日寇诱降又闹得天下皆知，盟国舆论对我国日益失望，第五纵队阴谋□内，□□战将投敌□外，国势岌岌，险象环生。继续抗战，则胜利必归于中华民族，继续反共，则胜利必归于日寇，而我国家民族必陷于万劫而不复。中华民族的命运，祸福之际，□不容发！尽管国民党衮衮诸公装聋作哑，我们老百姓是不能不起来，为自己的命运，为自己子孙万代的命运而发言的了。

我们还要向国民党当局再一次忠言，你们如果再继续装聋作哑，继续错误的政策，不但老百姓不会答应你们，你们自己也将身败名裂。两年以来，投敌的将领，现已有五十八人，请问长此以往，二百个师一共有多少将官，还支持得几年呢？你们不说为了民族，就算为了自己打算，为了自己的祖宗和儿女打算打算，难道真正不惜做亡国奴么？如果下定决心，悬崖勒马，国事何尝不可为？为什么一定要去走绝路呢？

为了挽救民族的危亡，首先必须加强对敌作战。我们全国同胞，以及国民党中还有良心的人士，要大家起来，要求政府整饬抗战的军纪军令！五十八个叛将必须明令讨伐！

另一方面，为着整饬抗战的军纪军令，我们全国同胞，和国民党中有良心的人士，大家要起来，要求政府支持和奖励在敌后忠勇抗战艰苦奋斗的八路军新四军！国民政府军事委员会称新四军为"叛军"的命令，乃是荒诞绝伦的反革命命令，必须立即取消！叶挺将军和在狱的新四军忠勇将士，必须立即释放！必须立即停止对新四军八路军的"奸军""叛军"的荒谬称呼！必须奖励八路军新四军忠勇将士，因为他们抗击了敌人一大半，支持着最艰苦的敌后抗战，六年以来无一将领叛变，无一部队投敌，并且树立了非常卓越的战功！必须立即给八路军新四军以军饷和弹药医药，以增强其战斗力！

时局很紧急！中华民族，还是继续抗战下去而胜利，还是继续政治倒退而投降，就要决定于今朝了！国民党衮衮诸公还是食民族之禄忠民族之事，还是做民族的罪人，也要决定于今朝了！本报在此时局的紧要关头，再一次向人民呼吁，向政府呼吁，向国民党人呼吁！

（新华社延安十五日电）

（原载一九四三年八月十八日《晋察冀日报》第一版社论）

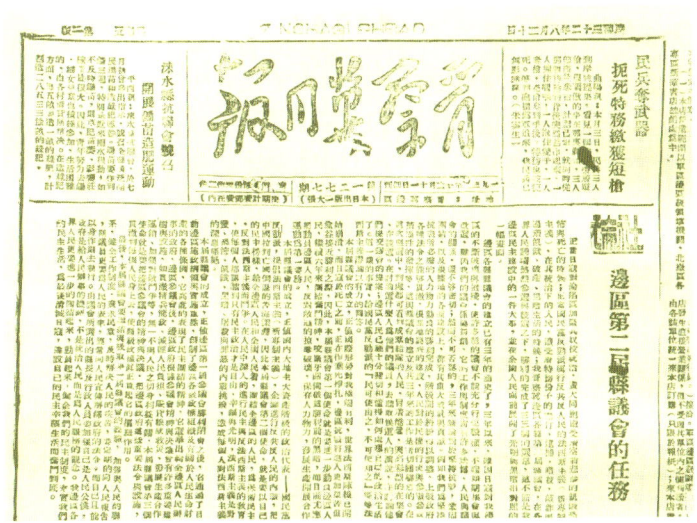

边区第二届县议会的任务

正当日寇对沦陷区加紧其奴役统治,广大同胞遭受着空前悲惨的饥饿恐怖与死亡的时候;正当国民党反动派厉行反共反人民的法西斯主义(新专制主义),在其统治下的人民,遭受着特务份子的毒打、逮捕、暗杀、敲诈与过着饥饿、破产、黑暗生活的时候;我晋察冀边区各县第二届县议会,在各界人民踊跃热烈参选与竞选之下,胜利的完成了三三制的选举,这不仅是我边区民主建设中的一件大事,并在全国人民面前展开了光明与黑暗相对照的一幅画图。

边区各县县议会的建立已有三年的历史了,三年以来,虽因日寇对我边区的不断破坏与摧残,使许多县的议会不能充分行使职权，不能如期集会与改选，虽因我们的议会系属初创，它的工作与制度尚有许多缺憾，人民与议会的关系，还不够密切；然而不可否认的，三年来无论对于坚持抗战，巩固团结，以及根据地的各种建设上，都有其重大成就与贡献。例如我们为坚持抗战所必需的人力物力动员的胜利完成，阶级间的纠纷得以调整，上级政府各种法令之能够贯澈，根据地经济的建设，人民对于民权的行使与参战参政积极性的发挥等，这与县议会的建立及其三年来的工作是密切联系着的。在这次县选中，到处都可看到成群结队的人民，冒着酷暑，兴高彩烈的在集会、在竞选。在讨论选什么人为他们的议员，去听取候选人的演说，在讨论他们提交议会的提案；边区人民已经十分关切和懂得如何处理自己的政治生活了。这一铁的事实，给国民党反动派的"民可使由之，不可使知之"等等法西斯主义谬论以有力的回答。

本届县议会的成立，正值国际形势对我极端有利，世界法西斯阵线已开始崩溃，而日寇于死亡之前，正在作垂死挣扎，边区抗战将进入更加艰苦但愈益接近胜利之际，因此，本届县议会第一个使命就是要进一步动员边区人民，继续六年来团结奋斗精神，咬紧牙关冲破这胜利前的黑暗，而目前尤应把动员边区人民，反对敌寇的掠夺破坏，保存人力物力，发展生产开展合作运动为第一要务。

本届县议会的成立，正值国内大地主大资产阶级的政治代表——国民党反动派，提倡法西斯主义（新专制主义），企图进行反共反人民的内战，把中国拉到亡国倒退的苦海深渊，因此本届县议会第二个使命，就是要以自己的民主榜样，给全边区人民和全国人民看，团结全边区的人民，为保卫民主，反对法西斯主义而斗争。在人民中深入的进行民主与反法西斯主义的教育，使每个人都认识到只有民主政治才是自由、幸福与光明，法西斯主义是野蛮、恐怖、饥饿、黑暗、屠杀与罪恶的内战挑拨，造成每个人对法西斯主义的深恶痛绝。

本届县议会的成立，正值边区第一届参议会胜利闭会之后，它通过了目前边区施政纲领与实施重点，创制了边区各级政权组织及有关于人民生命财产的各种条例，它高度的表现了民主团结的精神，它选举出给全边区人民办事的政府，边区参议会后，边区政府根据参议会精神与决议会有许多重要建树与设施，如贯澈精兵简政、减轻人民负担、赈贷粮款救灾，发展生产合作运销、加强对敌斗争等，无一不与人民之切身利益有关，本届县议会□三个使命就是要把边区参议会的精神与决议，把边区政府这些重要法令与设施，贯澈到每个人民身上去，使县级政权真正负起它的枢纽作用。

最后，本届县议会要总结与吸取第一届县议会的经验，加强与人民的联系，健全工作制度，广求民意，及时解决人民的疾苦，要定期的向人民报告，县议员更要为人民的表率，经常向人民宣传解释政府的法令，而自己且能以身作则去执行。由议会所选出的县长及行政人员要加强自己是人民公仆，政府是给人民办事的机关，不是统治人民而是为人民服务的观念。我边区各界人民更要进一步的团结起来，动员起来，健全我们的民主制度，充实我们的民主生活，为最后消灭日寇，建设自己的民主幸福生活而奋斗到底。

（原载一九四三年八月二十日《晋察冀日报》第一版社论）

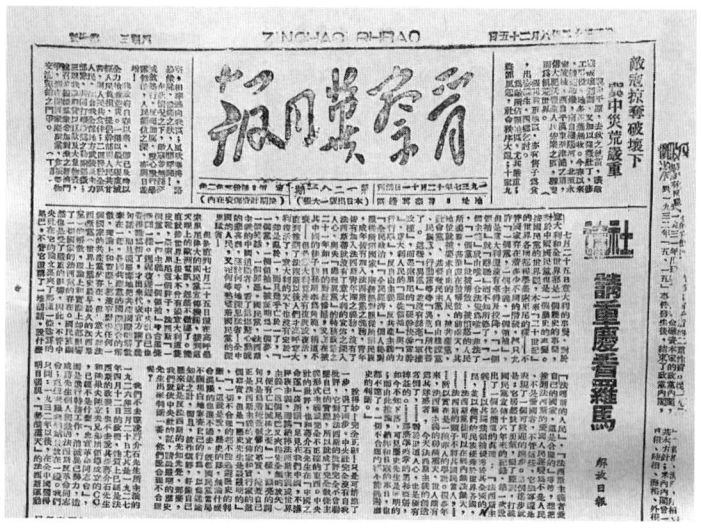

请重庆看罗马

　　七月二十五日意大利的事变，对于意大利和全世界都是一个历史的事变，对于中国国民党也是一个历史的事变。按国民党的世界观，本来"二十世纪"的世界各国都得学墨索里尼的样——不管国家存在着多少不同的阶级，都只允许"一个党，一个主义，一个领袖"，但是意大利还没有来得及投降，"一个领袖"就"辞职"而不知所终了，"一个主义"就由唯一合法变为唯一非法了，"一个党"就被解散、被愤怒的人民所捣毁，甚至还在被解散的前两天，其地位就被要求自由的人民、被共产党、社会党、基督教民主党、自由建设党、民族党、行动党等等"异党"所代替了。这些"异党"并没有丝毫"军权政权"，而墨索里尼的"硬干快干实干"，意大利人民的"服从领袖"与"力行哲学"，反自由主义，反共产主义的"全民政治""全民经济"，个人绝对服从所谓国家，阶级绝对服从所谓民族，成年皆有加入法西斯党之义务，青年皆有加入法西斯青年团之义务，没有了法西斯蒂就没有了意大利的宣传之深入人心，与夫"处理异党"的特务政策之二十一年如一日的野蛮惨酷，又□在被其中国的徒子徒孙所奉为典范，称道不衰——但是意大利竟没有复兴或复活，直到推翻了法西斯以后人们才高呼意大利复活了，意大利的天下也没有定于一，却是乱于一，而且几乎亡于一了，"一个党，一个领袖"被证明为一个梦、一个笑话、一个罪恶。国民党，法西斯主义的中国追随者，看了这场惊心动魄的悲喜剧，应该何等地沉思猛省！全中国的人民，又在何等热望着国民党的深思猛省！

但是直到七月二十五日还在高呼墨索里尼伟大的国民党宣传机关，接到这天晚上的欧洲电讯，忽然不做声了。简直就像世界上根本不曾有过意大利这只皮靴，墨索里尼这个胖子，法西斯"一个党，一个主义，一个领袖"垮台这条新闻一样。迟迟复迟迟，中央社自己也觉得难为情了，才出来代表官方讲了几句话，而且还恶毒地把共产国际的解散牵在一起。各国共产党的国际联合的解散，理论上和实际上都没有影响任何一个国家的共产党的存在，但是意大利法西斯党（世界上历史最早最久的法西斯党）的解散，理论上和实际上却都影响了一切国家的法西党的存在。国民党显然也是受了严重的影响，因此，不管中央社在它的论文里夹了那样一条阴谋的尾巴，不管它还讲了一堆胡话，说什么"法西斯的人民"，"法西斯主义者爱自己的国家，这是合理的"等等，想把推翻法西斯的爱国人民诬蔑为不是人民、不是爱国者，不管这些，它总算还是表现了一个可欢迎的进步。这个进步就是：它居然鼓了勇气，变了腔调，打破国民党宣传十六年来的纪录，第一次说出了一个最简单的真理："法西斯主义……以其独裁领袖优秀于其全国的人民，并以他们的民族优秀于世界各国，……法西斯党徒可以在国内无法无天，……法西斯的头子不将其国民当人，……所以实在是一种非人的学说。很多年来，法西斯主义的□□熏天，世人颇有为其迷惑者，今天法西斯主义的创造者倒了，……对于世道人心，也是极有裨益的。……那摩拳擦掌的黑衫盗魁，如今不知下落，可见历史先生是严明的；而由此推论，纳粹和日寇的末日，也都不远了。一切不合理的都不能逃避历史的判断。"

说得妙！完全正确！只是可惜进了一步，退了两步。中央社完全没有自我批评，它对于法西斯的批评完全不会联系自己的实际，所以就成了完全教条主义形式主义或完全不正确的东西。中央社的批评，也和蒋介石先生在"中国之命运"里所谓"足见在我们中国，不讲民族主义，而讲纳粹法西斯主义或世界主义（这个尾巴又夹得完全无的放矢），便有亡国灭种之忧"一样，漂亮的词句只是为着掩盖肮脏的事实，掩盖自己正是法西斯主义的宣传家和实行家的这个事实。但是"历史先生是最严明的"，"一切不合理的都不能逃避历史的判断"，这就是说，历史的账，无论什么会混账的也混不过去。既然国民党当局不愿坦白地审查自己的行为，以为迷途知返之计，而且，故作镇静，好像自己历来就是反法西斯的先知先觉，那么，我们就依中央社的话，请最严明的历史先生出来判断一番，你们说合理不合理呢？

我们不去远说蒋介石先生所主演的一九二六年三月二十日尤其是一九二七年四月十二日的政变，性质上已经是法西斯的政党；也不去说其后蒋介石先生和陈果夫陈立夫兄弟所领导成立的□□，已经不是什么"忠实革命同志会"，而是进行特务工作，消灭异己势力，造成蒋先生个人独裁的法西斯反革命同志会；这些老账我们姑且放在一边。我们只问：一九三二年以后，在全中国闹得明目张胆，"势焰熏天"的法西斯运动，你们究竟作何解释呢？既然墨索里尼、希特勒、日本军阀是"盗魁"，法西斯主义是"非人的学说"，足以使中国"亡国灭种"，你们为什么又要拼命去歌颂他们；歌颂之不足，又要派大批的"忠实革命同志"，连蒋先生自己的公子在内，到他们那里当学徒；学徒之不足，又要从他们那里请来德国国防军队领袖塞克特，柏林警察总监布隆保，以及其他大批的顾问、教官、师傅，来亲自传授呢？你们这不是甘心做"盗魁"的喽啰、嗜好"非人的学说"，唯恐中国不能"亡国灭种"，倒还是什么呢？为了宣传"盗魁"们"亡国灭种"的"非人学说"，你们开过多少训练班，出过多少书报，毒害过多少青年，屠杀过多少不投降"盗魁"、不愿"亡国灭种"、不信"非人学说"的同胞；这些人证物证俱在的账，你们如何说得过呢？一九三二年三月成立的另一个法西斯组织复兴社，自述它是"因为于此内忧外患存亡危急之秋，如欲设法谋国家的统一，以奏安内攘外的实效，则政治上独裁的要求，乃较之任何国家更为迫切，因此在□领袖伟大的决心之下，于是有本团体的创立"。蒋介石先生在"中国之命运"里曾痛骂"以'专制''独裁'种种污辱与侮蔑，加于国家统一之大业，而企图使之毁灭"的反动派。看看，这个反动派究竟是谁呢？这个"政治上独裁"的"伟大的决心"的、像皇帝一样头上留了空白的"领袖"，岂不就是你蒋介石先生自己么？复兴社因为不满意□□，就认为国民党已经"腐化散漫"、"破碎无余"、"必须从新来一番革命，因此也就一定要个新兴的革命组织"，认为"中国□一次革命，已经失败了，现在的时期，比较第一次革命前的时期还要严重，自然是须要再来一次比较第一次革命更伟大的扫荡秽垢的铁血革命——旧制度的破坏，新制度的建设"（这一段原文旁边都加了密圈），也就是说，"借法西斯蒂之魂，还国民党之尸"。"法西斯蒂与中国革命"一书说得更直接了当："国民党……在组织和行动方面，都到了不合理的地步。要改正这不合理的现象，对症良药，便是采取法西斯蒂的技术，表扬法西斯蒂的精神，灌输充分的法西斯蒂的新血液！"而CC丁默村的"社会新闻"，则从正面立论："只有国民党才可以负起这伟大的历史使命——法西斯蒂运动的使命！无论从国民党的立场上或它的历史上，我们都找不出一点与法西斯蒂冲突的地方，恰恰相反，无论是三民主义或国民党的历史，到处充满了法西斯蒂的精神。"CC和复兴在行动上的冲突当然更多，据复兴社自称，"我们团体成立后，在领袖领导下的其他的组织因为嫉妒的关系，也不惜与我们以摧残，如像他们要想把持特务工作，而阻止我们特务工作的发展，他们要想包办童子军运动，而想赶走我们做童子军工作的同志……"。但是冲突尽管冲突，他们不是都一致承认国民党的法西斯化，承认蒋介石先生是中国的墨索里尼么？陈立夫、叶楚伧主编的"墨索里尼传"说："我们确需要一个和墨索里尼同样的人物来领导一切，实际上，我们中国的政治舞台上也早已出现了像墨索里尼那样的人物了。"这个所谓"像墨索里尼那样的人物"，不是蒋介石先生又是谁呢？邓文仪的"领袖言行"由这更进一步："或曰领袖与墨索里尼希特勒相埒，同为世界之伟大人物，然希氏统治下的德国……自然易于统治，墨氏统治下的意大利，亦和德国相似，……我领袖……丰功伟烈，实非希墨二氏所可比拟者。"这就是说，蒋先生"不将其国民当人"的"丰功伟烈"，比希墨二氏还要厉害了。蒋先生自己如果不是法西斯主义者而是所谓三民主义的革命家，为什么你的最"忠实"的信徒也要"污辱与侮蔑"你，硬要拿你和世界著名的反革命"盗魁"并列呢？这些账也都是人证物证俱在，又如何混得过呢？

你们或者说：中国国民党的法西斯化，是抗战以前的事了，法西斯运动的领导者CC团复兴社，自一九三八年四月三十日蒋介石先生下令解散后就已经取消了，所以现在的国民党，与法西斯主义已经"离异"了。但是这些鬼话，究竟有谁相信呢？谁不知道，蒋先生解散CC与复兴的成绩，和去年的限价一样，只是使CC复兴的派别更加纷歧错杂呢？谁不知道，国民党的"一个党、一个主义、一个领袖"的法西斯宣传，在抗战以后比抗战以前的规模更大了呢？谁不知道，在对德国宣战以后，还把希特勒、墨索里尼与罗、邱、斯、蒋尊为六大领袖的，正是国民党中央的机关中央周刊呢？谁不知道，今年三月蒋介石先生自著的"中国之命运"的出版，正是中国法西斯主义比抗战以前更为合法化的铁证呢？究竟什么是法西斯主义？按照季米特洛夫的定义，这就是最反动的财政资本家的公开的恐怖的专政。今天的国民党统治，不是最反动的财政资本家的公开的恐怖的专政又是什么呢？你们不承认季米特洛夫的定义，好吧，找你们自己的定义看吧。一九三四年十一月四日，康泽的别动队有一位从意大利受训回来的总队附，曾大讲其法西斯主义，"法西斯蒂……作为口号的是如下几个原则。一、我们只有国家，没有其他。一、我们只有实行，没有议论。一、我们只有义务，没有权利。一、我们的精神是祖国，本分，纪律。……至于法西斯蒂主义的内容，分析言之，约有下列几种特性：（一）极端的国家主义。（二）反对共产主义。（三）对于政治的主张，否定自由主义与民主主义，主张个人对于国家之绝对的从属，趋向于寡头专制的政治，不承认自然的权利。（四）对于经济的主张，否定社会主义；确认私有资本与私营主义。（五）对于文化的主张，倾向于复古的，排外的。（六）对于社会的主张，否认阶级斗争，承认各阶级合作。"这位总队附确是把握了法西斯主义的要义，可见墨索里尼在中国确是有了他的别动队。但是试问蒋著"中国之命运"与这里所举的法西斯主义的原则特性，又有那一条那一点不相符呢？如果"中国之命运"因为作者的地位，对于专政独裁还有些吞吞吐吐、装腔作势的话，那么，中央周刊最近所特别推荐的中央政治学校教授萨孟武的一篇"古今中外立法制度的比较"，就痛快得多了。这篇文章在详细介绍意大利、奥地利的法西斯制度，和秦汉的皇帝制度之后，公开提出："（一）赶快加强一党专政。……现在中国虽已由国民党专政，但'专'的成份不够，应该加强它的'专政'力量，（二）绝对的领袖制度。近代政治由法治又趋于人治，实非偶然，事实摆在我们的面前，……必须全国敬奉一个绝对的领袖。（三）一党专政的议会制度。……"又如"民族文化"上的"三民主义政治制度"，其提倡独裁专政，更是不要脸了，甚至说什么"其实'独裁'并不是法西斯所有物"，"国民党之不必开放政权，至为明显"！"开放政权，颇类开门揖盗，自取灭亡"！天哪！这大约不是

"反动派"为企图"毁灭""国家统一大业"而加上的"污辱与侮蔑"了吧！天哪！这一切不是"法西斯所有物"又是什么呢！中国的法西斯化正在一步一步深刻，抗战团结都陷于危害，人民已经喘不过气来。这一切人证物证俱在的账，都是混不过的，你们还想企图抵赖吗！

（原载一九四三年八月二十五日《晋察冀日报》第一版社论）

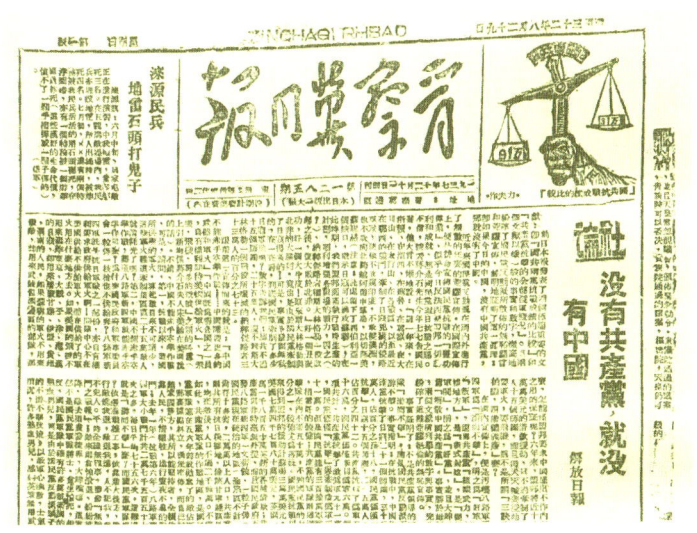

没有共产党，就没有中国

前日本报发表了两个极端重要的文献：即《国共两党抗战成绩的比较》和《共产党抗击的全部伪军概况》。这两个文献以铁一般的事实和数字，澈底地粉碎了国民党反动派所散布的无耻□言和荒谬宣传，鲜明地证明了这一真理：即如果今日的中国，没有中国共产党，那就没有了中国。

近年来国民党反动派在国内外进行了无数的狂妄的荒谬宣传。在国际宣传上，便是拼命宣传国民党抗战的"丰功伟业"，似乎今日反法西斯盟邦一切胜利和成就，都是国民党对日抗战之赐。不信、请看蒋介石先生今年七七告国民书，他大言不惭地说："这一年来，在浙赣、在滇西、在苏鲁、在冀察、在大别山、在太行山、在各战区，以至最近在鄂西的战斗，牵制了日寇凶横的侵略军队，使他不敢窥印度，不敢侵澳洲，也不敢向北跨越阿留申群岛，以切断美苏联络（注意：此处留下了西伯利亚一个缺口，暗示日寇可以进攻苏联），在此时期，我们盟邦圆满执行战时生产的计划，顺利增强各战场的战力，因之（？），纳粹侵略者继斯大林格勒一役败□之后，复大败于北非。"好一个丑表功，好一个大牛皮！原来斯大林格勒与北非的大胜利，竟也是由于国民党牵制了日寇得来的！可是，事实是铁面无私的，查一查看，到底国民党牵制了多少日寇军队呢？数字告诉我们：总共不过十五个师团，二十五万人，还不到斯大林格勒一个战役所歼灭的纳粹侵略者三十三万人的百分之七十三。

跟着这一宣传而来的就是："中国不能赤手空拳作战……中国需要更多的武器和军火""中国既为联合国之一员，自有权利期待美国供给军火"，"飞机，飞机，更多的飞机"之类的叫嚣（上引语均系蒋介石夫人宋美龄在美国说的话）。不错，中国不能赤手空拳作战，可是，请问，第一，抗战以来，盟国所供应的军火，算起数目来不可谓少，这些军火难道牵制这区区二十五万敌人就消耗光了吗？第二，中国不能赤手空拳作战，难道八路军新四军就能赤手空拳作战吗？为什么国民政府和军事委员会一粒弹一枝枪也不供给呢？八路军新四军既是抗日军队之一部份，亦自有权利要求政府供给军火啊！问题中心不在盟国供给不供给军火，而在供给了的军火用在什么地方去。如果美国的飞机不用来轰炸东京、大阪、平、津、沪、汉的日寇，却用来屠杀甘肃、伊盟、贵州、渭南的人民，如果苏联的军火不用来杀敌，却用来武装包围边区的部队，那么，怎能怪盟邦要求中国提出不作内战之用的保证呢？六年来，盟邦将近十六万万美元的借款援助，只不过牵制了敌人十五个师团，而且还天天喊要援助，要军火，要飞机，这不是所谓"三诀吹拍骗，四维礼义廉"么？

在国内宣传上，便是污蔑八路军新四军为"游而不击"，称之为"奸军""叛军"，还骂共产党"组织武力，割据地方"，是"新式封建"，是"变相军阀"，称之为"奸党",并且大肆叫嚣"解散中国共产党"。事实胜于雄辩,两个文献所列举的数字与事实,完全粉碎了这种荒谬绝伦的无耻宣传。

事实证明了:不是共产党领导的军队"游而不击",而是国民党反动派不游不击。事实指明:在抗战中,中国共产党抗击了日寇二十一个师团,三十五万人,占百分之五十八,国民党仅仅"抗击"日寇十五个师团,二十五万人,占百分之四十二。共产党抗击了伪军五十六万,国民党仅仅牵制伪军六万。两项共计,共产党抗击了敌伪军九十一万,国民党仅仅"抗击"与牵制敌伪军三十一万。但是国民党拥有三百余万军队,相当好的□□;共产党的军队则连游击队在内不过五十万,不到国民党的七分之一,装备尤为落后。国民党抗战以来得到盟邦的援助计苏联三万万美元,美国七万四千七百八十万美元,英国一万一千八百五十万英镑的各种借款;共产党则非特毫□外援,而且国民政府不发八路军新四军一文薪饷、一粒子弹。国民党现在统治的地区(沦陷区不计)尚存十多省,二万万以上人口,共产党则其所有抗日根据地,除陕甘宁边区外,均在敌后,人口不过二千余万。不仅如此,共产党军队的作战地区,是国民党军队远在五六年前就抛弃了的敌占区,那里据点林立,碉堡密布,而自己却无巩固后方,其所以能坚持者,全赖依靠人民,不惜牺牲,进行昼夜不息的战斗:去年一年(抗战第六年)八路军新四军大小战斗计共二万七千五百五十七次之多,每日平均七十五六次。这难道就是"游而不击"么?而国民党军队呢?依凭□战壕工事,依靠着大后方,实行敌进我退,敌退我进,人不犯我,我不犯人。平时全线无战事,发发"无战斗之战报";敌来则仓惶溃退,纷纷投降,敌去则广发捷报,大肆喧嚷。这当然不是国民党军队将士贪生怕死,相反,国民党军队中确有许多真诚卫国的热血男儿,可是由于国民党反动派头子的不游不击政策,以致军心涣散,士气消沉,许多热血男儿,感到英雄无用武之地。这种事实,早已喧腾于国际论坛,敌寇亦毫不讳言,说国民党军队"已逐渐由抗战向观战转移"。这难道还不是不游不击么?

事实证明：不是共产党是"新式封建"和"变相军阀"，而是国民党反动派是老式封建和道地军阀。污蔑共产党为"新式封建"与"变相军阀"的无耻妄言，其所持唯一理由为"组织武力，割据地方"，但是问题却在组织什么样的武力，割据什么人的地方。共产党组织的是抗日的武力，割据的是日寇占领的地方。中国现在不是在抗战吗？既然在抗战，为什么不要组织抗战的武力？中国不是半壁河山已经沦陷了么，不是要收复失地么，为什么不能从敌寇占领地方去"割据"几块抗日根据地？"地无分南北，年无分老幼，无论何人皆有守土卫国之责任"，这不是蒋介石在一九三七年说过的么？中国人民与中国共产党为反对敌人而"组织武力"，并从敌人手里"割据地方"，这不是实行"守土卫国之责任"，是什么？蒋介石排除异己，敌视人民，既不愿意承认人民组织的抗敌武力为国军，又将行政院三百三十三次会议上已经通过的承认边区的决议不予发表，自己不实行诺言，却来骂边区为"割据"，所有抗日游击队与抗日根据地天天请求蒋介石给予委任，他却死也不委任。他却凭藉他自己委任自己的权力（人民是从来没有委任过什么蒋介石的），扩充军队至三百余万，却总共不过牵制了三十一万敌伪军，不游不击，守土无能，抗战不力，卫国无术，试问在这种情况下，如果共产党不"组织武力"，九十一万敌伪军又叫谁去抗击，如果共产党不"割据地方"，则非但敌后全部沦亡，再没有招展中华民国国旗的干净土，而且南渡君臣能否偏安巴蜀，不早已成了问题吗？这种"组织武力、割据地方"，关系中华民族的生死存亡，假如没有共产党，假如共产党在政治上犯了错误，不去"组织武力，割据地方"，或者学蒋介石一样，组织庞大武力，割据庞大地方，而守土无能，卫国无术，拥兵自卫，据地自私，抗战不力，遗误国事，那么，中华民国不早已完了么？

蒋介石又称共产党为"封建"，八路军新四军为"军阀"。则试问什么是封建？什么是军阀？以政治表现简单的说，封建是专制独裁，摧残民权！军阀是把持军队，残民以逞。共产党在抗日根据地实行了民主政治，设立了人民普选的参议会和民选的政府，贯澈了减租减息，废除了封建奴役，人民有抗日的出版、言论、集会、结社之自由，政权是三三制的，努力于抗日、生产、教育。军队是志愿募集，用以打击敌人的。试问这是军阀吗？这是封建吗？国民党呢，在自己统治的区域中，实行一党专政、一个领袖、一个主义、一个政党的新专制主义，实行保甲制度，取消了一切人民应有之自由权利，封建地租，原封不动，苛捐杂税，层出不穷。政治是一党政治、特务政治、专制政治。士兵是捆绑来的，军队是用以铲除异己、镇压人民的，对抗战是不游不击的，是完全消极的。试问这不是封建是什么？这不是军阀是什么？蒋介石所著《中国之命运》，公开□□□□□、□□□□，难道不是事实吗？所有事实都证明：国民党反动派才是封建、才是军阀，而且是祖述□□□、秦始皇以至西太后的传统的老式封建，是承袭中国近代军阀开山祖曾国藩、胡林翼以至袁世凯，张宗昌（蒋介石曾当过张宗昌的排长）的衣钵的道地军阀。不过还找来了一批"外国"的法西斯主义，充实一番，中西合璧，造成了中国式买办封建的法西斯主义，又名新专制主义，如此而已，岂有他哉！

事实证明了：中国共产党是万万取消不得，证明了：没有中国共产党就没有中国。国民党反动派大骂共产党为"奸党""奸军"，想必他们自己是"忠党""忠军"了？可是问题是在什么是忠、忠于什么？今日之中国，忠奸之界，惟在抗日。抗日者忠，忠于民族。那么，请看事实：国民党以三百余万大军，十六万万美元之外援，加上全国之财富，仅仅对付日本十五个师团，还是依靠了共产党的助力，依靠了共产党抗击九十一万敌伪军，否则除抗战初期抵了几下之外，恐怕连一个师团也打不了，早已逃之夭夭，变成流亡政府，或者早已降敌，变成了第二个汪精卫。不信，请看事实：国民党在共产党抗击了九十一万敌伪军这种绝对有利的条件下，它的高级军官仅仅在两年内，投敌叛国者，竟有五十八人之多！国民党中央委员投敌叛国者，自副总□以下竟有二十余人之多！全国伪军六十二万，绝大多数是由国民党军队变成的！□□吴开先堂哉皇哉坐飞机而来，□□陶希圣居然校阅蒋著《中国之命运》……凡此一切，都是"忠"么？"忠"到连三十一万敌伪军也打不了，降将如毛，降官如潮，敌探满朝，可谓"忠"也已矣！至于共产党，以仅仅五十万军队，在全无一点接济之下，与九十一万敌伪大军血战，但没有一个当汉奸的指挥员，没有一个投敌的中委，没有一连一排叛变为伪军的军队，没有一个日谍汉奸能在共产党统治区域逍遥法外……凡此一切，难道是"奸"么？如果是"奸"，那么，这是对昭和天皇东条首相汪精卫委员长的奸，对日本法西斯帝国主义的奸，但对中华民族，对世界人类解放事业，则是继往开来存亡继绝的大忠大孝，这难道还不清楚么？

虽然如此，我们尚不忍说，国民党人都是奸党，因为在整个国民党中，确还有热血爱国忠实于孙中山革命三民主义的人士在；可是对于国民党反动派呢，我们却不得不说是准奸党，即近乎汪精卫之党，准备当汉奸之党，因为不仅汪记政府、汪记军队、汪记国民党，均是由这同一的国民党出身，而且在这个国民党中现在还有人每天由蒋记加入汪记，另有大批人还正在准备着摇身一变，把自己变为张精卫、李精卫。

至于中国共产党呢？那么，事实证明了：（让我们套几句《中国之命运》来作本文的结束吧！）"如果今日的中国，没有中国共产党，那就是没有了中国。如果中国共产党革命失败了，那也就是整个中国国家的失败。简单的说，中国的命运完全寄托在中国共产党。如果中国共产党没有了，或是失败了，那中国的国家就□所寄托，不仅不能列在世界上四强之一，而且要受世界各国的处分。从此世界地图上面，亦将不见中华民国的名词了。"

（原载一九四三年八月二十九日《晋察冀日报》第一版社论）

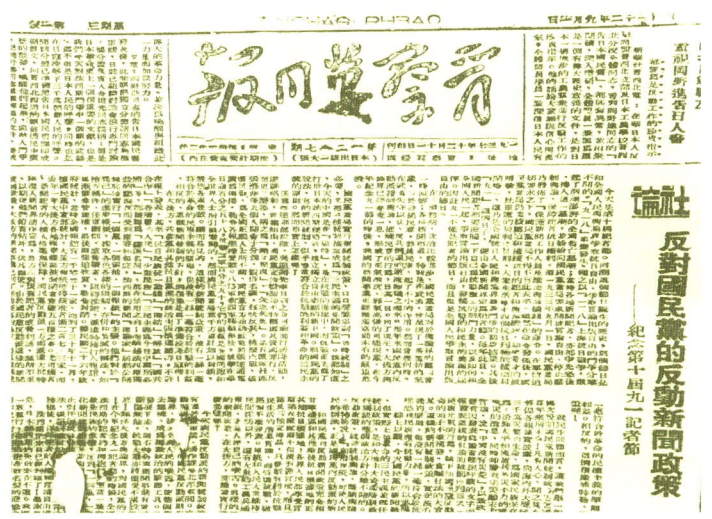

反对国民党的反动新闻政策

——纪念第十届九一记者节

今天是第十届记者节。回溯这个节日诞生的历史，这个节日是和全国人民与舆论界争取抗日自由、争取言论出版自由的斗争分离不开的。"九一八"事变发生继之以"一二八"上海抗日战争，激起了汹涌澎湃的全国救亡怒潮；当时各地新闻记者，亦都争先恐后，卷入这一怒潮，并纷纷向国民党当局要求开放言论自由、停止压制舆论，保障记者抗日权利。至一九三三年九月一日，国民党当局乃发布了"保护新闻工作人员及维护舆论机关"的命令。在群情迫切要求之下，国民党当局不得不有此表示（虽然在命令发布后，国民党当局仍继续压迫和摧残抗日的记者和舆论机关，如史量才的被暗杀，杜重远的被判处徒刑，大众生活等十四个抗日刊物的横遭封闭等），这乃是全国抗日人民和舆论界艰苦斗争的初步结果。其后"九一"这个日子，便由全国新闻界定为记者节。每年此日，全国新闻记者都要检阅一下自己为抗战□的战斗力量，以及如何和全国人民一起，争取言论出版自由，发扬抗战的和民主的舆论的途径。因此九一不仅是记者的节日，而且也是全国人民争取言论出版自由的节日。

在抗战初期，政治比较进步，国民党当局对于舆论界的压制会一时减轻；各地新闻事业，特别是在武汉，曾呈现了一番蓬勃的气象，□于发扬民意，动员民众，起了不小的作用。然而曾几何时，在武汉失守以后，反共倒退的逆流即随之而来。几年来国民党内反动派钳制舆论、摧残民意的行为，日甚一日。到了现在，大后方舆论界已经奄奄一息，形成了正气消沉、邪气高张的可痛现象，在今年纪念九一节的时候，我国的新闻事业正经历着空前未有的严重危机。

国民党当局实行新闻统制政策，口口声声强调"□时统制"之必要，又把这种统制描写成为"三民主义的新闻政策"。谁都知道，今天的中国是在"战时"，是在抗战的进程中，而抗战正是为了打败日本法西斯侵略者，建立独立自由幸福的新中国。照国民党的说法，它的新闻统制，似乎应当符合于抗战的利益和革命的三民主义的原则。然而事实上怎样呢？

系□等逆率部投敌，□□□□奉日寇之命向渝进行诱降活动，逆迹昭彰，铁案如山，国民党宣传机关却不特□匿其卖国罪行，反而更□辩护，称之为"两□坚贞"、"矢忠矢勇"。第五纵队托匪张涤非等九个人开会十分钟，假借名义，狂吠反共，挑拨内战，破坏抗战，为全国正义人士所不齿，国民党官方通讯社竟将张逆通电广为传播，勒令各报照样登载。八路军新四军转战敌后，抗击在华日寇百分之五十八，抗击伪军百分之九十，它们的战报是全国同胞和全世界人士所引领乐闻的，然而国民党当局竟千方百计加以封锁、严禁各报登载。显而易见的，这样的新闻统制政策，没有一丝一毫符合于革命的民族主义的原则，也没有一丝一毫符合于抗战的利益，相反的，这种新闻统制的方针，倒□□是为了准备投降日寇哩！

在大后方，共产党和其他抗日党派的政治主张横遭压抑，不许在报上发表，甚至"抗日民族统一战线""团结""解放""国共合作""各阶层的人民""少数民族""三民主义为今日中国所必需"等，都被认为"谬误名词"，都在禁用之列；而颂扬法西斯独裁的谬论反而受到纵容和包庇，法西斯的新闻"理论家"居然公开无耻地实行"一个党、一个领袖、一个报纸"的主张。他们对于"异己"的进步报纸，采取各色各样的限制，吞并和消灭的办法，如检查稿件、任意删□、威胁读者、阻碍推销、派遣特务打入报馆、逐渐□夺管理权，最后则强迫收买，勒令封闭。据民国二十六年政府统计，当时全国报馆有一千零三十一家，而到了三十年十一月，据国民党中宣部统计，大后方报纸获得核准者仅二百七十三家，而去年一年大后方各地报章杂志被封闭者竟达五百种之多。尤可痛者，新闻记者的人权人格毫无保障，国民党反动派一方面派遣大批特务混入新闻界胡作妄为，另方面对现有记者的威胁利诱，无所不至、以期使他们俯首帖耳，供其驱使。由于国民党反动派这样的新闻统制政策，大后方的新闻事业已到了空前衰落的地步，而这种现象，又正是实行独裁，摧残民主的标志。这样的新闻政策，没有一丝一毫符合于革命的民权主义的原则，也没有一丝一毫符合于抗战的利益。相反的，这倒很像希特勒、墨索里尼、东条的法西斯新闻政策哩！

就民生问题而言，让我们举一个明显的例子——河南灾荒，来再次说明国民党新闻统制政策是怎样执行的。河南灾况的严重为近百年来所未有！凡有人心，闻之莫不同情。衡以常情，当局正应督促各报据实披露，向海内外大声呼吁，庶几可以□□巨款，救济三千万灾黎的生命，为国家民族保存一些元气。奈国民党反动派，为了粉饰太平和掩盖其救灾不力的责任，竟令国民党报纸拒绝登载□灾的消息，同时却发表□□□□□□□□和英伦不负责任的言论，说"中国没有灾荒"，以致欲盖弥彰，贻笑中外，而国内报纸竟有因发表为豫省难胞呼吁的文字而遭处罚者（今年二月二日大公报发表这样的社论而被罚停刊三天）。这样的蔑视难胞痛苦，渐丧民族元气的行为，□不知国民党反动派用心何在？此外，如囤积居奇的头子不准揭发，贪脏枉法的大官不准批评，诸如此类，不一而足。这样的新闻统制政策，实在没有一丝一毫符合于革命的民生主义的原则，也没有一丝一毫符合于抗战的利益。相反的，这倒很像唯恐我民族应有抗战力量，所以亟亟于恶化民生，摧残民力呢！

综上以观，今天国民党的新闻统制政策，戴了三民主义的帽子，但实际上和革命的三民主义并无任何相同之点。这种反动的新闻统制政策，是和大地主大资产阶级政治代表对敌准备妥协下对内厉行独裁的整个政治方针分离不开的。国民党反动派为了推行这整个反动政策，就必统制舆论，垄断舆论，使舆论界法西斯化，特务化。希特勒说："利用报纸，可使人民视地狱为天堂"，希魔这种愚民的办法，正是国民党内反动派的新闻统制政策的蓝本。

和国民党的反动新闻政策完全相反的，则是共产党领导下的陕甘宁边区和其他敌后抗日根据地的正确新闻政策。在陕甘宁边区和其他抗日根据地，各界人民都享受言论出版的自由，而汉奸和法西斯第五纵队则不但没有发言权，而且遭受严厉的镇压。各种报章杂志及其他宣传品，只登载有利于抗战，有利于民主，有利于改善人民生活的消息言论，而破坏抗战、破坏民主、拥护法西斯的文字则绝对不准发表。报纸和人民大众维持着密切的联系。新闻记者深入民间采访以外，还有大批的工农兵通讯员经常向报纸投稿。这样的报纸，才是人民自己的喉舌。这样的新闻政策，才是抗日的和民主的新闻政策。在大后方，亦应当实行这样的新闻政策，但是这有什么希望呢？

今天国民党反动派的新闻统制政策，其手段之毒，危害之烈，有过于袁世凯、张作霖等北洋军阀。袁张等屠杀少数异己记者，已经闹得□□□□□国民党反动派则更进一步，企图要窒死整个舆论界，拔去全国人民的喉舌，使整个舆论界法西斯化，特务化，失去灵魂，成为独裁政治的驯服工具。此种政策，若让其继续存在和发展下去，则不□全国新闻事业有毁灭之危险，而且民族正气将被□伤无余，抗战大业亦将遭受不堪设想的损失。是而可忍，孰不可忍！无怪大后方舆论界，对国民党的反动新闻政策，提出纷纷抗议！在今年纪念九一记者节的时候，全国热心抗日、爱好民主、仇恨法西斯的记者们和同胞们，应当一致奋起，挽救新闻界的危机，挽救全民族的危机，反对"一个党、一个领袖、一个报纸"的法西斯化新闻统制政策，并向□□□□□□□节开放言论出版自由，停止对任何抗日□□□□□□□□□□登载中央社造谣电讯的办法，根绝破坏抗战□□□□□□言论，严格取缔混入新闻界的特务棍徒，保障记者的人权和言论自由权！

法西斯的末日已经到临了！墨索里尼已经倒台，希特勒岌岌可危，日本法西斯的失败亦在不远。我国以希、墨为师的人们，如仍一意孤行，必须逃避身败名裂的悲惨命运。让我们加倍努力，为抗□和民主而奋斗吧！胜利是属于我们的。

（新华社延安三十日电）

（原载一九四三年九月一日《晋察冀日报》第一版社论）

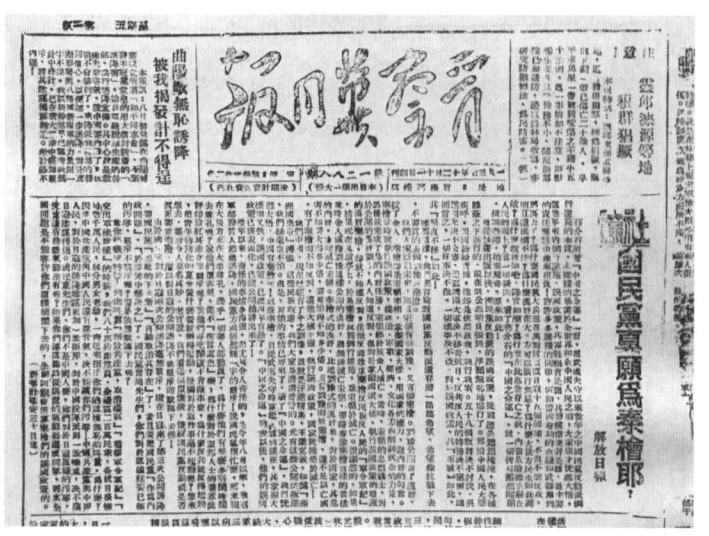

国民党真愿为秦桧耶？

蒋介石所著"中国之命运"一书，把武汉失守以来数年之中国民党反动派倒行逆施的本质，赤裸裸的暴露于全世界和全中国人民之前，大家也才恍然大悟，这几年来的倒行逆施，误国政策，其罪魁祸首是谁，其发纵指使者是谁，最主要的责任应该由谁来担负！许许多多谜样的问题，例如盟国帮助的金钱和武器用到那里去了？为什么国民党大兵三百万对付区区日寇十五个师团，不但不能反攻，而且还抵挡不住？为什么汉奸在大后方可以横行无忌？为什么大后方民生如此凋敝？为什么叛将如毛，降官如潮？为什么在此危急存亡之秋，内战危险总是悬在人民的头上？这一切疑问，看了蒋介石的"中国之命运"，就一切皆可豁然开朗，疑惑尽释，拍案惊奇，原来如此！

自从该书出版以后，国民党反动派的误国政策，从前还是遮遮掩掩，在各种隐蔽之下进行的，现在则公然明目张胆，厚颜无耻地进行了。那怕中国人民大声疾呼，盟国纷纷责难，他却是依然故我，我行我素。五十八个叛将决不讨伐，□□□□□不公审，边区周围大军决不移去抗日，反共反人民的特务决不惩办，总而言之，一切好事决不做，一切坏事决不改，对于误国政策，其"至诚"如此，其"坚贞不移"如此！

虽然这样，我们老百姓对国民党反动派还存着一点点希望，希望他抗战下去，不要真的去做刘豫或秦桧。

我们大家读过宋史，知道宋朝有个刘豫，又有个秦桧。刘豫公开当了汉奸，投了金人，秦桧却是宋朝宰相，掌握国家大权，用国家的权力，做内奸的勾当。秦桧当时就执行误国政策，从政治、军事、经济、文化各方面削弱抗金的力量，最后就完成了他的内奸任务，宋朝终于被金人灭亡。当时，宋朝的忠臣义士，对于公开的汉奸刘豫，人人知道反对，但对于掌握国家大权，执行误国政策的暗藏的汉奸秦桧，却就不知道反对，岳飞反而尊重秦桧反民族反人民的"军令军纪"，结果死在风波亭上，于是秦桧就能倒行逆施，致宋朝于灭亡。很显然的，如果当时金人仅藉刘豫这样公开的汉奸，则无法灭亡宋朝，要藉着像秦桧这样的当权的内奸，才能灭亡宋朝。秦桧式的汉奸，比起刘豫式的汉奸来，对于国家，其危害不知要大得多少倍，要可怕得不知多少倍。仅有刘豫而无秦桧，还不足以亡国，有了秦桧而不知反对，让他大权在握，执行误国政策，国家就难免于灭亡！

我们中国，现在已经有了今之刘豫，这就是汪逆精卫，王逆克敏，和□□□□□□□□□，这些民族叛逆，我们大家是清清楚楚的。光有这些公开的叛逆，我们丝毫也不怕。但是，可怕的事情已经来了，读了"中国之命运"，我们恍然大悟，中国有秦桧在！这些秦桧，自从武汉失守时算起，算到现在，其掌握大权而又执行误国政策，已经四年有余了。"中国之命运"发表以后，他们的误国政策已经表面化，已经公开抬将出来了！

几年以来，奇怪的事情多得很，但尤其令人奇怪的，是今年八月以来，敌寇军部发言人频频诱降，国民党方面居然无一字的驳斥！说国民党很忙么，那末现在大后方正在大事尊孔，几乎一切要人都动员了，为什么他们有那么多空闲时间去尊孔呢？说他们很客气，从不"疾言厉色"么，为什么对于盟邦人士的善意批评却脸红耳赤立即驳斥呢？说他们专吃闲饭不肯做事么，为什么反共就反得起劲，把青年特务化的夏令营什么营就办得起劲，惟独对于这件事毫不起劲呢？想来起去，益发令人莫名其妙。老实说，我们看起来很怀疑，怀疑国民党反动派是否真正要当秦桧，所以对日寇的公开诱降不敢驳斥而默认下去哩！

由于国民党对于日寇两次公开诱降毫无驳斥，现在日寇来了第三次公开诱降，要国民党"勇敢的下决断""自动取消共存在"了，并且要把国民党"作为内政问题"，"于谈笑中解决之"了。国民党当局先生们，你们对于这种狂妄已极的侮辱，驳斥不驳斥呢？还是依然默认下去呢？

当你们嗾使特务，到处叫嚣"解散共产党，取消边区""整顿军令军纪""交出军权政权"的时候，我们八十万共产党员，全边区二百万民众，各抗日根据地数千万人民，无分男女老幼，一齐起来拒斥你们的这种无耻的叫嚣。为什么？因为中国共产党与中国人民还有点骨气，决不能让你们污辱，中国共产党与中国人民，对于日寇的诱降阴谋更加一致拒斥，对于中国投降派则一致唾骂，决不让日寇阴谋得逞。国民党先生们，你们不是中国人么，你们对于日寇这样的污辱，究竟还有些微气节没有呢？如果你们连这点最低限度的气节都还成问题，那末全国同胞是不能容许你们这样胡闹下去的，全国同胞会清算秦桧们的误国政策的。

（新华社延安三十日电）

（原载一九四三年九月三日《晋察冀日报》第一版社论）

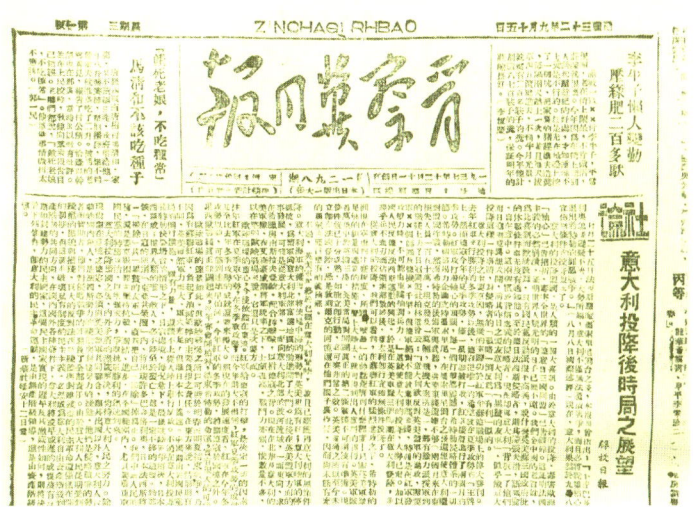

意大利投降后时局之展望

七月二十五日法西斯恶魔墨索里尼倒台之后，本报开会指出："不管巴多格利奥怎样迟疑不决，大势所趋，意大利不仅无法继续战争，而且必将脱离轴心，退出希特勒的罪恶战争。"（八月八日国际述评）现在，意大利果然于九月八日宣布无条件的投降盟国了。

意大利的投降盟国，是人类的一个大喜讯。由于意大利的投降，毒害欧洲的"轴心"已告摧折，毒害全世界的"德意日三国同盟"已告破碎。这证明法西斯主义的必然崩溃，证明世界人类光明的日子已经不远。我们全中国的老百姓，都为此喜讯而欢欣鼓舞，只有国民党反动派很不高兴，说什么英美苏三国政府批准的休战条件事先没有通知他。至于德日法西斯侵略者，则其慌张失措，语无伦次，自在意中。这两个惯于背信弃义的侵略者，现在却骂意大利"背叛"了他们，而日寇则意异想天开，称其昨日之盟友意大利为"累赘的友军"，似乎像意大利投降这样一件事情，对侵略者的"战略"倒反为"有利"似的。

意大利投降之主要原因，无疑的应归功于红军在苏德战场上的伟大胜利。自去年红军进行胜利的冬季攻势以后，德寇把唯一的希望放在夏季攻势的"王牌"上，然而德寇今年的夏季攻势，仅一星期即被打败，红军接着进行了两个月的夏季攻势。红军攻打着轴心的头脑，每一个打击都震撼了希特勒侵略体系的一切环节。希特勒虽然竭力企图支持墨索里尼，在墨索里尼倒台之后还想使意大利继续对盟国作战，然而希特勒的后备军与武器，供应东线还嫌不够（两个月来在东线损失人员一百五十万，坦克几及一万辆，飞机大炮称是），那有余力派援军到□的战线上去？日寇同盟社柏林电曾云："意大利欲反对英美盟军的进攻，需要德军××个师团及德机×千架。但德军绝对不能放弃东部战线，特别是在红军发挥攻击力时，不可能由东线抽调兵力。"这就使意大利的投降，大势已定。加以意国人民反德反法西斯运动的兴起，于是在英美军队三个师团在意大利登陆，并且几乎兵不血刃而占领南部数城后，意大利即行宣布无条件投降了。

从意大利的投降，我们可以看到，在苏联红军的猛烈进攻之下，希特勒的欧洲现在空虚到什么程度，所谓"□垒"的神话荒唐到什么程度！只需英美军队有足够的胆量与适当的措施，登上大陆去，就可得到出人意料的胜利。英美军队三百万集中于英伦三岛，英美当局对开辟真正的第二条战线不可谓没有准备。现在条件既已十分成熟，如能立即行动，必可奏非常之效。英美当局之所以至今未能立即在法国登陆，恐是敦刻尔克的回忆还在他们脑子里作怪，因而尚未能有充分的勇气去履行应有的义务罢。

不过，英美军队终于已经在意大利登陆，并且已经获得意大利的无条件投降。意大利海军的获得，将使地中海的形势对英美更为有利；意大利陆军的停止抵抗，为盟军向意大利北部富饶地区的前进开了大门。此后在英美盟军方面的军事发展，可能是从意大利南部，一面向意大利北部的波河流域，一面东向，求得在希腊与南斯拉夫登陆，配合游击队，以掷德寇之背。现在在北非及意大利的英美军队，在艾森豪威尔将军统率之下，士气甚高，战斗力亦强，惟数量不多，所以在整个欧陆战场来说，它还只是次要方面。

欧陆战场的重心，今后依然在东线。红军给德寇的打击，是决定一切的因素。往年红军在夏季取守势，在冬季取攻势，而今年则大不相同，红军夏季攻势的成就，甚至比去年冬季攻势的成就还要来得大。照现在的发展速度看，红军在今年冬季攻势以前，可能到达第尼伯河。今年红军的冬季攻势，将驱德寇于国境之外。如果西欧战线真正开辟起来，明年春会师柏林，结束希特勒的命运，实有很大的可能。

欧陆战场的远景如此。但欧陆战场之所以可能于明春或明夏结束战争，乃是因为有苏联红军，负起了消灭纳粹的主要负担之责任。在东方来说，情形则有些不同，英美虽然军力庞大，军火充足，但离日本本土遥远。中国则由于国民党当局的倒行逆施，虽有力量，还谈不上从大陆上举行反攻。不过在意大利投降，希特勒快要坍台的情形之下，日寇处境，每况愈下，最后欧陆战争解决，日本法西斯成了世界人类的唯一敌人，必不能免于覆亡，这是一定不移的道理。到那时候，在日寇的所谓"东亚共荣圈"内，将出现许多巴多格利奥，日本法西斯将一一"扫除"其"累赘的友军"，直到把自己"扫除"掉为止。我们中国人民的任务，还是要克服困难并坚持抗战，团结、进步，在全国范围内，尤其要着重取消国民党的特务政治，以增强国力，争取抗战胜利的迅速到来。

意大利投降盟国之后，内外矛盾的澈底解决，尚待意大利人民之努力。除了现尚留在意境之德寇，必须与英美盟军共同联合，驱其出国以外，意大利人民当前的国内敌人，是法西斯势力的残余与封建势力的残余，他们是侵略战争的发动者与赞助者，他们对侵略战争的罪恶负了全部责任。由于意大利人民长期受到最残酷的压迫与摧残，巨大的反对法西斯残余与封建残余的民主革命还仅仅在开始的初期，但这个不破坏私有制度的民主主义，必然成为意大利自由资产阶级到无产阶级的共同方向，在国内国外各种条件下，意大利将或早或迟的成为没有法西斯和封建势力的民主国家，这个民主国家实现的迟早及其澈底性如何，则将决定于下列条件，即意大利的民主革命运动，是由无产阶级领导，还是由资产阶级领导。

（新华社延安十二日电）

（原载一九四三年九月十五日《晋察冀日报》第一版社论）

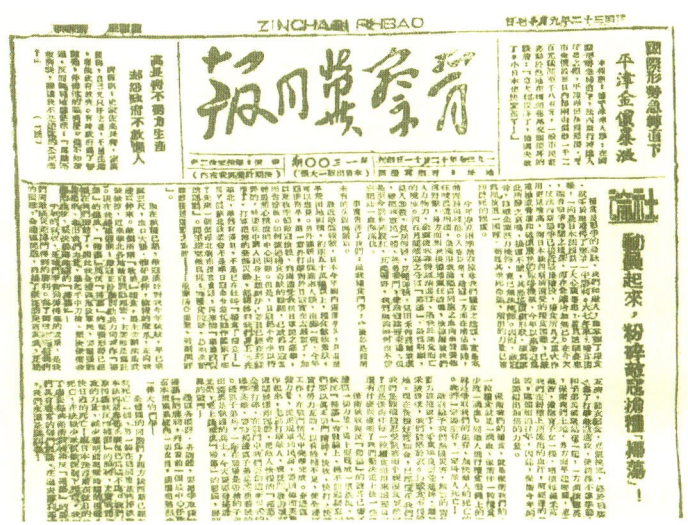

动员起来,粉碎敌寇抢粮"扫荡"!

粮食是战争的命脉,我们和敌人,谁掌握了粮食,就等于谁取得了战争一半胜利。六七年来,粮食困难,一向是日本法西斯一大心腹忧患,并且这个忧患,随着战争时间之延长,而在急遽增加无已。在今天,反法西斯战争已接近最后阶段,粮食所具之重大作用更见增高,而日本法西斯所遭受的粮食困难,已严重地威胁着和破坏着他的战争机构,今年以来敌寇为此所发之哀鸣,接连不断,其恐慌狼狈形状,极为露骨,他虽企图尽力掩饰,竟已无法掩饰。因而,敌寇为挽救这一困难,苟延其垂死命运,所用的力量已达到拼死的程度。

今年春夏两季敌寇挤压我们粮食之阴谋,实是空前毒辣与残酷。入春以来，敌寇一方面在所占点线，狂喊农业增产，企图用我沦陷区同胞之血肉来营养他这野兽，另方面对我根据地疯狂破坏，抢掠屠杀我们人力物力，企图使我春耕无法进行，陷我于无食而亡的境地。四五月间敌寇之分区"扫荡"，最为明显，见人即杀，见房即烧，见粮即抢，见田禾即践踏破坏，虽经我军民一体，英勇战斗，使敌寇阴谋未逞，但是至今犹血迹殷红，瓦砾遍野，我们无论如何也不能忘记此一血海深仇。

事实告诉了我们：敌我粮食斗争，今后必是前所未有的尖锐与严重。

最近敌伪报载，日本今年国内遍闹旱灾，□□部旱荒田地面积，约达五十万亩以上，粮食歉收量状，可以想见。另外据新由伪满来人谈，南满一带，今年遍遭奇旱，这一意外打击对于日寇实在太严重了，加以夏收季节敌寇抢粮，到处遭受我抗日军民之痛击，而告惨败。如何渡过粮食奇缺的难关，已成为日寇当前最焦心积虑的中心问题。但是，日寇绝不会坐以待毙的，他要从中国人民身上想办法，并且已经在那样□了，打算把他的全部灾难，都转移到我们身上，在华北，敌酋和汉奸，不是已在狂叫"粮食！粮食！"吗？伪华北政委会不是率日寇命令急忙动作起来了吗？先来一个伪华北□市长官会议，再来个"新建设促进运动"。而王逆克敏自供："粮食问题，乃本次新建设促进运动之□□……亟应精心竭虑，劈□周详"。

现在秋粮已熟，敌寇汉奸对我今年秋收，早已垂涎三尺，血口大张，獠牙长伸，抢粮的魔爪，正向我边区伸来。敌伪所谓"收集"粮食，最主要办法是武装抢掠，近来华北各地敌寇调动频繁，主要即是为此。现在我边区周围，敌寇正陆续调动兵力向我作"扫荡"的进攻，"扫荡"与反"扫荡"的紧张形势已经挡在我们面前了，因此我全边区党政军民，要紧张动员起来，拿出我们力量，举起手中刀枪，坚决保卫我□的秋收，坚决粉碎敌寇的"扫荡"！

今年的秋收，是我们辛苦勤劳得来的成果，是我们同敌祸灾荒搏斗得到的胜利。为了冲破春荒给我们的困难，全边区同胞，发扬了崇高的民族友爱、互助互济、节衣缩食、忍饥挨寒、终于战胜了春荒。为了打击敌寇进攻，使耕种不□季节，人民和子弟兵紧紧站在一起，一方面积极英勇战斗，保卫我们土地，另方面早起晚归，忍受一切艰苦，像抚育子女一样，培植每棵禾苗。今年我们在耕种上所流出的血汗，所经历的艰难困苦，远远超过往年，因此，保卫今年的秋收，也要用出加倍的力量。

保卫我们的粮食，就是保卫我们的生命。一粒粮食就是一滴血，保卫住一粒粮食，就是少流一滴血。同敌人进行粮食战线上的斗争，就是争取我们的生存、加快敌人的死亡的斗争，就是争取我们的生存，加快敌人的死亡的斗争。我们一定要生存，一定叫敌人死亡！

敌寇给予我们无限灾害，无数的青壮年劳动力被摧毁了，千万顷良田荒芜掉，无数的田禾被毁坏，我们被陷于衣不得暖食不得饱的境地。现在黄粮炫耀如金，已经摆在我们眼前，我们是愿继续忍受饥寒而坐视粮食被敌抢走呢？还是保卫住每一粒粮食而用来滋养自己呢？还有什么疑虑吗？我们坚决走上后一条路子。

保卫秋收与反"扫荡"的号音已响了，全边区一切力量，马上要汇成一道洪流，投入护秋反"扫荡"的战线上，绝不能迟疑怠慢。我们要以真正战斗精神、快收、快打、快藏，要实行劳力互助，以有余补不足，使全边区收秋工作，在战斗情况中突击完成。全边区一切武装力量，从正规军到民兵，要积极而英勇的动作起来，主动打击敌人，广泛开展游击战，到处开展爆炸运动，把敌人抢粮的"扫荡"计划全部打碎，在战斗中我们要创造李勇式的无数爆炸英雄，要发扬边区子弟兵英勇善战的传统。边区子弟兵，一向在战场是带枪的子弟，在田园里是执□的兵士，今天更要发扬这一贯的光荣，走上护秋反"扫荡"的战线，展开最英勇的战斗！

边区各机关、各团体，要把争取护秋反"扫荡"的胜利，列为当前一个最中心任务，号召本组织系统内一切成员，踊跃而热烈参加这一伟大的斗争！

全边区的同胞们，西方法西斯已经在意大利死亡一个，另一个在德国也是摇摇欲坠，日本法西斯寿终正寝也已为期不□。我们一定要取得护秋反"扫荡"的胜利，充实我们准备反攻的力量，减少黎明前黑暗时期的困难，而加快日寇的死亡！让日本法西斯在抗日的枪炮下死亡，在缺粮少米饥饿扼制下死亡。我们取得了过去每□保卫秋收和反"扫荡"的胜利，我们具有丰富的战斗经验，在过去胜利基础之上，我们永远是胜利的！

（原载一九四三年九月十七日《晋察冀日报》第一版社论）

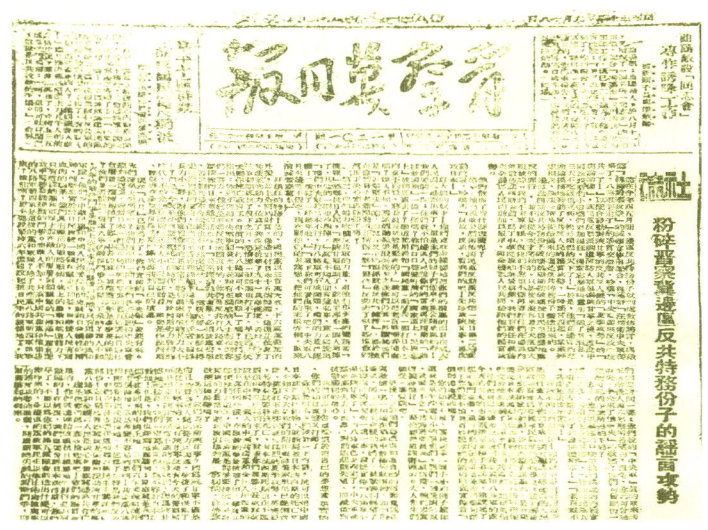

粉碎晋察冀边区反共特务份子的谣言攻势

　　远在今年四五月间，边区反共特务份子就到处散布谣言，与敌伪"转换对华政策"的灭华宣传相配合，与汉奸"汪精卫中央军要来了，八路军要走了"的谣言交织着，吵嚷"中央军要来反攻（反共）了！"以配合发动对陕甘宁的反共反人□的"夏季攻势"的"舆论准备"，国民党反动派调遣河防大军包围陕甘宁之后，这批中国法西斯的小喽啰们更加猖狂，得意忘形地叫嚣着"听了这消息、三天不吃饭也高兴，快是咱们的天下了！"于是，他们在边区内部偷偷摸摸地发动了反共反人民的谣言攻势，一时谣言四起，群众奔走相告，无法分辨是从敌伪来的还是反共特务份子制造出来的。

边区法西斯反共特务份子破坏抗战团结破坏抗日民主根据地建设的罪行，并不是从今天才开始的。只是从来没有像今天这样大胆放肆。我们不来算老账，但我们不忍也不应再容许他们在边区内部散布法西斯毒菌，为了中华民族的解放事业，我们有责任和义务在全边区人民面前加以驳斥，与全边区人民共同粉碎他们的谣言攻势。

他们散布了些什么毒菌呢？

第一，他们胆敢公然传布国民党反动派反共第一抗日第二□□动政策，吵嚷着"反攻，反攻，看我们的吧！先反攻陕甘宁，再反攻日本！"

好大胆的奴才！你们竟敢赤裸裸地把你们的丑恶的面目在广大人民面前暴露出来了，这是你们的头子们从来不敢公开承认的呀！我们要问一问：你们就不怕边区人民说你们的言论与汪精卫的"曲线救国论"一模一样吗？你们口口声声叫着的"国家至上，民族至上"放到那里去了！难道就用几句"国民党一面反共一面打日本，内战不内战，蒋委员长抗战是坚决的。"就可以把老百姓糊弄过去吗？谁人不知，□逆炳勋孙逆殿英投□之后你们仍□一再赞扬他们是"□□坚决"的，而□□又不知道孙就是反共"健将"，终于跪在□□日本老爷面前和汪精卫一伙"□□"反共去了呢？难道你们真正下决心走这条路了吗？

第二，他们竭力吹嘘反共军的力量，用他们在梦里的呓语当"捷报"恐吓抗日人民，"把陕甘宁包围了，就是毛泽东一个人跑掉了，其他的一个也没跑掉。"真是不知人间有羞耻事，竟□□说出"咱们中央军打日本不行，打八路军可不成问题，咱们的力量已经攒了（积蓄了）好几年啦""这下你们可看出来了吧，中央军八月来边区不假吧，现在剿他们的老窝呢，把他们的老根弄倒，就来消灭晋察冀！"

好猖狂的特务！是的，国民党以三百万大军，十六万万美元的外援，加上全国的财富，仅仅对付日本十五个师团，这还是依靠了共产党的助力，依靠了共产党抗击了九十一万敌伪□，否则，除了抗□初期抵抗了几下之外，恐怕连一个师团也打不了，早已逃□夭夭变作流亡政府了。但真的"打八路军可不成问题"了吗？我们□指出：你们不要□中央军中间□□士兵和有正义感的人士都拉到你们一伙去，他们是不愿反共而愿抗日的，你们□反共打八路军，就要按你们日本老爷的话来□："要澈底消灭共产党，必须放弃□战，否则剿共是不会澈底也不可能澈底的。"（伪新民报）那么就得走叛逆宠孙的道路，你们就不看看宠孙的下场吗？你们或者□宠孙兵力小，好，请你们看看你们的老祖宗希特勒墨索里尼的兵力大不大？但是，今天是法西斯□□死亡的时代，是反法西斯势力胜利的时代，不能光顾见眼前的兵力大小，还要往前看，谁要是作法西斯，谁就要在全世界反法西斯的烽火里找到自己的坟墓。

现在"八月"已经过去了。你们宣传的"中央军"并没有来。你们难免大失所望吧？我们□要问一问：你们是否还记得中央军曾经到过这里，□当日本一打过□□们就把这里的老百姓丢给日寇任意屠杀一溜烟跑掉了？你们是否能算一算整整六年是多么长的时间？你们是否能想一想这六年的敌后斗争是□坚持下来的？谁人不知，六年的敌后斗争是历史上空前未有的紧张和残酷，只有这样的党和军队，他们对中华民族和中国人民抱着无限的忠□和自我牺牲的精神，他们忠实于抗日民族统一战线和群众的利益，与敌后人民有着血肉的联系，他们具有灵活的战略战术，无上的勇敢和创造能力，只有这样的党和军队才能在敌人的层层封锁频繁的"扫荡""蚕食"进攻中坚持这样残酷的斗争。而谁人不知，只有中国共产党和他领导的八路军新四军是这样的党和军队？除了共产党八路军新四军谁敢来？谁能来？更不要说坚持六年还建设起抗日民主的根据地了，我们倒要请问一声：你们说的"中央军"真的敢来吗？只要他们来，正是敌后人民六年来所希望的，但是，你们可曾听到"想中央，望中央，中央来了信中央"的歌谣？你们可曾记得一切反共军来华北后□可耻的作法所得的下场？

第三，他们以□□的口吻把他们挑起的内战宣传成"这是国共□□的事，

□咱□□□□□", "管□国民党共产党□不是一样, 咱们老百姓□□了□□供粮纳草!" "老百姓不要拥护共产党了, 共产党快要解散呀!"

好无耻的法西斯匪徒! 你们就不□□眼睛看看晋察冀的老百姓是些什么人? 你们□□□□大胆的污辱边区的人民? 谁人不知, 边区□老百姓□□从国民党反动派的愚民政策下解救出来了, 六年的民主生活和战争锻炼, 使他们亲身经历到, 是国民党反动派把他们丢给日本法西斯□血海里的, 是共产党八路军把他们救出来的, 他们从苦难里认识了毛泽东领导的共产党八路军是他们的唯一的救星, 他们把自己□优秀儿女送到共产党和八路军的队伍里去, 组成了今天的广大的布尔塞维克党和子弟兵团, 建设起了新民主主义的的战斗□□, □□的血肉联系难道是你们几句话□以挑拨得了的吗? 你们就不怕老百姓说你们的话与敌伪宣传当"顺民"的话是一个师傅传授的吗?

你们如果不信, 让我们举一个小小的例子让你们开开眼界吧: 这就是阜平沙湾初小的学生们, 他们一听说国民党反动派暴发内战, 就坚决不念"□□蒋委员长"这□书, 他们天真地说: "他反共谁拥护他?!"并坚决要把这课书撕去。大人先生们, 你们该从这里领受一点教训吧。

最后, 或许他们自己也知道自己的这套鬼话是骗不过人的, 就与敌伪一唱一和地在□□中散布失败□□, 如"□□□□, 战争会□□, 同□□就不会援助我们了, 抗战胜利无望了。"特别是□敌伪捏造的谣言完全一模一样, 广泛宣传"八路军不要晋察冀了, 都保卫陕甘宁了", "八路军已要□走了, 中央军就到了", 企图使群众感到失去了依靠, 对前途悲观失望, 而减低对敌斗争的意志和抗战胜利的信心。

我们可以正告这些惯于把自己的梦想当事实的反共特务份子们, 你们的如意算盘又打错了。

你们□以为□们发动一下内战, 就可以把中国送给你们的祖宗日本法西斯作礼物, 就能挽救日本法西斯的死亡。但今日何日? 谁人不知, 今天是你们的开山祖师墨索里尼已经倒台，意大利已经投降，苏联红军正胜利□□猛烈的夏季攻势，英美盟军已经攻入欧陆，希特勒就要最后死亡，日本法西斯死期也在不远，世界法西斯总崩溃的时期已经到来了，就凭你们这些小丑就能改变这种局势吗？就是在中国，强大的中国共产党和全国人民紧紧的团结在一起，他会不靠任何外援，在艰苦的敌后抗击了和□□九十一万敌伪军，即便你们要造反，中国共产党是能够坚持抗日民族统一战线团结全民族的力量把中华民族引导到最□胜利的，就凭你们这些小丑就能改变这种局势吗？

是的，我们要保卫陕甘宁，因为陕甘宁不仅是八路军的后方，而且是晋察冀人民的后方。因为，收复了和保卫了晋察冀的八路军是从陕甘宁来的，没有陕甘宁就没有今天的晋察冀，因为中共中央和毛泽东在陕甘宁经常不断的□□我们。因为陕甘宁是我们建设根据地的□□，我们一定□□□他，绝不容许日本法西斯和你们动一动他！但是，我们也深刻地认□□：晋察冀是我们全边区军民从敌伪手里夺回来的中国土地，是我们六年来流血流汗建设起来的抗日民主根据地，这是怎么不容易的事呵！共产党八路军和全体人民□得需要坚持这块根据地，不仅为了□将是我们反□的前进阵地，□且，我们在战后□要在这□□□新民主主义□□□的强有力的组成部份！并且坚持晋察冀就是保卫和援助陕甘宁的□□的办法。共产党八路军和国的人民是决心□晋察冀边区共存亡的！

还是把你们这一套收拾起来吧！你们的谣言攻势是得不到好结果的，你们破坏团结破坏抗日根据地的罪行是只有日本法西斯鼓掌欢迎的！在这里，我们也要告诉日本法西斯，你们也不要得意的太早了，不要以为你们的第五纵队会创造出什么可以给你们救救急的杰作来的，全边区的党政军民正以无比的团结与英勇粉碎你们合演的谣言攻势的□□，开展新的尖锐的对敌斗争，迎接伟大的反法西斯新胜利的到来。

（原载一九四三年九月十八日《晋察冀日报》第一版社论）

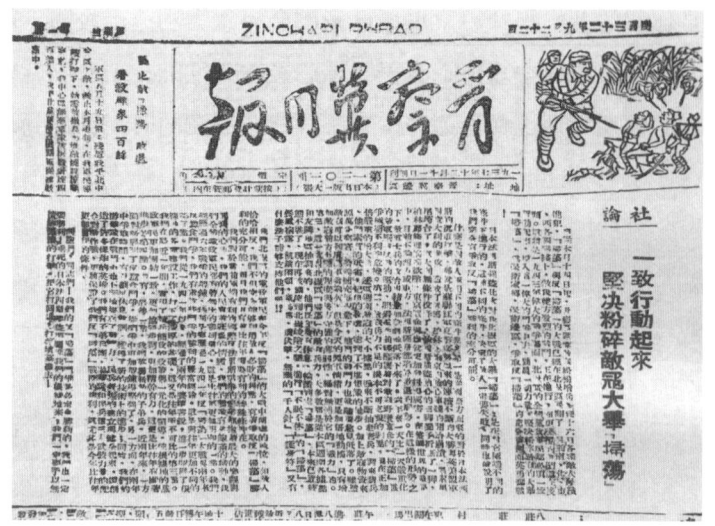

一致行动起来坚决粉碎敌寇大举"扫荡"

自从本月十四日起,北岳区周围敌寇纷纷增兵,到十六日各线敌人陆续进犯,"扫荡"与反"扫荡"的大战已经在北岳区展开了。目前南、北、东、西各个战线上,敌我双方激烈的战斗,正在进行,而更残酷的□□还在后头。这将是一九四三年伟大的战争场面,北岳区的全体党政军民都必须一致行动起来,投入这一伟大的斗争中去,动员一切力量,坚决粉碎敌□的大举"扫荡",为保卫家乡,保卫边区,争取反"扫荡"的完全胜利而英勇奋战!

日本法西斯强盗此次对我北岳区的大举"扫荡",是在对它极端不利的条件下进行的。这种不利的条件,决定了敌人一定要失败,同时也就说明了我们完全有争取反"扫荡"胜利的充分可能。

什么是对敌人极端不利的条件呢？第一是从国际方面来的对于日本法西斯的沉重打击，那就是苏联红军夏季攻势以来的连续不断的大胜与英美盟军对意大利的进攻，造成了罗马、柏林、东京的轴心阵线的开始崩溃。墨索里尼垮台了，意大利无条件投降了，法西斯强盗轴心的三脚凳子折断了一脚，柏林那条脚摇摇欲坠，东京这条脚也就更加发抖得厉害。在整个世界的战□中，目前不论西方或东方，法西斯匪帮都陷于败退的形势。在这样的形势之下，敌军士兵的政治情绪愈加急剧地低落下来了，六年来一天比一天严重化的敌军厌战反□的运动，眼看正在前线酝酿着对敌寇野蛮掠夺的"扫荡"战争极端不利的危机。第二、敌寇兵力不足的根本不可克服的弱点，现在正加倍严重的增大着，边区周围敌寇的大小据点，近来不断抽走老兵，调来新兵，他们素质的低劣，纪律的败坏，达到了不堪想像的地步。加上敌寇物资来源万分穷窘，□养补充每况愈下，他们的战斗力也就随着愈见低落了。虽然敌寇可以利用伪军当炮灰，但是今天的伪军情绪，更是加倍地动摇，只有增加敌寇前方不稳的程度与后方守备的薄弱性，绝对无补于它的"战力"的。第三，这一次对北岳区"扫荡"的敌□兵力，大多数都是从本区周围各据点和友邻地区抽调来的。他们长年没有休息，轮番到处"扫荡"，本来已经疲惫不堪了，现在再被驱使到北岳峻险之间，进行"不眠不休"的"扫荡"，餐风宿露，饥饿困顿，趟地雷，遭伏击，无灵的"千人针""护身符"，又有什么法子能够支持他们呢？！

我们北岳区的党政军民在今年反"扫荡"的大战中所处的地位，和敌人恰恰相反，我们不但完全能够利用敌人必败的弱点，有着争取反"扫荡""胜利的充分可能，而且我们更有着比往年还要有利的特殊条件在。

我们对于当前极端有利的国际反法西斯战争的形势都抱着最大的乐观与□□的心□，我们的人民有着旺盛的情绪，我们的部队有着饱满的精神，我们全体党政军民都有着无比的胜利信心，这是比往年更加明显的一点。

我们经历过六年战争的锻炼，特别是经历过一九四一年反"扫荡"大战与两年来反"蚕食"斗争，我们有着这些斗争的胜利的丰富经验。这是与往年更加不同的第二点。我们从一九四一年以来，经过了两年的养精蓄锐，进一步开展了根据地的各项建设工作，打下了深厚的基础。这又是往年所不可比的第三点。我们在最近一年间，实现了精兵简政的政策与一元化的领导，使根据地的党政军民更加团结一致，更加协同步调，更加精干有力，这更是比往年有显著进步的第四点。还有，最后一点，我们英勇无敌的子弟兵，近两年来，一方面对敌展开了反"蚕食"斗争，从斗争中更加锻炼得坚强了；另一方面，在两年中争取时间，有计划地休息整训，获得了新的技术上的进步；同时，我们的游击队在战斗中也不断地提高了战□力，民兵普遍的建立与健全起来，还创造了许多爆炸的英雄。我们有子弟兵团、游击队和民兵这三大武装力量的配合对敌作战，更将保证了我们反"扫荡"战役的胜利，这尤其是今年比往年更加有利的条件。

同胞们，同志们！我们的反"扫荡"斗争是必定会胜利的，我们也一定要胜利！垂死的日本法西斯强盗要闯进我们的根据地来，我们一定要予以无情的□□的打击，把它打回□，打到坟墓里去！

（原载一九四三年九月二十二日《晋察冀日报》第一版社论）

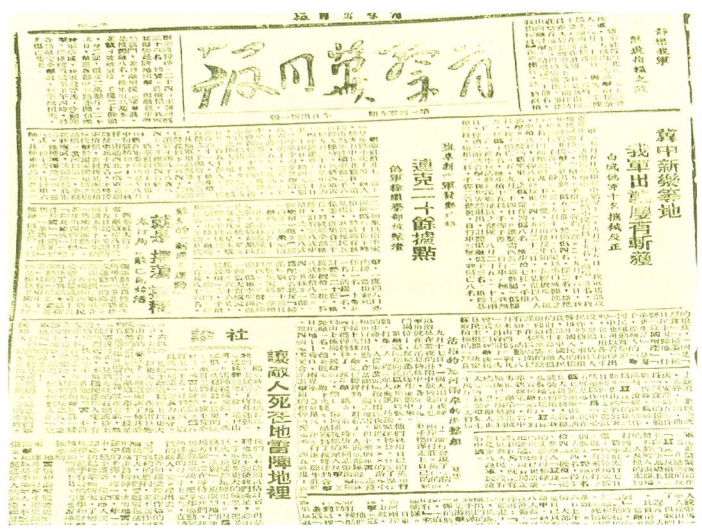

让敌人死在地雷阵地里

随着敌寇□蹄的踪迹，我们到处展开了爆炸运动，从边缘到腹地，从□道到山沟，地雷阵纵横交错，一次猛似一次发挥杀敌致果的威力。至目前为止，据不完全材料，地雷战除毙伤敌伪八百至一千名，达到消灭敌寇此次"扫荡"总兵力百分之五、六以外，更给予敌寇精神上以更大打击，士气□以更大挫丧，在地雷巨响澈山谷的声威下，敌寇显露了极其恐慌颤栗的狼狈形色。敌寇一举手一投足均有地雷爆炸的黑影笼罩在眼前，无论行军或驻止，见到可疑的石头或砂土，就圈划起来，不敢随便进街入宅，有的驱使民夫或牛羊，在头前趟雷，不许大步，不许快走，而陈庄与城南庄一线之敌，竟□腰走路，见到可疑之处，立即吹土地察，这是□幅如何动人的"皇军威风"的写照呀！

已得的胜利是可观的，这是我们军队和人□的勇敢与机智所创造的光辉。我们绝不能过低估计它。但是，这些胜利也绝不能使我们满足，必须再接再厉，争取更多更大的战果，把爆炸运动的巨火，更猛烈地烧起来。因为敌人还在疯狂"清剿"，更激烈地斗争，更严重地考验，还在等待着我们，我们还须要更顽强更坚决，把爆炸运动开展到敌人所践踏的每一寸土地上，直到把进犯边区的敌人，完全赶出去。

检查和接受几周作战的经验，大大发扬我们的胜利，并不让任何一个缺点继续下去，我们要越战越猛，发扬高度的积极主动精神，使用地雷就如我们枪膛中的子弹，埋一个，炸一个，百发百中，绝不落空，尽管敌人狡猾，而我们却必须随时掌握情况，了解敌人的行动规律，给予有效的爆炸和射击，叫敌人无论如何跳不出我们地雷阵所构成的天罗地网。

地雷战和游击战要更密切的结合起来，爆炸手和射击手要更加协同一致。游击组瞬息不离敌人，不断打击它，杀伤它，制造敌人的恐慌和混乱，不给它片刻的喘息和停脚的机会，剥夺敌人行动的自由，逼迫它必须踩踏我们的地雷，而不能随意选择道路，在这里必须学习李勇及最近各地爆炸英雄□□们所作出的榜样。

部队要和民兵亲密连结，要成为群众游击战争的核心，部队所到的地方，民兵活动必须是最积极最坚强的地方，飞行射手应当大大发挥作用，把它作为民兵游击组的骨干，□□敌人每个弱点，给其有力的打击。夺取敌寇的牲口、射击少数活动的敌人和特务汉奸，打散敌人的民夫，扰害敌人的补给线，破坏敌人的运输和交通，总之，用一切有效办法，造成对爆炸运动更加有利的条件和时机。

在敌"清剿"时候，每个民兵都要成为射击手和爆炸手，不屈不挠，对敌搏斗到底，把山岗和田野作为战场，用一切力量保卫我们的生命和财产。在敌寇没有到达的地区要珍惜每一分钟时间，尽速完成收割耕种工作。

把地雷战更灵活化、机动化，敌寇到那里，就用地雷阵把它封锁在那里，埋葬在那里，叫敌寇一刻留在边区内部，就一刻在雷爆炸危险前发抖不已。

(原载一九四三年十月九日《晋察冀日报》第一版社论)

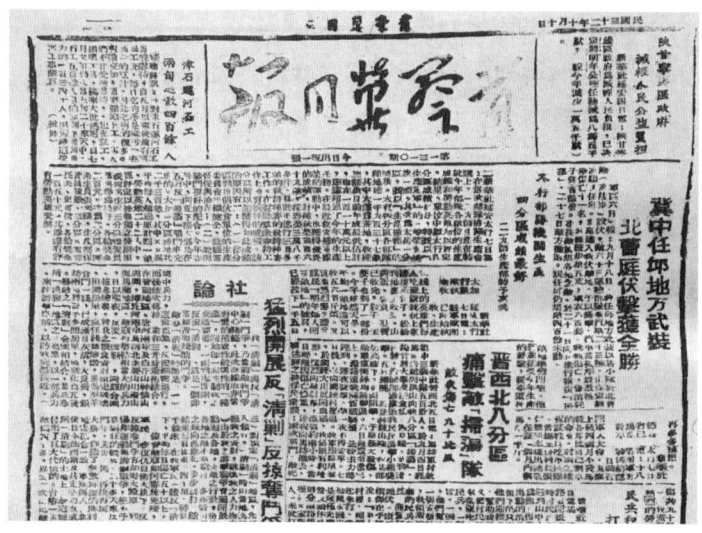

猛烈开展反"清剿"反掠夺斗争

我"清剿"与反"清剿"斗争,乃当前敌我斗争中心关节,此次敌采取非常野蛮的摧毁性破坏性的"扫荡",开始即一面控制我之交通要道,一面到处搜索,反复"清剿",这是一个非常艰苦而残酷的斗争。敌寇"清剿"特点是(一)集中兵力,选定重点,反复细密进行,而后依次转移,并和三光政策相结合。在管头地区、唐河两岸及白花山神仙山周围,滹沱河两岸及南北主要山川漫山与马兰地区,敌寇均集结相当大的兵力,日以继夜,反复"搜剿",图谋合围,掠夺烧杀,将我之粮食资财抢走破坏,田园房屋,疯狂践踏烧毁,马兰至羊合门一线,已成满目灰烬,大良岗,银坊两地将三千多间房屋,顷刻化为瓦砾。暴敌之"清剿"

合围相结合，并攻夺所"清剿"地区之□高点，以一部兵力，来往游击穿插，以防我突然接近。（三）对预定"清剿"地区，先派汉奸混入侦查，"清剿"时由当地汉奸引领挖掘我之资财，破坏我之人力物力。（四）由于我之游击战争普遍开展，爆炸运动遍及各地，使敌之行动，格外迟缓，各地之敌不敢宿村，多露营街头。管头之敌向西进犯，步步挨打，随时受炸，结果三日仅前□四十里，神仙山□伪四千余众□在我军民一体反"清剿"打击下，平均每日伤亡五十以上。

尽管敌寇如何毒辣凶残，我们全体军民，在复仇自卫大旗下，反"清剿"反掠夺斗争有如野火燎原，到处展开了爆炸运动与游击战争，绝不予□寇以肆意猖狂的机会，二十多天来反"清剿"斗争，英勇□强□再接再厉□集小胜为大胜，创造了无数辉煌的胜利。枪炮和地雷结合一致，军队与人□血肉相联，使日本法西斯及其走卒的血浆□□在所"清剿"的土地上□敌寇烧杀掠夺是付出了巨大代价的。台峪一个地雷毙伤敌伪四十多，界安一次□犯敌八百余名，四天之内，就有一百多无言凯旋。晋察冀人民是不可占用的，每块被"清剿"的土地，就是日本法西斯兽军的坟□。

反"清剿"的烈火正炽，严重的斗争考验，继续在我们面前展开，在我们已得的胜利基础上，勇往直前的来争取反"清剿"更多更大胜利。我们要保卫粮食，保卫资财，保卫田园房舍，保卫生命、财产、自由和幸福。在□□□□的目标下，我们更要把勇敢和机会结合起来，发扬无比的顽强和创造精神，注意发现和制□□人弱点，随时给以更有力的痛击。为此，我们要进行以下工作：

第一，继续广泛开展游击战和爆炸运动，在敌之"清剿"地区，神出鬼没，四面八方给敌以无情打击□使之不敢肆意"清剿"掠夺，并可乘机夺回我损失的物质资财，我们要将二十多天的成绩，发扬而光大之。

第二，深入开展群众反敌探奸细斗争，百倍提高警觉性，严厉镇压敌之走狗爪牙，使之不敢在我们内部隐形匿迹，斩断敌人耳目，使敌陷于昏

□迷茫境地。同时，要提高民族自尊心与民族气节。边区每一个有血性的儿女，在敌人面前，绝不低头，在危难面前，都能拿出"成仁取义"的气魄来。

第三，要认真抢收抢打抢藏，不抱等待侥幸心理，不作偷懒取巧打算，抓住敌寇"清剿"的时间性地区性的空隙，马上以战斗姿态，争取收割胜利。坚壁清野，必须澈底，力求作到严密无缺，使汉奸的嗅觉和敌寇的魔爪，无从发觉和破坏。

第四，在敌寇"清剿"过之□区，组织复仇组，复仇队，把一切受害同胞组织在复仇大旗之下，挺身奋起，绝不悲观失望，向敌寇讨还血债，用受害区域的血迹和□痕，号召其他区同胞，不应有任何的麻痹，一致举起复仇的刀枪，争取反"清剿"反掠夺的胜利，把进犯边区的敌人，完全赶出去。

六年多来，我们一直走着胜利的道路，我们必然继续走下去。让我们举起□强不屈的铁拳，推送敌人仍走他失败的老路子吧！

（原载一九四三年十月十日《晋察冀日报》第一版社论）

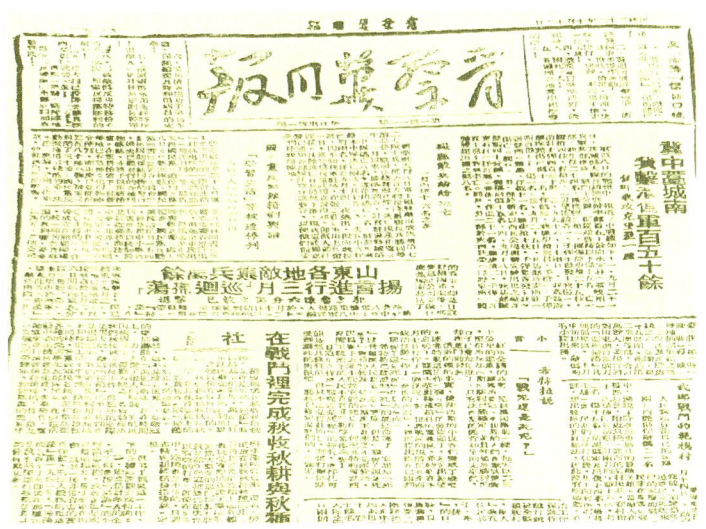

在战斗里完成秋收秋耕与秋种

摧毁破坏我秋收秋耕秋种,是敌寇此次"扫荡"我区最基本的特点,万恶的日本法西斯企图以此达到摧毁我之物质依存□□的日的。

我们抓紧秋收秋耕秋藏,争□粮食生产战线上的胜利,对于粉碎敌寇"扫荡"具有重大的决定意义。

自然,这不是没有困难的,如敌寇的穿插游动的"清剿"破坏,我在时间上、□力上都受了很大的限制,有的则因疾病发生、劳动力缺乏,也会妨碍着我们秋收秋耕秋种工作,但战争的空隙是很大的,敌寇"扫荡"的不平衡性也是很显然的,我们必须充分利用在地域上和时间上的不平衡性,抢收抢耕抢种。同时,我党政军民各级干部和散居在各地的受训学生及部队民兵，在分散活动中必须积极参加生产，多事劳作，帮助群众进行抢收抢耕抢种的工作。这是一支强大的劳动军，如能认真的把战争与生产结合起来，把广大劳动力有组织的放在秋收秋耕秋种的生□战线上去，□可以适当的克服上述各种困难，这也就是实际的保护了群众利益，更加提高广大群众的战斗情□和胜利信心，也就是给予敌寇摧毁性破坏性的"扫荡"以有效的打击。即使在战争时期的过程中，空隙也是不少的，只要各级领导同志精密组织积极指导就一定会有良好结果。

但为了抓紧这一工作，必须克服以下的各种错误观念或倾向：

一、过高估计敌人的全面"扫荡"，不了解这种"扫荡"的不平衡性。有些领导机关，或干部过早或过于分散老百姓的粮食，□子暴露在田野里无人收割，这是一种非常有害的盲目的恐慌心理作□，有些人机械的把这次敌寇"扫荡"与一九四一年大"扫荡"相比较，而且□□了解即使在那种情况下，也不是没有空隙进行收割生产工作的，今天的条件则更多。

二、有许多到别村的抗日干部和受□学生，对劳动观念的薄弱，对群众利益爱护不够，把分散的游击活动看成简单的□□或作客人，不但不帮助群众秋收秋耕，而且离不开区村干部，要这些区村干部整天给他们跑路干活，而自己则坐以待贪不事劳作，这无论在战争或生产方面，都成了群众的累赘，劳动观念薄弱到极点，嘴里光嚷着没有粮食吃，但眼看着田野里长满了粮食棒子又不肯动手去收割，这就是不关心群众利益的官僚主义的倾向，自己从战争和生产中完全孤立起来了。

三、不会在战争穿插的过程中我空隙积极的进行秋收秋耕，只满足于进行的坚壁清野工作，或等待反"扫荡"战争结束再进行生产，这种机械的想法也是有害的。必须把战争和生产结合起来看，如果我们能够抢收抢耕了，敌人就失去了摧毁破坏的主要对象，否则田野里长满了庄稼，敌人即会抢走的□□如敌人进入三分区唐□时，立即将长的□庄稼全部抢走就是一例。再破坏秋耕秋种，就使你明年粮食也发生困难。因之，我们不是等待战争结束再进行生产，而是在战争过程中积极□行生产。

要克服这些困难和倾向，就必须：

（一）由各地党政军民领导机关以县为单位，甚至有的可以区为单位，视战争进行的具体情况，规定自己秋收秋耕秋种生产的行动计划，认真把抢收抢耕抢种，快打快藏的口号变为□□群众的实际行动，这就是当前战争与生产结合的实际的战斗任务，也就是测量各该地区党政军民领导机关是否真正把战争和生产相结合的一个标尺。

（二）每个优秀的共产党员、八路军的战士要以身作则，不仅要善于领导战争，而且要成为积极进行秋收秋耕秋种的模范，和领导生产的能手，各地分散游击活动的各部门领导干部，应负责将各该地区分散的人力组织集中起来，切实帮助群众迅速完成各该地区的秋收秋耕秋种工作。□尽量减少区村干部及群众勤务，一切日常生活亲自下手以村为单位，将留住的外来干部组成一个伙食单位，共同选出负责人与区□□生联系。生活上一切（如粮食供给住屋分配情报□络及转移等）反对"群龙无首、各自为政"，以致使区村干部以全部精力去帮助"居村人员"而障碍了他们所负担的战争动员任务。

（三）建立外来干部与区村干部的友谊互助关系，一方面外来干部要尽量帮助区村干部（特别是有病的区村干部）应积极帮助他们解决生产上和健康上的困难，另一方面区村干部也要积极帮助外来干部解决各种实际困难，真正做到互相帮助，互相学习，以此为核心，团结广大军民，进行抢收抢耕抢种的紧张的战斗，达到粮食生产战线上的胜利，这就是击破敌寇摧毁性破坏性的"扫荡"有力的保障。

（原载一九四三年十月十一日《晋察冀日报》第一版社论）

只有新民主主义才能救中国

孙中山先生领导的三十二年前的辛亥革命，是旧的民主主义的革命，武昌起义推翻了满清的专制政府，国号改成了中华民国，政体改□了议会□□阁，大总统、三权鼎立等等欧美资本主义□主国的一套形式。但是曾几何时□大家就知道了一个事实，即辛亥革命所建立□中华民国，虽然名为民国，却并无民主□孙先生被□退位，袁、黎、徐、段、曹、吴诸辈□□中央政权，地方军阀，称雄割据，土豪劣绅，武断乡曲，依然是一个半殖民地半封建的国家。其所以然□则是被帝国主义垄断压榨的中国，资产阶级在政治上在经济上都是很弱的，不推翻帝国主义的压迫，则无独立与民主可言，而一言推翻帝国主义，则软弱的资产阶级决不□胜任，旧民主主义在反帝革命面前□表现为软弱无力，在反对帝国主义的爪牙封建势力面前，亦是软弱无力的。时代已到了帝国主义垄断世界的时代，旧的资产阶级民主主义革命，已经过时，已经不适用了，这就是辛亥革命之所以流产的原□。

第一次世界大战爆发，两派帝国主义国家，举行了互相削弱的战争，社会主义革命乘机而起，建立了第一个无产阶级与劳苦人民掌权的苏联，从此进入世界革命的阶段。中国就乘机发展了资本主义，爆发□伟大的五四运动，中国无产阶级，在中国历史上第一次登上政治舞台，产生了自己的先锋队——中国共产党，从此开辟了中国革命的新阶段。中国资产阶级在反帝反封建革命面前是软弱无力的，只有无产阶级与人民自觉地参加反帝反封建的革命，并在资产阶级尚有革命性的时期与资产阶级结成政治同盟□就成为所向无敌的力量了。一九二四年，在中国共产党与苏联共产党的帮助之下，孙中山先生修改了他的旧民主主义的三民主义，产生了新民主主义的三民主义。并完成了第一次国共合作，于是便有一九二四年至一九二七年的大革命。一九二七年国共分裂，革命失败，除共产党领导的新民主主义的土地革命外，大部分中国□变为帝国主义的半殖民地，日本帝国主义乃得乘隙而入，抗□军与□国共复合□支持抗战六年之久。然而不要民众的片面抗战，表现得非常软弱无力□只有各民□的抗日根据地，□地虽小，却因为发动了民众，实行了新民主主义的政治、经济与文化政策，却表现了极大的抗日力量。

所有这些事实，难道不是铁一般的证明了，只有新民主主即新三民主义，才是救中国的唯一道路么？难道不是不可动摇的说明了，只有这种新民主主义即新三民主义，才经得起历史的考验么？难道不是说明了，只有这种新民主主义即新三民主义，才能解决辛亥革命所没有解决的任务，才在中国这个具体环境中行之有效的，才是中国人民的极端需要的，才是真正适合于中国国情的民主主义么？

现在我们纪念三十二届的双十节，要来继续孙中山先生及辛亥志士们所未完成的事业，要来解决辛亥革命所未解决的问题，要在一个日本帝国主义深入中国、中华民族危急存亡之秋，来讲求救民族救人民的方针办法，大家就要研究中国历史，懂得卅二年来所已经证明了的真理，旧民主主义即旧三民主义不能救中国（孙中山先生已把它放弃了）。只有新民主主义即新三民主义才是在中国行得通的，有效验的，适合国情的救国主义。大家就要研究毛泽东同志的巨著"新民主主义论"，因为这□已经经过卅二年历史先生严格考验而被历史所证实了的适合国情的救国主义。

当此纪念辛亥革命三十二周年的时候，我们追怀先烈推翻满清专制建立中国的史迹，检讨辛亥革命失败的原因与三十二年来中华民族优秀人物摸索救国真理的艰苦过程，不仅感慕系之而已，而且□知我们肩膀上责任之无限重大。唯有兢兢□□，夙夜匪□，踏先烈之血迹，高举三民主义的旗帜而前进，才能竟先烈之遗志，使灾难重重之中华民族，登诸□□，法西斯就要垮台，而抗战却处在严重关头□□□□□□。□此，中国之前途如此，救国的道□□明明白白放□我们面前，遵循新民□主义，□中国与□反对新民□主义，则民族可能遭受新的大灾难。何去何从，当日立决。有志之士，大家兴起吧！

（延安新华社十电□）

（原载一九四三年十月十二日《晋察冀日报》第一版社论）

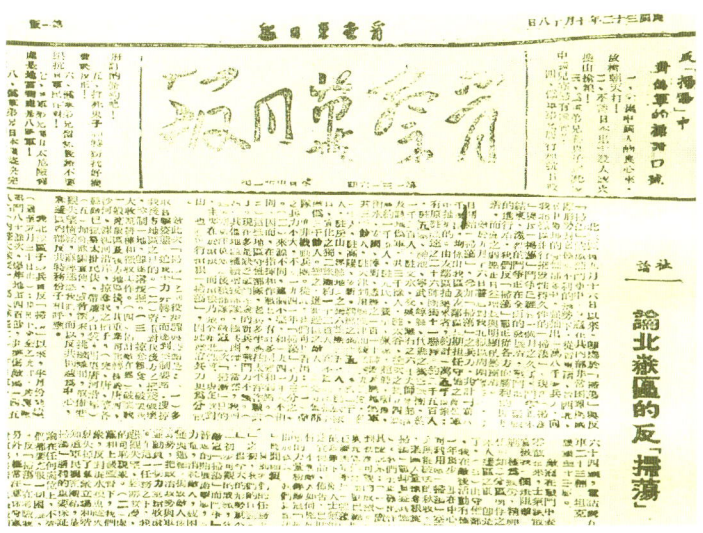

论北岳区的反"扫荡"

　　北岳区自九月十六日以来，即处于"扫荡"与反"扫荡"的激烈斗争中，敌寇在其内部非常困难与国际形势对它极度不利的形势下，从晋东南、晋西北、□中等地的守备部队中，强抽出一万八千多兵力，向我北岳区进行摧毁性持久性的"扫荡"，现在"扫荡"与反"扫荡"斗争已经有一个月之久了。斗争并未结束，激烈的斗争正在全面的发展着，战斗正□紧张的进行着，我们反"扫荡"战正从各方面胜利的□□着，而敌之弱点正日益增长与明显的暴露着。

　　敌于九月十六日普遍对我北岳区周围□□□□日开始"扫荡"，参加"扫荡"之兵力，共计一万八千□□，均系由我区及友邻区长期担任守备之敌伪军中抽□的。由友邻区抽□来者,约计一万五千余众:有原驻□远之二十六师团独十一联队,约二千五百人,驻五□、神池、宁武、崞县、代县之独立旅团,约一千二百人,驻文水、交城、离石之六十九师团部□及该地伪军,共三千余人,驻太谷、榆次之独立四旅□约一千□人,驻□氏、□□、□城、赵县、顺□、衡水、安国、博野、蠡县之一百一十师□及该地伪军共三千余人,驻□津到沧县段津浦线之□□□□,□□□人,驻高阳、安新、□县之独□五□□一千□人,驻房山、□县地□之独六旅团□□□人,驻张家口、宣化之独二旅团约一千二百人,在□□□□□□敌伪三千余人。总之,进犯边区之敌人,那是守备部队,而非机动兵团。从此,我们可以看出:(一)敌之兵力不大,不□一九四一年"扫荡"兵力三分之一。(二)来源不同,建制不整,和一九四一年大不相同,因而,在指挥和作战上,有许多困难和弱点。(三)这些地区守备部队,老兵多半调往太平洋作战去了。现在多是缺乏战斗经验的新兵,战斗力不强。(四)其他地区继续增援部队,极其困难,当然,我们还要密切注意□□后续部队。敌寇此次"扫荡"目的,主要在于抢粮,而抢粮乃是全华北性质,现在敌对山□也□□行抢粮"扫荡",因此敌寇兵力更为分散。

敌此次"扫荡"之战役步骤与特点是:(一)多取合击姿态,迫我主力外转,而达到控制要点,搜掠我后方地区之目的。(二)着重对我后方之摧残破坏,控制一地,即逐沟□掘。(三)掠夺粮食,破坏我大收割耕种和征收工作。(四)估计敌在逐一破坏我一般产粮区及后方地区后,其重点可能转□于唐河、沙河、滹沱河沿岸,掠夺我之稻子,(完、唐、望各县敌已征集大批民夫,带镰刀口袋,□集唐河沿岸)(五)加强欺骗宣传,威胁怀柔,挑拨离间,散布悲观失望情绪,麻痹迷惑我们,而以反共问题为中心,和边区内部反共特务份子相呼应。

我北岳区子弟兵团反"扫荡"以来,半月份战绩(截至九月三十日止):□□□□全之统计,共与敌战斗八十余次,爆炸地雷四百余,共毙伤敌伪一四五八名（内毙大队长一，伤大队长二），俘日军一，俘伪军七十六，缴步枪九十三枝，子弹五千余发，牲口六十四头，电话机五架，黄色□约六百余斤，炸毁汽车二十三辆，坦克一辆，铁桥三座，倾覆火车三列，毁堡垒十三座。

敌寇在战斗中表现出了许多困难与特点：（一）零散□来，士气涣散，战斗力不强，如敌二百人。三官被我一个班阻击，即不敢前进。（二）长期分散清剿，极为疲劳，精神体力消耗严重，随时发生掉队落伍。如二分区所俘之敌军曹长，即是落伍者，而敌在未入边区之前，即是连年作战的部队，已是极疲惫的了。（三）由守备部队抽调而来我中心区，敌后空虚，我在敌后活动有极大方便。（四）敌兵力较一九四一年变少，即在中心区，敌"扫荡"之空隙仍大，我可利用敌"扫荡"空隙，进行收割耕种工作，所以敌人所能破坏的秋收，仍是有限度的，在我严重打击下，若□大量抢夺粮食外运，是困难的，而我们的反"扫荡"战却日益具备着新的胜利条件（一般条件不谈）。我们有正确的作战方针，这是胜利的决定□□。具体说来：（一）广泛的□□□已经开展起来，得到极为可观的成绩。（二）民兵积极的配合部队作战□□□□□□□已经开展起来。（三）我们政治攻势已经与军事□"扫荡"结合起来了。在我们双管齐下的攻势下，敌人士气沮丧与军事失败结合一起（我之宣传品、布告，已贴□□□城内，掌握这些有利条件，不管敌人如何凶□、残暴、□辣□□，我们有足够的力量粉碎敌寇"扫荡"□。此次敌寇"扫荡"时间的延长，我们以坚决顽强斗争，可能将敌寇"扫荡"时间缩短。

目前我们的任务正需要加紧去完成，□□"扫荡"之初，我们的口号"□□为了反'扫荡'的胜利"，但今天的形势就不同了，我们已经获得反"扫荡"初步可观的成绩，我们的任务应该是"为彻底粉碎敌寇'扫荡'而斗争"。为达到这个目的，我们必须普遍的开展游击战，普遍开展地雷战，与适当的集中力量，消耗敌人，疲困敌人，打击敌人，破坏敌人交通与运输，捣毁敌人后方，普遍猛烈开展对敌的政治攻势，把政治攻势与军事反"扫荡"紧密结合起来；并动员一切力量抢收抢耕抢种，加紧与完成征收工作。在这一任务之下，我们更必须：（一）反对与克服悲观失望，松懈散漫，以及对战争无信心，动摇逃跑的可耻现象。（二）处处注意关心群众利益，在没有党和上级监督下，我们也要一样的爱护群众，帮助群众，反对混水摸鱼趁火打劫，谁违犯了群众利益，谁就失掉了群众立场和阶级立场，谁的党性就不纯！要知道军民亲密团结，是我们战胜敌人的武器，是反"扫荡"胜利的重要保证。（三）提高革命责任心，不论在任何岗位上，不管在多么艰难困苦的环境下，我们都要克服一切困难，保证任务完成，对党绝对负责，反"扫荡"在考验我□每个同志对党负责的程度！另外，经常注意保守军事秘密，随时教育其他同志注意军事秘密，也是我们的责任，也是衡量我们责任心的标尺之一。

（原载一九四三年十月十八日《晋察冀日报》第一版社论）

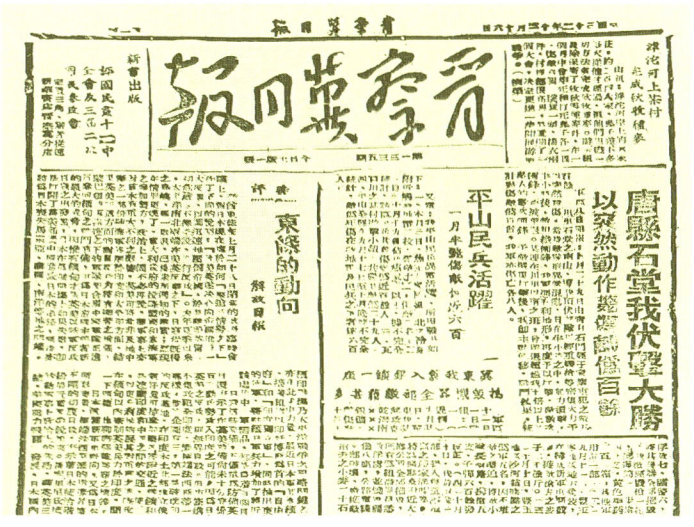

东条的动向

敌酋东条在上月二十八日闭幕的□□临时会议上，对日本现在处于如何"紧迫的情势之下"作了下面的说明："□美英遂决心向帝国进行一大反击，以图迅速地压倒帝国，于是敌美英冒一切危险，不择手段，进行反攻"。去年夏季以来，太平洋南北两端在美英反击之下，日寇从既得之岛屿，逐一败退，已为众所周知的事实；然现在情形更坏了，意大利政府的投降盟国和意海军之参加盟方，政治上，固不必再说，即军事上亦对日本有重大不利之影响，英美可将北非及地中海之一部份陆海军移用于印度和太平洋方面，结果英美在这方面的对日反攻力将有显著之增强，蒙巴顿将军指挥之下的军队配合着中国军队正进行夺回缅甸之战斗准备，敌伪日本帝国主义者新的最大的威胁，因惟有缅甸才是英美以陆军反攻日寇之出发点，日本在□□战场上如果失败，即是打开了□美通过中国进攻日本的道路，同时亦将为日本丧失马来亚、泰国、南洋等地之开端。缅印战场乃太平洋战争之战略关键之一，故日本亦在此□中力量，最近日本军部令缅甸"独立"，接着组织以印奸博斯为首的"自由印度临时政府"和"印度独立军"，同时抽出东亚其他方面的陆军，将驻缅日军兵力增加了将近三倍，并在该处集中□军需品，都是为着这个目的。

　　日寇这些□备，不仅单为防备英美反攻，而且还表示了在英美□备尚未十分完备以前，日□有□动攻势攻入印度之可能，因为日本如若坐待英美之反攻，即无异自杀。但东条进攻印度，并不想攻犯全印度，像极端法西斯蒂一派所主张的那样，他的企图有三：第一是破坏印度东部英国的反攻基础，在印度本土北部建立傀儡政府，运气好还可掠夺加尔各答附近之铁矿和棉花□□□是遮断印度和中国之间的交通，使□□更加失措，以更有利地施展其对重庆之□降政策。第三是在缅甸以内牵制英美兵力于印度，间接多少援助一下西德，也聊尽强盗伙帮之情义。

　　日本这种新军□动向，又为日本国内的情势所影响着，极端法西斯派的指导者德国特务中野正刚的切腹自杀，表示着日本统治阶级内部的纠纷最近重又尖锐起来。墨索里尼政权的瓦解，希特勒军事上政治上的危殆，苏英美三国巩固的团结，美国战力飞跃，发展，日本国内困难的增大，人民当中不安不满反抗的增长……这些内外不利的情势，使现状维持派的压力加强，迫使东条一□不能不更加持重。但是这样的内外情势，也使亲德的极端□法西斯派的策□的加厚，成了他们□迫东条以大规模军事冒险援助□□的理□。东条动摇起来了，双方对东条□不满极高涨起来，东条辞职的谣言再度到处流传，但去秋□来的现状维持派勾结日深的东条一派，基本上还是采纳现状维持派的主张，执行着一方面整备"决战体制"，另一方面加强对中美英政治攻击的政策。于□在最近的会议上，东条只能作出前未曾有的平淡低调的演说。

这样一来，极端法西斯派□立起来而且失败了，于是中野便在听了东条演说的次日切腹自杀。然而他的行动，不能仅以败将的穷途末路来解释，这个自杀，是对于东条一派和现状维持派血腥的"武士道"的抗议，同时企图刺激鼓舞军政两界正在抬头的反对东条的势力，激化他们的阴谋和活动；因此中野的自杀，并非表示日本统治阶级内部斗争的终结，相反地，却表示这一斗争重趋剧烈。在这种情况之下，东条为了缓和反对派，有采取某种方策之必要，这就是进攻印度的计划，他想用这个方策来平静法西斯反对派的激愤。

进攻印度的另外一个国内的理由，便是为了提高国内人民低落的情绪，过去一年半的期间，日本人民没有能够听到"赫赫战果"的消息，相反地，却专门听着"重大的时局"和"牺牲的精神"等口号，最近缅甸、菲律宾、印度等等的"独立"把戏，暂时将日本人民兴奋了一下，但现在这种把戏的节目也排完了，于是军部便打算在印度国境来排演一□"赫赫战果"的新闻，以此来消弭人民的不安和不满。

现在雨季□过，印度国境的战争正在酝酿成熟，飞机的前哨战已经开始，在这个战斗上，军部为了弥补自己军事的弱点，运用着所有一切的政治阴谋，或者驱使着博斯和其他印度法西斯份子以供鞭策。或者利用英国一部份统治阶级对印度的顽固政策煽动印度民众的反英斗争，或者以"独立解放"引诱印度人民，或者利用孟加拉地方的饥饿来宣传。然而连东条也承认，这一斗争对日本决不容许乐观，他在会议上关于这方面的空喊，作了如下的叙述；"缅甸方面的空□逐渐激烈，六月以后，虽然进入雨季，敌之来袭，并未有大的变化，每月来袭之敌机数目约达千架之多，进入九月，即增加至一千六百架，始终继续着激烈的战斗，我陆军航空部队在广泛的地区，以很少兵力担当防空重任。"东条还说："在战局的□□要以掌握制空权的程度而定。"他的演说，不吝自承日本空军的劣势。这就是日本致命的弱点，但弱点还不止此，印度方面，新的战斗如果开始，就是说已经过分伸张的日本战线还要更进一步扩大，并且已被美国的潜艇和飞机不断威胁着又漫长的供应线还要更进一步延长，日本的困难和危险，有愈益加紧而已。

在英美方面，却存在着有利的条件，如已动员了印度的百万兵力和军事工业，□大数量的军火可涌过地中海安全地获得补充，加上中国军队的配合，可从西北两方夹击缅甸日军，因此即使战斗初期，日本或许会获得若干进展，也不过是暂时的现象，英美雄厚的力量，足以压倒日本，是很明白的。

日本军部□缅印方面采取的行动，是情势所迫而必然采取的手段，但对他们是非常危险的冒险，结果将使东条提前踏上中野的后尘。

然而即将展开的印缅方面的□局之发展，对我国将来有重大的影响，英美中盟军驱逐日本出缅甸的时期越早，□中国胜利和解放之日也将早日到来。

（原载一九四三年十一月十六日《晋察冀日报》第一版时评）

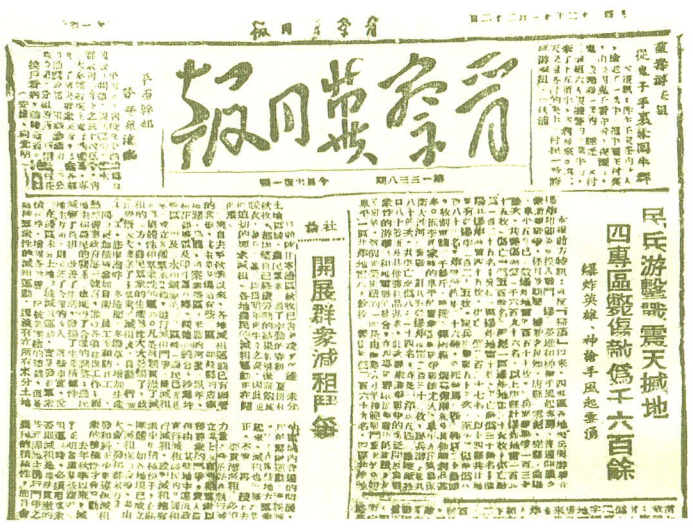

开展群众减租斗争

目前陕甘宁边区秋收已告□□,在边□未分土地区域,农民群众□过了辛勤的春耕,夏耕和秋收,都□望自己终岁劳动的结果能够保证饱食暖衣,并有□□□以为明年再生□之资,因此他们迫切的要求减租,各地农民的减租运动正在开展着。

□自去年秋季以来,各地减租运动已有显著的进步,其主要表现是有些□区,如葭县的店镇城关,乌龙、□秦□等区,米脂的河岔,卧羊、□花峁等区及印斗□八乡,绥德的义台、沙□坪等区□□及□水和镇原的□□区乡。农民已经□□□成立各种群众□织,进行减租斗争,被减租□为集体性和群众性的运动。凡是这类贯澈了减租的地方，农民群众的生产热忱大大发扬了，政治觉悟大大提高了；群众在减租后，自动□行变工、□工，修崖溜畔，多施肥、多锄草，增加生产，同时更加积极参加自卫□员工作和防奸工作，热烈响应政府每一号召，惟□各项建设工作；而地主和农民的关系，也获得了合理的调整：农民减轻了负担，改善了生活，发扬了生产积极性，地主方面，则保证了合理的收入，这些事实，说□在边区未□土地□域减租运动，实是发动群众积极性，增强各阶层人民抗战团结的锁链，但是这种群众性的减租运动，还没有在所有未分土地的区域内普遍的开展，有的地方不把减租看作农民的群众运动，还误解为政府对农民的"恩"赐，□□在这些地方群众的自动性积极性没有发动起来，减租也□无□贯澈，这种情形必须立即纠正，不应□再继续下去了。

要贯彻减租，必须依靠群众自己团结斗争的力量，政府站在执行减租法令，调节佃东利益的立场上，目前给群众以必要的帮助，但决不能代替群众的斗争，□□农民群众虽有减租的要求，但由□某些地主违抗政府减租法令，和对于要求实行减租农民的□制和□□，使农民□□□易实行减租，或对减租抱有各种顾虑，故必须经过群众中的积极份子，召开租户会议，成立各种群众团体，如各地现已成立的农会，减租会，租户会，减租保地会等，并由这种组织召开群众的减租大会，发扬群众力量，□定实施减租的办法，揭发和纠正少数违抗减租法令的顽固地主，广大群众的积极性才会发动起来，减租才能贯澈。

去年秋季以来，减租运动的经验证明什么呢？证明当着某些顽固地主违抗政府法令，破坏减租运动时，必须用群众力量进行斗争予以牵制，否则减租是无法贯澈的。当着农民都□起来和某些顽固地主进行斗争之后，不但可以减租和发动农民的积极性，而且会使农村各阶层间的团结，由于得着广大群众力量做基础，达到扩大和巩固之目的。因此在未实行或未澈底实行减租的地区，只有农民群众起来进行减租斗争，在斗争中发扬群众的积极性，才能保证减租的澈底实行。有些人害怕在减租中得罪地主，而不顾及群众利益，恐怕群众斗争，这种畏首畏尾的倾向是错误的；但在农民群众起来实行减租斗争时，必须以政府的减租法令为基本，根据取得合理的应得的利益，不再漫无限制的斗争下去，不但不应损害，而且应当□□各阶层人民的抗战团结，在地主中间，也不乏顾大义，识大体的人士，对于他们，应和顽固的地主加以区别，应说服与争取大多数地主遵守政府法令，以利团结抗日之目的。

在农民减租斗争中建立起来的群众组织，必须加以巩固，使它能发扬更大的作用和力量，它不仅领导群众的减租斗争，而且能推广到领导群众其他各种切身利益的事业（如生产防奸等），获得广大群众的喜爱，成为团结农村基本群众的有力组织，并协助□村政权工作，成为乡村政权在工作中的支柱。这些群众组织，应注意保持其群众团体的性质，不要把它与乡村政权相混淆，因此以行政组织形式□某些地方的减租检查委员会等，来代替这种群众组织是不对的，同样以这种群众组织来代替乡村政权，如某些地方□发生的，也是不对的。同时，这些群众团体的工作方式，也应当与政权工作方式加以区别；这些群众团体的工作方式，应采取民主讨论的方式，避免少数人专断和命令的方式。

在群众减租运动中，"边区政府土地租佃条例"的各项规定，应该作为各地减租运动的一般标准与合法武器。必须指出减租□生□对象是未分土地区域，把租佃条例机械的搬到已分土地区域照着实行是错误的。在未分土地区域，对农民互相间及有特殊情形的（如□、寡、孤、独及抗属等）土地租佃关系中也□无区别的照样实行减租是错误的。减租李应根据各地土地收获□及租额等不同的具体情形，灵活规定，不应当无区别的一律规定或机械的执行二五减租（如某些区域把过去已经规定和实行了的减租额降低改为二五减租是错误的）；对各种不同的租佃形式，在租佃条例所规定的原则下都要实行。减租不是只减定租而不减或少减活租和夥种，目前特别注意把活租与定租及□种严格区别,并认真照政府租佃条例所规定和农民群众的要求,过去的欠租应一律认真免除,反对某些地□□取欠租,并发动群众进行勾□换的运动□完全合法的,应当的;地主因减租而无理收回农民佃□、农民要求"翻地"时,应准予翻地;地□违□减租法令而强行讨取之超额租粮,农民要求"退粮"时,应准予退粮;地主对佃户之一切额外剥削,应依照□府租佃条例严格禁止,这些都是合法的。各地应依照租佃条例原则并依照当地具体情况规定统一的单行减租条例,以切实贯澈减租运动。

在农民群众减租运动中,保障农民佃权是一个极重要的步骤。过去经验证明,保障佃权不仅□制止某些违法地主威胁农民反对减租的主要手段和使农民敢于进行减租斗争的前提,而且是提高农民生产情绪,改良农作法和增加生产不能缺少的条件。因此必须由群众力量和政府法令加以确实保障,反对地主假典、假卖或任意撤佃等破坏农民佃权的行为。至于因农民购买土地而发生佃权纠纷时,应由农会或租户会等群众团体适当的调解之。

凡在农民减租斗争深入的地区,必须立即计划和组织明年的生产运动,发动每乡每村以至每家农户开荒、集肥、修崖、□畔、修水□、改良农作法以及推广合作运输等事业的准备工作;同时又必须号召群众积极起来参加守卫军工作,展开群众防奸运动,为保卫抗日民主根据地和保卫群众自己的革命利益而奋斗,要把减租运动和生产运动,自卫工作结合起来,更进一步发扬群众积极性,增强抗战建国的力量。

(原载一九四三年十一月二十二日《晋察冀日报》第一版社论)

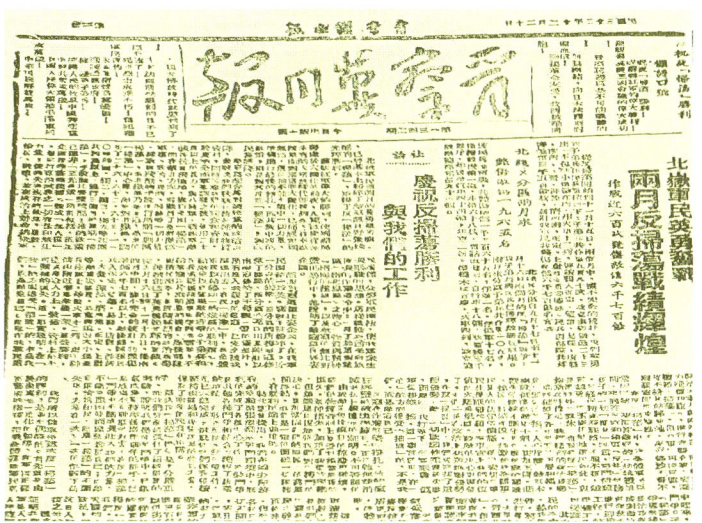

庆祝反"扫荡"胜利与我们的工作

　　北岳军民三个月的英勇艰苦奋斗,已经基本上粉碎了敌寇无比野蛮残酷的"扫荡",取得了反"扫荡"的光辉胜利。

　　苏联红军伟大的胜利,使国际局势处于大□化的前夜,人类历史从来未有的大解放时代即将到来,日本法西斯面对着这个大变化,已痛感走头无路,这使他不能不集中一切力量,准备进行最后的挣扎,而其对中国的政策,则是对共产党"扫荡",对国民党诱降。

　　敌寇为配合其对国民党的政治诱降,并破坏我们秋收秋耕秋种及物质资财,同时掠夺我们的粮食和资财,于夏季全面军事调整之后,使用二十万以上的兵力,对八路军、新四军敌后各抗日根据地,进行全国"扫荡",而在华北方面,则动员了全部敌伪军事、政治、经济、特务等一切力量，采取最残酷的手段，行所谓"剿灭'扫荡'"，我北岳区乃是敌寇□华□的"扫荡"中心□，敌寇对北岳区，调集了二十六、六十二，六十三，一一〇等师团，独二、独三、独九等□团共四万以上，进行三个月的长期"扫荡"，手段无比野蛮残酷，他的政策已远非"三光政策"所能包括，而是企图把我整□根据□□成"无人区"。敌寇打算消灭我之一切有生和无生力量，使我失去生存的依靠，屠杀、抢掠、破坏，并在政治上拼命挑拨军民关系，分裂军民团结，使我群众生长厌战的思想。这从缴获敌酋毛□旅□长的作□命令中："为了加重对该区（指北岳区）之物心（物质与精神）两面的摧毁"，以及敌寇的无比野蛮的暴行中，都说明了敌寇这种狂妄企图。

然而敌寇这种狂妄企图，在我军民团结一致英，奋战下被粉碎了。除一分区的独□，三分区的唐梅□寇修筑了据点，四分区的瓦口川□陈庄以南敌寇修筑了王母观一带的堡垒外，所有进入我腹地的敌寇，已完全被我驱逐出去。在反"扫荡"中，我全体军民以始终如一的炽盛的胜利信心，给敌寇以□□果敢的迎击。子弟兵和民兵广泛展开游击战争与地雷战，不给敌寇以片刻喘息的机会，敌后部队更积极出击，□展开猛烈的政治攻势，连续创造了英勇模范光辉的战绩。从九月十六日到十一月十五日，仅两个月中间，据不完全的统计，共毙伤敌伪六千七百名以上，敌后部队接连攻入保定、望□、易县、唐县、沙河、大营、浑源、磨□滩、正定、上社等敌重要□□，攻克与迫退大小堡垒百座以上，炸毁火车十二列，更在神仙山附近□□敌机一架。这些胜利，造成敌寇人力上、装备□资材上的不可弥补的损失，这一事实证明，在"物"的方面遭受"摧毁"的，不是我们，而是敌寇自己。敌寇在我军民严重打击下，迫不得已，从十二月下旬开始，主力团向外转移，而以相当兵力残留我腹□，进行奔袭□□，妄图继续"扫荡"，但我军□再接再厉，从不给其站脚□地，敌寇终于不得不狼狈窜回原来据点。

在反"扫荡"中，我全体军民以巩固团结□来回答敌寇的一切挑拨离间，来回答敌寇和边区（反共）特务份子的一切"反共"叫嚣，战斗情绪□□终保持□□旺盛，不屈不挠，越战越勇，□不仅根据地军民如此，就是□□外□群众□也对我反"扫荡"抱着必胜信心，我们猛烈的政治攻势，广泛摧毁了各□□□下层组织，□□□□□□摇，人心背离，特别本来就低落的敌军士气，更加下降，悲观失望情绪不断生长。□敌寇的屠杀、抢掠、狂□手段，却激起我全体军民更大的仇恨与愤怒，敌寇妄想我军民生长厌战情绪，但事实上我们的复仇的火焰愈炽盛，杀敌的决心更□强了。我们一向在政治上占着绝对优势，在反"扫荡"中，我们□发扬了这种优势，敌□一切欺骗怀柔□□失败，而□□□我打击下，敌军厌战，伪军□组织□摇，这一事实证明，在"心"的方面遭受"摧毁"的，不是我们，而是敌寇自己。

敌寇□作着绝望的挣扎，他的疯狂野蛮的破坏与掠夺，正是他无法消灭其抗日根据地的证明。不可否认的，由于敌寇无比疯狂的掠夺与破坏，我们的物质资材上□受到相当严重的损失，这种损失，加重了我们的困难，但这适足以更加强我们对□搏斗的决心，更加巩固我们的团结，依靠这种团结，我们是一定能冲破一切困难，在胜利的途上前进的。

特别严重提出，我们在过去所没有的空前紧张激烈的战斗环境中，胜利的完成了各种中心工作，武装斗争与其他各种斗争相结合，获得了显著的成绩，秋收、秋耕、秋种等工作，都已大部完成，这就使我们保有继续坚持根据地和准备反攻的物质力量，保证了明年的民食和军需。

这次反"扫荡"斗争是十分严重的，而我们完全经受住了这种严重的考验，证明我们几年的斗争中，已锻炼成为坚持敌后游击战争的能手，已经成为不可占胜的力量。在反"扫荡"斗争中不断成长壮大我们的力量，不断克服困难而坚强发展自己；而敌寇则恰恰相反，随着"扫荡"的不断失败，力量在一次又一次的削弱下降。

我们所以能取得这次反"扫荡"的胜利，是并不偶然的。首先就是由于根据地一元化的领导，和军区正确而艺术的指挥，把我全体党政军民干部和部队群众的英勇顽强、坚决勇敢、艰苦努力的伟大精神组织起来，集中起来，而向敌寇展开了不屈不挠的斗争。子弟兵与民兵相结合，□□反"扫荡"与敌后进攻相结合，军事斗争与敌后进攻相结合，反"扫荡"与政治攻势相结合，这四种结合，交织成对敌寇的坚强有力的□力□，而从前年秋季反"扫荡"胜利后，即着手进行迎接新的反"扫荡"的长期准备工作，特别是精兵简政更加深了这种准备工作，这又大大给我们取得胜利以保证。

其次，各友邻地区的八路军和人民的全力配合，使敌寇首尾不能相顾，给我们反"扫荡"斗争造成胜利条件，冀中、平西、平北、冀东连续猛烈打击敌寇，攻克了不少据点和堡垒，大量杀□敌伪，获得无数光辉□□。晋西北粉碎了敌寇的□人的"扫荡"，创造了甄家庄歼灭战的大胜利。并与我区一起，毁坏□浦路北段火车头与车辆□百分之二十五以上，太岳□与冀鲁豫区亦各在十月间粉碎了敌寇□敌人的"扫荡"。

敌寇的兵力分散与兵力不足，士气低落，战斗力下降，特别是国际形态对敌寇极端不利，对国人□不安不满反抗在增长着，敌统治阶级内部矛盾更形尖锐，这些，严重威胁着敌寇，使他的绝望挣扎终于不得不遭到失败。

这次反"扫荡"的胜利，使我们更清楚的认识，各个抗日阶层的巩固团结，子弟兵□□□□血肉相联，□是我们力量的泉源，而□□□源，是□□我们真正实行了孙中山先生的三民主义，建设了敌后新民主主义□□而得来的。人民获得了政治上的自由，得到生活的改善。因此也就保卫了各抗日阶级阶层的大团结，发扬了一切不愿当亡国奴的人民的抗日积极性，表现了全民武装□不可战胜的力量。这就是为什么正面战场□十倍于□的兵力，□□略等的装备，并有□在华空军的协助，反而在三周之内，使敌寇得到湘北鄂西速陷十一县城，前进三进余里，而我们全无后力接济，以低劣武装对抗有高度技术装备的敌寇从陆空两面的进攻，经过近三个月的严重艰苦斗争，终□击败□□，得反"扫荡"的胜利。这个事实告诉我们，只有新民主主义适合于中国今天国情，而封建性买办性法西斯独裁政治，就是祸国殃民，绝对违反一切抗日人民的利益，将陷中国于万劫不复之地的。

这次反"扫荡"的胜利，再一次证明共产党是中国人的救星，八路军是人民的武装，边区民主政府是为人民谋福利的政权。而共产党八路军是永远和人民甘苦同尝，生死与共，不仅要与人民共同□□，而且要与人民共同建设，一切污蔑八路军不要根据地的谣言，都是□与"反共"特务份子的狂妄梦想，亟□□□了解的事实。同时也教育了我们，□□毛泽东同志为首的中国共产党的□□领导和朱彭总副司令的正确指挥，无论环境如何艰苦，无论法西斯的逆流如何□妄，敌后抗战根据地必能□□"中国抗战必能胜利"，每一次艰险，只是把我们锻炼得更坚强，而□胜□□途上更迈进一步。经过六年多抗日战争□锻□，和新民主主义政治的培养，边区人民已经有了高度的政治觉悟，充分认识了自己的力量，看清了朋友和敌人的面貌，绝不是任何花言巧语所能欺骗，绝不是任何恶毒宣传所能动摇，永远和共产党、八路军、抗日民主政权在一起，要粉碎一切挑拨离间的无耻企图。拥护共产党，拥护八路军，拥护抗日民主政权，已经成为全边区人民坚定不移的方向。

敌寇的野蛮抢掠破坏，给予我们很大的□难，无疑的我们增加了新的困难，但是，我们一向是同困难搏斗中成长壮大的，困难吓不倒我们，我们有信心和决心去克服一切困难。有共产党在，有抗日民主政权在，我们就具有冲破困难的力量和办法，六年多来依靠我们伟大的创造精神，没有困难能以阻止我们前进，在这接连胜利的时机，在这已经看到人类□□□曙光的时机，新的困难是决不能使我们停滞不前。

在反"扫荡"中，我们更看清了"反共"特务份子的种种罪行，他们□各地□各方面的接积□配合敌寇的"扫荡"，替敌寇散布欺骗谣言，企图制造群众中的悲观失望情绪，宣读敌寇所散发的宣传品，挑拨我们的团结，离间军民关系，甚至给敌寇送情报，指认捕□干部，□□□□，搜掘粮食。他们完全丢掉了中国□的气味，而成为日本法西斯的忠实爪牙，我们所蒙受的伤害，□不少是出自这些份子之手，这些东西丧尽天良的豺狼面目，应对之百倍提高警惕，并向广大群众加以揭露，使广大群众认识边区内部"反共"特务份子是和日本的特务合而为一，边区人民对"反共"特务份子的仇恨□愤怒，是永不□的除□。

三个月的艰苦奋战，已经获得了光辉的成果，让我们欢欣鼓舞的来庆祝这一胜利，把这一胜利普遍宣传到每一□□□□子弟兵、国民、□□、群众□的一切英勇□□□□□，□得到表扬与奖励，并号召广大群众向他们学习。死难的烈士为我们开拓了胜利的道□，他们的功绩要□□旌□，他们的家属要加以抚恤。慰问死伤，帮助群众修房，给群众医疗伤病，进行借款救济，组织运销生产，这都成为我们当前紧急的善后工作。切实从事逐村逐户群众受害状况的调查，除给以救济抚恤外，用血的事实说明日寇残暴的战斗，平阳一次被屠千余人就是天大的血债，鼓舞起广大群众的复仇怒焰，组织广大的复仇运动，来向日寇索讨这些血债。日寇逃不出天涯地角，□是必然要得到惩罚的。

边区军政民的团结是巩固的在这次反"扫荡"中取得每一次铁的证明，但敌寇今年"扫荡"所给予我们新的困难，需要依靠军政民更加亲密团结的力量。同时，今年空前残酷紧张的反"扫荡"中，也正进一步告诉了我们亲密团结的重要性，因此大规模开展拥军、拥政、爱民的群众运动，成为当前紧急工作之一，军政民应从过去与今年反"扫荡"过程中检查□检讨相互间的关系，使每一成员认真遵守拥军、拥政、爱民的各种公约，□□□更加亲密□□来，一切不关心子弟兵，不遵守政府法令，不爱护群众利益等个别现象得到纠正。

敌寇的"扫荡"，给予我们新的灾害与困难，这就需要我们用大力来克服。克服困难的主要方法，就是开展明年大规模的生产运动，就是一个紧急和繁重的工作，我党政军民必须积极准备，发扬我们创造的天才，用双手来战胜一切疾苦灾难，改善自己的生活。

国际形势于□空前有利，苏联红军正以破竹之势，在驱逐□□出国境，莫斯科会议、德里兰、开罗等会议□，盟国团结空前巩固，希特勒战争机构快要土崩瓦解，日寇已经走头无路，日本法西斯匪徒受惩办的日子已经不远了。人类大解放的曙光已经看见了，民主国家的世界家□正向我们招手，一切怀疑胜利、悲观失望、害怕困难情绪都是错误的。用□反法西斯的伟大□□和□反"扫荡"的光辉胜利，□加强对群众的时事教育，鼓舞起广大群众的斗争信心和决心，冲破困难，向胜利之途迈进！

（原载一九四三年十二月十二日《晋察冀日报》第一版社论）

《晋察冀日报》

一九四四

YI JIU SI SI

一九四四

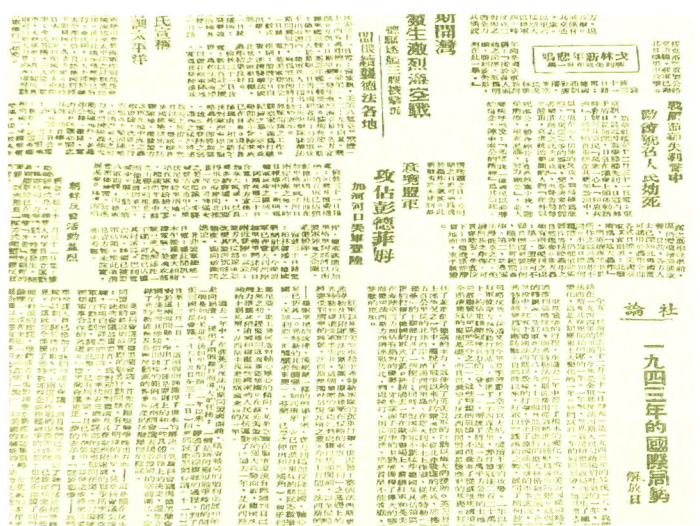

一九四三年的国际局势

今天（社论系去年十二月三十一日发表）是一九四三年的最后一天，我们正站在一九四四年的□前。今年是全世界反法西斯人民开始扬眉吐气的一年，也是法西斯及其帮凶开始倒霉的一年。一年来，世界战局和世界政局都发生了极大的变化，这是人类历史上大变化的一年。我们试将一年的国际形势，加以□□。

世界战争的行程，在过去一年中发生了根本的变化。苏英美□国从战略防御过渡到战略反攻，而希特勒法西斯匪帮则从战略进攻转变为战略防御。这个变化的转换点，是红军在去年八、九、十三个月间所进行的斯大林格勒之战，在这个战役中，红军予德国法西斯以致命的打击，停止了德国法西斯的军事进攻，迫使希特勒转变为战略防御。自那时以来，红军以雷霆万钧之势，展开了所向披靡的战略反攻，接着又于今年夏季发动了空前巨大的、继续不断的攻势。一年以来，红军从斯大林格勒打到基□，前进了一千四百公里，毙俘德寇达二百二十万人以上（约占东线德寇总兵力的二分之一），解放了将近一百万平方公里的土地（等于苏联被占领区的三分之二），这些辉煌的战绩，不但奠定了从苏维埃国境内完全肃清德寇的坚固基础，而且也奠定了反法西斯同盟国最后胜利的基础。红军拖住了并重创了德寇的主力，这便给了英美盟军的行动以极大的援助。英美盟军在上述情况之一年中，摆脱了战争以来的防御地位，从北非战场的反攻，席卷三千五百公里长的北非沿岸，踏过西西里岛，在意大利本土上作战，从希特勒"欧洲堡垒"的下腹部打进了一个楔子；同时，盟国空军不断猛炸德国及其占领区，严重的打击了德国的军火工业。总结过去一年在欧非战场上，苏联红军和英美盟军在海陆空三方面占有绝对的优势，完全掌握了战争的主动权获得了伟大的胜利；而德国法西斯方面则连战皆北、到处挨打、损兵折将，陷于首尾不能兼顾、四面楚歌的厄地。

红军以及英美盟军给予希特勒军队的沉重打击，也震撼了整个法西斯集团。希特勒及其附庸的法西斯集团，原是建筑在侵略的军事"胜利"之基础上的；当希特勒到处遭受军事失败，这个集团的强盗们到处获得焦头烂额，以至侵略罪行将要受到膺惩的时候，法西斯集团就呈现瓦解之象。今年七月间，法西斯的鼻祖——墨索里尼的政权，像纸屋一样的倒塌下来，意大利随即投降盟国，轴心的三足已折其一。希特勒的其他喽啰，如西班牙，（它已把派往东□的部队悉数撤回本国）、保加利亚（正酝酿着事变）、芬兰（已几次伸出和平触角）、匈牙利、罗马尼亚、也正发展着对轴心离心的倾向，甚至急□在战争还没有燃烧到自己国土上来之前，赶紧离开这个强盗集团。在苏英美盟军的强大攻势面前，德国法西斯无力维系其附庸国和镇压这些国家的人民反抗运动了。过去一年，是法西斯集团开始土崩瓦解、法西斯主义走进穷途末路的一年。

过去一年中，在苏英美反法西斯同盟国面前，随着战局的胜利进展和敌人的走向崩溃，提出了两个艰巨而伟大的任务：一个是如何缩短战争时间的问题，一个是如何保证战后和平的问题。一年以来，经过了错综复杂的过程，到了苏英美三国外长会议（十月十九日至三十一日）和□邱罗德黑兰会议（十一月二十八日至十二月一日），这两个问题获得了根本的解决。莫斯科会议与德黑兰会议，对于这两个问题，作出了不仅是原则上的和一些具体问题上的决定，还树立了盟国今后处理其他类似问题时的范例。这两个会议表现着盟国的空前团结，完全粉碎了希特勒匪帮及各国反动派的各种各样的挑拨离间的阴谋。

莫斯科会议与德黑兰会议，首先在缩短战争时间方面——这是摆在反法西斯同盟面前最迫切最实际的联合行动问题。有了明确的决定，莫斯科会议公报中说："此次会议最重要者，为对缩短对德国及其在欧洲附庸国的战争所应采取的步骤，有坦白而详尽的讨论，并乘代表三国参谋部的军事顾问在场，而讨论确切的军事行动计划，关于此点，已有所决定，且已在准备中，以便造成将来三国间最密切军事合作的基础。"德黑兰会议更进一步的表示："关于战争——我们的军事参谋人员已参加了我们的圆桌会议，而且我们已经商定了我们关于摧毁德国军队的计划。关于将由东、西、南进行作战的规模与时机，已经达到完全一致的意见。"这就完全倾覆了希特勒匪帮企图拖延战争的计划，也完全倾覆了同盟国里面反动派的阴谋，他们或者主张盟国应重新采取防□战略（如英国的慕尼黑份子余孽）、或者主张"太平洋第一论"（如美国的赫斯特、陈德勒之流）。实际上则企图以此谬论来帮助希特勒匪徒苟延残喘，拖延战争时间。所有这些阴谋，□□□□□的□□。

关于盟国战后合作保证和平问题，□□邱在德黑兰宣言中说："□□□一致，将使之成为持久的和平"，三国认定在战后继续合作以保证持久的和平，□其共同的至高无上的责任。在莫斯科会议期间，苏美英中四国的"关于普遍安全的宣言"，认为"有于最早可能实现的日期内成立一普遍国际组织之必要，以各爱好和平国家主权平等的原则为根据，此种国家无论大小，均可为会员，以维持国际和平及安全"。这些决定，第一，粉碎了那些意图不让苏联参加战后国际组织的绥靖主义者们的"计划"，也粉碎了那些叫嚣"美国不应参加欧洲事务"之类的美国孤立派的阴谋。苏英美三国共同负责维护战后世界持久和平，把第一次世界大战后的凡尔赛条约的帝国主义精神一扫而光。第二，这些决定也粉碎了那些意图在小国及中等国家中散播对爱好和平的大国之不信任空气的人们的阴谋，这些人们（特□是波兰流亡政府中的反动份子，他们得到英美国内顽固派的支持）打算在"建立欧洲小国联邦"的掩饰下，组织把苏联和欧洲其他邦份"隔绝"开来的反苏集团。所有这些包藏祸心的反苏人物，都被摒弃和孤立走来了。

关于肃清法西斯恶势力和发扬人民民主力量，苏英美三国的决定，也树立了光辉的范例。一方面，三国决定法西斯及其恶势力必须澈底摧毁，同盟国决心作战到底，直至轴心国家无条件投降为止；在停战时，"法西斯及其所有所有恶势力与其所产生的事物应予完全消毁"（关于意大利宣言）；希特勒匪徒所霸占的领土必须一律退出（关于奥地利的宣言即为其范例）；对于纳粹战争暴行的罪犯，"均将重被遣回其犯罪地点，由其所虐待的人民就地审判"，"三国必将追□他们至天涯海角，使其归案法办"。这些决定，使那些企图与法西斯寻求妥协使其免于完全毁灭、和包庇法西斯余孽的人们的计划，完全破产。另一方面，三国会议又决定国内民主的原则，"关于意大利的宣言"即其范例，宣言中说："予意大利人民以每一机会，建立以民主原则为基础的政府机构"；"意政府应容纳始终反对法西斯主义的意人民团体之代表，而使其民主化"；"意人民应完全恢复言论、宗教信仰、政治信仰、出版与公共集会的自由，意人民并得成立反法西斯的政治团体"；该宣言并作出了一个极其重要的原则的规定，即意大利人民有"最终选择其政制的权利"。这些决定，毫无疑义的将使反法西斯的人民的民主的力量，大大地发展起来。

总之，莫斯科会议与德黑兰会议，是苏英美人民和全世界民主势力的空前伟大胜利，也是法西斯和一切反苏反人民反民主的恶势力的空前惨败。这两个会议的伟大历史意义，不亚于去年的斯大林格勒之战。斯大林格勒之战，是世界战局的转折点；而莫斯科会议与德黑兰会议，则是世界政局的转折点。这两个会议，展开了人民的民主的运动空前高涨的新时期；从今以后，法西斯及其反动势力横行霸道的时代已□一去不复返了。自从这两个会议以来，我们看见：英境盟国解放欧洲的远征军已成立，第二战场的开辟已迫在眉睫；有苏联参加的欧洲谘委员会和意大利谘询委员会已开始工作；法国民族解放委员会已改组，已有□□共产党员参加到委员会中而和维琪有联系的分子则被摒弃；意大利民族解放委员会不日召开大会，新民主主义的意大利在形成中；以铁托元帅为首之南斯拉夫临时政府已获得苏联以及英美的赞助，而反共反人民的卖国贼米海洛维□（米氏是流亡政府的陆军部长）则为世人所共弃；波兰流亡政府中反苏的反动份子已□受各方的责难，而蠢立起来；捷克总统贝奈斯打破了反动份子的阻挠，和苏联签订了二十年互助协定。从这一连串的事实中，我们已□可以看出：决定世界动向的□是苏联和英美等国民主进步势力，而同情法西斯的、反苏、反共的反动势力，则必处处碰壁，遭受失败；战后和平民主的新世界已经在望，第一次世界大战（帝国主义战争）后由凡尔赛条约支配一切的悲剧，是不会重演了。

至于在远东方面，过去一年是日寇发动战争以来最不利的一年。希特勒在苏联战场上的败北，墨索里尼的倒台，使日益孤立的日寇张惶失措。苏英美中四国莫斯科宣言以及后来的英美中开罗会议，宣称作战到底，打击了我国抗□营垒中的投降主义者和日寇对华诱降的阴谋。一年以来，太平洋上英美盟军采取逐步□食日寇占领□的策略，日寇已被逐出北太平洋阿留申群岛，而在南太平洋，英美盟军也发动了几次局部的反攻，步步推进，使战争日益向中部太平洋。在中国战场上，敌后我英勇八路军新四军粉碎了敌伪许多次大"扫荡"，收复不少失地和城镇（如赣□、阜宁等），予敌寇以重创。日寇仅在湘鄂等地正面战场上，□得某些进展。今年世界战局的重心虽然还在欧□战场上；可是日寇在英美局部反攻和中国坚持抗战的情况下，已日渐陷入不利的境地，那末在明年希特勒覆灭后，英美可倾全力在远东配合中国作战、那时太平洋上的形势将发生更大的变化，这是可以预期的。回顾过去的一年，令人不胜兴奋。在今年一年中，苏英美盟国获得了巨大的军事胜利，法西斯集团已开始崩溃，盟国在战争中的团结已奠定战后合作的基石，空前未有的民主运动正在蓬勃开展，未来的和平民主的新世界正在诞生。明年，德国法西斯必将在盟国东西南三面总攻下最后覆灭，欧洲人民将获得自由解放。紧随而来的，将是盟国对日寇的反攻，和远东各民族从日寇侵略与奴役之下争取自由解放的战。

（原载一九四四年一月三日《晋察冀日报》第三，四版社论）

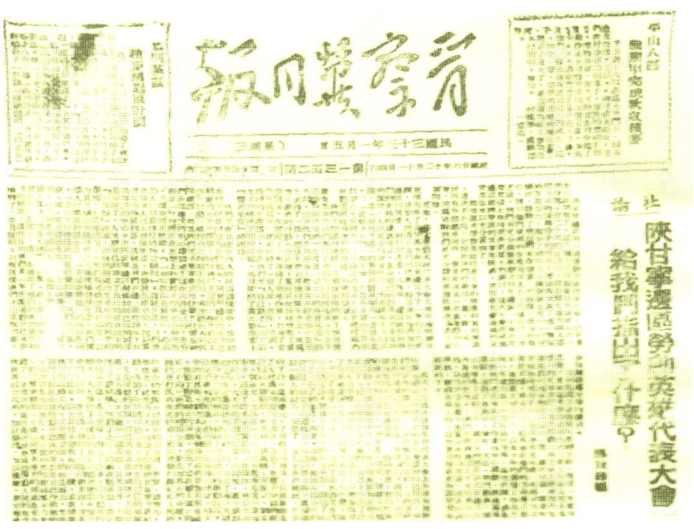

陕甘宁边区劳动英雄代表大会给我们指出了什么？

　　陕甘宁边区第一届劳动英雄代表大会，于本月十六日开幕了，这是继去年高干会以来最成功的一次会议。在二十天的会议中，从各个生产战线上选拔出来的积极份子的代表，总结与交换了他们丰富的生产经验，制定了明年大规模发展生产的方针和办法，发动了热烈的革命竞赛，然后带着倍增的信心，回到他们原来的生产岗位上去。经过这次大会之后，我们有充分根据来期望明年边区一定会在生产战线上取得更多更重大的胜利，这次大会将成为边区经济发展的重要里程碑，这些在大会通过的宣言里也可以充分看到了。

然而这次劳动英雄代表大会的收获和它的意义，还决不止此，它对于我们的干部（党、政、军、民所有干部都无例外）应当看做是一次最实际的教育，因为它对我们更充分证明与澈底解决了若干重要问题。

首先，这次劳动英雄代表大会上集中地明显地表现出来了去年高干会以来边区今年一年的工作成绩，劳动人民通过他们的代表，纷纷表示他们对于边区的热爱，对于共产党、八路军、边区政府和他们的领袖的虔诚拥戴，党政军民的关系表现着空前的团结，人民群众的积极性创造性表现着空前的高涨，这一切就使边区的整个面貌呈显出一番新气象。这一切就使我们不但不怕，而且有足够的力量来打击日本帝国主义对于边区的进攻，或是应付国内反动派所时刻准备的对边区的突然攻击。

我们要问这些成绩是从那里获得的呢？应当说首先是由于我们执行了毛泽东同志所指示而由去年高干会所确定的"生产是一切工作的物质基础"的方针，由于我们在高干会上把这个方针在干部思想上求得了一致，然后又把它贯澈到群众中去，成为广大群众的行动。由于广大党政军民干部增强了群众观点，在实际工作中改进了领导作风，打击了官僚主义偏向，真正组织了一切人民、部队、机关、学校的生产运动，由于我们在"自己动手"的口号下不但解决了种种困难，而且达到了广大群众走上"丰衣足食"的道路。

我们现在是处在持久的抗战环境当中，但和前方的各抗日根据地比较起来，陕甘宁边区所处的是相对的和平的环境，所以我们首要的工作是建设工作，以边区建设来支持前方抗战，来推动全国的抗战建设。但是我们究竟应当建设些什么？什么是我们全部建设的中心环节呢？这在高干会以前，是有相当一部分同志在思想上和实际工作中没有解决的。毛泽东同志曾说："一切空话都是无用的，必须给人民以看得见的物质福利"。这就是说，我们应当领导人民去发展生产，在发展生产中给人民以看得见的物质利益，这就是我们在边区现时环境下抗战建设的中心。在陕甘宁边区封建剥削已经消灭或是减轻了，人民群众已经建立了自己的抗日民主的"三三制"政权，而我们所处的又是相对的和平的环境，在这种情况下，我们有可能而且必须用一切力量与办法来领导群众大规模地发展生产。我们领导人民群众发展生产，一方面改善他们的物质生活，一方面又附带解决抗日经费问题。我们领导党、政、军、群众发展生产，一方面改善他们的物质生活，一方面又可减轻人□□负担，更□□□□□□系，这样在提高人民群众和党、政、军、群众的物质生活的基础上，进一步提高了他们的政治觉悟和文化程度。这些目的我们在一年生产运动中已逐步达到了，并且证明：只有这样我们才能克服困难，争取团结与抗战的胜利。

这个组织群众发展生产的方针，经过一年实践之后，又在这次劳动英雄代表大会上完全证明其为唯一的正确方针。像在劳动英雄大会上所表现的群众自动的拥军热潮和军民一体的亲密关系，群众对于特务破坏份子和反动派准备进攻边区所表示的极高度义愤，吴满有等劳动英雄在他们的模范乡计划中，自动要求办理学校，以及今年的征粮工作比任何一年费力最少而完成最快等等，这些成绩，就是由于我们把领导生产工作当作中心环节，经过这个环节，推动了自卫军、防奸、文化、战斗动员、拥军等等各方面的工作，过去有的同志以为在边区经济落后的条件下，我们在经济建设上不可能有所作为，以为领导生产不是党和政府的任务。或者轻视劳动，轻视生产工作，这些思想现在更加证明完全错误的了。

其次，在这次劳动英雄代表大会上再没有那么明显地显示出劳动群众的真正智慧和创造能力。我们的世界和他的历史是劳动群众创造的，我们发展生产如果离开广大群众是不可想象的。因此，我们领导生产必须是依靠群众，组织群众，发扬群众的积极性和创造力，将发展生产变成一个广大的群众运动。这个方向现在也是比任何时候更加证明其正确了。边区的劳动群众在党的号召之下作出了许多惊人的事迹，例如吴满有、陈德发、石明德组织了像吴家□□、马家沟、百源村那样全村的□工队，提高了几乎一倍的生产力，开拓了边区农业生产的无限前途。刘建军在多年的摸索中间，创造了南区合作社式的生产、□□、运输、信用等综合性的合作社，建立了全边区合作运动的新方向。冯云鹏以一个人的努力，安置了一百七十多户难民，又发明了许多巩固难民、了解难民的办法。张清益创造了全村共同开荒设立义仓，推动了全关中分区的义仓运动。杨朝臣、申长林、孙万福、张振□、刘玉厚、贺保元、马海旺等人根据现有技术基础和当地条件，创造了许多切合实际的改良农作，兴修水利的□□，大大提高了粮食产量。阎开增、冯光琪创造了把生产与防奸相结合的方向，创造了许多与破坏份子斗争的办法，粉碎了特务机关的暴动阴谋，保证了□□的生产运动的发展和它应得的果实。妇女中的郭凤英、刘老太婆等积极纺织与参加农业生产，推动了附近妇女的劳动，指出了边区妇女运动的正确方向。我们的部队生产，更是世界上的奇迹，他们把打仗与生产结合，表示出他们真正是人民的和革命的军队。部队中的张治国、李位、胡青山、郝树□、武生华等人，创造了开荒挖甘草等的新纪录，推动了全军的劳动热潮。他们又是打仗的军队，又是劳动的军队，这样的军队在中国历史上是从来不曾有过的。工厂中的赵占魁、袁光华等，不断提高劳动标准，推动了全边区的赵占魁运动。机关中的黄立德、佟玉新等，创造了许多□□与节省的办法，大大推动了各机关的自给和节省运动。盐工中的高仲和、李文焕，发明了打盐的新方法，提高了食盐产量。以上这些不胜枚举的事迹，或者需要艰巨的组织工作，或者需要个人的创造能力，然而它们却都是由这些动手动脚的劳动者自己作出来的。这些活生生的事实，充分说明那些轻视群众力量、缺乏群众观点、不虚心向群众学习的同志是完全错了。领导者的责任是在于把这些劳动人民的创造吸收与综合起来，加以发扬，加以推广，把它变成广大的群众运动。今□边区生产成绩的获得，就是由于我们采取了这种方法的结果。这种方法，这种观点，是我们在任何工作上所必须采取的。过去有的同志曾以为经济建设只是少数财政、供给、贸易机关人员的任务,少数"专家"的任务,不须依靠群众,不须组织群众,不须发扬群众的创造力和积极性,不须设法造成群众的生产运动,现在完全证明是错误的了。

再次,群众虽然有力量,但如果不把他们组织起来,还不能发挥他们的力量,这在生产方面如此,在其他任何方面都是如此。在这次劳动英雄代表大会上,特别是经过了毛泽东同志深刻指出之后,完全证明了只要采取适当的形式,把人民群众在经济上组织起来,就会发挥出雄伟无比的力量。而目前在经济上组织人民群众的最恰当与最重要的形式,就是□工队、扎工队、唐将□子一类的农业合作及生产、消费、运输、信用等综合性的合作社和运输合作社。

边区的农业还没有,暂时也不可能改变它的个体经济和比较落后的技术基础;但是边区农民群众在经济上所受的封建剥削已经消灭或减轻,同时在政治上,农民群众在无产阶级政党领导之下已经参加了政权,这就造成了一种可能,使他们能够在劳动一点上集体化起来。这种建立在个体经济和现有技术基础上的劳动,已经大大地提高了农业生产力,并给将来更进一步提高农业生产力造成了物质基础。这种生产力的提高和生产力的财富的增加,不是由少数私人所占有,而是为参加集体劳动的农民所共同享受,这就是它有广大发展前途的基本原因。在劳动英雄代表大会上,我们还可以看到凡是变工一类组织比较好的地方,农民群众的互相帮助的团结精神就更为发扬,他们对于保卫边区和拥护军队也更为积极,他们传统的劳动习惯和劳动观念也在发生着变化。因此,变工一类的农业合作又是分散的小农经济逐渐达到集体化的一个步骤。

边区各地的水利事业(包括水漫地、□地等等),自从提倡变工以来,也有了相当发展。只举一个例子:郑县张村驿区三乡的水利,从国民党联保处时代就修过几个月未修成,今春组织了三十多人的变工队,四五天内用一百三十多个工就修成了灌溉八十亩水地的水利。又如延安南区的信用合作社，八个月中间仅在两个乡的范围内，就吸收了一百多万元的存款，放出三百多万元的借款，解决了当地农村的金融问题。又如延安县刘永福式的运输合社作，今年采取了公私合作，利用公盐代金的办法，大大发展了运输牲口，完成了全县运盐任务，原来负担公盐代金的人民，不但保有了原本，而且可以分到八、九倍的红利，现在延安县的公盐代金已不再是人民对政府□出的负担，而变成人民自己对运输合作社□□利的投资事业了。

南区合作社式的、综合性的合作社，经过今年在关中、安塞、靖边等地的办理，都收到极大效果。这种合作社在手工业生产、妇女纺织、农民各种消费、农村信用借贷、运输、出入贸易甚至公粮负担上，都组织了广大的农民群众，替群众谋到了极大的利益，取得了他们全体的爱戴，而成为当地农民经济的核心。

以上无论是在农业劳动上以及水利、消费、运输、信用、手工业（包括妇女纺织）上，当它们分散为个体经营时，就显得软弱无力，没有前途；而一经适当地组织起来，合作起来，就得到空前的发展，有了广大的前途。这些经验，经过今年一年的生产运动和劳动英雄代表大会之后，将为边区绝大多数群众所接受。因此，我们今后领导生产的中心环节，是在自愿的原则下采取这种合作形式来组织更□大的群众。

最后，从到会的劳动英雄代表中间，我们发现了无数的模范公民，新民主主义式的典型农民。像吴满有、陈德发、石明德等那样不但发展自己的生产，而且组织全村的变工队，组织模范村、模范乡，推动全村全乡人人生产，人人丰衣足食；像冯云鹏、张清益那样昼夜不停地帮助新来难民筹划全区义仓，甚至牺牲了自己家庭的一部份生产；像阎开增、冯光琪那样为了保卫边区，坚决地和特务破坏份子斗争；像申长林、孙万福等等那样踊跃负担，拥护军队；像刘生海那样从旧社会上吸烟赌博的二流子转变成努力生产的劳动英雄。这一切都表示边区群众的政治觉悟及团结互助精神，是大大提高了，保卫边区的斗争情绪也空前地增长了，由于他们从共产党、八路军、边区政府得到了真实的利益，他们已经把自己的命运和共产党、八路军、边区政府联系在一起了。上面所举的这种公民，是在经过革命后从共产党所号召的生产运动中间（又□组织各种合作形式中间）所产生的，这是一种新型的人民，是中国历史上从来没有过的。在今年春天，我们曾提出吴满有作为边区新农民的典型，现在在劳动英雄代表会上我们看见更多的吴满有和更丰富了与从各方面发展了的吴满有方向，在边区已经生产了很多的吴满有，这是我们伟大的收获和胜利。只有在共产党的领导下，只有在新民主主义下，才会产生这种新型的人民。紧紧地依靠这样的人民，我们将是不可被战胜的。

经过今年一年的实践，证明去冬高干会以来我们的方针，我们的办法都是正确的，只要我们不因现有成绩而自满，只要我们随时检讨我们的缺点并加以纠正，只要我们继续进步，我们明年一定会收到更大的成绩。（延安新华社一九四三年十二月二十六日）

（原载一九四四年一月五日《晋察冀日报》第一版社论）

掀起拥政爱民及拥军的热潮

　　自从去年十月一日中共中央政治局发出"关于减租生产拥政爱民及宣传十大政策的指示"后，在边区党政军民各部门，一面进行着激烈的反"扫荡"战斗，一面即展开热烈地讨论并进行反省和检讨。特别关于拥政爱民及拥军政策，大家在反"扫荡"战斗中间，更感到□的重要性与正确性，反"扫荡"一结束，中共中央晋察冀分局便在十二月二十五日发出指示，对执行拥政爱民及拥军政策有了进一步明确具体的决定。

　　在这一指示中，首先指出，六年半来我边区党政军民始终是团结一致并在实际上不断的进行了拥政爱民与拥军工作的。我们正是靠了这种党政军民坚强的团结，才获得了今天抗日民主根据地建设中的各□成就。六年半来，我晋察冀边区与华北华中华南各友邻抗日民主根据地联成一片，在中国共产党的正确领导下，胜利的坚持着敌后抗日游击战争，不断的粉碎敌人的"扫荡""蚕食"、经济封锁、政治阴谋和特务政策，屹立于国防最前线，这不但表示我抗日根据地的人民经得起战争的考验，是不可被战胜的一支强大力量。而且大大的兴奋了全党和沦陷区的人民，提高了中国在反法西斯战争中的国际地位，成为最后战胜日本法西斯强盗和实现新民主主义的新中国的旗帜。

但是，为什么现在又特别提出拥政爱民与拥军工作呢？

这首先是从目前战争环境和根据地需要上来看，我们在执行拥政爱民和拥军工作上，还存在着许多缺点和不够的地方，比如：有些同志对根据地内党政军相互间的正确关系它的统一性，不可分离性，认识得不正确或认识不足。因此，有时强调一方，忽视他方，严重存在着宗派主义的残余。有些同志对武装斗争与军队在坚持根据地中的重要性认识不足，特别在目前新条件下产生了忽视主力的错误观念。有些同志对抗日民主政府的性质认识不够，因此，不尊重政权，不认真研究并执行政府法令，或者把政权认作上层份子的机构，因而产生严重脱离群众的右倾错误。有些同志的群众观念十分模糊，不认识群众，特别是劳动群众是我们根据地抗日生产的基本力量，是我们进行一切工作的基础。由于存在着这些错误认识，因此，在党政军民关系上就存在了些不够正常的现象。军队对党政民尊重不够，与党政民关心军队不够的现象，在边区还或多或少的存在着。军队违犯群众纪律，埋怨群众落后，不关怀群众利益，不积极帮助群众的某些事实，与党政民优抗工作做得差，对伤兵、荣□爱护不够，对军队困难不积极协助解决以及强调军队不□仗等的某些事实□都是由于以上的错误认识所发生的具体现象。因此，中共中央列二十大政策之一的拥政爱民及拥军政策，对于我区还是迫切需要的。

其次，由于整个国际战□与政治局势的发展，显然与我们有利，一九四四年将是欧洲法西斯死亡的一年，将是中国抗战侵略相持阶段最后的一年，只要我们再鼓一把劲，进一步加强团结，渡过胜利前的困难，任何敌人是不能阻止我们取得最后胜利的，人类大解放的时代，是日益接近了。正因为如此，所以日本法西斯除了采取对国民党诱降对共产党"扫荡"的基本方针准备作最后挣扎外，拚命企图分裂我军民的团结，边区反共特务份子也和日本法西斯一鼻孔出气，进行谣言攻势，挑拨离间，企图利用我们当前存在的某些弱点，来破坏我们的团结、散布失败情绪。这些，不能不引起我们党政军民高度的警惕。因此，全边区展开拥政爱民与拥军的大团结运动，就具有克服困难,生长团聚新的对敌斗争力量的伟大政治意义。

现在，军区已发布了政治命令和拥政爱民的指示，并制订了拥政爱民公约八条，抗联会也公布了拥军公约并发出指示，政府方面也规定了在旧历年前后具体执行拥军爱民优抗的办法。从旧历元旦起，全边区即将卷起热烈地拥政爱民拥军的大团结运动了。在这一运动中，所有上述现存的一些错误认识和不正常的现象，将被完全清算与清除，所有日本法西斯及反共特务奸细们的破坏阴谋，将被澈底粉碎。全边区党政军民的团结，将得到更进一步的巩固，成为永远不可战胜的力量。

在这一运动前，所有边区的部队要进行深刻的检查和反省，像毛主席所讲的"对士兵对人民对政府对党横蛮不讲理，只责备地方不责备自己，只看见成绩，不看见缺点，只爱听恭维话，不爱听批评话"，这种军阀主义倾向以及违犯"三大纪律""八项注意"的表现，有没有？净是那些具体事实？所有边区政权方面地方工作方面的人员也要进行深刻的检查和反省。像毛主席所讲的"不了解群众情绪，不能够帮助群众组织生产，改善生活，只知道向群众要救国公粮，不知道首先用百分之九十的精力去帮助群众解决他'救民私粮'的问题、然后仅仅用百分之十的精力就可以解决救国公粮的问题，那么这就沾染了国民党作风，沾染了官僚主义的灰尘"，这种官僚主义倾向的表现有没有？净是那些具体事实？全边区的人民们也要切实检查自己"对抗日军队、对抗属、对□战的一切工作，还有一些什么可以做得更好些！"（中共中央致敌后军民贺电）把这些具体事实，都澈底的无遗漏的揭发出来！在群众大会上进行公开的坦白的自我批评，并宣布在一九四四年如何坚决改正。对于个别损害群众利益，违犯"三大纪律""八项注意"的份子要进行批评教育，并一定向群众认真的实行赔偿、道歉。另一方面，对某些爱护群众、拥挤政府、爱护子弟兵的模范事迹与模范人物，也要在大会上公开予以表扬和奖励，让大家好跟他学习。

拥军公约和拥政爱民公约要在群众中、部队中再三再四地宣读，使人人明了并深刻体会其意义，成为共同坚决厉行的□□。此外，还可利用各种方式进行改进军民团结关系的活动，如利用年假进行访问，发动部队指战员向家属写信，家属向其子弟兵写信，实行劳军运动，不在物资之多少，重要的在"礼轻仁义重"，表示敬意。等等。以造成拥政爱民拥军热潮，这就是在这一大运动中必要进行的具体工作。

我们还要注意，在这一运动中，可能发生的一些不正确倾向，如：否认过去我们实际上做过拥政爱民拥军的工作，因而过分强调不团结现象，或认为我们这个地区没有不团结现象，用不着拥政爱民拥军运动，或者认为这一工作只是下级做的，上级可以不管，或者不根据具体情况，机械搬运经验的形式主义，不负责任的清谈主义，只是消极埋怨，而不积极进行群众性的自我批评……等这些不正确的观点，必须随时予以纠正。其次，这一工作是中央十大政策之一，是具有经常性的"以后应于每年正月普遍举行一次"（见中共中央十月一日的指示）。因此，把这一运动认为只是一个突击工作，以后就可放起来也是不对的。至于那些反共特务奸细份子借端扩大和强调我们的缺点，趁机挑拨党政军民关系，更要随时警惕并予以揭穿。

我们的拥政爱民拥军运动，正当去年三个月激烈的反"扫荡"之后，又正当根据地今春即将展开的大生产运动的前夕，□党政军民又经过□一次残酷尖锐的奋斗经验与锻炼，更加体会到团结的伟大与重要，这就必然会使这一运动进行得更加普通热烈，为今春生产运动奠定有力的基础，他的收获是可以预期的。

过去我们党政军民一直是团结的，今后我们将更加团结，而且会团结得更好！

过去我们在这种团结的基础上，一直是胜利的，今后我们将□□胜利□□□而且胜利会更大！

（原载一九四四年一月七日《晋察冀日报》第一版社论）

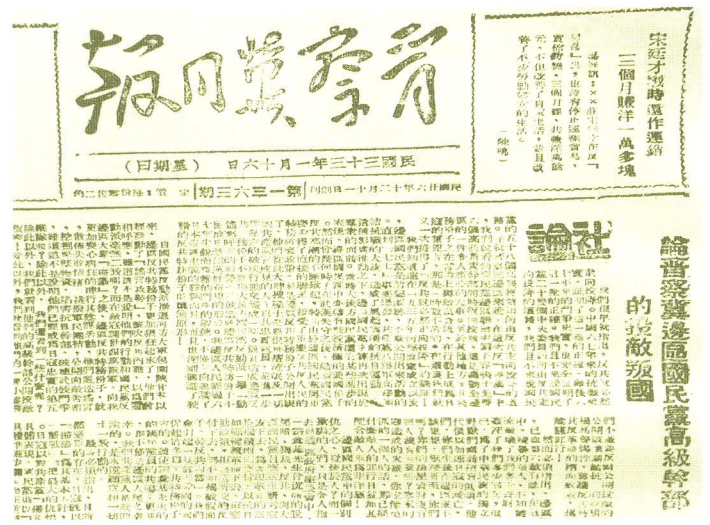

论晋察冀边区国民党高级干部的投敌叛国

我们很早就指出,反共就必然走向投降。中国六七年来的抗战史实,证明了这一点的正确。敌后六七年来的斗争史实,也完全证明了这一点的正确。我们且不来说国民党二十几个中央委员如何由反共走向投降的道路,我们且不来说国民党的五十八个高级将领如何由反共走向投降的道路。仅就晋察冀边区来说,在这次反"扫荡"中,我们就看到国民党边区联游击刘子□张子美等六个高级负责干部同时叛国投敌,这是轰动全边区的一件令人痛心的大事。至于其他地方反共特务份子之在言论上与敌区合流、在行动上成为日寇的帮凶者,都是一时数不清的。在这里我们就又一次获得了"反共就必然走向投降"的铁证!

我们知道远在一九三五年何梅协定成立以后，边区国民党是销声匿迹，不敢公开出来活动的。直到"七七"事变爆发，共产党八路军高举团结抗战的大旗，造成了风起云涌的抗日运动，□这种影响推动之下，边区国民党才算再次出现于群众的面前。当时大后方国民党还有某些进步的表现，边区国民党中亦确有些较积极的爱国份子。然而曾几何时，在武汉失守之后，随着国民党反共高潮的不断掀起，特别由于边区国民党与重庆取得了直接的联系，接受了重庆反共反人民的特务破坏政策，于是边区反共特务份子公开出现了，他们从此大肆搜罗土豪恶棍地痞流氓及一切对共产党有成见的人□为其忠实党员，并进一步与敌寇的破坏行动交织成一团。这就造成边区反共特务份子不断与大后方国民党反动派一举一动遥相呼应的形势，这就造成边区反共特务份子不断成为敌伪汉奸帮凶的形势。我边区人民经过六七年尖锐而复杂的斗争的锻炼，不仅□白认识了日本帝国主义的狰狞面目，而且也深刻认识了狡猾的反共特务份子的丑恶原形！

自国民党反动派撤退河防大军包围陕甘宁以来，边区反共特务份子更加猖狂起来了，他们曾经发动了"谣言攻势"，鼓吹反共内战，以为遥相响应，难道这不是说明他们的行动和国民党反动派毫无二致吗？而在敌寇调动四万□军，向我边区大举"扫荡"之后，边区反共特务份子，就更加丧心病狂的肆行其阴谋活动，他们乱造谣言，散布失败情绪，挑拨军民团结，公开向敌告密，挖掘坚壁物资，陷害抗日干部，破坏武装斗争，难道这不是说明他们已经成为日寇忠实的第五纵队吗？除此以外，我们还看到一些什么呢？除此以外，我们就看到他们的高级干部公开投敌叛国！除此以外，我们就看到他们的一群小喽啰，到处鼓吹资产运动！除此以外，我们就看到他们无数的法西斯匪徒，悄悄的跑进据点里，跑进伪组织里去委身事敌！难道这不都是说明"反共就必然走向投降"这一真的事实吗？今天必须指出，在此次反"扫荡"中，如果没有反共特务份子与敌寇配合的阴谋活动，我们的损失与牺牲，是不会这样空前严重的。由此可见，面临着我们的，不仅有公开的民族敌人日本帝国主义，而且有暗藏的人民公敌汉奸反共特务份子。由此可见，我们对于反共特务份子，不仅要看到他们穿着中国人的衣服，说着中国人的话语，而且更□看到他们是办的日本人的事情，是日本人的义务宣传员，是日本人的帮凶与清道夫！由此可见，我们不仅要反对公开投敌的民族叛徒，不仅要反对公开破坏团结抗日的□□份子，而且更要百倍的提高警惕性，认识反共特务份子的真面目，揭破其反革命的两面政策，揭破其花言巧语掩盖下的阴谋罪行！

　　然而必须指出，边区军民与深入国土的敌人，已血战六载有余，在这一艰难困苦的斗争过程中，残暴的敌人，不知□□了我们多少房屋、抢掠破坏了我们多少资财、残杀了我们多少同胞、奸淫了我们多少妇女，但是边区的军民，为了自己、为了中华民族的独立自由的光荣，并没有在野兽们面前稍有低头，他们还□□继续付出巨大代价以加速日寇的灭亡，你们这群反共特务份子们，你们生长在边区从不为中华民族着想，也应该想想，兽蹄所至，你们的祖先坟墓没有被践踏吗？你们的房屋资财没有被掠夺烧毁吗？你们的亲人没有被杀吗？你家的妇女没有被奸淫吗？敌寇造成的灾难，你家幸免了吗？假如你们还是边区的一个人的话，那已经成了疯子了！不然，为什么敌人的罪行日益加甚，而你们就日益密切的配合敌人来为非作恶！

　　边区国民党中的个别爱国份子，其具敌忾同仇之心，岂后于人？而一切为反共特务份子蒙蔽欺骗的人们，只是令人抱着无限的□措。记得在去秋边区政府座谈会中，边区国民党领导人之一刘奠基先生曾沉痛的说："现在边区国民党之黑暗、独裁、反共，与大后方国民党一样，则边区国民党员应该重新考虑，是愿意同共产党做朋友下去，为实现革命的三民主义奋斗到底呢？还是继续两面应付，以抗日为名，而干反动的事？如愿继续革命下去，则应该□而反对国民党的反动政策，拒绝党所交的反共任务，若还想两面应付下去，倒不如揭破假面具，不必再假借抗日名子，干反共勾当"。

我们相信刘奠基先生这段话会引起一切真正爱国的国民党员深切注意的，会促起许多为反共特务份子蒙蔽欺骗的人们深切反省的。诚使刘奠基先生的话，变成一切真正爱国的国民党员的共鸣，更进而变为他们的共同行动，则不仅是边区人民之幸，而且也是全国人民之幸。我们共产党人是欢迎一切有利团结抗战的言论的，是永远愿意和一切主张坚持团结抗战的人士一致行动的。

最后必须指出，目前内战危险与投降危险仍然严重的存在，日寇既以对国民党诱降对共产党"扫荡"为其基本方针，而国民党亦采取了对日"抗战"，"把最大的仇恨集中在共产党"的政策。日寇以对共产党"扫荡"就其对国民党诱降的具体表现，国民党则以"反共"为其投降日寇的具体准备步骤。而汪逆精卫则以极其亲□而迫切的口吻招降道："最亲善的兄弟终久还是兄弟，重庆将来一定和我们走同一道路。但是我们希望这一日期愈快愈好"。这就是说国民党反动派和日汪"心心相印"，彼此情绪交织在一起的。而实际上则看到由大后方一直到深远的敌后，国民党反动派不断发生由反共走向投降的现象。晋察冀边区是毫无例外看到了这一丑恶的现象！因此，我们必须进一步加强党政军民的大团结。我们要永远的团结在中国人民救星共产党的旗帜下，永远的团结在中国人民伟大领袖毛泽东的旗帜下，为粉碎反共特务份子的破坏阴谋而战斗，为打跨日本帝国主义的"扫荡"与进攻而战斗，为建立独立自由幸福的新民主主义的新中国而战斗！

（原载一九四四年一月十六日《晋察冀日报》第一版社论）

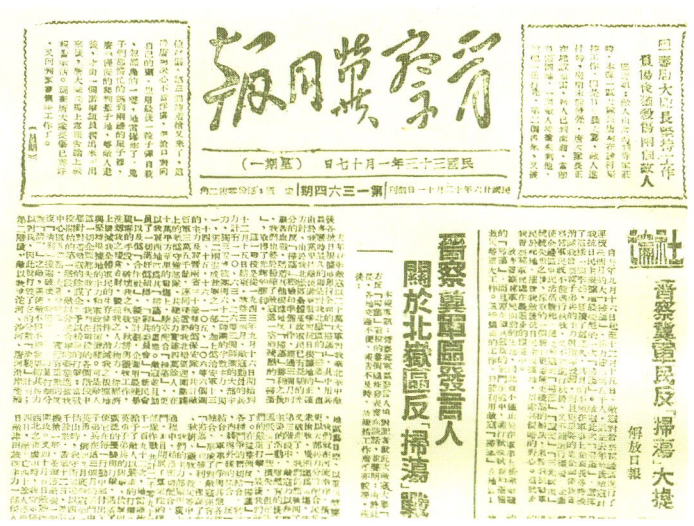

晋察冀军民反"扫荡"大捷

自去年九月十六日起至十二月十五日，敌寇对晋察冀边区进行了连续三个月的大"扫荡"，兵力达三万五千人，这是去年敌后敌寇对我抗日民主根据地最残酷的一次"扫荡"。敌寇此次"扫荡"，选择了这样一个季节，延续了这样久，其目的不仅在军事上企图寻找时机消灭我晋察冀子弟兵的主力与指挥机关，而且更重要的是企图使我晋察冀军民既不能进行秋收，又不能进行秋耕，又不能进行征粮，企图使全边区军民活活饿死，这是敌寇于"扫荡""蚕食""三光政策"统统失败之后，采取的一个新的更毒辣更残酷的办法，来致我抗日军民于死地，摧毁我敌后抗日民主根据地，以□其侵略的野心。这就使我晋察冀军民处在最严重的环境中。

放在晋察冀军民面前的任务，因此就不仅止于在军事上粉碎敌寇的"扫荡"，而且要在极其严重的战斗环境中，进行秋收秋耕和征粮救灾等重大工作。这些烦重的工作，只能利用敌寇"扫荡"在地区上、时间上的□隙来进行。只能在与边区八路军军事行□的及其密切的配合之下来进行，只能在广大民兵的掩护之下来进行，否则敌寇纵然不能消灭我主力，纵然无法达到烧光抢光杀光的目的，也可以使我们军民□□□无法生活下去。放在晋察冀党政军民面前的任务，其烦重复杂可以想见。

这种最严重的环境，最复杂的任务，考验了我晋察冀的党政军民。而晋察冀的党政军民，则显示了自己的伟大的力量，坚强的团结和极其高度的组织能力，战胜了最严重的环境，完成了最复杂的任务。晋察冀反"扫荡"的伟大胜利，不单单表现在它的辉煌的战绩上，而且还表示在它能在这样的环境之中，顺利进行了秋收秋耕征粮和救灾工作。敌人既不能消灭我们的主力，既无法达到"三光"的目的，也不能让我们活活饿死。我们的国旗依然飘扬在晋察冀边区，我们将依然在那里坚持抗战，直到反攻的到来。证明了敌人无论用什么方法，都不能□□我们，这一点就是晋察冀反"扫荡"大胜利的意义，这就提高我们的信心，来渡过战略相持阶段最严重的难关，迎接反攻阶段的到来。

敌后各抗日根据地的党政军民，必须学习晋察冀此次反"扫荡"的经验教训，来迎接今年的残酷战争。今年的敌后战争将会残酷的。但日寇灭亡之期已经不远了，我们祝贺晋察冀军民之捷，并以此勉我敌后各抗日根据地的军民。（新华社延安二日电）

（原载一九四四年一月十七日《晋察冀日报》第一版社论）

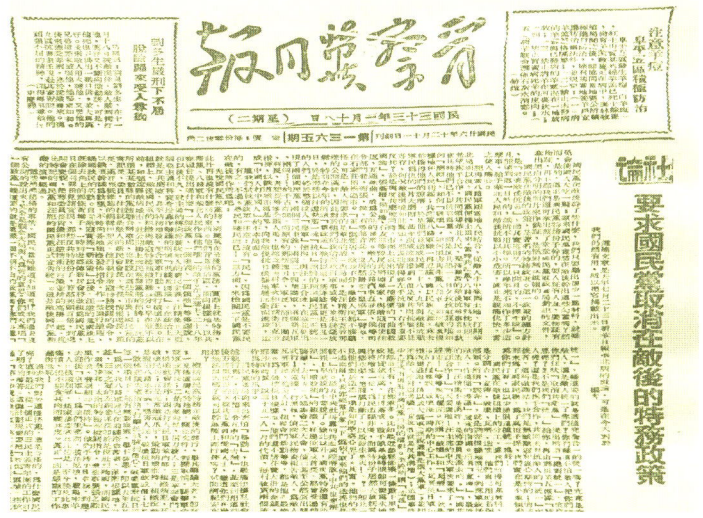

要求国民党取消在敌后的特务政策

  这篇文章是去年七月二十三日新华日报华北版的社论，可是在今天对于我们仍然有用，所以把它揭载出来。

编者

  国民党在敌后干了些什么，我们只要举出很少一点材料，就难免会使国人大吃一惊：原来国民党竟然在敌后干出这些勾当吗？然而，是的，这正是国民党特务份子干的，要人证有人证，要物证有物证，再不然我们还可拿出盖了堂堂国民党军政当局钤记的文件，拿出黑白分明的照片来作铁证，是绝对无法抵赖的。

  国民党在敌后的政策，是著名的特务政策。这一政策的总方针,是"破坏敌后抗战",而其实施则又"只问目的,不择手段"。凡能达到这一目的的,无所不用其极。所以几年来不知作了多少造孽事,给予华北人民和敌后抗战以不小危害,真正是亲痛仇快,言之使人痛心。

记得当八路军跟当地人民结合,从敌人手中夺回土地、打开华北局面以后,国民党便卷土重来,当时共产党、八路军曾热忱欢迎,希望携手合作,共同领导华北人民,坚持艰苦的敌后抗战事业。孰意其时他们已不以抗战为重,而是反共第一,日夕孜孜策谋的唯如何"磨擦",如何"破坏",如何损害共产党八路军,如何破坏根据地和人民利益;共产党八路军虽一再忍让,晓以民族大义,竟未能获得他们的谅解,于是他们竟造成民国二十八、九年与敌后抗战军民为仇的一片大磨擦,甚至演成流血惨剧。但是反共与抗战不能并存,何况敌后环境如此紧张,哪里能容得你左手抗战、右手还要反共?于是与反共磨擦同时,市面上就出现了一种廉价的"曲线救国论",张荫梧、侯如墉、石友三等辈反共磨擦专家,与敌寇信使往返,互通款曲,成为公开的秘密。敌人的公路汽车直通张、侯等司令部门前,而张、侯、石等部官兵,也居然挂着"皇协军"臂章,在石家庄招摇过市。"正"伪杂居,敌我不分,敌后人民都不胜骇怪。可是,敌人所要求的是华北的清一色局面,是汪精卫王克敏那样的公开汉奸,因此对于他们的政治进攻与军事威胁,并未丝毫放松,特别在今年的所谓"新政策"执行以来,诱降阴谋更是日甚一日,于是那些以往还执着一块"抗日"招牌的所谓国民党"正统"的人们,终于整个投入"皇军"怀抱,与汪、王合流,在华北就出现了两个国民党、两个三民主义、两个二十四集团军,两个新五军,两个……的千古奇闻,而原有的那些总司令、军长、师长、团长、县长、书记长等等全班人马,也都改归冈村宁次和汪精卫王克敏指挥,以铁道城市为基础,向我敌后抗日根据地展开全面进攻,造成"中国人打中国人"的不幸局面。

让我们试就党政军(注意:没有"民",因为国民党是不要民的,有之,不过是愚民和残民而已！）三方面，来检阅一下国民党在敌后所作所为吧！

　　先说国民党的党务，国民党在敌后的党务，实际上就是特务，此外再也没有什么别的东西。他们背靠敌占区，面向根据地，以共产党、八路军和华北人民作为他们唯一的敌手。在思想上，二十八年春还曾提出过什么"一个政党、一个主义、一个领袖"等等谬说，但以后不久，就主要的转向于鼓吹敌人的新民主义、汪精卫□大亚细亚主义和替卖身投靠作辩护的所谓"曲线救国论"。在政治上，就是反共磨擦，甚至特务暗杀，配合军事行动，进行破坏活动。在组织上，敌后国民党的组织与敌寇特务组织很难区分。早在数年以前，和顺辽县敌占城市，就公开挂上国民党县党部的招牌；国民党所谓某某数县的党务联合办事处，也就设在这些城市里；国民党的书记长、委员，往往就是敌人的新民会会长、次长、情报处长、班长、汉奸报纸杂志的编辑和记者。他们执行敌寇特务机关的命令，以铁道干线为动脉，不时向各地组织发布指令，作一些倒行逆施、祸国殃民的活动。自从敌寇实施"新政策"以后，汪逆的党国旗上既除去角上的那条黄辫子，一时到处盛传新民会将改组为国民党，且在个别县份见诸实现，那些反共特务份子，竟然兴头百倍，到处开会庆祝，把蒋委员长肖像和汪逆精卫的肖像并排的高挂一起，从此特记的国民党和汪记的国民党正式宣告统一。这是敌后国民党组织的演习经过。

　　这些沸沸扬扬的事情，国民党当局难道不知道吗？！我们过去没有公开的说出来，完全是顾全大局与人为善的意思。你们成天高唱"一个政党"难道要的就是这样一个不明不白的政党吗？你们叫嚣"统一"，难道要的就是这种完全合一的统一吗？究竟是你们统一了敌人，还是敌人统一了你们？你们难道不怕敌人把你们统一完吗？你们狂吠"取消共产党"，提出所谓"绝对统一"，究竟是什么意思呢？是不是我们"统一"给你，再由那批第五纵队"统一"给敌人呢？还是我们携手合作，共同去对抗敌人的"统一"呢？倘使是后者，这叫做团结，我们是热诚欢迎和衷心期待的；

倘使是前者，那末为了国家民族，为了万世子孙，我们实在是不敢领教的，而且为你们打算，也以少提个这种统一为好！

国民党在敌后组织上的分工，据我们所得可靠材料，好多地方是分调查、宣传、破坏、瓦解、造谣。他们自己用的名称□等五大部类。所谓"调查"，就是调查根据地情况，刺探军政情报，供应敌人，作为他"扫荡""蚕食"的指□。所谓"宣传"，最近常可听到的是："汪精卫不是汉奸，是蒋委员长派去的。""国共合作不如蒋汪合作！""天要变啦！汪主席的中央军快要来了，要把八路军赶走！"等等无耻谣言。所谓"破坏"和"瓦解"，就是破坏根据地的各种建设，破坏每一时期的中心工作，瓦解抗日军和民兵，组织叛变逃跑，藉以扩大伪军（据说这就是扩大党军），并劫持边地民众为敌人挖封锁沟墙（据说这就是反共沟墙）；这种事件不知道多少，每次出现都有国民党特务的踪影。至于所谓"造谣"，那真可说是无奇不有，花样众多。比如最近涉县修筑一条数十里长的大渠，政府贷款百万，行将落成，数千亩旱地转眼即可变为水地，下季农作将增产一倍，为民造福非浅，而国特份子居然大放妖言，说政府兴修水渠，把龙脉打断了，以致发生旱灾！（？）即此一□，也可见他们对于造谣一项是如何挖空心思了。其实，他们的造谣本领也不过尔尔，只要你经常注意一下伪报，原来他们的造谣也是伪报"统一"的。最近中央社叫嚣的共产国际解散，中共也应解放的□调，伪报上早就说的不要说了。除此以外，国民党特务还有所谓"□报组"、"暗杀组"的组织，好几位军政首长，都曾受过他们冷枪的袭击，去年九一八临参会二次大会，他们甚至公然演出袭击会场的武行！割电线、打黑枪，侦探军民物资报告敌人，为敌人送情报，瓦解军队，施美人计，组织会门暴动等等，都是他们最乐意干的勾当。为了破坏抗日根据地，他们还不惜花费大批的金钱，朱怀冰在邢沙的时候，以三十元一人一月的代价，每村收买两个流氓地痞，作为特务的爪牙。

国民党当局向来最害怕"暴动"，也最痛恨扰乱社会秩序的"越轨行为"，曾不惜三令五申的"告诫"，甚至利用这些帽子在大后方捕风捉影的屠杀共产党员和爱国人士，难道你们在敌后就可这样无法无天吗？就可以干这种土匪行径吗？试问纲纪安在？国法何用？

概括国民党特务在敌后的罪行，举其□□大者，即有以下七端：一是布置庞大特务网、窃盗文件、刺探军情、袭击军政机关、暗杀军政首长；二是与敌勾结，借刀杀人；三是掌握会门、发展特务、破坏社会秩序；四是打入抗日军队内部、组织叛乱、瓦解部队、破坏民兵；五是充当敌寇爪牙，策动明暗维持，组织投敌叛国；六是假借八路军名义，骚害人民，破坏抗日军政威信；七是造谣惑众，散布悲观失望情绪，打击抗战胜利信心，破坏群众抗日活动。在这每一个项目下，都有无数血案，举不胜举。即以去年五月反"扫荡"为例，我八路军健儿在前线浴血苦战、保卫根据地，保卫人民利益，三军之冠的左副参谋长即于是役壮烈殉国，而国民党特务份子，则奉豫北、太南的特务机关指令，乘战事紧张之际，在后方兴风作浪，普遍组织"维持"。他们手持小日章旗，到几十里地以外去迎接"皇军"，为他们□窑洞、找花姑娘、杀鸡宰羊、大事犒劳，人民横遭屈辱，倾家荡产者比比皆是，至今谈及此事，莫不切齿痛愤，恨不能食其肉而寝其皮。真正一面是严肃的工作，一面是卑鄙与无耻！

过去我们对于这种怪象，总是奇怪的，为什么国民党会这样干呢？直到最近，从一个正式的三民主义青年团的工作计划中才得到了明文的解答。这个计划规定要把"奸伪"区域（指抗日民主根据地）"第一步变为敌占区，第二步变为自卫区"。从此我们恍然大悟，原来如此！

□至此，我们不禁在此大声喝问：这是国民党党务吗？这是堂堂中国第一大政党国民党在敌后的党务吗？我们收复失地，我们建设根据地，我们坚□敌后抗战，牵制敌人在华一半兵力，何负于我？何负于民？用得着你们以这种特务手段来对付我们，来对付华北军民！你们还诬蔑我们为"封建割据"，还大叫要"取消边区""取消根据地"，老实告诉你们，根据地是取消不得，也不会让你们取消的。取消了将到处都变成"维持会"，到处都插上日章旗，请听一听敌占区人民的呼号吧，难道还忍令华北一万万同胞都俯首帖耳受日寇的宰割吗？这种"□□□□□□□"的打算，还是早一些收起为妙。我们诚恳的希望你们改变这种在敌后的特务作法，否则华北人民固受害匪浅，抗战大业固不堪设想，就是你们自己也将自绝于国人！

再说一说国民党在敌后的政权。敌后政权的神圣使命，理应是维系敌后民心，群策群力，坚持抗战大业，但是国民党特务统治区域的施政，不唯不是之图，更且践民以逞，弄得怨声载道，为敌寇汉奸制造社会基础。以林县陆川等地为例，人民生活的痛苦，□非笔墨所能形容其万一。一位士绅在参观根据地后，不禁感慨系之□说："真正是一般日月，两个世界，一是天堂，一是地狱"。特务机关最喜欢的是政权，尤其对于汪精卫王克敏的"政权"感到□□，所以晋东南党务负责人并特务头子武誓彭几年前就派了曹宏□等人去当敌人的和顺、辽县、沁州、襄垣、武乡等县知事。而国民党的某些县长、区长之流，也很早就与敌伪勾搭，同时受王克敏、冯司直等的委任，所以敌兵一入境内，立刻便变节事敌。这种通敌叛国的勾当，起初还是偷偷摸摸的个别进行，往后就发展到集体叛变，此次晋南豫北"扫荡"，就造成了国民党政权的全部的大移交。河南地区，有林县县长李同秀、安阳县长姚安之、汲县县长介□福、淇县县长李□、山西地区有长治县长聂士□、龙关县长马成骥、长子县长田俊、威县县长李忠，他们或则率领上千武装，或则夹带县府□防，公然参加"和平阵线"，受敌委为"知事""剿共司令"等官衔，其摇身变化之快，决非局外人所能逆料。其中唯豫北第三专区专员兼保安司令张宾生，不忍玷污清白，投降敌人，兹据某军某副官谈，某军当局已因此电呈上峰，谓张宾生弃职潜逃，罪无可逭,请予严令通缉云云。好一个"弃职潜逃"——一个有良心的中国人，不愿苟且合污充当下贱无耻走狗，就说他是"弃职潜逃"，对于大批投敌官员，反而不加追究，天下竟有这等道理，竟有这等灭绝人性的怪事！

但是这种怪事的发生，自然是绝非偶然，这里大有值得国民党当局猛省之处。今日反共特务份子还在高叫："收回敌后政权"，老实说，我们是不会让你收回的，也绝不会"弃职潜逃"，因为我们这□职务是人民委托的，是由敌后人民民主选举的，"当仁不让"，你们大可不必妄操心机。民主政权有什么不好，它实行了三民主义，改善了人民生活，支持了敌后抗战，兴奋了敌占区民心，替祖国做了不少事情。

你们不向汪精卫、王克敏要政权，甚且还继续不断的一个县又一个县、一个专区又一个专区的转让给他，却偏偏向老百姓要政权，为什么对汪精卫这般慷慨，而对自己同胞又这等吝啬呢？抗战仍在继续之中，前途困难尚多，敌后方决不能没有政权，成为孤军抗战，这是最明白不过的道理。为了取得抗战的胜利，无论敌后方大后方，倒应该认真改良政治，真正实行三民主义，为新中国奠定一个基础。

最后说一说国民党在敌后的军事。国民党军队自再度开入华北以来，既以反共为第一要务，所以在对敌作战上□不乏忠勇的将士，但上级的作战方针向来是不够积极的。由山东滨海以迄黄河东岸，好多部队往往勇于对内怯于对外，很少向敌主动出击。反共特务份子诬蔑八路军，说八路军"游而不击"，其实他们自己才正是"不游不击"。也正因为这样，所以难免经常处于被动的挨打地位。太南豫北之败，就败于这□反共第一与单纯防御。若干部队，且与敌人秋波频频，暗中成立默契或"互不侵犯协定"。而在日寇特务机关政治招降之下，抗日阵营内部不断发生分化，高德林投敌于前，孙良诚石友三辈叛国于后。国府当局既不严令讨伐，而敌后的反共特务份子，则更明目张胆支助这些伪部，高德林投敌以后，驻防邢沙，当时国民党特务大事宣传，□高部很多都是国民党员，高本人更是国民党的中坚，高部就是国民党自己的武装，拼命动员当地壮丁去投效高部伪军。这种皂白不分、敌我混淆的状态，自然更助长奸伪的凶焰，□时也促使抗战营垒加倍动摇，于是伪军迅速扩大,敌人的"以华制华"奸计初步得售。一直发展到最近,乃终至有庞孙投敌的大叛变,二十四集团军,除一部渡河南去外,诸保侯如墉、于光辉、牛瑞亭、杨克猷等辈衮衮聚首新乡,于是又给敌人添加了二十七军、新五军、四十一军、四十军等四个军的番号。至于伪报记者不及访问,北平广播欢声雷动,实我中华民族空前未有的奇耻大辱!现在华北"正规"伪军总数约十五万,几乎百分之八九十都是中央军叛变过去的,如山东在抗战开始时,国军号称十七万,现在投敌者已有九万之众。今日环顾太行周围,赵瑞伪部攻我于沁县至长治一线,最近□食武乡襄垣,侯如墉、于光辉伪部扰我于赞皇元氏一带,高德林伪部早就是我们的老对手。而在最近豫北太南的"扫荡"中,敌人已经用上了孙旧部。抗战六年后的今天,国民党特务竟给敌人制造了这么一批有组织有训练装备齐全的武装,来打中国人,又曷能不令人仰天恸哭!

国民党反共特务份子对八路军、新四军极尽诬蔑之能事,今日呼之曰"叛军",明日称之为"奸军"。但是八路军新四军坚持敌后抗战六年如一日,虽无粮饷弹药之接济,却未曾后退一步,也未有一将投敌,功在社稷,有口皆碑;只是那些被以反共教育和法西斯思想训练出来的庞孙等部,才会轻易落水,成为民族的千古罪人。然而,特务党局,对此似尚未有深刻领悟,还正在源源派遣大军到敌后来继续进行军事反共。我们不能不竭诚奉劝国民党当局,迅速悬崖勒马,改弦更张,勿再重蹈覆辙。蒋委员长说的:"反共即是亡华",这是真理,试观那些投敌将领,当初那一个不是标榜"反共"起家,其结局如此,难道还不足以引为□戒?!如果一定要派队伍深入敌后,那末我们衷心希望你们能够去讨伐讨伐那些投敌判国的□□!

至此,全国同胞或许要发问:究竟谁令为之,孰以致之?我们可以正面回答这一问题:这是国民党特务政策的必然恶果,特务政策给敌伪制造了许多政治资本,代蓄了许多爪牙,供给了大批伪敌,输送了许多武器和弹药,使敌人"以华制华"政策得有部份收获。特务政策给共产党八路军和华北人民以不小危害，使敌后抗战受到很大损失，也使国民党本身在敌后的政治威信下降，闹得众叛亲离，甚至为国际友邦所怀疑。所以，特务政策的结果是很不妙的。如果国民党当局真要继续这种特务政策，甚至扩大此种特务政策而发动内战，无非企图招致中华民族的亡国灭种而已！到了那时，不仅中国四万万五千万同胞永无□□，就是特务头子，敌人恐怕也不见得会优遇你们吧！不信朱深，殷同之死，可为殷□。

于此，我们正式向国民党当局提出抗议：立刻取消破坏敌后抗战的特务政策。我们要求政府命令通缉那些叛变投敌，出卖华北的官吏。我们要求蒋委员长明令讨伐庞炳勋、孙殿英、侯如墉、于光辉、赵瑞□等通敌叛国的将领。我们也希望国民党中正义人士共同起来反对那些挑动内战，为敌作伥的特务政策！

（原载一九四四年一月十八日《晋察冀日报》第一版社论）

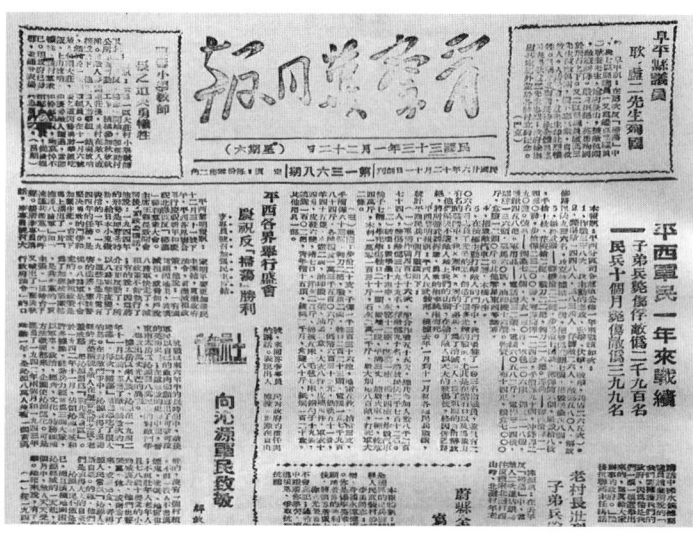

向沁源军民致敬

抗战以来六年半的长时间中,敌后军民以自己的血肉头颅写出了可歌可泣的英勇史诗;在这无数的史诗中间,晋东南太岳区沁源县八万民众的对敌斗争,也放出万丈光芒的异彩。

据太岳区来人谈,沁源在一九四二年十一月以前,经历了敌寇无数次的"扫荡",每次"扫荡"敌□都吃了很大的亏。在对敌斗争中,沁源取得了模范县的光荣称号。敌人在屡经失败之后,老羞成怒,把沁源划为"剿共实验区"。于一九四二年十一月,占领沁源县城和许多据点,驻扎兵力经常为三个大队,以军事、政治、经济、文化、特务种种方法软硬都来,企图使沁源伪化。可是经过了一九四二年两个月和一九四三年整整一年，全沁源八万人没有一个当汉奸的，没有一个村组织起"维持会"来。不但一般人不当汉奸，就是沁源的大烟鬼、流氓、地痞也没有一个人当汉奸；不但壮年人老年人无一人当汉奸，而且七八岁十几岁的小孩常被敌人成群捉到城里去，他们也誓死不当汉奸，或则哭骂不休，或则偷了敌人的东西逃出城来，或则绝食，弄得敌人毫无办法。沁源人民常以"沁源人没有当汉奸的"一语自豪。的确，他们是值得自豪的，他们是值得大大的自豪的！

沁源人民不仅是消极地不当汉奸而已，而且积极地围困敌人，从敌人占领沁源县城的一天起，直到现在一年零二个月中，敌人天天受到我沁源军民的打击。总起来说，有下列数项：

（一）从一九四二年□一月以来，洪洞——安泽——沁源——交口——沁县大路上，一万五千人民全都有组织的转移到离开大路的山庄中，这一大转移组织的非常之好，农民会对地主作了很大的劝说和首先帮助他们搬家，对于大烟鬼、地痞、流氓也作了劝说和监视。由于农民全体组织起来和发动起来了，敌人所获得的仅是一个真正的"无人区"。民众转移到山庄中后，政府拨给土地耕种、贷给款项进行小的手工业生产，并组织群众互助来解决生活问题。不仅这样，由于民众有了组织，有了武装，他们以敌人之道还治敌人，展开了劫敌运动和到城内抢粮，不仅去抢回自己被敌人抢去的资财，而且去抢得敌人的资财。这种不分昼夜，不分男女老幼，全体参加的劫敌运动，使敌人的掠夺阴谋完全破产，反而损失不少物资。政府的帮助、群众的互助和劫敌运动的开展，解决了一万五千人的生活问题。

（二）在军事上，一九四二年十一月开始，敌以六十九师团的三个大队驻于洪洞到沁源一线，进行所谓"驻剿"；到一九四三年三月初，被我围困得没有办法撤出去了。七月以后，换来敌三十六师团的三个大队驻于沁县到沁源一线，进行所谓"驻剿"；到九月又被我围困得□□□□，再行撤走。□月后，敌人调来第六混成旅团（现已改为师团）三个大队，三个月来仍然毫无办法。除了较大的战斗不计外，一九四三年沁源群众每日平均毙敌五人，全年几达二千人之多。从沁源到沁县的大路经过圣佛岭，沁源敌人每隔一天必须经过这里到沁县去领给养，民兵每隔一天也必在此地与敌人打一仗，每打一仗，敌人平均伤亡三人，因此，沁源敌人每次到沁县去领给养出发时，就说："今天不知那三人死了的"。

（三）在围困敌人的战斗中，沁源产生了无数民兵英雄，其中如任燕自围困敌人以来，他在一年中亲手所毙敌兵三十七名，他自己受敌刺伤五十二处。据太岳的□□者薄一波同志电告本报说，此人现在仍在养伤。最近，薄一波同志□亲自去慰问过他，他谈："我的伤不久就可痊愈，我还要去杀敌人"。至于民兵英雄中杀敌五名至十名的，就很多得多。"

（四）一年半极端紧张的斗争中，沁源人民的战斗意志更加坚强了；军民的团结更加坚固了；共产党在人民中的威信更加提高了。沁源人民曾经经过一九四零年十二月敌寇三万人的大"扫荡"，在这一次"扫荡"中，敌人实行"三光政策"，屠杀民众三千六百人，烧房子十二万五千间，杀死和牵走牛羊猪鸡等牲畜无数。沁源人民毫不屈服。沁源人民又曾经经过一九四一年秋季敌寇的大"扫荡"，在这次"扫荡"中，敌人采取"怀柔政策"，杀人甚多，想来欺骗沁源人民伪化，沁源人民也不被引诱。敌人在一九四二年春季，又进行大"扫荡"，以后沁源被敌占去，"扫荡""蚕食"更加频繁，但沁源人民依然坚持斗争，依然在那敌后最艰苦的环境中，继续围困敌人和保持没有一个人当汉奸的光荣纪录。

在军民团结方面，决死队某团团长蔡爱卿同志，亲率所部带领和协同民兵游击队，一起生活，一起作战，不辞劳苦，起了模范作用，因此，民众对军队热烈拥护，到处欢迎。军队依靠着民众在给养、运输、向导、补充等等问题上，都得到了解决。

沁源人民与共产党的关系，是比之任何时候都更密切了。这里在共产党领导之下，很早就实现了减租减息与民主政治。经过了多次反"扫荡"

战斗与围困敌人的战斗,八万人民的沁源,成了敌寇坚甲利兵所攻不下的堡垒,成了太岳的金城汤池。人民以切身的经验确信共产党领导的正确,所以沁源群众都说:"共产党说的话,就是为了老百姓,沁源人永远跟共产党走"。

模范的沁源,坚强不屈的沁源,是太岳抗日民主根据地的一面旗帜,是敌后抗战中的模范典型之一。我们向沁源致敬,祝沁源军民保持这光荣的地位。沁源军民更加团结起来,在共产党的领导之下,你们将无敌不摧!

(新华社延安十九日电)

(原载 一九四四年一月二十二日《晋察冀日报》第一版社论)

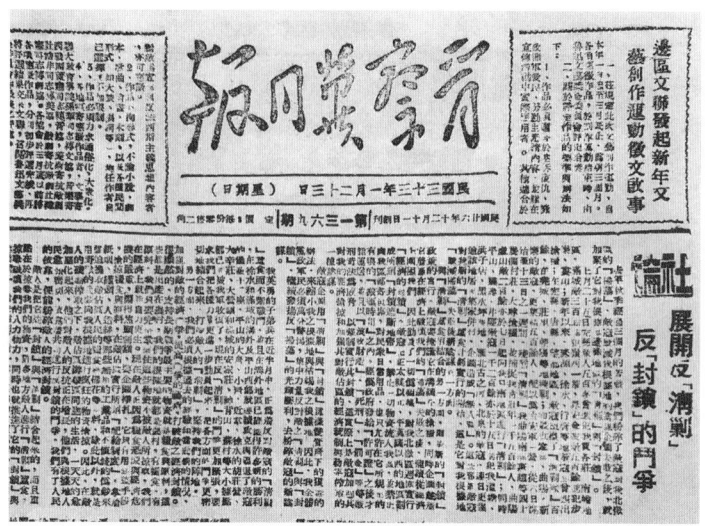

开展反"清剿"反"封锁"的斗争

去年秋季经过三个月的苦战，我们粉碎了敌寇对我北岳区的"扫荡"，敌寇□灭我根据地的抢粮企图失败之后，就加紧了它对我根据地边区地区的"清剿"与"封锁"。

上月二十五日完县敌人五百多曾进犯我贾各庄、南峪地区、满城敌三百余进犯岭西一带，界安金坡敌五百余进犯步□、□山；新年以来，涞源、徐水、行唐等地敌寇□曾四出抢粮；在完县、唐县、望都地区，敌寇组织了"清剿队"百余，在尧城、庄里、朝阳等地搜剿；而最近□县、曲阳、新乐的敌寇，更集结五百余人，配以伪治安军一营，从六日开始至十三日之一周间，残酷"清剿"我曲阳南□□赵等四十几个村庄，大肆抢粮，并捕捉我青壮年一千五百余人，曲阳卢山敌二百余亦于七日起向义口南地区进行"清剿"；同时平山、□□、井陉敌寇一千二百余亦于十五日进犯我温塘、洪子店、黑水坪等地，雁北古之河、北泉的敌寇，连日更强迫该地居民集家并村，企图造成"无人区"。这些都是敌寇对我新的"清剿""蚕食"计划实行的开始，这是它对我根据地"□灭'扫荡'"失败后新阴谋另一方面。

与"清剿""蚕食"用结合的另一方面，则是新的"封锁"政策的言行。敌寇要掩护它在沟线□的抢粮，同时企图趁着它着重在经济上破坏我们的"扫荡"失败之后，继续从经济上围困我们，因此动员了一切伪组织，对我北岳区周围实行"经济的封锁"。敌寇在正太线以□，平汉线以西的地区划成所谓"封锁遮断地带"，禁止一切物资流入我区，并禁止向我区邮寄包裹，对民众日常用品，也只允许在它所规定的有限的"搬运时间"之内，经伪政府发给"许可证"之后才能运送，并且以"没收财产"，"死刑"，"罚金"等等严刑苛法为威胁，以强制实行其封锁，这实际上是敌寇加强其对我的经济抢掠和加强其对敌占区的经济统制与勒索榨取的一种阴谋。

敌寇企图用"清剿"与"封锁"这样双管齐下的狠毒的办法，来缩小我之根据地与枯竭我之根据地。因此，我全体党政军民必须万分警惕，集中力量反对敌之"清剿"与"封锁"，继续发扬反"扫荡"的光辉胜利，去粉碎敌寇的新阴谋。

我英勇的子弟兵在近半月中，正为着反对敌寇的"清剿""蚕食"而不断战斗，并且在沟外地区已经□得许多新的胜利，在徐水和满城的沟外及平山西部就连续攻克与逼退了敌寇的堡垒十一座，平山的大齐、小齐、近掌、徐水的胡庄营、大辛庄、大营镇和满城的安家庄、神背山、苏村等大小据点都已经被我军收复了，现在反"清剿"的斗争更加紧张，要求我们把各种力量更进一步动员起来，把各方面的斗争更密切地结合起来，打击敌人的"清剿"，坚持我们的阵地。

另一方面，我们必须根据过去的经验和当前新的情况，加强对敌的经济斗争，提高斗争的警惕，打破敌之经济封锁。很显然的，支持长期战争最主要的物资就是粮食与原料，这些都是出产在农村，我们的根据地就都是农村，有粮食、有原料，我们只要完全掌握住这些物资不被敌人所掠取，我们在经济上就能自力更生。现在敌人正因为粮食恐慌与经济危机的严重，闹得焦头烂额，要企图挣扎，它只有用强盗手段，抢掠粮食与原料，在敌占区实行所谓"配给制度"，拿着纸烟、罐头、人造丝等那些无用的工业品和不值钱的伪钞来强迫换取敌占区人民的粮食和棉花等原料。除此以外，就是用野兽的武装向我根据地进行疯狂的物资抢掠。因此，在敌人的残酷榨取之下，敌占区游击区同胞的生活，一天天的愈加恶化起来，他们对敌人的反抗正在增长，他们与根据地人民愈加密切，依靠着共同进行反封锁的斗争，我们有了人民的依靠，便能粉碎敌人的经济封锁。

敌人是把它的"封锁"与"清剿"结合起来的，而且重点在于掠夺我们的物资，许多地方敌人进行"清剿""蚕食"，掠夺破坏我们的人力物力，同时也就推进了它的"封锁"与"遮断"；当它达到了对一个地区的"封锁遮断"的目的时又更便利于它的"清剿""蚕食"的破坏与掠夺。在被划定为"封锁遮断地带"的区域，敌人是集中了它的机动兵力，特务组织以及"新民会""合作社"等各种力量，同时并行，大举破坏与掠夺。这就要求我们把反"封锁"与反"清剿"斗争同样紧密地结合起来。我们要广泛的开展群众游击战争与政治攻势，打破敌寇特务的阴谋活动，有力的粉碎敌寇的"清剿"与"封锁"。粉碎敌寇掠夺物资和抓捕壮丁的阴谋。以军事、政治、经济的各种力量的协同一致，去战胜敌人。只要我们进行不折不挠的斗争，我们一定会战胜的！

（原载一九四四年一月二十三日《晋察冀日报》第一版社论）

今年的拥政爱民月与拥军运动月开始了

转眼就是旧历新年,拥政爱民月与拥军运动月开始了。

中共中央政治局在去年十月一日发出的指示中说:"为了使党政军民打成一片,以利于开展明年的对敌斗争与生产运动,各根据地党委及军政领导机关,应准备于明年阴历正月普遍地无例外地举行一次拥政爱民与拥军的广大规模的群众运动。军队方面,重新宣布拥政爱民公约,自己开检讨会,召集居民开联欢会(当地党政参加),有损害群众利益者,实行赔偿、道歉。群众方面,自当地党政及群众团体领导,重新宣布拥军公约,举行热烈的劳军运动。在拥政爱民与拥军的运动中,澈底检查军队方面与党政民方面自己在一九四三年的缺点□□□而于一九四四年坚决改正之。以后应于每年正月普遍举行一次。再三再四的宣布拥政爱民公约与拥军公约，再三再四地将各根据地曾经发生的军队欺压党政民及党政民关心军队不足的缺点错误，实行公开的群众性的自我批评，（各方面批评自己，而不批评对方），而澈底改正之。

根据党中央的这个指示，各根据地的党、军队，政府和民众团体的领导机关，都已经先后发出了指示和号召，重新公布了拥政爱民公约与拥军公约，现在就是各根据地真正进入运动的时候。现在的问题，是怎样把这两个运动做得更好，做得更有成绩。

拥政爱民与拥军，这两个运动，其中心环节在那里？换句话说，党政军民的关系要弄得更好，其中心环节在那里？我们极其肯定的回答道：中心环节在军队。军队能够做到每个指挥员战□员都更□的拥护政权爱老百姓，则政□和老百姓没有不更加积极拥军之理。军队能够时时刻刻注意遵守党中央的"五一决定"，注意把自己与党政民的关系弄得更好，则党政军民的关系没有不会弄得更好之理。党中央去年十月一日的指示，把拥政爱民放在前头，就是这个道理。去年陕甘宁边区的经验，也完全证明了这一点。留守兵团政治部关于加强拥政爱民工作的指示中说："在一年工作中证明：凡是军队方面着重检讨自己，认真□□部属，澈底改正错误缺点的；凡是既转变了领导又改变了战士心理而以新的态度对待政府对待群众的；凡是过去军队与群众有过某种隔膜，而在认识这种隔膜的□□□后，以自己反省的方法，对群众赔偿道歉的方□□□□□，补偿损失的方法，以及以郑重态度对待每一侵犯群众利益的事件的；最后，凡是军队不仅在消极方面纠正在军民关系上存在的缺点，而且从积极方面去帮助群众，去增进军民关系的，拥政爱民就有成绩，军民关系就有大的改进。反之，如果不以自我检讨的精神，而是以责备政府埋怨人民的精神，如果不是依照上述积极消极两方面联贯地进行工作，而只是从消极方面枝枝节节地进行工作，拥政爱民就做不出成绩，或者成绩就不大，军民关系就不会有完全的改善。这就是一年来拥政爱民的基本总结。"留守兵团政治部这一个经验总结，应该为我一切抗日根据地的军队所细心研究和接受。只有在军队中贯澈党的领导、强调根据地的观念、强调反省自己（从干部起直到每个战士，毫无例外，并采用以连队为单位开反省大会的方式），才能把拥政爱民的工作做好，拥军的工作也就容易做好。这是运动中最基本的环节。

去年一年中，陕甘宁边区的拥政爱民与拥军运动，已经取得大的成绩，今年在这里要求得更加贯□。但是这一运动，今年在敌后这样普遍的进行，还是第一次。所以我们对于敌后的部队，要多说几句话。

敌后是英勇的残酷的战斗环境，与陕甘宁边区的环境比较起来，是有不同的。正因为有此不同，所以敌后军队中的同志，可能发生一种看法，以为拥政爱民运动在陕甘宁边区是很重要，但在敌后就不那末重要，是可有可无的；或者以为，敌后既是战斗环境，就应该一切为着军事胜利，所以说到改善党政军民的关系，就应该着重批评别人对军队照顾不够，而不应着重军队方面的反省。如果有这种想法，那么，敌后军队中有些同志，就可能自觉的或不自觉的对拥政爱民运动的重要性估计不足，就会在实际进行这一运动的时候表示某种程度的消极应付，或者只从服从组织的观点上去做这件事，而不是发于思想上的自觉□□这件事。

以为拥政爱民在敌后战斗环境中不重要，以为在战斗环境中只能责备（或者应多责备）党政民对军队照顾不够，不应责备（或者应少责备）军队对于党政观点就容易产生军阀主义思想。在敌后战斗环境中，因为军事斗争是最主要的形式，所以军队中的同志，容易产生一种想法，就是过分相信军事力量，而不相信群众力量。既然过分相信军事力量而不相信群众力量，就会以为党政民一切工作都应为了军队打仗，而不是把军队的打仗作为达到政治任务的一种手段。过分夸大军事力量的重要性，忽视群众力量的重要性，就是单纯军事观点的本质。

十五年前在毛泽东同志领导下举行的闽西古田会议的决议，就指出了这种单纯军事观点,指出革命军队决非为打仗而打仗的,"军事只是达到政治任务的工具之一。"在决议中说:"军队的任务在意义上是一个执行政治任务的武装集团。在工作上,特别是中国现在的工作,它决不仅是单纯的打仗的,它除了打仗一件工作之外,还要负担宣传群众,组织群众,武装群众,帮助群众,建设政权等重大任务。我军之打仗,不是为打仗而打仗,完全是为了宣传群众,组织群众,武装群众,帮助群众,建设政权才去打仗的。离了对群众的宣传组织武装政权等目标,就是完全失了打仗的意义,也就根本失了军队存在的意义。"单纯军事观点的错误,就在于把军队与群众二者的关系,本末倒置。在敌后战斗环境中,初看起来,好像单纯军事观点是对的,因此这种观点就很容易发展,特别在军队中容易发展。但是仔细一看,就会知道,这种单纯军事观点乃是很落后的观点,它只是政治水平低的标志,是应该力加纠正。在敌后战斗环境中,既然这种观点容易发展,就尤□注意加以纠正。应该看到,中央关于拥政爱民与拥军运动的决定,正是毛泽东同志在古田会议上的思想的发展,这个正确的思想,在十九年的实践中证明完全正确。在我军的政治工作中,有一个时期,毛泽东同志的这种思想曾被相当埋没与忽视过,因而减弱了我军政治工作的这一光荣传说,而目前正要求我全军指挥员和战斗员来大大的发扬这个传统。在今年拥政爱民运动中,敌后各根据地军队中的同志,要特别认真的从思想上认识这一点,才能把事情办好,才能郑重将事,才能使运动得到巨大的收获,而不致流于形式主义教条主义。我们要达到驱逐日本帝国主义解放中华民族这个政治目的,固然要靠战争,要靠军队。但单是军队是不行的,必须依靠军民合作,尤其是长期支持十分艰苦的敌后游击战争,非有最密切的军民合作不可。因此必须在拥政爱民与拥军的运动中认真改正军民关系中的一切缺点错误。这一点必须使党政民方面(而特别是使军队方面)完全懂得。

根据去年陕甘宁边区的经验,发展军队的生产运动,减轻人民的负担,是拥政爱民工作中最实际最重要的一项。今年在敌后各根据地的军队，必须在拥政爱民运动中，切实教育、动员和布置今年的军队生产。军队是强大的有组织的劳动力，组织得好，教育得好，调度得好，不仅在陕甘宁边区可以自足自给，在敌后战斗环境下也一定能做到相当的自给。过去我们不懂这个道理，在敌人封锁和摧残之下，经济上就办法很少，无数的困难就跟着来了。现在我们懂得了这个道理，这就把革命战争中一个顶重要的问题加以解决了。这个问题的解决，是我党在毛泽东同志领导下的一件大成绩、大胜利。毛泽东同志在"组织起来"一文中说："每个战士，一年中只需花三个月工夫从事生产，其余九个月时间均可从事训练及作战。我们的军队既不要国民政府发饷，也不要边区政府发饷，也不要老百姓发饷，完全由军队自己供给，这一个创造，对于我们民族的解放事业，该有多么重大的意义啊！抗战六年半中，敌人在各抗日根据地实行烧杀抢的三光政策，陕甘宁边区则遭受重重封锁，财政上经济上处于非常困难的地位，我们的军队如果只会打仗，那是不能解决问题的。……只要我们全体英勇善战的八路军新四军、人人个个不但会打仗，会做群众工作，又会生产，我们就不怕任何困难，就会是孟夫子说过的：'无敌于天下'。"军队生产，不仅是拥政爱民的最实际的方法，而且是解决经济上财政上困难的最重要的方法。今年敌后的斗争，在武装斗争方面我们已经大致学会了，已经有了保证，但经济问题还是十分严重的，这就大大提出了部队生产的重要性，要把它好好解决。

一件是军队强调自我批评、改善军民关系；一件是军队强调发展生产，既改善军队生活，又减轻人民负担。军队方面做好这两件事，再加上政权与民主团体方面的强调他们的自我批评、加强拥军工作、强调他们的帮助人民发展生产。这样两方面一来，就能达到中央所指示的目的，使党政军民打成一片，使今后的对敌斗争与生产运动得到顺利开展，奠定支持长期斗争解放中华民族的基础。这里要做的工作是很多的，我们只把中心环节着重的说一说。希望各根据地党政军民一齐努力，加强团结，来迎接今年的残酷斗争，和在斗争中取得胜利。

（原载一九四四年二月二日《晋察冀日报》第一版社论）

开展大生产运动是全边区军民的神圣任务

　　六年以来，我晋察冀边区在严重的对敌斗争中，战胜了敌寇不断的进攻、"扫荡"与"蚕食"，坚持了敌后神圣的抗日战争。敌寇不仅企图摧毁我抗日根据地，而且企图破坏我们全边区军民的一切生存条件，企图用对我根据地烧光、杀光、抢光的三光政策，把我们困死、冻死、饿死。尤其去秋敌寇对我北岳区三个月的大"扫荡"，更是这种野蛮兽行的实际表现。由于敌寇的破坏，战争的消耗，灾荒的袭击，使我根据地军民在物质生活上，都存在着很大的困难，这种困难是随着抗战之日益迫近胜利而日益增加的。为了克服困难，坚持抗战，为了减轻边区人民负担，渡过难关，为了进一步巩固六年来边区军民的亲密团结，使拥政爱民拥军工作获得更加巩固的物质基础,全边区军民就必须认真执行中共中央和毛泽东同志"亲自动手,克服困难"的指示,用最大的力量来开展今年的大生产运动。进行根据地生产建设,是中共中央的十大政策之一。过去我们曾经这样执行,而且得到了相当成绩,但是今年根据地军民生活的困难,已不同于过去的困难,因此今年的大生产运动也就要求我们全体军民拿出更大的力量,只有认真的把大生产运动开展起来,才能打开困难局面,才能争取抗战胜利。

今年的大生产运动,究竟包括着那些具体内容呢?它和过去的根据地生产建设,有些什么不同的特点呢?

在今年的大生产运动中,必须根据毛泽东同志的指示,把全边区的劳动力半劳动力,不论男女老幼,组织起来,投到大生产浪潮中去。其中不仅包括了全边区的广大人民,而且包括了一切脱离生产的机关学校大部队;不仅包括了巩固区,而且包括了游击区与游击根据地。边区的人民,要在大生产运动中,把生产力提高到一定的水平,一切机关学校部队,要自给一定的粮食与经费,游击区与游击根据地的党政军民,要在加强对敌斗争中,保护人民生命财产,反对敌寇掠夺勒索,减轻人民的对敌负担,帮助人民发展生产。

在今年的大生产运动中,必须在广大人民的生产热潮里,广泛提倡人民的劳动互助组织,发扬拨工包工经验,用各种各样的合作社形式,实现组织一切劳动力半劳动力的任务,并创造一定数量的劳动英雄,模范农户和领导生产的模范干部。边区是新民主主义的边区,边区的人民在斗争中获得了民主自由,获得了减租减息,改善了自己的生活,因此边区的人民,必能在大生产运动中激发高度的生产热情,为"组织起来"与创造劳动英雄及边区的吴满有造成有利的条件。

今年的大生产运动,不是凭空提出来的,他是六年来边区广大人民的辛勤建设进一步的提高与发展。六年以来,我们已经取得了经济建设的一些成就，我们已经有了建立群众的合作互助组织的初步经验，我们在生产战线上已经涌现了不少的"早起晚睡、刻苦成家"的模范。这一切，都需要我们在今年的生产运动中进一步提高之，发展之。

今年的大生产运动，和全面贯澈减租政策与加强对敌经济斗争是不可分离的。要在大生产运动中，继续全面贯澈执行减租政策，使边区广大人民在削弱封建剥削中获得切身的利益，用更大的热情来欢迎大生产运动。要在加强对敌斗争中，打破敌寇的经济封锁与破坏我根据地军民生产的一切阴谋，保护我们的大生产运动，把大生产运动更加有力地开展到游击区、游击根据地去。

我们深处在敌后，我们的大生产运动将遇到敌寇及反共特务份子千方百计的破坏，我们的大生产运动将遇到农具种子劳动力的缺乏等困难，但是困难是可以克服的。我们有了新民主主义的政权，人民取得了民主自由和民生改善，有了强固的群众团体和全民的亲密团结，有了中国共产党和边区政府的坚强领导，有了陕甘宁以及其他根据地的富贵经验。边区人民的子弟兵，不仅是身经百战的坚强的战斗部队，而且是刻苦勤劳的劳动军，他们不仅用战斗来保护人民的生产，而且还要参加到大生产运动中去，成为大生产运动中的重要力量。边区的人民，是曾经战胜过无数困难的。只要我们继续发扬克服困难的精神，只要我们动员一切力量去战胜困难，我们就一定能取得大生产运动的胜利。

在北岳区，今年农业生产的要求，是保持去年的农业生产水平，不荒一亩熟地。现在春节已过，春耕在即，目前大生产运动的中心，就是要动员一切力量，完成春耕的任务。去秋大"扫荡"后，农具、种籽、牲畜的损失，构成了今年春耕的严重困难，各地必须用大力调剂种籽，制造农具，护滩凿井，组织牲畜贷款，购买牲口，机关部队的牲畜，应帮助群众进行春耕。对于今春可能发生的灾荒，应主动的加以防止，用贷粮的办法，恢复群众劳动力，对群众疾病，主动进行防治，机关部队应发展与群众夥种经营，并积极帮助群众春耕。春耕开始后,各村应一律停止开大会,并适当调剂抗战勤务,以求不违农时,集中一切力量,进行春耕,完成艰巨的春耕任务。

目前在党员中干部中,在广大人民中,还存在着一些错误思想,成为开展大生产运动的障碍,需要我们高度发扬整风精神,深入检讨,克服这些错误思想。在党员中干部中,在人民中,还存在着鄙视劳动的心理,以劳动为可耻,以不劳而食为舒适,不了解只有劳动才能创造世界,不了解劳动正是我们共产党人和一切劳动人民的本色,这种思想是封建阶级资产阶级等一切剥削阶级的寄生意识的反映,应为我们共产党人和一切劳动人民所唾弃。有些人只知片面强调吃苦耐劳,不事生产,不知治理家务,对于人民生活的疾苦,对于机关部队生活的困难,不加闻问;有些人以为共产党人天生便是穷人,不必从事生产,不必建设家务,以共产党员照顾家族生活为可耻,这些都是小资产阶级的幻想,必须加以反对。我们共产党人斗争的目的,就是为了把广大人民从剥削阶级的压迫下,从饥寒交迫的状况中挽救出来,使他们丰衣足食,我们要多多同人民同甘共苦,要处处关心人民的生活。陕甘宁边区的人民,已经达到了丰衣足食,我们也必须学习陕甘宁的经验,自己动手,克服困难。过去我们虽然学会了一些帮助群众发展生产的本领,但更多的却是学习了向群众要东西的本领,今后必须本着毛泽东同志"以十分之九帮助群众发展生产,十分之一用于财粮征收"的精神,认真的去开展大生产运动。在工作过程中,要反对小资产阶级空喊生产不肯动手的清谈作风,要反对不作调查研究,不考虑能否完成,只管计划,不问执行的主观主义的方法,要强调学习群众的生产经验,把群众已□的经验普遍推广起来。机关学校部队,过去实行的是供给制,现在又加上了部份的自给制,由于劳动积极性发扬的强弱不同,生活可能发生差异,只有在大家积极生产,改进管理方法的基础上,才能逐渐求得生活水平之一致,必须认识这种由于支付不同的劳动而取得的不同收获的差异,是应有的差异,劳动积极的同志得到更多的收入,是他应得的劳动成果,因此说要反对可能发生的强制把大家生活截然划一的平均主义思想。这种思想实际上就是小资产阶级的幻想，他对于发展机关部队学校的生产事业，是极端有害的。

现在边府和抗联召集的经济会议已经结束，大生产运动即将开始，中共中央和毛泽东同志的英明号召，将在我边区二千万人民的战斗行动中见诸实现。我们边区二千万人民，是一支巨大的不可战胜的劳动大军，我们将用英勇的斗争，来取得我们这一神圣任务的胜利。让我们高呼：

一面战斗，一面生产！

大家动手，克服困难！

战斗英雄要成为劳动英雄！

组织起来，开展大生产运动！

（原载一九四四年二月十三日《晋察冀日报》第一版社论）

贯澈拥政爱民与拥军政策

拥政爱民与拥军运动，在北岳区已经期满，宣告结束，但是这一政策，并非也随之而终止，反而必须贯澈在今后各种任务与工作中去，要和猛烈开展对敌斗争，要和开展空前规模的大生产运动，紧紧结合一致。团结，特别军民团结，乃是一切胜利的基本条件——中共中央这样明确地告诉了我们，六年多我们亲身经验也证明如此。在半个月突击运动中，无论军队方面，无论党政民方面，都在思想上发生了变化，就是一向亲密团结的传统必须保持与发扬，而团结中各种缺点与个别错误，必须改正与清除。这个变化，是我们生长对敌斗争新力量的一个开头，也仅仅是一个开头。加强我们的大团结，还需要我们全体党政军民一致去继续努力，其中心关节在于军队。军队把拥政爱民作好了，军队每个人员都能更好去拥护政权、爱护人民，则政权和人民也必更积极的拥护军队。为什么军队在这方面要负主要责任呢？朱总司令告诉我们："在军队中的同志应当具有最坚强的党性。因为这些同志们受党的教育最多，文化水平较高，又经过长期斗争，经验和锻炼都较多。"军队手里拿着枪杆，在敌后残酷的战争环境中，最容易过份单纯相信自己的力量，而忽视了群众的力量，以为天下是自己打出来的，根据地是自己创造起来的。这样就会苛责别人，宽恕自己。这是一种可怕的危险，不管程度的轻重，都必须一律去掉，并要反转过来，树立和加强群众观点，深刻认识一个真理：只有群众，特别劳动群众，是世界的创造者，是世界的主人。军队是群众利益的保护者，离开这个意义，军队就失掉了革命的性命，失掉了存在的价值。边区八路军，是为保卫人民利益而产生的，是在保卫人民利益的不断斗争中，得到发展和壮大，以至成为不可战胜的力量。边区八路军，是边区人民的子弟兵，对人民的关系，是儿子对母亲的关系。边区八路军，是中国共产党领导的人民军队，以毛泽东同志的建军思想为方向，而去努力行动。边区八路军若要更有力量，更益坚强，真正成为"无敌于天下"，则贯澈拥政爱民政策，实有头等重要意义。军队对党政民的关系，能以弄得更好，则党政民对军队的关系，也必□得更好，我们党政军民团结得像一个人一样，则我们坚持根据地的斗争，必然得到焕然一新的面貌。

　　边区八路军，以边区人民的子弟兵的姿态，六年多如一天，无时或已，坚毅不懈、在火线上艰苦作战，英勇杀敌，为保卫政权与人民利益，不避任何流血牺牲，前仆后继，连续粉碎敌寇的进攻，"扫荡"和"清剿"，严重打击敌寇的"蚕食"推进政策，四外出击，震撼平津，深入伪"满"，摧毁汉奸政权，建立人民自己的抗日政权，摧毁各种敌伪组织，建立真正的人民抗日团体。并且在战斗空闲时间，则努力解决人民困难，帮助人民生产，每年从春耕到秋收冬藏，子弟兵的汗水和人民的流在一起。节衣缩食，救济灾荒，把人民的疾苦，看成就是自己的疾苦。正如聂司令长所说："在战场上是带枪的子弟，在田地里是拿□的士兵。"就在去年三个月残酷的反"扫荡"中，也看得最为明显，子弟兵不仅在根据地内积极打击敌寇，杀敌致果，而且深入敌人后方，纵横冲杀，连续攻城克堡，破坏交通，倾覆火车，陷敌寇于首尾不能相顾的苦境中。而在抢收、抢粮、保卫粮食斗争中，子弟兵也拿出了极大的力量，取得可观的成绩。没有子弟兵果敢、顽强的努力，三个月反"扫荡"的胜利是不可想象的事。

但是，军队对党政民的关系上，并不是已经完美无缺，样样都作好了，而是还存在许多缺点和个别错误，需要军队同志坦白反省、深入检讨。"我们军队、我们党之所以不可战胜，便因为我们不掩饰自己的缺点和错误，我们一贯善于进行批评和自己批评，善于从错误中来教育和训练干部，善于及时的改正自己的错误。"（□□□□）子弟兵某些部队、某些人员，曾经发生过对党的机关不尊重、对政府法令不注意研究执行，甚而自觉或不自觉地违犯政府法令，以恶劣粗野的态度对待政权人员，只看见自己需要，而不顾及别人困难，不关心群众利益，借东西不经过群众同意，借去以后不送还，损坏以后不赔偿，强迫群众让房子，乱拿群众东西等等，而且已经不只一次了，甚至最近还存在着。去年反"扫荡"中，随便拿枣儿、□□、白菜、柴火、黄烟等等行为，发生相当不少。而个别人员，对此竟不以为耻，反认理直气壮，妄造谬论，说什么"老百姓不在家，怎能不自己动手拿东西！"实是思想上最大糊涂。以上这些坏现象，军队应在群众中实行公开自己批评，坦白揭发，并采取有效办法马上纠正，并保证今后不再发生。拥政爱民政策，是毛泽东同志建军思想一个重要部份，军队要以之在思想上深入进行教育，并实际贯澈执行。

边区党政民历来是关怀与爱护子弟兵的，供给了军食军需，不断欢送边区优秀子弟入伍，保证部队充实满员，优待抗日军人家属，积极执行抗战任务，并广泛配合子弟兵作战、带路、送信、抬担架、埋地雷，解决部队困难，时常慰问慰劳部队。所有这些，不仅保证了子弟兵得以专心一意作战杀敌，而且使子弟兵永远欢欣愉快、发展壮大。边区人民是以母亲的态度来爱护部队，骨肉相联、血液交流。没有党政民的爱护，没有广大群众的支持帮助，边区八路军就不能存在。过去如此，今后也是如此。但是，在党政民对军队的关系上，同时也是有缺欠的。比如强调自己困难，不积极解决军队需用，公粮军鞋过去质量是达不到要求，优待抗属不认真，看护伤病员不尽责等等，在某些部份某些人员中间是存在的。其间少数落后群众，听信敌寇和"反共"特务份子的谣言，抱怨部队、诬蔑部队。这些坏现象都要克服下去。党政军民齐心合力，进一步坚强团结，不给敌寇奸细以及"反共"特务份子以可乘之机，把晋察冀更进一步巩固起来。巩固抗日大团结，巩固抗日民主根据地，必须和反奸细斗争，和反对"反共"特务份子的各种阴谋破坏结合起来。我们党政军民在团结大旗下，百倍提高警觉，使那些穿中国人衣服，办日本人事情的坏东西，不得恣意活动，无隙可乘。

继续拥政爱民与拥军运动之后，马上就开始大生产运动，这是坚持根据地，生息积蓄抗战力量，猛烈开展对敌斗争的一个重要环节。开展大生产运动的目标，就是毛泽东同志所提出的"自己动手，克服困难。"开展大生产运动的关键，就是毛泽东同志所提出的"组织起来！"全边区党政军民，要高举毛泽东大旗，一致动员起来，行动起来！几年以来，由于战争消耗，特别由于敌寇"三光政策"的严重破坏和层层封锁，我们在财政经济上遭受到重大困难。为了克服困难，战胜疾苦灾荒，我们曾经一方面节衣缩食，艰苦奋斗，一方面加紧生产，改善生活，且已取得不少成绩，但是，这些成绩，还远不能满足今后的需要，我们今年必须"不论公私、党政军民、男女老幼、全体一律地实行伟大的生产运动，增加粮食与日用品，准备与灾荒作斗争，将是继续坚持抗日根据地的物质基础，否则，便将遇到不可克服的困难。"（中共中央）

对于军队说来，开展大生产运动，是拥政爱民的继续，是拥政爱民工作最实际最重要的一项。换句话说，大生产运动开展的如何，是对军队执行拥政爱民政策的一个最切实的考验。如果生产任务能以完满完成，则不仅大大减轻了根据地的人民负担，而且也相当改善部队的生活，这实在是一举两得的最好办法。毛泽东同志说："只要我们全体英勇善战的八路军、新四军，人人个个不但会打仗，会作群众工作，又会生产，我们就不怕任何困难，就会是孟夫子说过的：'无敌于天下'。"作战、生产、民运是我们军队当前三大任务，必须立即担当起来。边区子弟兵，本其一贯忠于人民的精神，贯澈拥政爱民政策，必能以最高热忱，最大决心，投入大生产运动中去！

全边区人民，也要紧张起来，组织起来，为开展大生产运动而奋斗，创造成千成万的劳动英雄，创造生产模范户，保证不荒一寸熟地，多上粪，勤锄草，增加产量。同时在沟线外，在冀中、冀东，要广泛开展反敌寇经济封锁斗争，开展反敌寇掠夺勒索斗争，保护我们物资财产，打破敌寇打算困饿我们致于死地的毒计。各级党政机关，除去完成自己本身生产计划之外，要以极大的力量领导与组织人民生产，帮助人民解决生产中各种困难，虚心学习、研究生产、吸取经验，动用领导骨干与广大群众结合，一般号召与个别指导结合的方法，把边区一切全劳动力和半劳动力，一律组织起来，形成一支强大而雄伟的劳动大军。而对于游击区人民的生产领导，更须加强。各级领导机关与领导干部，必须懂得："凡不注意研究生产的人，绝不是好的领导者"，并以之自警自励。我们生产任务真正能成为广大群众运动，并能做得很好，那么就如毛泽东同志所说："我们有打仗的军队，又有劳动的军队，……我们就可以克服困难，把日本人打垮！"

（原载一九四四年二月十七日《晋察冀日报》第一版社论）

进一步贯澈减租政策成为开展大生产运动的必要条件

在去年十月,中共中央曾发表关于根据地执行十大政策的决定,该决定并着重指出在秋收之后,澈底实现减租,以提高农民生产情绪,开展今年的大生产运动。

在晋察冀边区,特别是在北岳区,曾经根据这一指示作了具体研究和布置,当时因为反"扫荡"正在紧张激烈的进行着,虽然一部分地区曾经抓紧空隙进行了减租检查和典型村的突破,但全面贯澈减租运动,还是在反"扫荡"以后,特别是在善后救灾生产运输工作开展起来之后,才全面的展开的。

根据北岳区各专区的材料,在六个专区八个县之内,曾经作了二十一个村的典型调查和实际问题解决，并在一部份地区（如六专涞水、三专龙华）已经全面的展开和结束了这一工作，部份地区□正在进行，这一切都说明了关于贯澈减租的问题已经引起大多数干部的共同注意，并在思想上给右倾思想以严重打击，在实际行动中展开了广泛的普遍的群众减租运动，并已经取得了很大的成绩，这表现在：

（一）更进一步深入的对减租政策的检查，发现了更多的问题，并进行了对干部对群众关于贯澈减租政策的教育，从思想上提高了大家的注意。

（二）实际的纠正了最高租额并克服着明减暗不减的现象，对少数的顽固地主的非法收地和高租问题，给了必要的教育和斗争。部份的实行退租，并保障了农民使用权，同时普遍展开了换约订约运动。

（三）在发动斗争中，提高了农民对共产党对边区政府对自己组织——农会的认识，提高了农民对自己力量对革命前途的信心，大大的提高了政府和抗联的威信，巩固了群众的优势及其组织基础。同时，对于战后群众情绪的恢复，和生产运输工作的展开起了很大的推动作用。另外更提高了农民的生产情绪，给今年大生产运动打下了强固的基础。

但是，我们绝不能满足于现有成绩，我们绝不能认为典型村的解决，就等于全部贯澈了，也不能认为把二五减租执行了，就不再管租额是否超过三七五。必须进一步检查各地贯澈程度，要了解各地或多或少的都存在着一些问题，根据平山的材料，大部□租超过三七五，即在群众充分发动了的阜平，也同样大多数村庄都存在着一些问题，还必须认识减租政策的贯澈是一件长期的工作，绝不是短期内可以完全办好的，必须经常注意，随时检查，务使全面贯澈为止。

我们还必须看到在执行过程中，还存在着一些缺点，一方面是在某些地区某些干部中还没有更深刻的认识减租政策对于发动群众，巩固团结，开展大生产的重要性。而表现着这一工作还没有深入下去，仍有某些地区以行政方式代替发动农民的方式，右倾思想还没有完全克服，同时某些地区把减租和贯澈其他政策劳动、婚姻等□结合不够，把发动农民和发动其他群众（工人、青年、妇女等）结合不够，把实现减租和发展组织进行教育改造与巩固农会结合不够。

另一方面，在克服右倾偏向中，发生着一些"左"的偏向，比如：在某些游击区不根据当地的具体条件，一般的提出二五减租，或一般的提出退租运动，或强调减租，而和对敌斗争对立起来。比如：某些基本地区为了贯澈减租，展开了算老账，普遍实行退租，（竟有退到十年的，一个佃户收到退租达十六石等）还有太低的降低租额，（降到十分之一以下）或是为了保障农民使用权，而对少数真正生活困难，愿意参加生产的地主，根本不予照顾，比如在执行方式上，不分问题轻重大小，一般的采取斗争会，或行政方式等。

当然这些"左"的偏向，是在农民继续发动中很难避免的事情，而且并不要害怕，但我们必须及时掌握，为了农民，为了地主，照顾双方，使大家更加团结，一齐涌入大生产的浪潮中，建设根据地，战胜日寇，还是非常必要的。

根据以上的检查，在目前应继续克服右倾思想的残余，继续贯澈减租斗争，并争取本年内在北岳区的基本地区，包括巩固的游击根据地，普遍作到租额不超过正产物千分之三百七十五，并普遍的依法保障农民的土地使用权，和永佃权，不允许再有不顾农民生活非法收地的事情发生；在冀中、冀东及北岳区的游击区（包括一般游击根据地）亦须根据具体情况，执行减租，已执行者要坚持下去，执行后又改变者，必须恢复起来，未执行者，应在团结对敌斗争中准备条件，逐渐贯澈实现（由少减——一减、一五减、二减到二五减）减租政策。总之在不同地区，应有不同要求、不同重点，在游击区必须和对敌斗争密切结合。一方面在对敌斗争中逐渐减租，同时减租又会发动群众，也就加强了对敌斗争。

在另一方面，还必须很好掌握这一斗争，及时防止与克服"左"的偏向，对于清理欠租，和退租，我们主张除对故意犯法的必须予以教育清算外，一般的以不算旧账为原则，我们的目的是为了今后认真贯澈减租政策发动农民加强团结，而不是为了清算旧账。

对于租额的规定，应照顾到双方生活和实际产量及税收政策，不要太低，对于愿意参加生产而生活又真正困难的地主，应给以适当帮助，允许某些地主在不影响□□□□□□□□部分土地自耕，只有如此，才能作到大家都能过得去，才能作到各阶层抗日人士□亲□团结。

在贯澈减租的过程中，必须注意把确定租额（不能超过三七五），依法保障佃户的使用权和永佃权，及订立契约规定年限密切结合。必须政府和团体取得认识上的一致和密切配合，过去由于政民不一致，给予我们的痛苦教训，必须克服。必须把贯澈减租政策和各种政策结合起来，把进一步发动农民和发动全体群众结合起来，把减租运动和加强群众教育，巩固群众组织结合起来。

在目前大生产运动即将展开，必须抓紧时间，突击与初步结束减租工作，并在大生产运动里注意继续解决土地问题（如□低租额，订立契约等），但在春耕到来时，一般不允许再转移土地使用权，以安定农民生产情绪和积极准备春耕。我们必须在减租运动中和减租之后，进行深入教育，使群众深刻的认识自己的力量，并把广大农民的高涨情绪引导到大生产战线上去，使广大农民更加加强对土地的爱护，提高其热忱才进一步展开一九四四年的大生产运动。

（原载一九四四年二月二十四日《晋察冀日报》第一版社论）

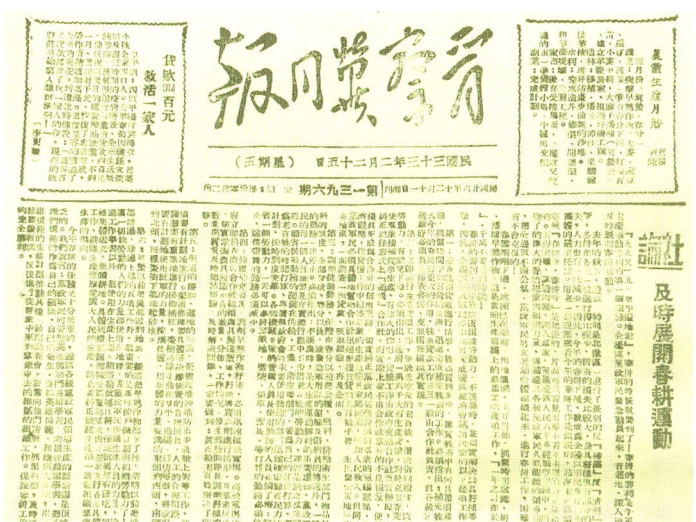

及时展开春耕运动

"九九又一九,犁牛遍地走",春耕的时候就要到了!春耕的胜利是今年大生产运动胜利的第一个环节。全边区党政军民紧急动员起来,普遍地、深入地、及时展开春耕运动。

去年的秋冬,边区(特别是北岳区)进行了长期的反"扫荡"反"清剿"斗争,冬耕在各地一般进行得比较少,耕畜的损失比较大,农具籽粮也有部分的损失,人力也有一些减少,因此,今年的春耕下种,就成为全边区军民及□□党政团体的严重任务。用老一套观点来看今年的春耕工作是错误的,站在老百姓头上空喊"春耕呀,春耕呀"是错误的,片面地只看见困难不看见主观的力量是错误的。

正视困难，认识困难，深入群众，认识边区人民六年多从战争锻炼中，所具备了的伟大的觉悟程度与组织力量，认识边区各级党政军民久经锻炼的领导能力，把全边区不论公私，党政军民男女老幼全体组织起来，进行春耕工作，困难没有不会克服的！

春雪刚刚下过，冰冻已在融解，田地湿润，正好耕种，抓紧时间送粪、耕地、播种早熟作物。这是当前生产战场上的最重要的几项工作，"一年之计在于春"，千万不要错过时机！

春耕的胜利，决定于恢复组织劳动力，不误农时，并切实解决农具籽种等问题。因此，全边区党政军民必须切实完成边区经济会议所决定的以下几项工作：

第一，检查牲畜贷款进行情形，牲畜买到多少，购买牲畜中有何具体困难问题，抓紧时间予以有效的解决，迅速完成补充牲畜的工作。必须指出，补充牲畜因今年的春耕有重大的作用，牲畜贷款工作虽然一般由合作社负责，但各级□各级政府必须负责检查督促，克服困难组织其实现。

第二，立即进行生产贷粮工作，使缺乏吃食的老百姓，很快借到粮食，恢复劳动力，有劲儿下地。必须指出：边府一万六千大石生产贷粮，对于克服春荒，使群众积极从事生产，有极大的作用，贷粮工作由政府交给合作社负责办理，应纠正以往形式上的"通过"合作社，而实际上并不由合作社掌握的不良现象，使贷粮真正成为合作社的信用业务，切实纠正党政军某些干部对群众的恩赐观点、赈济观点，从贷粮工作中组织群众的生产运输及家庭副业，增加人民收入。但同时党政军民必须具体地帮助合作社迅速把粮食贷到老百姓手里，先抓紧受灾地区病多地区，一面调查一面贷款，吸取经验，再及全面。

第三，调剂抗战勤务，保证在春分以前把公粮、燃料、供给卫生部门物品材料的调度，全部完成，春分以后，除紧急军用品的运输及伤病员的转送外，一般的勤务一律停止。必须指出：不误农时，是大生产运动胜利的重要环节，党政军民的每一个人员谁要是在实际行动中不爱惜老百姓的劳动力，谁就是缺乏群众观点。节省抗战勤务的关键在供给、工业、卫生等部门。要为自己的任务打算，要为老百姓的时间打算，专署县政府会同主要使用勤务的部门迅速确定节省民力的计划，按时调度完毕。各个机关团队的管理人员及使用勤务的人员必须了解：节省一个劳动力、一天可以多耕三亩地、劈柴、切草、溜马、等打杂的勤务必须停止，送信带路的勤务必须减少。

第四、修理补充农具、调剂早熟作物籽种，必须迅速组织实现。高级党与政府立即检查商店合作社组织农具制造贩运、籽种购买调剂进行情形，及群众反映，切实掌握农具制造结合的数量、分布、工作情况，发生那些问题及调剂籽种的数量与质量及时总结经验，及时解决问题，一定要做到：真正给老百姓解决了问题。

第五、渠道的浚修、滩地的防洪、枣树底堆砂堆防止步曲蛾上树等工作，都须要有计划地进行。渠道修理要具体解决浚修费的合理担负、人工的合理组织，护滩要有重点地进行杨柳插枝，枣树防涂步曲在阜平、曲阳、行唐等县，县政府要有计划地使用驻军的力量，按沟布置，用集体的力量从沟的东头到西头，南头到北头，每棵枣树下都堆起砂堆。

第六、惊蛰以前把粪都送到地里，接着把早熟作物都下了种，清明以前把地都耕过，除过上述的五项工作外，最重要的是逐村按户做计划与组织劳动力了！让一切能劳动的人们的力量都使用在地里，让党政军民脱离生产人员的力量，除过工作学习以外，都使用在生产上边，组织给抗属代耕，保证抗属都有饭吃，组织集体送粪、集体耕地。具体组织机关部队分区帮助群众做计划并进行各种具体工作，机关生产应服从广大人民的生产，防止并纠正机关生产第一放松组织群众生产的偏向。

今年春耕的任务是十分繁重的，边区各级党政军民领导生产的经验还是很缺乏的。我们号召：党政军民向劳动英雄与战斗英雄学习，向模范农家学习，把英雄们模范们作为自己的顾问、自己的先生，团结英雄模范，组织广大群众，用英雄模范的生产计划推动其他，勤开调查会，经常向他们请教，抓紧典型，及时总结经验教训，反复进行从群众中来到群众中去的细腻的组织工作。保证春耕工作的完全胜利。

（原载一九四四年二月二十五日《晋察冀日报》第一版社论）

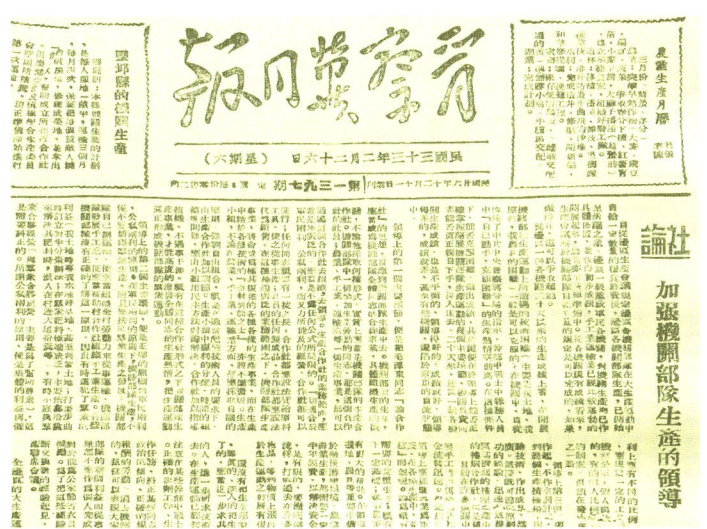

加强机关部队生产的领导

自从边区生产会议规定边区各机关部队在大生产运动中自给一定数量的粮食经费后,边区各机关部队生产,已开始呈活跃之象。边区一级党政军民各机关,对机关生产均已作具体布置,并收得初步成绩,手工业运输业已经比较蓬勃的开展起来,农业亦在积极准备中。从各机关现有成绩看来,生产会议关于机关部队自给□量的规定是可以完成的,如果做得好,还可以争取超过。

从边区一级各机关二十天以来的生产成绩上看,在开展机关部队生产运动上所遭遇的技术困难(主要是找土地,找原料,找农具的困难)一般是可以克服的。在机关中,自从传达了中共中央晋察冀分局的指示,干部中战士中杂务人员中"自己动手,克服困难"的生产热情空前高。在这种条件下,能否克服困难,做出成绩,其关键便在于领导上能否正确掌握开展机关部队生产运动的几个主要环节,机关负责同志能否真正亲自下手,深入进去。二十天来,边区一级各机关生产成绩,也是不平衡的,领导得好的,成绩就好,领导得差的,成绩就差,甚至有些机关,还陷于严重的自流状态中。

领导上的第一个主要环节,便是把毛泽东同志"论合作社"的思想,贯澈到机关部队生产中去。机关部队的生产,应当成为机关部队全体同志的合作事业,具体组织生产的机关,不论他采取何种形式,实质上应当是机关部队的生产合作社。机关部队中一切参加生产劳动的同志,都是这个合作社的社员;农业、手工业、运输业等一切生产事业,都可以通过这个合作社去组织,去领导。生产合作社的业务范围,应当是极广泛的,应当是不为任何公式所局限的。一切适合于军民两利、公私两利,而又力所能及的经营,合作社都可以进行;任何同志只要有一技之长,合作社都应设法贷给原料工具,使之从事生产;社员的任何制成品,合作社都应设法代为销售。在这种极端广泛的业务范围之下,机关部队生产事业,将会成为极其复杂的各种各样的生产事业,而在生产中精于各种技术的"奇材异能之士",亦将不断发现。生产小组,不论在农业、手工业、运输业方面,都应采取自愿的原则,强调自由组合,只是在适当配备技术人员的要求下,由生产合作社加以调节。生产小组中赢利的分配,时间的组织等问题,应由小组用民主方法讨论解决,合作社加以指导组织,不遇事干涉。只有在这种合作社形式之下机关部队生产事业,才能高度的激发全体同志的生产热情,把生产运动真正形成机关部队的群众运动。

领导上的第二个主要环节,便是正确的照顾到军民两利,公私两利的原则。在军民两利的原则下,机关部队生产,不仅不应妨碍群众生产,而且应扶助群众生产之发展。机关部队自己办运输，便应当组织全村劳动力来从事运输，机关部队发展手工业，便应当帮助村合作社组织手工业生产。有些机关部队没有正确的了解这一原则，因此有时违犯了群众的利益（找土地时专找水池好旱地，甚至典当土地；打枣步曲时订立对半分枣办法；在群众肥料极端缺乏，主要依靠拾粪来解决其肥料时，派人在村边大道拾粪等），有时不愿与群众合伙经营（与群众合伙经营，主要是为了帮助群众），这是需要纠正的。所谓公私两利的原则，便是集体的利益与个人利益相结合，有利于人民（减轻人民负担），有利于个人，同时也有利于机关部队的伙食单位。因此一切生产收入，必须大部归公，一部归个人，一部归机关部队伙食单位，作为改善生活之用。在分配上，动用公款作为资金的手工业劳动（如卷烟、织席）与不动用公款作为资金的劳动（如背粮、打柴）在个人分利上应有不同的比例，前者宜较少，后者宜稍多。在分配前，应规定一定的工□□耗，于生产盈余中逐年扣除。现在各机关公粮，个人与□□单位三方面的分配比例，是很不平衡的，有的个人比例很高，有的很低，现在不必强求规定统一的制度，但须在发生生产过程中，逐渐求得各机关盈余分配之一致。

领导上第三个主要环节，便是认真的实事求是，由具体作起，不作空洞计划，不建立叠床架屋的庞大组织。首先找到几个生产积极份子与掌握了技术的人，解决工具原料，试验技术，作出成绩，然后再以这些积极份子为中心，普遍推广。这样既可节省原料，又可依靠积极份子为核心，根据成功的经验，迅速把这几种生产在机关部队中普遍开展。如边区某机关的卷烟土产由五六个人的小组发展为现在五十余人的卷烟合作社，便是这样发展起来的。

目前在许多机关中，手工业与运输业已有初步开展。开展手工业与运输业是比较容易的，因为成本小、见利大、资金流转迅速。但是农业是我们一切机关部队生产的重点，在领导上应抓紧农业为重心。农业成本大，资金周转慢，见利慢，在各种生产中，是最为"迂缓"的，但我们不能因其"迂缓"而忽视。因为只有农业生产，才能增加根据地所最迫切需要的食粮生产；只有农业生产，才能为今后的生产事业打下一定基础；只有农业生产，才能对机关部队增强劳动观念有更大的帮助。在领导上，应当注意抓紧农业生产中积肥、找地、农具等重要准备工作，认真督促检查，不违农时。由于敌后游击环境，农业生产应注意适当分散经营。手工业与农业生产，都需要一定的资金，才能周转，政府已决定预发半年经费，以解决资金困难。但是政府所能预发的资金数额，是有限的，要澈底解决资金的困难，必须力求加速资金之流转，打破过去在许多做供给总务工作的同志中存在的囤积物品，等到物价上涨再行出售的错误想法，这种想法，是对于生产运动之发展有很大妨碍的。

还没有把生产运动开展起来的机关部队，目前应积极的、认真的、深入的把生产运动广泛开展起来；已经初步发展了的，应当进一步求其普遍广泛，做到没有一个不从事生产的人，进一步研求技术，把业已发展起来的生产事业坚持下去。在生产运动已经初步发展起来了的机关部队，应当开始注意在某些干部中战士中杂务人员中必然会发生的一些偏向。正确的调剂工作、生产、学习的时间，保证完成一定的工作任务，纠正某些同志中忙于生产而忽视工作忽视学习的非政治的倾向，正确的规定有报酬的劳动与工作以外的其他无报酬的劳动（过去机关部队中这种无报酬的义务劳动是不少的，这样可以表现大家对机关部队集体生活的关心与为机关部队的整个利益而从事劳作的精神）的区分及其调节。节约虽然不应作为个人完成生产任务的标准，但必须鼓励节约，对于能为公家节省衣服、节省鞋子的同志，应当给以一定的奖励。为了把这些经验普遍推广，并在今后的生产运动中不断交换新的经验起见，各级党政军民机关，应当定期举行生产联席会议。

全边区的大生产运动现在正在猛烈的开展。机关部队的生产在大生产运动中占有一定的比重。我们号召一切在生产运动的初期已经落后的机关部队迅速的赶上前去，并且希望已经有了初步成绩的机关，继续努力、继续创造。

（原载一九四四年二月二十六日《晋察冀日报》第一版社论）

读林主席报告

陕甘宁边区林主席的"边区政府一年工作总结"和李副主席的"边区政府简政总结"两个报告，全面地总结了过去一年的工作和指出了今年工作的方向。

林主席和李副主席的报告告诉我们，边区工作一年来有了伟大的进步，这种进步使边区的面貌为之一新，蓬勃的群众生产运动，空前团结的军民关系，以及在防奸政策、精简政策等方面都获得了光辉的成绩。边区素来被称为地瘠民贫的地方，多年以来，它是处在被封锁的环境中，然而在共产党和边区政府的领导下，边区已成为丰衣足食的地区，已成为巩固有力的抗战后方，已成为实施革命三民主义的模范，这的确是中国历史上非同小可的事业，对于争取抗战建国的胜利有极其重大的意义。

林主席的报告用具体的事实和数字，详细证明去年的生产运动的成绩：农业开荒近百万亩，增产细粮十六万石，除过全年总消费量外，可余粮二十二万石；植棉十五万亩，可供边区棉花消费一半以上；长期运输合作增加了十倍，合作社已成为群众运动，并以南区合作社为其发展的方向；畜牧、纺织等手工业都发展，工厂都超过了预定计划，有的把生产率提高到百分之四百。生产运动的这些伟大成绩，是由于边区坚决执行了毛主席在前年高干会上所提出的经济政策而来的。减租运动大大提高了农民的生产积极性，三千余万元农贷的发放，即时帮助解决了生产中的各种困难，更加鼓励了他们的生产热忱。优待移难民政策的实行，使边区增加了八千多个劳动力，四千五百个二流子被改造了，变成了劳动的生产者，变成了劳动英雄。特别重要的是执行了以个体经济"私有财产"为基础并以自愿为原则的劳动合作政策，变工队和唐将班子组织了八万多个劳动力。在我国农村里几千年来的分散个体经济，使农民陷于永远的穷苦，可是现在边区人民已开始组织起来，实行劳动合作，逐渐的走上集体化的道路，这种劳动合作大大增强了人力、畜力和工具的作用，鼓励了生产竞赛的热潮，提高了劳动生产率，而且引起了改造生产技术的兴趣，这是农业生产关系的新纪元，同时也是农村经济的一个大变革。在生产运动中，发挥了重大作用的还有奖励劳动英雄的政策。一年来在群众中涌现了几百个劳动英雄，他们在农业、合作社、植棉、打盐、运盐、纺织、畜牧、组织义仓、拥军优抗、防奸、安置移难民等等工作中，在自己的周围团结群众推动事业前进，在旧社会里，他们是永远被欺压被埋没着的，现在他们发挥着劳动的智慧和创造力，在生产上和政治上都是群众的领袖，他们创造模范村、模范乡，领导着整村整乡的人民建设新的生活。

边区生产运动另一方面的成绩就是部队、机关、学校大家动手生产自给的运动，特别是我们部队的生产运动做到大部自给或全部自给，获得了老百姓的同声称赞："八路军既能打仗，又能生产，又能与人民打成一片，从古到今，那里有过这样的军队！"

在军民团结方面，去年也是大大进了一步，拥军优抗和拥政爱民两大运动收到了预期的效果，去年的拥军月里，群众热烈劳军，对于抗属也进行了物质的优待和慰问。去年六七月间，群众拥军更加热烈，群众自动送柴送菜，军队买东西群众不肯要钱，当军队忙于防务时，群众就帮助部队锄草，此外他们还自动送自己的子弟参加军队。在军队进行拥政爱民运动中，则强调了人民是军队的母亲，军队是人民的子弟。检查纪律，清理旧案，暗偿还物，军队不仅自己生产，减轻人民担负，而且帮助群众春耕、锄草、秋收，以及修房子、砍柴、挑水，帮助群众解决生产中以及日常家务的各种困难。一年来边区军民融洽无间，互相帮助的动人事实，实在是不胜枚举的。

在防奸运动上，去年也得到了重大的进步，在各方面都击破了汉奸、特务的破坏阴谋，揭露了他们的破坏活动，我们坚持了毛主席的宽大政策，争取失足者，化反革命为革命的方针，整个的机关负起了责任，和保安机关密切的配合党政军民一起动手，将坦白运动变成一种自觉的群众性的运动，挽救了失足的人，教育了干部和群众。

在精简政策的贯澈上，李副主席的报告讲得非常详尽，这个政策的实施使我们在精简、统一、效能、节约及反官僚主义五个方面都有成就，我们的工作作风有了新的改进，领导一元化的原则代替了过去某些部门各自为政□独立性的倾向，批评了脱离边区实际，把外边的一套硬搬过来的旧型正规化，坚持从边区实际出发并在创造新型正规化上获得了成绩，与群众脱节或违犯群众需要的官僚主义倾向有了改正，阳奉阴违不遵守纪律对错误不批评对坏人无警惕的自由主义倾向也有了改正。

边区去年的进步是惊人的，边区内部情况已经改换了面目，军民丰衣足食又空前的团结，这样更加巩固了抗战后方，并替今后的工作打开了更平坦的道路。但是正如林主席所指出的，边区军民决不满足于自己的成绩，在我们面前摆着更重大的任务，要为备荒和准备反攻创造更充实的条件，这就是边区军民今□奋斗的目标。

林主席在他的报告中关于今年工作提出了明确的方针，在进一步发展经济方面，要更加发展合作运动，争取"耕三余一"，两年完成，更加发展植棉、打盐、运盐、畜牧、民间手工业，部队做到多数完全自给，机关做到经费大部自给，关于物资贸易工作，林主席指出其重要性仅次于发展生产，并指出要纠正过去绝对自由与放任主义的观点，又要纠正防御观点。

□政府的领导作用与调节作用，完全迎合市场的要求（孤立观点单纯依靠物资机构），要把物资贸易和金融机关与合作社结合起来，使合作社成为它的细纲。此外又要力行节约、紧缩财政开支，把节约和生产自给结合起来。

在提高抗战自卫力量方面，要整训民兵，帮助抗属建立家务，帮助退伍残废军人从事生产，成家立业。

在继续进行防奸运动方面，要认识这个斗争的长期性和普遍性，并且认识大部份失足的人是可以争取可以转变的，而在全体人员中只有极少数是误入歧途的份子，绝大多数都是好人，对于已经坦白的人，要分别其是非轻重，并加强其教育，对于还企图隐蔽作恶的人，则继续加以揭发。

中等教育和司法是边区工作中两个比较薄弱的部门，过去这两个部门中都有过脱离边区实际、脱离群众需要的严重毛病，今年在教育方面要作到使中等学校完成提高现任干部造就未来干部的任务，在学校中培养学生的革命观点、劳动观点和群众观点，取得学校及附近乡村政权机关及生产机关的协作，对学校教育有更密切的联系。在司法方面，作到提倡民间调解，诉讼手续力求简便，审判案件要照顾边区人民的实际生产，根据切实调查研究，把制裁汉奸反革命当作中心，把保护群众当作天职。

林主席和李副主席的整个报告贯穿着坚强的群众观点，而在指出如何执行边区目前的这些任务时，更特别强调为人民大众和依靠人民大众的观点，这的确是保证完成任务的重要关键。过去一年边区党政的一切设施，件件都是为人民谋利，这在它的中心工作——领导群众生产表现得特别明显，单在这一工作上，党与政府用了百分之九十的力量为老百姓做事，只用百分之十的力量向老百姓征取税收。去年工作之所以获得伟大成绩，便是由于老百姓和党政军亲密靠拢，而工作中的某些弱点（如贸易、金融、司法、教育等方面）就是由于还没有很好地贯澈群众观点，所以林主席很着重地说：政策必须是为人民大众的政策，这就是十大政策，当前革命三民主义的基本内容，掌握这个政策，体现在边区工作的实际中，作风必须是依靠人民大众的作风，这就是反对脱离群众、坚持与群众相结合、反对自满自骄、提倡自我批评，这就是切实执行毛主席的指示，要"时时批评自己的缺点，好像我们为了清洁为了去掉灰尘，天天要洗脸，天天要扫地一样"。

林主席又申明："我们陕甘宁边区继续请求国民政府的委任，成为不仅在实际上而且在法律上都是国民政府下面的一个地方政府，以便更有效地在蒋主席领导下进行全中国对日本帝国主义的战略反攻，争取伟大抗战的最后胜利"。林主席这些话代表了边区二百万军民的愿望，我们边区军民抱着极大的信心，为实现林主席所提出的任务——（为备荒、为准备反攻创造更充实的条件）而奋斗，我们边区军民和全国同胞更亲密地并肩战斗，来最后驱逐日寇，建立独立、自由、幸福的新中国，是一定能够达到目的的！

我们愿各地同志都有组织的研究林主席与李副主席的报告，了解其中所提的方针与办法，以便更大地与更好地推进今年的工作。

（林主席李副主席报告全文不日另印小册，希读者注意——编者）

（原载一九四四年二月二十七日《晋察冀日报》第一版社论）

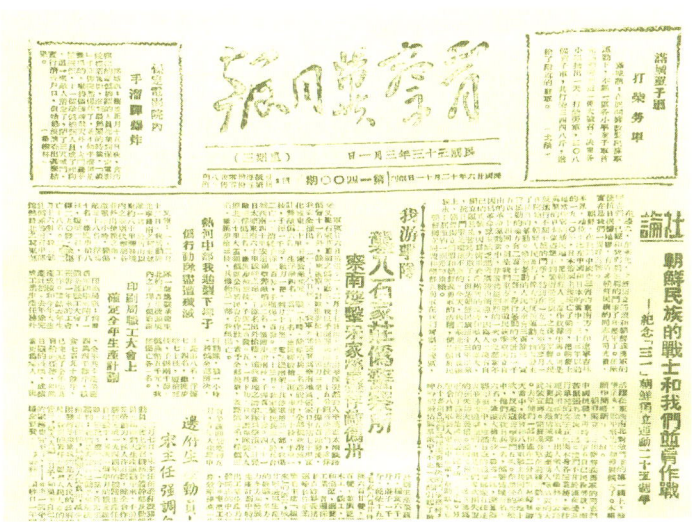

朝鲜民族的战士和我们并肩作战

——纪念"三一"朝鲜独立运动二十五周年

在边区、在华北,朝鲜独立同盟和朝鲜义勇军的同志们,已经和我们肩并肩的斗争了好几年了。在敌后抗日根据地里,有许多朝鲜民族的同志共同抗战,实在是我们一个好肩膀。

朝鲜,在我们中国东三省的东南方,和辽宁吉林连界,地位正处在中国和日本的当中,三十三年以前的一九一〇年,日本帝国主义灭亡了朝鲜,把朝鲜土地当作它的殖民地,把朝鲜人民当作奴隶牛马。可是万恶的日本强盗想不到要遭受报复,之后,朝鲜人民就进行不屈不挠的斗争,特别在一九一九年的三月一日开始，朝鲜人民实行了伟大的反抗运动，到处发生了抗日的暴动。参加暴动的人民大众有三百余万，实行暴动的地方有二百十二县，举行暴动的次数有一千五百二十四回。这是我们东方□压迫民族争取独立自由的革命运动当中，非常轰轰烈烈的一次。虽然当年因为革命群众缺乏无产阶级的领导，因为人民没有自己的武装，因为腐败资产阶级的投降和敌人的强大，独立运动是暂时失败了；但是朝鲜民族三十三年以来，抗日斗争是继续不断的。今天，我们华北抗日战线上，朝鲜独立同盟和朝鲜义勇军的活跃，便是朝鲜民族永不屈服的一面光辉旗帜。

朝鲜独立同盟和朝鲜义勇军在我们晋察冀边区，活跃在东西南北对敌斗争的第一线上，他们的英勇斗争业绩，近年来是更加发展扩大了。本报仅就所知，愿作简略断片的介绍。

朝鲜独立同盟和朝鲜义勇军的同志们，是为参加中国抗战，同时为争取自己民族解放，而毅然投入艰苦紧张的敌后战场。他们不甘于仅在边区中心地区进行单纯的文字宣传与本身各种业务，遂往来参加敌我短兵相接的前线，出入敌人堡垒林，公路网，去年有时更迫近敌占城郊，甚至涌入敌占区的大村镇中进行武装宣传。朝鲜义勇军在前线活动，并随时进行战斗。去年他们一部份仅在二分区忻□□县游击区二十二天当中，就曾和八路军战士共同在阵地上打伏击战一次，反敌寇袭击战斗五次。在漂亮的西松张伏击战当中，他们活捉日兵一名，伪警备队三名，伪自卫团员六名，缴获大枪九枝，战马一匹，测量器一架。在反袭击战当中，虽然日寇的追击部队往往达二三百名，昼夜寻找追击他们，但是他们几次损失很小，而敌人的损失却大几倍。据居民报告，□□认为"朝鲜义勇军的子弹老是离身边不达，□□□□"。另外一次他们配合八路军袭入定襄中□镇，帮助群众夺出粮食三百五十多担。他们这样英勇坚决的斗争精神，特别在痛苦呻吟的敌占区群众中，不止一次的引起了欢呼和赞叹。

边区朝盟和朝鲜义勇军，在政治攻势中，最终是一支杰出的军队。

他们不仅担任对日军宣传，而且担任对伪军宣传，而且更多的是担任对群众宣传。去年在忻、□二十二天，他们在敌寇跟踪追寻，不断战斗之下，召开群众大会十九次（将近一天一次）、演剧十二次，联欢□□会四次。□□□□两次，以外还有许多其他宣传活动。出此可见他们担负政治攻势的紧张积极程度。在其他县，其他分区，其他时期，工作精神同是这样。在一分区，一次严冬寒夜，给堡垒喊话，日本士兵不得不吐露说："我钦佩诸君为祖国事业的这种艰苦斗争精神"。各地伪军，在他们这些誓不当亡国奴而远来中国前线参加抗战的志士面前，良心上所受打击与震动更大。游击区敌占区的中国人民，则很多的已经都知道有了朝鲜义勇军，他们异口同声的说："朝鲜义勇军是能打能讲又能演戏的队伍！"很多他们没有去的村庄，来信约请他们，群众把他们当成完全和自己兄弟一样亲切。

朝鲜独立同盟和朝鲜义勇军，在尖锐的敌后抗战中，正在同我们并肩携手的共同作战。我们边区军民，对于兄弟民族的英勇战士，应该更加百倍亲密的相扶相助，并且把这一个事实，这一个有伟大历史意义的事实，向更多的人民，向敌伪内部，广泛的传播出去，帮助扩大朝鲜独立同盟和朝鲜义勇军的政治影响与组织力量。在打倒共同敌人日本帝国主义的奋斗道路上，中华民族的解放事业和朝鲜民族的解放事业是互为助力的。日本帝国主义倒台的时候，就是中华民族和朝鲜民族一齐大翻身的时代的到来，我们继续着并肩的战斗，来加速日本帝国主义的败灭！

（原载一九四四年三月一日《晋察冀日报》第一版社论）

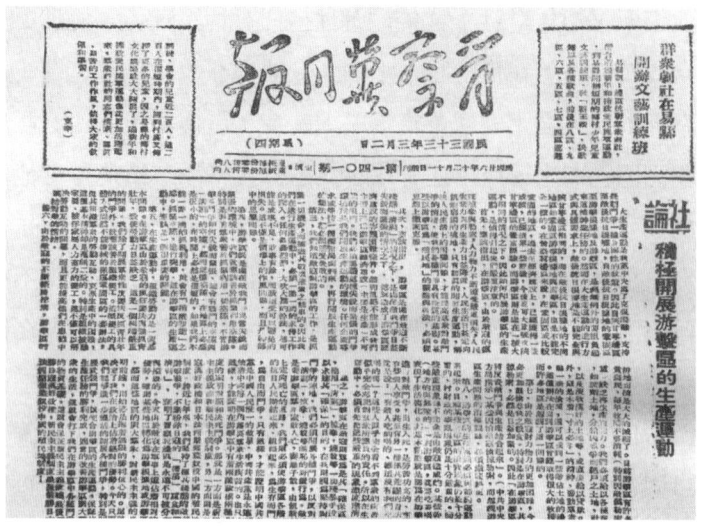

积极开展游击区的生产运动

大生产运动是我党中央为了克服困难，支持长期斗争一种全国性的政策。因此自陕甘宁边区至敌后抗日根据地，自敌后抗日根据地的巩固区至游击根据地及游击区，是绝无例外的要担负起来这种神圣任务的。然而在大生产运动的进行方式与具体要求上，敌后抗日根据地是不能完全与陕甘宁边区相同的，而在敌后抗日根据地的不同地区如巩固区游击根据地与游击区，也是不能完全一样的。在晋察冀边区来说，在巩固区或比较巩固的地区，过去在经济建设上，已经获得一些成绩，已经积累一些经验，今后并可大量吸收陕甘宁边区的丰富经验。而游击区则是处在一种大不相同的情况之下。因此如何开展游击区的生产运动，是值得引起我们严重注意的。

首先，应该指出，在游击区，由于敌寇的疯狂掠夺与勒索，人力物力不断遭受严重损失，人民生产力与再生产力日益降低，人民生活日益走向饥饿穷困的境地，只有认真的开展生产运动，解决人民生活上的困难问题，才能提高群众对敌斗争的情绪，使我们各种斗争具有物质的基础。某些以游击区为"殖民地"的观点与干法，必须从思想上彻底克服。

其次，应该指出，游击区是处在敌寇不断残酷"清剿"的情况之下，是处在敌我斗争日益尖锐而紧张的情况之下，这就造成了游击区经济建设的客观困难条件。然而这绝不能形成我们主观上认为游击区经济建设（主要是生产）不可□的根□。我们必须认识这种尖锐而紧张的斗争环境就是我们开展生产运动的环境。任何企图寻求或等待一线稳定局面到来，再行开展生产运动的想法，都必然遭受失败的。

第三，我们知道敌寇对游击区的工作，是抓紧一切机会，而极尽其破坏摧毁之能事的。因此我们在进行生产运动中，必须一点一滴的求得工作的深入。任何轰轰烈烈，大吹大擂的干法，都可能是成事不足，败事有余，而致遭受可以避免的损失。这不仅是领导上的作风问题，而且是干部中的思想问题。

第四，游击区既是处在敌我斗争异常尖锐而紧张的环境中，我们就应该善于抓紧利用空隙。特别是教育群众善于抓紧利用一切空隙，不管游击区斗争如何尖锐而紧张，总会有战斗的空隙与"清剿"的空隙。然而这种空隙，在地区上必然是很小的，在时间上必然是很短的，如果我们不能一点一滴的抓紧利用，就会有"稍纵即逝"之感。抓紧空隙，进行突击，这在游击区的生产运动中，应该是一个很重要的关键。

第五，在生产运动中，组织劳动力是一个基本问题。在游击区由于敌寇的疯狂要伕与强抓青壮年，致使劳动力日益缺乏，这是一个极端严重的问题。我们除了开展群众性反要伕反抓青壮年的斗争外，就应该善于组织变工。组织变工的具体方式固然不能机械的搬运巩固区的一套办法，但其组织群众的劳动互助，克服生产中的困难，这种基本精神却是毫无二致的。特别是组织被难家属、被俘家属人力畜力的变工，这不仅可以解决劳动互助的问题，而且更能提高他们在患难中团结对□的情绪。

第六，由于敌寇的不断筑□挖沟，游击区的耕地面积是大大的减缩了。目前游击区有许多赤贫农民，每年收获不够消耗（特别因敌伪勒索太重）缺乏再生产的能力。我们必须给以各种帮助，如调剂土地，分给因战争而绝户之土地，社地，以及没收汉奸的土地等，或直接给以贷款。此外，则是本着"寸土必争"的精神，发动群众一点一滴的抢种，还可以找到一些敌占土地的边缘。这种办法在个别游击区曾经取得很大的收获。而许多地区是忽视了这一问题的。

第七，由于敌寇财力物力的更加困难，今后必更加紧抢夺我之粮食。特别是在游击区，其抢夺勒索，必然是日益加紧的。因此"在游击区应将反资敌斗争与生产结合起来"。（中共中央北方局指示）某些因怕敌寇抢掠勒索，而忽视游击区生产问题的消极观点，必须彻底纠正。

第八，游击区的生产运动必须与节约运动联系起来。目前某些游击区的浪费现象仍是十分严重的，村财政的紊乱现象仍是十分严重的。而这些严重现象却不完全是由敌寇造成的。某些干部（地方的与部队的）一到游击区，就要吃要喝，表现了生活腐化。其基本观点就是认为在游击区进行对敌斗争，出生入死，是劳苦功高的，应该有些个人享受。甚至有另一种极其荒谬的看法，就是说："有敌人吃的喝的，难道没有我们吃的喝的吗？"这些人似乎完全看不到群众的疾苦，似乎完全忘记对群众所应负的责任。所以在生产运动中，必须首先把这些严重的现象彻底肃清。

总之，游击区在敌寇则认为是其"确保区"，他用"清剿"，掠夺，烧杀等一切残暴手段，以求达其"确保"的目的，在我则视为坚持对敌斗争的阵地，我们必须开展各种斗争，以反对其"清剿"，掠夺，烧杀等无耻的野蛮行为。敌寇是要游击区群众家败人亡、妻离子散、由饥饿线上走向死亡的道路，我们则必须使游击区各阶层的抗日人民团结起来，组织起来，为生存而斗争，为自由而斗争。只有这样，才能证明中国共产党是中国人民惟一的救星，中国共产党是永远关怀着中国每一个角落里群众生活疾苦的。也只有这样，才能证明在游击区中有着两种政权两种制度的□明对照和决死斗争。那就是一方面是新民主主义政权和新民主主义制度，另一方面则是日寇汉奸政权和日本法西斯强盗奴役中国的殖民地制度。将近七年来，我们坚持了极其残酷的敌后游击战争，不断粉碎日寇的"扫荡""蚕食"和"清剿"，证明了晋察冀边区是永远不可被分割与摧毁的。今天由于敌寇在军事上还占着相对的优势，虽则某些地区转化为游击根据地或游击区，然而这些地区的广大群众，对新民主主义的光明前途，则始终是抱着无限的胜利信心的。这就决定了我们在政治上占着绝对的优势。今天只要我们能够进一步灵活的开展各种斗争，特别是开展武装斗争，以配合游击区的生产运动，保证其生产任务的胜利完成，适当的改善游击区广大群众的生活，这就会打下我们在游击区中各种斗争的物质基础，这就会保证新民主主义政权最后战胜日寇汉奸政权，新民主主义制度最后战胜日本法西斯强盗奴役中国的殖民地制度！

（原载一九四四年三月二日《晋察冀日报》第一版社论）

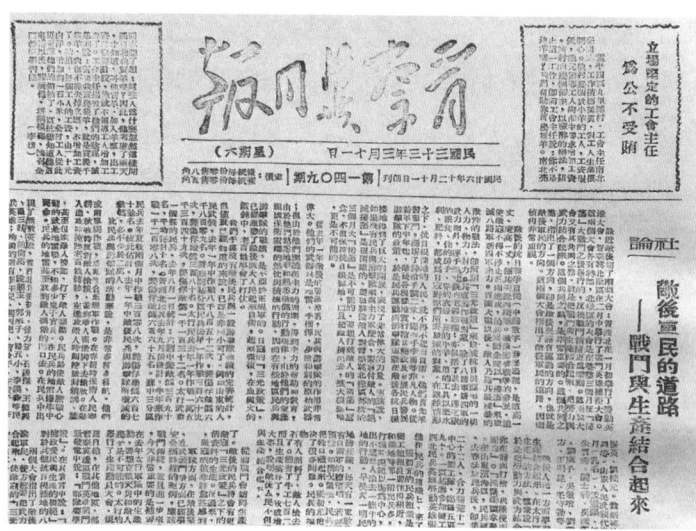

敌后军民的道路

——战斗与生产结合起来

  最近敌后开了两个大会：晋西北在一月初举行了劳动英雄大会，晋察冀北岳区在二月中举行了战斗英雄模范大会。这两个大会各有特点，北岳区的大会是在整整三个月反"扫荡"大战斗之后举行的，反映战斗情绪更为深刻。这两个大会又有其共同之点，就是把战斗与生产结合起来，把劳力与武力结合起来。这个共同之点，是非常重要的。这个共同之点，指出了一个方向，即是敌后吴满有运动的方向，也就是敌后军民的方向。这两个大会指出了敌后军民的道路，因而值得非常重视。

敌后的抗日战争自从（中漏数字）发展过程，是道高一丈、魔高一丈，极其尖锐与残酷。敌伪游击战争的发展，迫使敌寇不得不停止正面进攻，抽兵回师企图以"扫荡"来毁灭八路军新四军主力。百团大战以后，敌人乃施其最残暴的兽性的战法，即所谓"三光政策"来毁灭抗日根据地的一切人力、物力、财力。其直接作战对象，除了八路军新四军的武力而外，连手无寸铁的老弱妇孺，亦包括了进去，连吃饭的粮食、住的房子、穿的衣服、养的牛羊、用的工具以至水利、肥料，都成为日寇野兽们所要毁灭的对象。在这种情形之下，抗日根据地的人民，就不得不起而自卫。他们首先学习战斗，涌现了神枪手刘二堂，爆炸手李勇等非凡人物。从前年下半年起，敌后各根据地实行精兵简政及发展民兵发展游击队的政策，于是民兵运动与游击队运动在敌后各抗日根据地得到了巨大的开展，表现了非常伟大的力量。应该说，如果没有民兵与游击队来与主力军配合，要对付敌人的"绝灭'扫荡'"是很困难的，要战胜像敌人对晋察冀北岳区那样的三个月大"扫荡"是不可能的，要想打破敌人的"扫荡""蚕食"，不但保持抗日根据地，而且把敌人挤出去，扩大根据地，更是不可能的。

从去年一年敌后的战绩来看，民兵与游击队的作用非常伟大。他们的武器只是地雷、手榴弹、步枪和别的原始武器；但由于他们围绕在主力的周围，得到主力的帮助和教育，由于他们熟悉地形和熟悉敌伪的行动规律，由于他们的爱护祖国保卫家乡的热忱与积极的行动，因而在有些地区民兵与游击队的战绩，是不亚于正规军的。日寇的"三光政策"，已经激发了敌后广大人民起来自卫，起来报复，在血与火的锻炼中，老百姓学会了打仗。

我们手里没有敌后民兵与一般游击队战绩的完善统计，但仅就已经知道的来说，已经是非同小可了。例如山东的人民武装，去年一年中作战八千八百五十二次，毙伤俘敌伪六千八百零九名。晋察冀某分区民兵去年一年作战三百六十九次，毙伤俘敌伪三百八十名。太行民兵去年一年作战一万五千三百四十九次，毙伤俘敌伪一千一百三十二名。太行武东一个县的民兵，去年八月一日统计：六周中毙敌伪三百九十名，平均每日十名。晋西北民兵去年九月份统计，半年来作战一千二百零八次，毙伤俘敌伪六百六十五名。苏中三分区民兵去年夏收两个月中作战三百零八次，毙伤俘敌伪六百七十余名。依此估计，去年一年中敌后民兵与游击队所歼灭的敌伪，必不少于二万人。

就民兵与游击队的活动来说，是非常多种多样的。他们或则单独作战，或则联合正规军作战。在春耕时保卫人民春耕，秋收时反对敌人抢粮，并到敌人碉堡脚下去抢收。在敌人进攻时掩护老百姓转移，在进攻敌人时则挖毁封锁沟、墙，甚至包围敌人据点，打下敌人据点。民兵最使敌人胆战心惊的就是地雷战，不知多少鬼子官兵，在民兵的地雷爆炸中丧命。民兵的地雷甚至放到敌人碉堡的门口去。在民兵中出现了无数英雄，晋西北有张初元、徐力强、石连杰、王德兴、崔三娃、赵尚高、段兴玉、郭来子、路五小、李谟森等民兵英雄；殉国的则有李王儿、阎西虎、曹文平、王贵子、李振英、刘桂元。晋察冀的民兵英雄有李勇，已殉国的有安永昌等。山东人民武装代表会所奖励的民兵英雄有张恒谦、二月（乳名）、孟宪福、任传福、臧西山、荣宗礼、王永双、朱宝秀、阎士义、吴继翠（女）、刘曲功、申维法、张三楞、刘麻子、吴敬增、刘震、徐君曾、高春明、杨振城、谢丁方、王明昆、毛守勤等。

敌后人民一方面学习战斗，一方面就渐渐学会把战斗与生产结合起来。在太行区武乡蟠龙线上，群众发明了"游击生产"的方法，群众说"在敌人面前要组织才能办事儿"，于是把劳动力与武力结合起来。"敌人赶一赶，我退一退，你在前面打枪，我种后面的地。你到老巢内去了，我再种前面的。""抓紧锄头拿紧枪，赶快干一场，变田庄为战场"。在山东滨海区，民兵展开集体生产，莒南某村十余户贫民，去春参加民兵后，即集团开荒四十八亩。赣榆青抗先队员二十二人，合力开荒十二亩。晋西北临县等地组织以民兵为中心的变工队，临县五区某村劳动力参加变工队的占百分之九十。一区某沟参加变工队的劳动力占百分之九十以上。晋西北民兵英雄劳动英雄张初元更是劳力与武力结合的范例。他在民兵的组织上，来了一个革命。

张初元的民兵组织是把自然村的民兵分编在变工组里，变工组组员要住得相近，以便发生敌情时大家好照顾。春耕和锄地时那一组民兵多，那一组就大一些，耕牛也强一些。打粮时编组以场为中心，按每一场邻近的人数来编民兵，提出不让敌人抢去一条牛的口号，变工组则报以不荒民兵一垧地的行动，早晨天一明民兵和变工组都吃过饭，变工组便下了地务庄稼，每天有一定数量的民兵出去活动。村口山头上也有自卫军的瞭望哨，若发现敌情，民兵就鸣枪警告，大家就预备。如情况紧张，民兵就都爬山警戒，山下的人们就赶紧把牲口藏起来。张初元把全村的人民这样组织起来后，就解决了很多问题。民兵的地有人耕了，民兵爬山时家中牲畜衣物有人照料了，敌人抢去的粮食前年为五十石，去年只有二石了。节省了牛工七百二十个半，人工二千五百三十二个。而且生产搞好了，收成增多了，张初元的出现是敌后的一件大事，说明敌后人民不但学会战斗，而且开始学会了把战斗与生产结合起来。

从前战斗会妨碍生产，现在战斗与生产能够结合起来了。敌后的民兵将会有更大的发展，这就会更加减少人民在敌寇"三光政策"之下的生命财产的损失，并且相当增加生活资料的生产。反过来，敌寇的损失将因民兵的发展而增大，敌寇的掠夺将愈益感到困难。

军队方面，在敌后坚持抗战将近七年的八路军、新四军，在武装斗争方面已经学得好了，无数战斗英雄像邓世军、安全福那样的范例，应该大大加以提倡，来巩固我们光荣的战斗传统，并且进一步来发扬它。对于我们八路军、新四军、今天非常重要的是补习另外一项工作，这就是生产工作。在去年太行军队中的生产热潮，是很高的，没有这个生产运动，要想克服天灾和敌人的"三光政策"所给我们的困难，几乎是不可能的。太行的部队机关,已在去年九月二十一日举行了生产动员大会,规定今年要保证三个月粮食和全年菜蔬自给,在其他地区,部队机关的生产运动也在开展起来。晋察冀边区战斗英雄战斗模范大会致毛主席和朱彭总副司令致敬电中说:"部队要学习三五九旅,贯彻朱总司令屯田政策"。在其宣言中说:"子弟兵里的战斗英雄和模范要成为拥政爱民与生产的模范"。这些话不仅对于晋察冀是对的,对于其他抗日根据地的八路军、新四军同样是对的。

两个大会指出了敌后军民今后的道路,这条道路就是不论军民,双方都要把武力与劳力结合起来,把战斗与生产结合起来,使敌寇的"三光政策"完全归于失败。(新华社延安五日电)

(原载一九四四年三月十一日《晋察冀日报》第一版社论)

旧阴谋新花样

谁都记得在"七七"事变以前,由于中国国民党对内实行反共反人民的内战政策,对日本强盗采取妥协投降的方针,俯首贴服在民族敌人的面前,一九三五年的夏天,国民党蒋介石派何应钦与敌酋梅津签订了丧权辱国的"何梅协定"之后,北方的国民党在对外妥协投降的条件下,完全偃旗息鼓,销声匿迹,当时国民党中央和蒋介石接受了敌寇的"要求",已经取消了河北的国民党部,解散了国民党的组织。那个时期,在华北偌大的地区里,谁曾见到还有国民党部公开的存在呢?后来,"七七"事变爆发,国民党的政府和军队更大举撤退,但是就在这样的时候,共产党八路军挺进敌后,光复国土,创造了晋察冀边区抗日民主的根据地，高举着团结抗战的大旗，帮助国民党在边区恢复了组织，并且使国民党在边区几年来得到了发展。

共产党为什么要帮助国民党在边区恢复它的组织，为什么要使已经垮台了的国民党重新得到发展呢？理由非常明白，那完全因为共产党是忠诚为国的，共产党是不记私仇的，共产党是忠实执行着抗日民族统一战线的方针，愿意与国民党共同团结抗日的，同时，在我们共产党人看来，当着民族大敌深入国土的时候，边区的国民党无论是为国家民族着想或者是为它的本身着想，也都应该忠实于团结抗战的事业，忠实于孙中山的革命的三民主义，与边区广大人民在一起，言行一致，参加反法西斯的民族解放战争，求得战争的胜利，建设新民主主义的新中国。

然而，事实并不是这样。边区国民党几年来把它自己对敌人的新仇旧恨抛在一边，把国家民族和广大人民的利益置之不顾，而集中力量去干反共反人民的罪恶勾当，甚至不惜与敌人完全勾结起来，千方百计破坏边区。表面说的是一套冠冕堂皇的花言巧语，暗地干的是另一套反共反人民的特务阴谋，完全实行着反动的两面政策。边区国民党这种反动的罪恶行为，边区人民已经忍受了几年，我们共产党人为了顾全团结也已经忍受了几年。大后方国民党不允许共产党合法存在，到处屠杀共产党员和抗日进步的人士，几次掀起反共的高潮，制造皖南事变，围歼新四军军部，以及在许多地方制造了许多惨案都还不够，还要动员几十万大军包围进攻陕甘宁边区，但是我们共产党人在自己所领导的地区，在我们晋察冀边区，对于国民党却一直采取宽大的政策，边区国民党一直进行着反共反人民的特务破坏活动，我们还一直忍受了几年。请问谁有过像我们这样宽大的吗？这样宽大的待人，稍有良心的难道还能够毫无感动、毫无醒悟吗？

然而，事实并不是这样，边区国民党不但毫无感动，毫无醒悟，反而变本加厉，更加明目张胆，为非作恶。去年秋季反"扫荡"中边区国民党反共特务份子更密切勾结敌人，配合"扫荡"；边区国民党的高级干部刘子□等更公开叛国投敌，危害边区。那些特务份子，丧心病狂，甘心做敌寇的帮凶，在全边区范围内，到处造下了滔天的罪孽，使边区广大人民再也不能忍受了，纷纷提起控诉，人民在控诉复仇的大会上，责问边区国民党的负责人，并且要求政府惩办反共特务份子，这是边区人民对边区国民党反共反人民的特务政策最严正的抗议，这是表示着边区人民对边区国民党的特务破坏的罪恶行为，几年来一直忍受到现在，已经到了再也不能忍受的地步了。

边区国民党一向是口里甜言蜜语、肚里恶毒阴险，由其领袖直至一般干部莫不如是，这早已为边区人民所深知熟悉的了。在刘奠基告边区国民党员书以后，边区国民党召开了"第五次书记长联席会议"，发表了"宣言"，宣布"改组"了边区国民党，"取消独裁，实行委员制"等等，但是所有这些基本上是没有内容的，是旧阴谋新花样，那只是对边区人民的一个新的欺骗，那只是一种新的两面政策的表现。

道理非常明显，边区国民党过去口说抗日，实则反共，那一套两面派的做法，现在已经被事实揭穿了，因此，现在只好在表面上敷衍"承认过去有走向反共的倾向"，"刘子□等六人叛国投敌留下不可清洗的耻辱"，同时也在表面上声明要在"全党进行洗刷与整理"，然而这只是非常不得已的勉强应付的"承认"，而且仅仅是因为过去的罪恶已经"引起各界的批评、责难"才不得不"勇敢的承认"一下，好来掩护其继续进行愈益变本加厉的破坏工作，这只是过去的表面政策的发展，就是新的两面政策的表现，这道理难道还不明显吗？有谁如果不信，请再看一看事实！

事实也非常明显，边区国民党负责人杨子玉最近在边区参议员座谈会上承认边区国民党中"充满了法西斯思想与特务思想"，"看到共产党的进步就害怕，就想阴谋破坏"，同时国民党中央派来边区的负责人郝胜符又说"自己虽然接受了反共反特务工作的任务，但自己没有进行过"，但是我们只要一从会场上走开到另外一个场合，我们就看到了边区国民党平山县党部书记长王文存发表的"给平山国民党员一封公开的信"，里边说明了边区国民党"完全接受了大后方国民党法西斯'曲线救国'的亡国亡党政策的",而且将"反共的任务传达到下级"乃是一个铁的事实。因为他自己是"亲自接到这些反共任务的。"他证明边区国民党"在组织机构上也增加了特务组织",并且确实"在特务活动方面……调查共产党员,和敌伪特务寻觅关系,依靠敌人作反共活动",他列举了许多具体事例,说明边区国民党反共特务的"种种罪行,不胜枚举"。特别值得警惕的事实更在于边区国民党"改组"后的"宣言"正在到处散发的时候,平山、唐县、完县等地都同时发现反共特务份子扰乱社会秩序和恐怖暗杀的事件,"宣言"上还写着"拥护边区子弟兵,拥护各级政府",而平山的特务份子就闯进我们一个军分区的机关里去投掷炸弹,其他地方的国特份子也打响了手榴弹,打了黑枪,要杀害我党政军负责的干部,这些事实马上又把他们的骗人的文字和一切骗人的话语完全都揭穿了。

我们要正告边区的国民党,边区人民是不容易被欺骗的,你们的一言一动他们都看得非常清楚,他们听见你们说了什么还不算,更重要的是看你们究竟做了什么,你们如果仍然说的是一套而做的又是另外一套,那是掩盖不住他们的眼睛的!如果你们仍然干着反共反人民的特务破坏工作,那就不管你们在"宣言"上怎样说"伸出了热情的手",除了敌伪汉奸特务以外,总是不会有人愿意跟你们去"握手"真正最后我们还应该说明:边区国民党内部某些的——主张抗日民主的党员,如果不愿意与反共特务份子同流合污的话,就必须勇敢地揭露反共特务份子的破坏事实,从实际行动上来证明自己,而不应该以不负责任的态度来对待重大的政治问题。此外,就是曾经干过反共特务破坏工作的人,如果真正能够决心放弃反共反人民的罪恶行为,并且勇于揭露过去的一切罪行,又能用事实证明自己的确已经完全觉悟了的话,那末,我们敢保证:边区的共产党,抗日政府和广大人民仍然是宽大的!

(原载一九四四年三月十八日《晋察冀日报》第一版社论)

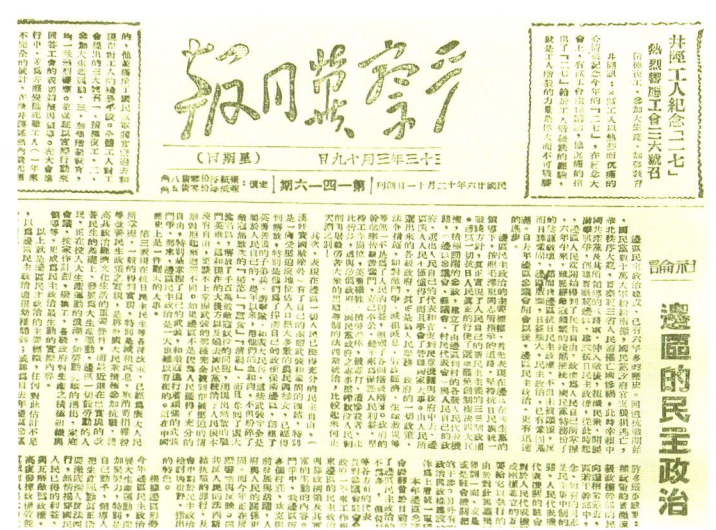

边区的民主政治

　　边区民主政治建设，已有六年多的历史。回忆抗战开始，国民党数十万大军纷纷南撤，国民党政府官吏狼狈逃亡，华北秩序大乱，晋察冀三省人民遭罹亡国惨祸，此时幸赖中国共产党及其所领导的八路军，伸入敌后，组织民众，开展游击战争，创建晋察边区，建设抗日民主政权，从此时起，边区人民就开始得到了民主自由，政权为人民自己所掌握，六年半来，虽历经敌寇频繁的残酷摧残，国民党特务份子的阴谋破坏，然而我边区抗日民主政权，不但未被颠覆，反而日臻巩固，边区版图，日益扩大，民主政治，已有巩固基础。自去年边区参议会开会以后，边区民主政治，更有迅速的进步。

边区民主政治的主要标帜，首先表现在边区在共产党的领导下，按照毛泽东同志所指示的道路，坚持抗日民族统一战线方针，真正实现了人民自己的新民主主义的三三制政权。边区一切抗日人民真正的行使了选举罢免创制复决四大民权，积极踊跃的参政，建立了由边区到村的各级人民代表机关，（边区参议会、县议会、村民代表会）与人民自己的政府，选出人民自己的代表和官吏到民意机关与政府中去，边区广大人民不仅懂得了而且学会了管理国家大事。由人民所选出来的各级政府，真正是为人民服务，政府的一切政策、法令措施，如对敌斗争、减租减息、财政经济、生产救灾等等无一不是为了人民的利益，照顾了各个阶级阶层。政府的干部率皆艰苦奋斗，克己奉公，几年来为保护人民利益，坚持工作岗位，英勇牺牲，积劳尽瘁，被毒打，遭惨杀者，比比皆是，这与敌伪政府□国民党政府之专事压榨奴役人民剥削与屠杀劳苦大众的黑暗专制的法西斯统治，比较起来何止天渊之别！

其次，表现在边区一切人民已获得充分的民主自由，（汉奸卖国贼除外）有了自己的团体武装和巩固的团结，特别是一向受压迫没地位占人口绝大多数的农民与妇女，已经得到解放，特别是他们为了捍卫自己的政权保卫边区，创建了英勇善战的子弟兵、游击队、和广大民兵，这些武装完全是属于人民自己的，几年以来，用他们的血和肉，不但粉碎了敌寇无数次的"扫荡""蚕食""清剿"，而且夺回了广大沦陷区，解放了千百万被敌寇奴役的同胞，涌现出无数的战斗英雄，这和现在的大后方以及过去国民党统治下人民根本没有自由，更谈不上掌握武装的那种完全被剥削被压迫的情形对照起来迥然不同。如果边区不是因为人民获得了充分的自由，特别是掌握了自己的武装，和敌寇进行着顽强的武装斗争，那末，边区民主政治是一天也难以存在的。这在中国历史上是一件翻天的大事。

第三表现在抗日民主民生等各种政策，已经为广大人民所掌握，一般的得到实现，特别是减租减息，取消苛捐杂税等改善民生政策之实现，是启发广大民众积极参加抗战，提高其政治经济文化生活的重要条件，而最近则在已实现的改善民生的基础上，发展为大生产运动，边区一切能劳动的人民，正在投入大生产运动的浪潮，如劳动英雄的涌出，家庭会议，按家作计划，拨换工，各级政府对生产之积极组织与领导等，更成为民主政治最生动的实际内容。

以上就是边区民主政治的主要标帜，任何对此估计不足，以为边区民主政治还很幼稚脆弱；或认为自去年边区参议会召开以后，才真正的实现了民主政治，或只从民主制度政权机构民主作风上某些不健全而孤立的片面的来估计边区民主政治，都是不正确的。

自然，边区的民主政治，不是已经尽美尽善，它还存在许多严重缺点：民主政治实现与贯澈的程度还很不平衡，各种政策的贯澈还很差，政权机构与民主制度还不够健全，各级政权干部的民主作风还很不够，政府工作中的官僚主义倾向还相当严重，这些都有待于我们进一步的努力。特别在边区若干干部中，对边区民主政权，尚有某些错误和模糊的观念，如有的同志不了解我们的政权机关是一个统一的整体，是民主集中制的组织原则，它包括着人民代表机关与政府机关，人民代表机关闭会以后政府就是权力的执行机关，人民代表机关的驻会机关（村代表会无驻会机关）只是监督政府对于人民代表机关决议之执行，二者的关系，不是三权分立或两权并立的互相牵制与制约，政府即由人民所选出，就需要给它以执行的全权，而政府对于驻会机关则应加以尊重。由于对此认识模糊，往往把政府与人民代表机关分开来看，强调一面，或是政府对人民代表机关与驻会机关不加尊重，或是驻会机关把自己当作人民权力的代表对政府予以不必要的干涉。另外有的同志不了解人民代表机关，对于贯澈民主政治与政权建设的重要，往往忽视，认为可有可无，或把它作为上层统一战线机关，这些都是必须纠正的。

本年边区参议会例会因战争环境，停止召开，参议会驻会机关曾于目前召开参议员座谈会,在这个会上,我们看到了边区民主政治的一个实际反映,到会的参议员,人数虽不为多,但包括着党政军民学工农妇女青年士绅□□□等各方面的代表,反映了各个阶级阶层的意见。从于副议长对参议会驻会参议员办事处一年工作报告与宋主任对边区政府一年来工作报告以及许多参议员的发言中,说明一年来边区的民主政治,在贯澈去年参议会大会民主团结的精神与施政纲领及其实施重点等工作上有了更进一步的成就与丰富的生动的内容。去年一年在异常紧张激烈复杂残酷的对敌斗争中,我边区版图扩大了十四个县,从敌人手中夺回八千多个村庄,攻克与收复据点堡垒一千多个,群众游击战争空前发展活跃,人民负担大大减轻,经济生活逐渐活跃,政府与人民的关系更加密切,边区人民的团结得到进一步的巩固。而今年正在展开着的大生产运动,在参议员中也得到实际响应与反映。同时在参议员的发言中,对边区国民党的反共反人民的法西斯思想与特务政策,以及几年在边区危害团结抗战的罪行,及其反动的两面政策予以具体揭发和斥责。会中对于民主政治认识与政府工作的缺点,也都作了深刻的检讨与批评,指出了今后努力的方向,这些都表现民主政权的特色。

根据边区形势与当前民主政治建设存在着的严重缺点,今年边区民主政治建设的方针,应当是在强化对敌斗争,开展大生产运动,深入整风与反法西斯的民主教育三大任务下加紧努力,特别是要猛烈展开大生产运动,干部以身作则,自己动手,领导人民,按照毛泽东同志的指示,组织起来,把生产运动真正造成为大规模的广大群众性的运动。同时更要澈底深入反法西斯的教育尤其是反对国民党特务破坏的罪行,无情揭穿国民党两面政策的反动阴谋,保障与巩固边区人民已得的利益,团结全民进一步建设民主政治,积极摧毁与瓦解敌伪政权,有效的加强对敌斗争,建设游击根据地,高度发挥政权效能,健全民意机关,加强村级组织,政府认真做到以最大力量去解决人民的切身问题,以极小力量用在向人民动员人力物力上。

而各级政权干部的深入整风、改进领导、贯澈简政、肃清官僚主义、建立坚强的群众观点，进一步发动与组织广大民众，则是实现这一方针的关键，望我边区各地同志努力实现之。

（原载一九四四年三月十九日《晋察冀日报》第一版社论）

朝着敌后吴满有的方向前进

  大生产运动目前在北岳区各地以及部队、机关、学校中都普遍展开起来了。要使这个运动收到一定的成绩，必须切实掌握一个根本的方向，这个方向就是战斗与生产结合，劳力与武力结合的敌后吴满有运动的方向。要实现这个方向，要把根据地广大军民的力量都组织起来，朝着这个方向前进，又必须抓紧一个基本环节，这个环节就是以各地区已经从群众中产生出来的许多战斗与生产的英雄和模范为中心骨干，来推动各地区全面的群众性的大生产运动，随时吸取与研究英雄模范的经验，把它整理与集中起来，传播到群众中去，并且把它坚持贯澈下去。这是我们要实现敌后吴满有运动的方向的基本环节，也是当前领导大生产运动的中心环节。

我们的许多战斗英雄，劳动英雄和模范工作者，现在都正在投身于空前的大生产运动当中，他们不但都公布了自己的计划，而且已经动手实行着他们的计划；他们不但自己劳动，并且在组织领导和推动着别人的劳动；他们随时都有新的经验，他们更表现出各自不同的特长与优点，这些都要引起我们首先去注意研究，以便更好地来推动整个的运动。我们所知道的材料虽然还极不完全，但是从现有的几个英雄模范的生产计划和他们的活动情形，加以初步的研究，已经能够发现他们的许多宝贵的特点，可以做进一步推动与领导各地群众生产运动的重要参考和群众在生产中学习的榜样。

这些特点是什么呢？我们无妨以几个主要的人物为代表，先谈一个大概吧！

我们从爆炸英雄李勇的计划里可以看到他有几个显著的特点。第一，他把战斗与生产结合得很紧，把游击组同拨工组造成为战斗与生产统一的组织，他规定了"一到战时就把拨工组变成游击组"，□编到民兵游击队中去，有的担任侦察坐探，有的担任警戒，有的担任埋设地雷，来保卫生产。这就完全把战斗的组织与生产的组织统一起来了。第二，他极明确地认识到"要生活过得好，更有力量打鬼子，只有以农业生产为主"，仅把过去以做粉条和赶牲口为主的劳动习惯转变过来，而且他做起地里的活来比谁也积极，正因为这样，他才敢于订出那样可观的农业与副业的预定生产数字，才能够组织家务，领导全村的生产，而且为了完成这计划，他□勇于采取新的科学方法与生产技术，无论大麦浸种，无论防除枣树步曲，他都积极地采用了，至于深耕、多锄、多上粪等足以增加生产的一切办法，他一点也不放松，这也是他有把握增加生产的重要原因。第三，他把时间抓得非常紧，因为要完成工作、生产等各种复杂的任务，就必须科学地分配和使用有限的时间，否则顾此失彼，一件也干不好，他深深了解到这一点，在"生产不影响工作，工作不影响生产"的口号下，他利用在地里休息的时间来布置工作，利用晌午的空隙来练习射击，利用晚上研究地雷的使用法。这样把每一个时间都抓紧了，一点也不让它浪费过去。以上这三点就是李勇在目前大生产运动中所表现的主要特点，值得大家学习的。

其他战斗英雄们在他们决心"也要成为劳动英雄"的这种精神上与李勇都有相似之点。其中，李殿冰的群众观念是值得提出的，他保证"动员全村百分之六十的住户参加拨工队"，"协同村干部把村合作社整理并健全起来，自己今年向合作社投资至少五十元""麦收后自己借粮给村里的缺粮户"，"保证本村在战争中抓紧空隙抢耕、抢种、抢收、把粮食坚□抓紧种好不受损失"，"动员游击小队□□，练习枪击技术，并把猎获物的一半慰劳抗属"，这些都说明他的群众观念是很坚强的！还值得提出的是在敌人堡垒附近"一面战斗一面生产"的□玉，他除了自己的生产以外，推动全村组织了二十几个拨工组，白天只要警戒线上不发出枪号，尽管经常有炮弹落到近处，他们都在抓紧生产，一有情况，□□就从地里集合起游击组员，扔下□镐，拿起武器去打仗，晚上也和游击组员们睡在一起。他从群英大会回去以后，已经打过好几次漂亮仗，同时也抓紧时间进行了耕种。他的这种战斗生产的精神特别是在边缘地区的人们应该注意学习的。

我们从许多劳动英雄的生产计划和活动里又可以看到另外的一个特点。胡顺义能够很好地把他全家的劳动力首先组织起来，从他的老娘娘到那十一岁的女孩小崩子都有了明确的生产任务，在家庭会议上发扬了每个人的生产热情，一致认为"一定能超过计划"，他更由这全家的动员进到全村的全区的动员与挑战。朱家营全村群众在动员大会上根据他的计划，定出了全村的生产计划，全体一致表示"要在老胡的领导下，争取生产的模范，创造更多的劳动英雄"。朱家营编乡在他的推动之下和全区二十几个编乡都挑了战，而且在北岳区许多地方，都有许多人要"向老胡看齐"，"与老胡比赛"，最近朱家营不到十几天的工夫，已经挑粪六千多□。这样从一个家庭的动员开始一直到村、区广泛的动员与挑战，就表现着胡顺义这立劳动英雄领导与组织生产的优良特□。这里，我们不能忘记，最早向胡顺义的家乡朱家营提出挑战的是抬头湾编乡，□□还有一个著名的劳动英雄安有成，他是领导与组织农业生产的能手，他最细心研究劳动组织的方式与领导方法，对农业生产技术也有许多改进的办法，他有丰富的经验，那又是他与众不同的特点。其他劳动英雄在"用一切努力增加生产"的一点上都大致相同，其中这应该特别提到的劳动英雄周二的"公私兼顾"的精神，他一方面保证了自己的"十六亩平地，三十亩坡地，今年要打二十石粮，比上年多打五石"，并组织与领导□工小组等，同时又保证"要掌握工作，公私兼顾"。

妇女劳动英雄韩凤龄和拥军模范戎冠秀又有另外的一种特点。她们虽然都是年纪相当大的妇女，但是她们都是以参加地里的劳动为主，她们的生产计划和男子一样，同时都还要照顾家庭内部的事务，这是她们第一个共同的特点；她们又都非常注意村合作社的工作，戎冠秀要"扩大村合作社的股金，自己入股五十元，号召大家也多入"，韩凤龄也决定"向合作社增入股金，并号召大家都入股"，这是她们第二个共同的特点；她们又都向同样决定"用牲口帮助本村的抗属和孤寡种地"，这是她们第三个共同的特点；她们又都保证"战时澈底坚壁物资，不损失一颗粮食"，这是她们第四个共同的特点。但是她们也有相异的特点，那就是戎冠秀决定"把拥军工作作得更好，万不能叫同志们饿着、冻着"，同时要"做好村妇救会工作"；韩凤龄就以"组织全村妇女参加副业生产"，并帮助她的丈夫把村长工作作好，放在自己的计划之内，她的丈夫已经当了好几年的村长，过去所有家庭事务全靠她照顾，使她的丈夫安心工作，不受影响，现在她家里有一个十几岁的女孩，有一个十岁上下的男孩，怀里还抱着一个吃奶的小娃娃，家务更忙了，却还要帮助丈夫把村长工作作好。并且她还附带开店，解决食盐、布匹和零用，也利用店坊的牲口粪解决一部份肥料，用两个牲口送粪，□□再卖出去，想了这许多方法解决各种困难。这些就是她们各自不同的特点与特长的表现。

我们还有许多模范工作者和干部，他们在领导与组织生产中表现了"以身作则，亲自动手"的许多优良作风与特点。安有成、胡顺义的长处，一方面表现了他们都是劳动□□的特色，另一方面由于他们都是干部，也表现了"以身作则，亲自动手"的榜样。其他如阜平的区干部邵子南、□乡□□村干部□石□，整个干了一天，又替另一个干部送粪，又整整干了一天，这样提高了大家生产的积极性，把群众推动起来。

在部队中，我们也看到生产大军的出□，那是以大规模的集体劳动的姿态而出现的，但在其中我们也同样可以看到许多战斗英雄和模范，在部队首长给予他们的生产教育与鼓动之下，积极争取成为"战斗生产的双重英雄"，邓世军、这位长征百战的子弟兵英雄，每天都在积极的找地，替老担保，并且亲手把敌人摧毁了的房子地，修理成了一块块的□肥地，还要领导着他所带领的全连战士给老百姓变工。分区战斗英雄安全福，谭□□、邢树林等，一方面把他们所得的奖金大部份投进了合作社，作为生产的资金；另一方面都定出了他们自己的生产计划，一致保证要完成五个月的经费。大生产运动的热潮在所有前方部队和后方机关中都在高涨着，他们的特点还在于"创造集体的英雄"，使英雄变成千百万！

这许多在大生产运动中已经表现出来的许多英雄模范的特点，必须迅速推广运用起来，使根据地的大生产运动更加蓬勃地开展起来，把生产运动的组织与领导的方式方法更加丰富起来，更加发展起来，更加健全起来。

在经过敌寇疯狂"扫荡"时期残酷破坏过的地方，特别要注意解决生产运动中的各种困难，提高群众的生产情绪，其中心环节也就在于发扬英雄模范的骨干作用与领导人物的亲自动手。像阜平的平阳区那样，要保证"在上级领导和民兵游击组的拥护下，爆炸英雄和神枪手都要争取做劳动英雄，背筐拾粪，下地耕种"，"每个英雄要培养出一个新英雄"，更把议员、士绅都动员起来，分工帮助各个乡村的工作。在战斗频繁的游击区，更必须根据中共中央晋察冀分局的指示，"把反资敌的斗争与生产运动结合起来"，使□□区的大生产运动同样迅速地展开。

今天非常迫切需要我们及时吸取与研究各方面生产劳动的经验，□□与改进我们对大生产运动的领导。目前领导上的问题是要集中力量，进行突击，以英雄模范为中心骨干，抓住典型去教育和影响全体。干部必须深入到村、到户、到小组、到个人，去进行具体的领导，更必须自己亲身参加劳动，和群众在一起劳动，才能切实知道怎样去更好的组织劳动力、怎样进行拨工，有多少人能参加拨工，否则空想要组织百分的多少参加拨工等等那是行不通的，阜平县政府提出"反对干部的二流子作风"，这是正确而必要的。同时，要应该认识到，要把生产领导得好，必须要把村的生产委员会和合作社搞好，根据群众的需要，来规定它的具体工作与职务，领导生产的干部的精力也就必须放在这上头。通过这些群众的生产组织，干部要经常把各地生产的经验介绍给他们，了解和帮助他们解决困难，分段落，分时间去督促完成生产的计划，这是三件经常要抓紧推行的工作。而目前首要的一件工作就在于吸取研究与介绍各方面的经验，来继续动员与组织群众，使得根据地的广大军民，一致朝着敌后吴满有的方向前进，把战斗与生产更好地结合起来，把武力与劳力更好地结合起来。

（原载一九四四年三月二十八日《晋察冀日报》第一版社论）

巩固与提高机关部队的生产

根据毛泽东同志"公私兼顾""亲自动手""组织起来"的指示，两个月来，我边区各机关部队的生产一般地已经掀起了热潮，已经打破了"机关部队生产只能解决菜蔬改善生活不能自给一部"的陈旧思想，把机关部队生产从思想上打开了新的大门，同时，由于执行了"公私兼顾"的原则，使机关部队的人员，一般都已积极地走上生产战线，而且在亲身体验了劳动群众的生活之后，群众观点也有了初步的转变与进步，这是我全体机关部队人员，一齐动手的初步收获。然而当前的机关生产在思想上在工作上还存在着一些亟待解决的问题，主要的是一部份人员对"公司兼顾"的原则认识不够，一部份人员的劳动观念还相当薄弱，没有下了亲自动手的决心，因此就产生了"以节约代替生产""从家里背几斗米来交付任务"以及"只图取巧找便宜，甚至企图不劳而获"等等不能和群众一样积极劳动进行生产的消极观点与投机取巧等剥削思想，同时，在基本上已经组织起来之后，还未能做到"公余没有一个闲人，不浪费一点时间"，使人尽其力，力尽其用，以发挥其生产的最大效果。最近边府公布的"关于机关部队生产节约分红办法的决定"，正是根据着"公私兼顾"的原则与边区当前机关部队生产的实际情况而提出的，他对于机关部队生产的巩固与提高有着十分重要的意义，兹就此问题略加论述。

第一，抗战将近七年、军民生活日益艰苦，艰苦奋斗的作风，固须继续发扬，但在可能条件下，积极改善机关部队人员的生活尤为非常必要，有些人以为吃饭穿衣愈坏愈"好"，只从节省上打小算盘，单纯的财政观点，这是一种落后的保守的思想，与亲自下手积极生产克服困难的思想，基本上相反，因为我们革命的主要目的之一，是要做到人人有饭吃，并且还要人人的活过好，可是今天有一部份人，特别是一部份共产党员对于这些问题认识不清，把艰苦作风绝对化，把"自私自利"、"家庭观念"、"发财思想"，与用自己劳动所得照顾家庭改善生活两种完全不同的事情混同起来，这样就形成了开展生产上的思想障碍。要知道今天边区社会是新民主主义社会，建筑在个体的私有经济之上，谁没有一个家庭，谁不需要把生活过好一些。我们反对的是损人为己的剥削思想；用自己的两只手劳动以取得一部照顾家庭改善生活有什么不好的呢？边府公布的决定根据了公私兼顾的原则，规定了生产节约的分红办法，与私人所得的处理办法，他是贯澈着奖励亲自动手积极生产的精神，同时也启示了大家必须对公私兼顾的原则认识清楚，才能培养正确的劳动观点，发扬高度的生产热忱，因此这个决定也正是为了正确地发挥机关部队所蕴藏着的相当大的劳动力，发挥其生产积极性，同时对于减轻人民负担，减轻人民对抗属的负担，减轻干部战士对家庭的顾虑，提高干部战士在工作中战斗中的积极性，也有他非常重要的实际意义。

决定内规定在规定的个人任务范围内，以百分之八十归公，以百分之二十归个人所有，这是贯澈着先公后私的精神，决定内又规定完成任务外的超过部份以百分之八十归个人所有，百分之廿用作改善机关部队伙食，这又贯澈了奖励劳动改善生活的精神，这对于机关部队、个人本身、边区人民，都是有百利而无一害，决定内又规定："私人所得在提倡节约反对浪费的原则下由个人自由支配"，这就是说个人生产所得可以补助其家庭解决困难，以减轻人民对抗属的负担，巩固战士与干部的战斗工作情绪，也可以把生产所得作为储蓄投资流转生息，在调动工作或退伍退职时维持自己的生活，同时也可以在疾病困难或其他正当用途时自由使用。总之，公私兼顾的原则与办法，是从实际出发适合于新民主主义社会需要的。

第二，劳动创造世界。劳动又是群众的日常生活。因此要衡量每个干部人员是否有坚强的群众观点，他的劳动态度是一个很好的标志，机关生产所规定的每个人员的具体任务，他应该是依靠于亲自动手积极生产来完成，而不能依靠于投机取巧做卖买等方法来完成，所有以劳动为耻辱，那种"四体不动五谷不分"的剥削阶级思想，应该在大生产运动中加以检查与改造，这是最具体的整风，也就是生产与整风的具体结合，其次关于节约问题，决定内明确规定服装鞋子按所值二分之一奖给个人，二分之一作为财政开支的缩减悉数交入金库，这又是贯澈着生产与节约结合的原则，一方面是奖励节约，一方面又反对了一部份单纯以节约代替生产，不事劳动，单纯交付任务的思想。这里我们还号召各机关部队必须贯澈精简政策，在人员与牲畜编制上，再加紧缩，纠正某些机关为了生产而增加编制不肯裁减增加开支的现象。同时号召对燃料日常用品在保证伙食改善、供给做好的方针下，提倡节约，具体规定节约分红办法，做出一定成绩，使我们在自己动手开展大生产运动中，建立每个人员的坚强群众观点，锻炼每个人组织革命家务的能力。

第三，决定中规定对于每个人员的任务，根据每个人工作忙闲身体强弱，有无特殊技术等条件，确定不同的具体任务，反对了平均主义，使每个人员在自己积极生产的条件下，都有超过规定任务的可能，因为，如果不分强弱忙闲，不照顾特殊条件，一般地规定任务，那么就会发生苦乐不均的现象，甚至影响机关部队本身的团结，影响工作。关于每个人员具体任务的确定，我们认为应该采取民主的方式，经过生产小组的讨论，生产委员会来评定，在讨论与评定的过程中本人应有充分的发言权，要反对不经大家讨论即由少数人决定不民主的办法。其次，由于每个人员具体任务和劳动强度、时间的不同，以及轻重劳动间的变工等等，在奖励组织起来发挥更大的生产效果原则下，规定具体的计工拨换工办法，是非常重要的，这还需要各机关部队很好地加以研究，积累经验，从实践中创造。

第四，当前机关部队生产的巩固与提高，主要关键在于加强领导，进一步组织起来，首先要求健全各机关部队的生产委员会与机关合作社、机关首长一定要亲自下手，参加到实际工作中去切切实实发现与具体解决每个人员生产上的切身问题，目前在农业生产方面在土地种籽农具肥料等问题解决之后，技术问题很关重要，领导生产者一方面要多加研究，熟悉技术，一方面可聘请老农作顾问，给每个生产单位以技术上的具体帮助，保证今年机关部队所种土地的收获，不比老乡的低劣，以提高机关部队生产工作在群众中的威信，同时机关部队生产，必须服从于群众利益，必须积极帮助群众生产，目前个别机关部队浪费民力，只顾自己生产不顾或甚至侵犯群众利益的现象，必须切实纠正。此外由于农业生产忙闲有他一定的季节性，因此，有计划的组织拨换工，以节省或抽调一部份的劳动力，流动的用到运输、小作坊与集体经营的修滩开荒等生产事业上，还是一件非常重要的事情。但是目前机关部队中的公营生产还做得不很多，研究他与适当的提倡他，还是非常必要。其次小手工业的开展，也是目前亟待解决的具体问题之一，生产的组织，原料的供给，技术的指导，成品的出售等等许多问题，必须要由生产委员会与机关合作社切实负责解决,只有这样才能使机关小手工业得到应有的发展,才能做到不浪费一点劳力。

领导上更应特别注意的,就是高度发扬民主作风,因为机关部队生产是机关部队的一个群众运动,同时这又是一件新的工作,在整个运动的过程中会发生很多的问题,所以经常的搜集群众的意见,加以研究总结,并及时的解决问题,从群众中来到群众中去,是领导的中心任务。

把机关部队的生产巩固起来,更加提高一步,与群众生产更加密切的结合起来,是目前机关部队生产的中心问题。我们号召每个机关部队的所有人员,在今后的大生产运动中发挥其最大的生产效果,创造机关部队的劳动英雄,创造管理机关生产、管理革命家务的模范工作者。谁劳动的多,谁的生产成绩好,谁领导得好,管理得好,成绩好,谁就是劳动英雄、模范工作者。

(原载一九四四年四月八日《晋察冀日报》第一版社论)